LOUISE

La Courée

* *

DU MÊME AUTEUR
CHEZ LE MÊME ÉDITEUR

La Poussière des corons

Le Vent de la haine

Le Pain rouge

La Courée

DANS LA MÊME COLLECTION

La Poussière des corons, Marie-Paul Armand (Prix Claude-Farrère 1986)

La Courée (tome 1), Marie-Paul Armand

Le Miroir des années, Louis Bourgeois

La Cavale irlandaise, Édouard Axelrad

Sud lointain (tome 1), Erwan Bergot

La Rivière des parfums, Erwan Bergot (*Sud lointain* – tome 2)

Marie-Paul Armand

LOUISE

La Courée

* *

Présenté par
Jeannine Balland

PRESSES DE LA CITÉ

ISBN 2-258-03337-3

Résumé de « La Courée » (tome 1)

Constance a treize ans lorsque l'épidémie de choléra de 1866 lui enlève à la fois sa mère et son petit frère. Elle reste seule avec son père, employé à la Compagnie des chemins de fer du Nord. Lorsque celui-ci meurt à son tour après un accident de travail, Constance se retrouve orpheline.

Un oncle qui habite Fives, près de Lille, la recueille. Elle quitte ses amis, et surtout Frédéric, son ami d'enfance, qui lui promet de venir la rechercher plus tard.

La tante de Constance, une femme sèche et sévère, l'envoie travailler en filature. Constance découvre le dur travail de l'usine et la pauvreté des ouvriers dans leur vie quotidienne. Heureusement, l'affection de sa cousine Angèle la soutient.

En 1870, c'est la guerre, mais les Prussiens ne viennent pas jusqu'à Lille. Suivent la chute de l'Empire et l'avènement de la République. L'oncle de Constance affirme que dorénavant tout ira mieux et que les injustices disparaîtront.

En septembre 1871, Constance, sa tante et sa cousine sont victimes de l'accident de chemin de fer qui a lieu à Seclin, et qui coûte la vie à Angèle. La tante de Constance devient plus amère encore et ne cesse de lui reprocher d'être vivante alors qu'Angèle est morte. Son oncle, un homme placide et bon, s'efforce de la défendre.

Constance fait la connaissance de Bart, un jeune ouvrier flamand qui, comme beaucoup de ses semblables à l'époque, est venu travailler en France. Son caractère insouciant attire la jeune fille. Sûre de ne jamais revoir Frédéric, dont elle n'a plus de nouvelles, elle finit par épouser Bart. Elle met au monde deux petites filles, et manque de mourir à la naissance de la seconde. Bart, qui désirait un fils, est déçu. A partir de ce moment, la situation se dégrade. Bart cherche une consolation dans la boisson.

Un jour, Frédéric, fidèle à sa promesse, revient chercher Constance, mais il est trop tard. Bart, qui a appris la visite d'un homme, rentre ivre et se met à battre Constance. Cette scène est la première de nombreuses autres, sous les regards terrorisés des deux petites filles.

Bart est renvoyé de l'usine où il travaille. Il est embauché à la nouvelle usine, La Franco-Belge de Raismes. Après une accalmie, il se remet à boire. Il est blessé à son travail et doit être amputé d'une main. Son caractère s'aigrit, il s'enivre de plus en plus, et trouve la mort d'une manière stupide lors d'une querelle avec des compagnons de travail. Constance reste seule avec ses deux petites filles.

Charlotte, la fille aînée de Constance, reprend le récit à la mort de son père. Sa mère retrouve son ami d'enfance Frédéric et se remarie avec lui. Ils s'en vont vivre à Fourmies, une petite ville de l'Avesnois, où Frédéric travaille à l'Exploitation de la gare.

Le 1er mai 1891, Charlotte est mêlée à une manifestation des ouvriers des filatures, nombreuses dans la ville. L'armée tire sur la foule, blessant et tuant des manifestants, parmi lesquels des amis de Charlotte.

Charlotte fait ensuite la connaissance de Maxime, mais sa jeune sœur Hélène en tombe également amoureuse. Lors d'une épidémie de typhoïde, Hélène est malade et se laisse dépérir : pour elle, la vie sans Maxime n'a aucun sens. Pour la sauver, Charlotte s'efface.

Maxime épouse Hélène et l'emmène vivre dans une petite maison de garde-barrière au bord de la voie ferrée. Hélène, de santé fragile, meurt en mettant au monde une petite fille, Louise. Charlotte, qui avait promis à sa sœur de prendre soin de son enfant, se remarie avec Maxime, qu'elle a toujours aimé. A son tour, elle attend un enfant et, lors d'une tempête de neige, au cours de laquelle Maxime a dû sortir pour aller secourir un train en détresse bloqué par la neige, elle met au monde un fils, Paul.

La vie continue, paisible, troublée malgré tout par la grève, en 1898, des agents des compagnies de chemin de fer. Le récit se termine sur une note optimiste, à l'aube du XXe siècle, « riche de promesses et d'espoir ».

CHAPITRE I

Mes souvenirs les plus heureux sont ceux de mon enfance. J'ai été une petite fille insouciante et joyeuse. Je me revois courant à perdre haleine sous le soleil et dans le vent, avec mon frère Paul, le long de la voie ferrée qui passait devant notre maison. Cette maison appartenait à la Compagnie des Chemins de fer du Nord, qui la louait à mon père, chef-cantonnier. Elle était située près d'un passage à niveau dont ma mère avait la garde. Dès nos premiers pas, Paul et moi apprîmes qu'il ne fallait pas aller sur la voie, où surgissaient parfois des monstres noirs, rapides et assourdissants, appelés locomotives. Ils étaient inévitablement suivis d'un convoi qui faisait trembler les murs de notre maison et terrorisait mon petit frère.

Je compris vite que ces monstres, si nous nous tenions à distance, ne quittaient jamais leurs rails et ne cherchaient nullement à nous attaquer. Cela me rassura. Je découvris aussi, au fil des années, qu'ils étaient menés par des hommes à qui ils obéissaient, des hommes sympathiques et gais qui saluaient ma mère au passage et nous adressaient de grands sourires.

Mes parents étaient très unis et nous entouraient d'amour, Paul et moi. Je les aimais également beaucoup, mais j'avais une tendresse particulière pour mon petit frère. J'étais plus âgée que lui de deux ans et demi, et je prenais très au sérieux mon rôle de sœur aînée.

Nous avions tous les deux un grand ami, complice de tous nos jeux et toujours disponible : notre chien Tobi. Je l'avais toujours connu, il était déjà là lorsque j'étais née. Lorsque j'avais appris à marcher, affirmaient mes parents, il me suivait pas à pas et, si je tombais, il léchait à grands coups de langue les larmes sur mes joues. C'était à lui que je m'accrochais, ensuite, pour me relever. Quand ce fut au tour de Paul de faire ses premiers pas, nous étions deux, Tobi et moi, pour le surveiller et le consoler lors de ses chutes. Cela avait créé entre nous trois une solide affection.

Nous étions pauvres, certainement, mais je ne m'en rendais pas compte. Nous ne manquions de rien, et nos grands-parents, *mémère* Constance et *pépère* Frédéric, nous donnaient parfois quelques sous, qui nous permettaient d'acheter des bonbons à l'épicerie du village. Cette récompense nous était offerte lorsque nous avions été particulièrement sages. Ce qui revient à dire qu'elle n'était pas fréquente, mais sa rareté amplifiait le contentement que nous éprouvions chaque fois que nous la recevions.

En 1900, j'eus six ans et je dus entrer à l'école du village. Ce fut pour moi un réel déchirement de devoir quitter les deux compagnons dont jamais je n'avais été séparée, Paul et Tobi. Une autre épreuve me fut difficile à supporter : celle de rester immobile toute la journée, assise sur un banc, sans avoir même la permission de parler. Je ne m'étais jamais rendu compte à quel point j'étais remuante et bavarde. Des coups de règle répétés sur la tête ou sur les doigts me firent rapidement prendre conscience de ces défauts, et plus d'une fois je refoulai mes larmes et m'efforçai de réprimer ma nature impulsive.

Outre ces inconvénients, l'école apporta dans ma vie des corvées : devoirs à faire, leçons à apprendre, pages d'écriture à recopier, au crayon d'abord, à l'encre ensuite. La maîtresse nous avait attribué des plumes métalliques, qui faisaient l'admiration de mes parents et de mes grands-parents qui, eux, n'avaient connu que la plume d'oie. Je ne les croyais pas lorsqu'ils me disaient que j'avais de la chance. Les études m'ennuyaient, les tables de multiplication me faisaient peur, et le calcul mental était ma bête noire. Quant à l'histoire, je mélangeais toutes les dates sans en retenir aucune, et les règles de grammaire étaient si difficiles que je ne savais pas les appliquer. Heureusement, mes notes plutôt médiocres, y compris la note de conduite, laissaient mon père indifférent.

– C'est une fille, disait-il, elle n'a pas besoin d'être savante. Il lui suffira de savoir lire, écrire et compter.

Je retrouvais chaque soir, avec un plaisir accru, Paul et Tobi qui se précipitaient vers moi dès que j'arrivais. Leur joie parvenait à me faire oublier la morosité de la journée, au cours de laquelle je m'étais ennuyée sans eux. A l'école, je n'avais pas d'amies. Les autres filles se connaissaient, elles habitaient toutes le village. Pour elles, j'étais une étrangère. Je vivais à l'écart, à plus de deux kilomètres, je ne savais rien de leurs amusements. Trop fière sans doute, je ne cherchais pas à me rapprocher d'elles. Pourtant, les plus gentilles me parlaient. De temps en temps, elles m'incluaient dans leurs jeux, lorsqu'il manquait quelqu'un pour compléter une équipe ou tenir une corde à sauter. Mais je ne me liai avec aucune. Je préférais la compagnie de Paul et de Tobi.

Ce ne fut que lorsque mon frère, à son tour, entra à l'école que pour moi tout alla mieux. Forte de mon expérience, je calmai ses appréhensions le premier jour. Je n'étais plus seule, nous étions deux pour faire la route. Lorsqu'il faisait beau, le soir en revenant nous flânions. Je cueillais des fleurs des champs, j'en faisais un bouquet que j'offrais à ma mère. Ou bien nous allions, au bord des chemins, à la recherche des mûres gonflées et sucrées dont nous nous régalions. Et puis, lorsque nous regagnions la voie ferrée, nous avions parfois la chance de rencontrer notre père qui rentrait de sa tournée. Nous courions vers lui, et ensemble nous revenions à la maison.

***

Année après année, lentement le siècle nouveau s'avançait. Les lampes à pétrole avaient remplacé les lampes à huile, et, une fois, une automobile avait traversé le village sous nos yeux ahuris et affolés. Nous, dans notre petite maison, nous vivions toujours au rythme des trains, au rythme des saisons. Nous étions heureux. L'amour tissait autour de nous une atmosphère de sécurité que je croyais immuable. Deux événements vinrent me montrer que je me trompais.

Le premier fut la maladie de mon frère. Cet hiver-là, il venait d'avoir huit ans. En décembre, il neigea à plusieurs reprises. Un jour où nous étions à l'école, une tempête de neige se déclencha subitement en début d'après-midi. Le ciel se couvrit, devint noir, le vent se déchaîna et des flocons serrés, comme un immense voile blanc et tournoyant, formèrent une ronde folle devant les hautes fenêtres. Je m'amusai à les regarder et je fus plus d'une fois rappelée à l'ordre par les coups de règle que je connaissais bien.

Lorsqu'il fut l'heure de la sortie, dehors il faisait obscur. La masse mouvante des flocons rendait l'atmosphère irréelle, et le vent cinglant me coupa la respiration. Je pensai avec inquiétude au trajet du retour. Les autres filles, tête baissée, se dépêchaient d'aller se mettre à l'abri; aucune n'habitait bien loin. Mais pour Paul et moi, qui avions plus de deux kilomètres à faire dans cette tourmente, la situation devenait dramatique.

J'allai chercher mon frère à l'école des garçons, et nous partîmes courageusement. Nous étions chaudement couverts, mais la bise transperçait nos vêtements et nous ne tardâmes pas à grelotter. Les difficultés commencèrent à la sortie du village. Le chemin que nous prenions habituellement disparaissait sous une épaisse couche de neige. Dans l'obscurité blanche et grise, j'essayai de m'orienter. Mais le vent me lançait dans le visage des milliers de flocons qui me piquaient comme des aiguilles de glace. Mes yeux se remplirent de larmes et je ne vis plus rien. Un peu au hasard, je me mis à avancer dans ce que je croyais être la bonne direction. Mon petit frère, accroché à mon bras, s'enfonça dans l'épaisse couche de neige. Il gémit :

– Louise, j'ai froid. Et puis je ne reconnais rien. Où sommes-nous ? Nous allons nous perdre !

Je voulus le rassurer. Un coup de vent plus brutal que les autres me coupa la parole et la respiration. Je chancelai, instinctivement me courbai davantage pour offrir moins de prise à la tempête. Par moments, pourtant, il y avait des accalmies qui nous permettaient de relever la tête. Nous en profitions pour nous orienter et, un peu rassurés, nous nous apercevions que nous avions réussi à ne pas quitter le chemin. Nous reconnaissions quelques points de repère : des piquets bordant une pâture, un arbre, une haie d'aubépine... Nos vêtements ne tardèrent pas à être trempés, tandis que la neige pénétrait dans nos chaussures et glaçait nos pieds.

Nous avons marché ainsi un temps qui nous parut interminable. A un moment, nous avons dévié du chemin sans nous en rendre compte. Mon petit frère faillit tomber dans le fossé dissimulé par la neige et se tordit le pied. Il s'immobilisa et se mit à pleurer en s'accrochant à moi. Je jetai un coup d'œil autour de nous, prête à pleurer moi aussi.

A l'instant où je commençais à désespérer, j'aperçus une lumière. Je clignai des yeux pour tenter de voir mieux à travers les flocons serrés qui tourbillonnaient. C'était bien une lumière qui se rapprochait, et bientôt je pus voir qu'il s'agissait d'une charrette tirée par un cheval. Entraînant mon petit frère, je me mis au milieu du chemin et fis de grands gestes.

– Ho, ho, Bijou! Eh bien, que se passe-t-il ici?

L'attelage s'arrêta et je courus vers l'homme qui tenait les rênes. J'avais reconnu la voix d'Aimable, un fermier du village à qui mon père offrait ses services de temps à autre. Je criai pour dominer le bruit du vent :

– Aimable! C'est moi, Louise. Je suis avec Paul, nous revenons de l'école.

La silhouette, engoncée dans un lourd manteau que les flocons rendaient blanc, leva la lampe et la dirigea vers nous :

– Ah, mes pauvres enfants! Avec ce temps, vous allez arriver complètement gelés. Si vous ne vous perdez pas en route avant...

Mon petit frère éternua. La voix reprit :

– Vous allez attraper la misère, ça c'est sûr. Je ne peux pas vous laisser là. Montez près de moi. Je vais aller faire demi-tour à la croix de pierre et je vous ramènerai chez vous.

La croix de pierre s'élevait à un embranchement que nous venions de dépasser, ce qui nous avait indiqué que nous n'étions qu'au tiers du chemin.

Avec gratitude, je grimpai dans la charrette, puis aidai Paul à s'installer près de moi. Serrés l'un contre l'autre, nous avions toujours aussi froid, mais maintenant je me sentais rassurée. La solide et placide silhouette d'Aimable semblait n'offrir aucune prise à la tempête, et le cheval, devant nous, opposait à la furie des éléments sa force sûre. Sans aucun doute, il saurait nous ramener à bon port. Je poussai un soupir de soulagement.

– Ce n'est pas un temps à mettre un chien dehors, grommela Aimable. Z'avez eu de la chance que je sois passé par là, les enfants. Seriez arrivés en piteux état!

Je hochai la tête vigoureusement pour approuver. Mon petit frère éternua de nouveau. Je me sentais moi-même glacée. Lorsque Aimable arrêta la charrette, un peu avant le passage à niveau, je dus faire un effort pour me lever. Mes membres gourds ne voulaient plus obéir. Aimable descendit, attrapa Paul et le posa sur le sol. Avec difficulté, je réussis à sauter.

– Rentrez vite chez vous, les enfants. A plus tard, et bien le bonjour à vos parents.

Sans s'attarder davantage, il remonta dans la charrette et repartit. Je criai :

– Merci, Aimable!

En réponse, il leva son fouet, et l'obscurité le happa. A

côté du passage à niveau, notre maison nous attendait, chaude et éclairée. Tout en nous enfonçant dans la neige, nous franchîmes les derniers mètres. La porte s'ouvrit, et notre mère apparut :

– Vous voilà enfin ! Comme j'étais inquiète ! Venez vous réchauffer, enlevez vos vêtements mouillés. J'en ai préparé d'autres, bien secs. Déshabillez-vous, je vais vous frictionner.

Lorsque je fus changée, je me trouvai beaucoup mieux, et je m'aperçus que j'avais faim. Notre mère nous servit une soupe brûlante, qui acheva de nous réconforter. Nous avions les joues rouges,les yeux brillants de fatigue. Ma mère nous envoya au lit, bien que nous n'ayons pas souhaité le bonsoir à notre père, qui n'était pas encore rentré. La neige et le gel étaient des ennemis sévères pour le bon état de la voie dont il était responsable. Lorsque le temps était aussi inclément, son travail devenait d'autant plus difficile, et il revenait parfois très tard.

J'étais si épuisée que je m'endormis tout de suite. Nous partagions la même chambre, Paul et moi, et dans mon sommeil je l'entendis tousser et s'agiter. Je ne m'éveillai que le lendemain matin et m'aperçus que, le visage écarlate, il grelottait de fièvre.

J'appelai ma mère. Ennuyée mais pas inquiète, elle tâta le front de Paul :

– C'est un refroidissement, affirma-t-elle. Ce n'est pas grave, ça va passer. C'est dimanche aujourd'hui. Vous allez en profiter pour rester au chaud.

Elle soigna Paul comme elle avait l'habitude de le faire lorsqu'il avait un rhume. Mais, outre qu'il toussait et éternuait, il se plaignit, le soir même, d'une douleur dans la poitrine. Toute la nuit, il fut encore en proie à la fièvre, et le lendemain, il était si malade que je dus partir seule pour l'école.

Le soir, il ne nous reconnaissait plus. Après une nuit où son état s'aggrava, mes parent décidèrent d'appeler le médecin.

Il était là à midi, lorsque je revins de l'école. Je le trouvai dans la pièce du rez-de-chaussée, alors qu'il se préparait à partir. Je l'entendis déclarer que mon frère était bien malade, et je le regardai avec affolement. Il employa des mots compliqués que je ne compris pas, ordonna des sinapismes, des sirops, des potions. Je grimpai au premier étage et j'allai voir Paul. Je lui parlai mais il ne m'entendit pas. Je l'observai avec attention, prête à pleurer. Paul, toujours prêt à rire, à jouer, habituellement plein de vie et de joie... Comment était-ce possible ? Je pris une de ses mains brûlantes, qu'il m'abandonna sans réagir.

Il fut très malade. Malgré les soins que ma mère lui prodiguait en respectant consciencieusement les consignes du médecin, son état ne s'améliorait pas. A chacun de mes retours de l'école, je montais jusqu'à la chambre pour le retrouver toujours dans le même état. Ma mère, à son chevet, se désespérait. Elle ne le quittait que pour aller assurer son service au passage des trains, ou pour ouvrir les barrières à ceux qui le demandaient. Mon père, le soir, posait sa grande main fraîche sur le petit front brûlant de son fils, et secouait la tête avec désolation. Tobi, en bas, gémissait sans cesse, comme s'il eût compris la situation. Souvent, il grimpait les marches derrière nous et essayait de se faufiler dans la chambre. Ma mère, à chaque fois, le repoussait. Le chien baissait les oreilles et s'aplatissait le long de la porte, l'air malheureux.

Après plusieurs jours, je rentrai un soir de l'école et j'aperçus, sur le seuil, le docteur qui s'en allait. Il avait l'air grave, et derrière lui ma mère pleurait. Je n'écoutai pas ce qu'il disait. Avec angoisse, j'allai dans notre chambre. Paul gisait dans son lit, dévoré de fièvre et complètement prostré. Pour la première fois j'eus peur. Je redescendis au rez-de-chaussée, le cœur serré par l'appréhension. Ma mère se séchait les yeux. Je n'osai pas lui poser de question. Elle me donna à goûter, m'ordonna de faire mes devoirs, mais elle détourna son visage de mes regards interrogateurs. Puis elle monta rejoindre mon frère et je restai seule avec Tobi, qui semblait aussi malheureux que moi.

Lorsque mon père rentra, ses premières paroles furent pour s'enquérir de l'état de Paul. Je ne sus que répondre.

– Maman est auprès de lui, annonçai-je. Je suis allée le voir tout à l'heure, mais il ne m'a pas reconnue.

– Qu'a dit le médecin ?

– Je ne sais pas.

Il poussa un long soupir et grimpa au premier étage. Je restai seule de nouveau. Après un moment qui me parut très long, comme ils ne revenaient pas, je décidai d'aller les rejoindre. Je montai l'escalier, Tobi sur les talons. De la chambre, dont la porte était restée entrouverte, la voix de ma mère me parvint, étouffée par les sanglots. Je saisis quelques bribes de phrases :

– Perdu... Si demain matin la fièvre n'a pas baissé... Comment faire ?... ne pas le laisser mourir...

J'entrai silencieusement. Mon père, penché sur le lit, avait une expression torturée que je ne lui avais jamais vue. Ma mère, le visage désespéré, tordait un linge froid qu'elle plaçait sur le front du petit malade. Lentement, avec crainte, j'avançai. Que signifiaient les paroles que je venais d'entendre ?

Soudain, Tobi, qui s'était faufilé dans la chambre en même temps que moi, sauta sur le lit. Sans cesser de gémir, de son museau il poussa mon petit frère, le flaira, puis se coucha tout contre lui et ne bougea plus. Ma mère protesta :

– J'ai déjà dit que je ne voulais pas de ce chien ici. Va-t'en, Tobi !

Le chien, pourtant toujours docile, n'obéit pas. Il demeura immobile, se contentant de regarder ma mère avec des yeux suppliants. Celle-ci s'impatienta :

– Va-t'en, j'ai dit !

Elle avança une main pour le saisir. Le chien se recroquevilla et gronda. C'était tellement inhabituel que ma mère, stupéfaite, arrêta son geste. Elle se tourna vers mon père :

– Maxime, mets ce chien dehors.

A ce moment, dans son inconscience, mon frère remua. Distinctement, il prononça un mot :

– Tobi...

Le chien lui lécha la figure et posa le museau contre sa poitrine, sûr de son rôle de gardien. Mon père, ému par ce que cette attitude contenait de fidélité et d'amour, secoua lentement la tête :

– Laissons-le, Charlotte. De toute façon, pour maintenant, ça ne changera rien...

Sa voix s'enroua. Ma mère se mordit les lèvres et ses yeux se remplirent de larmes. J'eus peur de comprendre. Ainsi, mon petit frère allait mourir, et Tobi, avec l'instinct des animaux, l'avait senti...

Mes parents ne quittèrent pas son chevet. Ils m'installèrent, pour la nuit, dans leur chambre, sur un matelas posé à même le sol. J'aurais aimé, moi aussi, rester près de Paul. Je me sentais seule et rejetée. J'aurais voulu être tout contre lui, avec Tobi, afin de lui montrer que je l'aimais.

Au petit jour, je m'éveillai et courus jusqu'à la chambre. Mon père, dans un fauteuil, dormait, vaincu par la fatigue. Ma mère se tourna vers moi, transfigurée, les yeux pleins de lumière et d'espoir :

– Louise... Il n'a plus de fièvre. Il va mieux. C'est un véritable miracle.

Je m'approchai. Le visage de Paul, sur l'oreiller, n'était plus rouge ni boursouflé. Sur son front, de grosses gouttes de sueur coulaient. Ma mère les essuyait, remontait les couvertures, disait :

– Il ne faut pas qu'il prenne froid, surtout.

Tobi, toujours couché au même endroit, leva la tête et remua faiblement la queue. Je me jetai dans les bras de ma mère et je pleurai de soulagement.

Le docteur confirma notre espoir.

– Il est hors de danger. C'est extraordinaire. Il va certainement rester très faible quelque temps, mais c'est normal. Il faudra le réalimenter progressivement.

Ma mère, heureuse, acquiesçait. Moi, je regardais Tobi, qui avait quitté le lit et s'était réfugié dans un coin. Il tremblait, et ses yeux habituellement doux et aimants étaient sans expression. Je m'approchai de lui, voulus le caresser. Sous ma main, je sentis sa truffe sèche et brûlante. Je compris qu'à son tour il était malade.

Il resta plusieurs jours recroquevillé devant le feu, apathique et grelottant, refusant toute nourriture. A plusieurs reprises, je crus qu'il allait mourir. Mais, lentement, il se remit. Et la première chose que vit Paul, lorsqu'il fut capable de se lever et de descendre au rez-de-chaussée, ce fut un Tobi encore faible et bien maigre qui, tenant à peine sur ses pattes, vint frétiller autour de lui en poussant des petits cris de joie plaintifs. Paul le prit dans ses bras et le serra contre lui, offrant son visage aux coups de langue affectueux. J'eus l'impression, en les voyant ainsi, le petit garçon et le chien, qu'une entente très forte les unissait, qui ne concernait qu'eux seuls, et qui était due aux heures terribles où ils avaient lutté, ensemble, contre la mort.

***

Le second événement qui perturba notre vie affecta encore plus Paul que moi-même. Depuis sa maladie, il était devenu plus sage, moins exubérant, moins remuant. Il avait toujours aimé les animaux, mais Tobi était devenu pour lui, maintenant, bien plus qu'un animal : un complice, un ami, un compagnon tendrement aimé. Ce fut pourquoi le drame qui survint le rendit inconsolable.

Nous étions alors en juillet 1905. Dans la campagne, autour de notre maison, les blés lentement mûrissaient, les épis blonds se gonflaient sous le soleil. Dans les prairies, les vaches broutaient l'herbe avant de ruminer paisiblement à l'ombre des arbres. Chaque soir, après notre retour de l'école, dès que nous avions fait nos devoirs et récité nos leçons – ce qui parfois prenait du temps, car ma mère exigeait que nous sachions tout parfaitement –, nous allions au-devant de mon père. Nous partions avec Tobi, sur le chemin qui longeait la voie ferrée, et nous croisions toujours le même train, dont le mécanicien et le chauffeur ne manquaient jamais de nous saluer au passage. Puis, avec mon père, nous revenions à la maison, et il nous montrait ce qu'il avait glané au cours de sa tournée et dont il avait rempli sa sacoche : des champignons, des fruits des bois, parfois un lièvre qui s'était fait happer par le train. Ces promenades étaient notre joie, notre récompense après une journée d'école, et nous l'attendions chaque jour avec impatience.

Ce soir-là, nous venions de partir de la maison lorsque, assez loin devant nous, nous aperçûmes deux vaches immobiles sur la voie ferrée. Cela arrivait quelquefois, et mon père vitupérait les fermiers qui ne consolidaient pas leurs barrières. La toute première règle de sécurité était que la voie ferrée fût toujours libre. Nous le savions parfaitement, Paul et moi. En apercevant les deux vaches, mon frère s'écria :

– Il faut les faire partir de là avant que le train n'arrive!

J'approuvai. Le train n'allait pas tarder. Un coup de sifflet de la locomotive nous apprit qu'il approchait. Nous nous mîmes à courir. Mais les vaches étaient loin, et tout là-bas, au-delà de la courbe, un nuage de fumée annonçait le convoi. Nous comprîmes que nous n'arriverions pas à temps. Une seule solution nous restait : envoyer Tobi. Il avait été dressé par mon père, dès son jeune âge, à chasser les poules qui parfois s'aventuraient sur la voie. Je criai :

– Va, Tobi. Va!

Il comprit et s'élança, rapide comme une flèche. Il arriva au niveau des vaches au moment où le train amorçait la courbe. Il aboya furieusement en tournant autour d'elles, et la première s'éloigna sur le talus. L'autre, plus récalcitrante, ne bougea pas. Je vis Tobi aboyer de plus belle, tandis que le train approchait dangereusement. Tout en courant, j'eus un instant de panique. Si la collision se produisait, que se passerait-il? Mon père affirmait qu'un gros animal sur la voie pouvait suffire à faire dérailler un train.

J'entendis la locomotive siffler deux coups rapides et rapprochés. C'était le signal que le mécanicien adressait aux serre-freins pour arrêter le convoi. Mais je compris aussi qu'à la vitesse où il allait il ne s'arrêterait pas à temps. De son côté, Tobi se démenait comme un diable autour de la vache toujours immobile. A la fin, excédé, il se mit à lui mordre les pattes, et le lourd ruminant daigna s'écarter de quelques pas.

Il était temps. Le train passa, frôlant la vache, mais je vis avec horreur Tobi rouler sous les énormes roues. Mon frère hurla :

– Tobi!

Nous courûmes comme des fous. Le train nous croisa. Tout danger écarté, il reprenait de la vitesse. Lorsque le dernier wagon fut passé, nous pûmes voir, gisant entre deux traverses, immobile et ensanglanté, le corps de notre chien.

Paul me dépassa, hoquetant d'affolement. Près de Tobi, il se jeta à genoux en sanglotant. Je m'approchai et poussai un cri. Notre pauvre chien avait eu les deux pattes arrière cisaillées par les roues, et toute la partie postérieure de son corps gisait dans une mare de sang. En nous voyant, il tenta de se relever et fit un mouvement pathétique vers nous. Ses yeux, pleins de supplication, criaient sa souffrance et sa peur. Je me laissai tomber auprès de mon frère, comprenant que notre compagnon de toujours allait mourir.

– Il faut le ramener à la maison, dit mon petit frère entre ses sanglots. Peut-être pourra-t-on le soigner.

J'ôtai mon tablier et, avec précaution, y plaçait Tobi, qui se mit à gémir. Sans prendre garde au sang qui maculait mes mains, je soulevai le léger fardeau et repartis, à pas rapides, vers la maison. Paul, à mes côtés, sanglotait bruyamment.

– Vite, vite! répétait-il. Louise, tu crois qu'on arrivera à le sauver?

Incapable de répondre, je pleurais. Le sang gouttait à travers l'étoffe du tablier, tombait sur le sol. Tobi avait fermé les yeux et ne gémissait plus. Lorsque nous arrivâmes à la maison et que j'ouvris, devant ma mère affolée, le tablier gluant de sang, je m'aperçus qu'il avait cessé de vivre.

Paul éprouva un véritable désespoir. Mon père creusa un trou dans le jardin, où disparut à jamais notre ami, emportant avec lui ce qu'il nous avait donné sans réserve : dix ans de fidélité, de tendresse, d'affection inconditionnelles.

Son absence créa dans notre existence un vide qui nous laissa longtemps malheureux et désemparés. Plus d'accueil chaleureux et bruyant, le soir, à notre retour de l'école, plus de compagnon de jeux toujours disponible. Notre pauvre Tobi était mort en faisant son devoir, disait mon père, et il avait été une victime des chemins de fer. Mon frère n'oublia jamais et garda, dès cette époque, une sourde rancune contre les trains et leur force aveugle qui savait être cruelle et meurtrière.

***

Quelque temps après, ma grand-mère Constance nous apprit qu'une portée de chiots venait de naître, dans la ferme où elle allait chercher son lait. Elle proposa de nous en ramener un, mais mon frère la supplia de n'en rien faire. Il essaya maladroitement d'expliquer que, s'il remplaçait Tobi, il aurait l'impression de le trahir. Et puis, surtout, il ne voulait plus connaître un chagrin comme celui qu'il avait éprouvé à la mort de notre chien.

– Cet enfant est trop sensible, Charlotte, dit ma grand-mère. Que vas-tu en faire, plus tard ?

Ma mère haussa les épaules en signe d'ignorance :

– Nous verrons bien. Nous avons le temps d'y penser. En tout cas, depuis la mort de Tobi, il refuse l'idée de travailler dans les chemins de fer comme Maxime le prévoyait.

Ma grand-mère regarda Paul avec surprise :

– Tu ne veux pas ? Et pourquoi donc ?

Les lèvres de mon petit frère tremblèrent :

– Je n'aime pas les trains. Ils me faisaient peur lorsque j'étais petit. Et ils sont méchants. L'un d'eux a tué Tobi.

– Voyons, Paul, c'était un accident !

Mais Paul secouait la tête avec obstination.

– Laissez-le, maman, vous n'arriverez pas à le convaincre, conseilla ma mère. Maxime a déjà essayé, mais il n'y a rien à faire.

Ma grand-mère n'insista pas.

– Eh bien alors... Nous verrons bien, comme tu dis.

J'aimais beaucoup ma *mémère* Constance. Depuis que mon grand-père avait pris sa retraite, elle venait souvent nous voir. A chacune de ses visites, elle ne manquait jamais d'aller au cimetière. Parfois, je l'y accompagnais. Elle s'arrêtait toujours devant la même tombe et se recueillait longuement. Je déchiffrais l'inscription, qui ne portait qu'un prénom et deux dates : Hélène, 1875-1894. Poussée par la curiosité, j'interrogeais ma grand-mère, qui me répondait invariablement :

– C'était ma seconde fille. J'ai eu énormément de chagrin lorsqu'elle est morte.

Une larme glissait sur sa joue. En revenant du cimetière, elle me prenait la main et, parfois, me faisait quelques confidences :

– C'était une enfant très attachante, mais elle avait une santé fragile. Charlotte l'aimait beaucoup, jusqu'à se sacrifier pour elle. Elle te racontera ça, un jour. Tu es encore trop jeune pour comprendre.

Ces paroles sibyllines m'intriguaient. Mais, bien vite, je les oubliais.

***

L'année où je fis ma communion solennelle fut votée la loi de séparation de l'Église et de l'État. Mes parents n'étaient pas des catholiques ardents et, pris par leur travail, ils n'avaient pas le temps d'assister aux offices. Pour ma part, je suivais les cours du catéchisme et, à travers les explications de M. le curé, je crus comprendre que le gouvernement voulait s'approprier les biens de l'Église, tout en supprimant le traitement alloué aux prêtres, qui seraient alors à la charge des catholiques. Cette loi affirmait que la république ne reconnaissait aucun culte, et le pape Pie X fit savoir qu'il la réprouvait totalement.

Ma grand-mère Constance, qui habitait Fourmies, nous raconta que les religieuses de la Compassion avaient reçu l'ordre de quitter la ville et avaient dû rejoindre leur maison mère en Haute-Saône. La colère des habitants avait grondé : pourquoi cette mesure, qui visait des femmes bonnes et charitables, dont la seule faute était de recueillir des orphelines, de secourir les pauvres et de visiter les malades ?

De la même façon, les religieuses de Sainte-Thérèse durent quitter Fourmies et leur établissement. A cette nouvelle, ma mère s'insurgea :

– Les sœurs de Sainte-Thérèse ? C'est là que je suis allée à l'école, moi, et elles étaient très bien. Pourquoi les chasse-t-on ?

Ma grand-mère eut un geste d'incompréhension :

– Elles retournent à Avesnes, où se trouve leur maison mère. A leur place, une nouvelle directrice laïque a été nommée. Si tu avais vu la manifestation à la gare, lors de leur départ ! Frédéric dit qu'il y avait bien deux mille personnes venues pour les acclamer.

D'autres mesures anticléricales suivirent, comme la suppression de certaines processions. Dans notre village, tout demeura calme jusqu'à l'inventaire prévu par la nouvelle loi.

La grande majorité des habitants, composés surtout de paysans, était profondément catholique. Ils se rangèrent aux côtés de notre curé. Celui-ci fut prévenu, par deux gendarmes, qu'un percepteur et un commissaire spécial viendraient de la ville la plus proche visiter l'église et en faire l'inventaire. Ils indiquèrent le jour et l'heure. Notre curé répondit qu'il n'était pas d'accord et que l'église serait fermée.

C'était un jour de février 1906. Je me rendais à l'école avec Paul lorsque j'aperçus l'attroupement sur la place. Je m'approchai. Je vis des soldats, des gendarmes à cheval qui tenaient à distance de nombreuses personnes rassemblées autour de l'église. L'atmosphère était houleuse. Un homme, en redingote et chapeau melon, se tenait en haut des marches, immobile, devant le portail fermé. Il tournait le dos à la foule et semblait ne pas entendre les cris qui éclataient, ici et là :

– Vive la liberté!

– A bas les casseroles!

– Vive la calotte!

Poussée par la curiosité, je m'approchai davantage, me faufilai parmi les gens. J'entendis des roulements de tambour, un ordre lancé, par trois fois, d'une voix forte :

– Au nom de la loi, ouvrez!

Dans l'église, rien ne bougea, mais tout autour des huées s'élevèrent. Sur un signe du commissaire, des sapeurs du génie s'avancèrent et, à la hache, attaquèrent le portail. Les huées s'amplifièrent, devinrent des clameurs de protestation. Devant moi, une femme hurla, d'une voix aiguë :

– Le portail de notre église! C'est une honte!

Une autre cria :

– Mais il faut réagir, faire quelque chose! Laissez-nous passer, à la fin!

Avec une épingle à chapeau, elle se mit à piquer les cuisses des chevaux des gendarmes. Les grands animaux bronchèrent. Je la regardai avec désapprobation : les pauvres bêtes n'y étaient pour rien.

Le portail, sous les effets conjugués des soldats, avait fini par céder. Une grande brèche s'ouvrait. J'aperçus, juste derrière, une haute barricade faite de bancs et de chaises entassés et entremêlés. Les soldats et des gendarmes entreprirent de la démolir pendant que le percepteur et le commissaire en chapeau melon attendaient, impavides.

– Hou, hou, les casseroles! cria la foule, alors qu'ils s'apprêtaient à entrer dans l'église.

Il y eut un remous et je fus projetée contre une femme, une fermière que je connaissais. Elle me lança un regard sévère :

– Que fais-tu là, Louise ? Ce n'est pas un endroit pour toi. Dépêche-toi d'aller à l'école, il est l'heure.

Je regardai autour de moi. Paul avait disparu et, au clocher de l'église, l'horloge marquait presque deux heures. J'eus peur d'arriver en retard et d'être punie. Je fis demi-tour et courus jusqu'à l'école. Je pénétrai, essoufflée, dans la cour juste au moment où retentissait le coup de sifflet. J'allai me mettre en rang, jetant de fréquents coups d'œil vers l'église, frustrée de ne pas pouvoir assister à la suite des événements.

Je ne les appris qu'après, par de nombreux échos. C'était le sujet de toutes les conversations. Le percepteur et le commissaire s'étaient heurtés, dans l'église, à notre curé qui leur avait remis une lettre de protestation. Malgré tout, ils avaient fait l'inventaire, noté les statues, les autels, les chandeliers, les vases, la chaire, les confessionnaux, les meubles de la sacristie. Puis ils étaient ressortis, accueillis de nouveau par les huées de la foule.

– Dans certains endroits, ça s'est passé beaucoup moins bien, assura mon père quelques jours plus tard. Il y a eu des bagarres entre les opposants et les partisans de la loi, et quelquefois même des blessés.

Il me fixa avec désapprobation.

– J'ai appris que tu te trouvais parmi les manifestants. Je tiens à te préciser que, s'il se produit encore quelque chose du même genre, tu n'as pas à y aller. Tu restes en dehors. C'est bien compris ?

Un sentiment de culpabilité me mit le rouge aux joues. Avec confusion, j'acquiesçai. Ma mère eut une expression de reproche :

– C'était très imprudent de te mêler à cet attroupement, Louise. Je le sais par expérience. J'ai fait la même chose, moi aussi, à Fourmies, au cours d'une manifestation, un 1er Mai. Et je l'ai bien regretté, crois-moi.

Je hochai la tête. Je savais à quoi elle faisait allusion. Elle nous avait déjà raconté, à Paul et à moi, cet après-midi tragique où une des ses amies avait été tuée par les balles des soldats *. Mais malgré la promesse que je venais de faire, je n'étais pas sûre que, si une autre occasion se présentait, je serais capable d'y résister.

* Voir *La Courée* du même auteur, chez le même éditeur.

CHAPITRE II

Je passai mon certificat d'études et je fus libérée de la corvée que représentait pour moi l'école. Mon travail, dorénavant, fut d'aider ma mère. J'appris à garder la maison propre, à laver le linge, à préparer les repas.

– Pour s'occuper d'un mari, affirmait ma mère, l'essentiel n'est pas de savoir lire et écrire, mais de bien faire la cuisine. Tu t'en rendras compte plus tard.

Cela me convenait. Je préférais nettoyer et repriser plutôt que de faire des calculs compliqués ou apprendre des choses qui, me disais-je, ne servaient à rien. A quoi bon savoir l'année de la mort de Henri IV, ou le nom des ministres de Louis XIV ? Je m'étais empressée de les oublier. Par contre, lorsque je réussissais une tarte, et que mon père et mon frère me félicitaient, je ressentais une juste fierté.

J'appris également à seconder ma mère dans son travail de garde-barrière. Dès qu'elle entendait corner le garde-barrière précédent, elle enlevait son sarrau, sortait et se plaçait au garde-à-vous, toujours à gauche, le drapeau rouge enroulé autour de son bras tendu. Mais parfois, lorsqu'elle était occupée et que quelqu'un demandait l'ouverture des barrières, il m'arrivait de la remplacer. Je connaissais l'horaire des trains, mais je regardais attentivement la voie avant de pousser d'abord la barrière de sortie, puis l'autre. Et, lorsque l'attelage était passé, je me dépêchais de les refermer.

Une fois, j'eus très peur. Les sœurs Dampierre venaient d'arriver. Elles tenaient un magasin de mercerie dans le village, vendaient des patrons et cousaient des robes pour leurs clientes. Une fois par mois environ, elles se rendaient à la ville voisine pour acheter leurs fournitures. Elles possédaient un cheval et une carriole, et s'arrangeaient toujours pour passer entre deux trains, car leur cheval s'affolait au moindre bruit.

Ce jour-là, elles étaient en retard, et nous avions déjà entendu le coup de corne annonçant l'arrivée du train lorsqu'elles s'arrêtèrent devant la barrière. Ma mère, dans la position réglementaire, indiquait au mécanicien que tout était en ordre. Il ne me restait qu'à attendre que le train se fût éloigné pour ouvrir les barrières.

Mais, lorsque la lourde locomotive s'approcha, le cheval prit peur. Il se mit à hennir, puis il se cabra, roulant des yeux affolés. Colette Dampierre, qui tenait les rênes, lui cria un ordre, mais le vacarme du convoi couvrit sa voix. Le cheval se débattit, rua entre les brancards. Je vis venir l'instant où, fou de terreur, il allait s'emballer. Heureusement, mon frère était là et comprit le danger.

Il n'avait que douze ans mais il était déjà grand et fort. D'un bond, il sauta au cou du cheval, s'agrippa à lui, le força à baisser la tête. Il l'entoura de ses bras et, tout le temps que le train passa, il lui parla à l'oreille sans le lâcher. Je voyais les longues pattes fines de l'animal trembler, et tout son corps frémir. Enfin, longtemps après que le train se fut éloigné, il réussit à se calmer.

Ma mère offrit un rafraîchissement aux demoiselles Dampierre, qui avaient eu peur. Pendant ce temps, Paul continua de parler au cheval en le caressant. Lorsqu'elles partirent, le grand animal était redevenu doux et obéissant. Elles remercièrent Paul avec chaleur.

– Comment as-tu fait ? lui demandai-je, alors qu'il m'aidait à refermer les lourdes barrières.

– Je lui ai simplement dit qu'il n'y avait aucun danger. Il est intelligent. Malgré sa peur, il a réussi à comprendre.

– Paul, tu te moques de moi ! Comment un cheval peut-il te comprendre ?

Mon frère haussa les épaules :

– Pourtant, c'est ainsi.

Je ne dis plus rien. J'avais déjà remarqué que Paul avait un don pour parler aux animaux et même pour les soigner. Cela commençait à se savoir, et de plus en plus souvent des fermiers du village venaient le chercher pour un veau ou une truie malade. Paul, après avoir palpé l'animal, trouvait la plupart du temps de quoi il souffrait. Ma curiosité me poussait à l'interroger, mais il me répondait simplement :

– Je ne peux pas t'expliquer, Louise. Dès que je me

penche sur un animal, il se crée une sorte de... comment dire ?... de compréhension entre lui et moi. C'est comme s'il me parlait. Et je sais tout de suite où il a mal.

Comme les autres, j'étais bien obligée de m'incliner devant l'évidence. Au cours de l'été, cette année-là, Aimable, le fermier chez qui mon père travaillait de temps à autre, acheta un cheval. C'était un jeune animal qu'il ne parvenait pas à dresser. Non seulement il n'obéissait pas, mais il se montrait parfois rétif, allant jusqu'à donner des coups de dent.

– Je ne vais rien pouvoir faire de lui, se plaignit Aimable. Il va falloir que je le revende.

Mon frère, qui était en vacances, proposa :

– Laissez-moi une journée avec lui. J'arriverai peut-être à arranger les choses.

Aimable regarda Paul d'un air de doute :

– Tu ne peux rien faire. Il n'est pas malade. Simplement vicieux. Je ne garderai pas cet animal.

– Laissez-le-moi, insista Paul. Après, vous ferez ce que vous voudrez.

Aimable céda, peu convaincu. Mon frère passa une journée seul avec le cheval. Le soir, il le rendit à Aimable aussi doux qu'un agneau, et jamais plus le fermier n'eut à se plaindre de lui. J'insistais auprès de Paul, je disais :

– Mais à moi, tu peux l'avouer ! Comment fais-tu ? Quel est ton secret ?

Mon frère fixait sur moi ses yeux limpides, et je voyais bien qu'il ne mentait pas :

– Il n'y a aucun secret, Louise. Ce pauvre cheval venait d'être transplanté dans un milieu qu'il ne connaissait pas. Il était malheureux. Je l'ai compris. Je lui ai parlé, et j'ai réussi à le convaincre. Ça n'a pas été facile, mais j'y suis arrivé. C'est tout.

Ces explications me laissaient insatisfaite. Mais Paul, lui, savait déjà ce qu'il voulait faire. Il aimait les animaux, le travail de la terre. Il voulait travailler dans une ferme. Aimable, ébloui par le résultat qu'il avait obtenu avec son cheval, l'avait déjà retenu :

– Dès que tu quittes l'école, tu peux venir chez moi, je t'embauche.

Mon père, s'il avait espéré voir son fils travailler aux chemins de fer, eut néanmoins la sagesse de ne pas s'y opposer.

Quant à moi, j'avais pris goût au travail humble et modeste qui était celui de ma mère. Parfois, lorsque j'en avais le temps, j'allais encore au-devant de mon père, le soir, et j'écoutais avec intérêt les explications qu'il me donnait. Il lui fallait tout voir : un boulon desserré, une traverse mal bourrée. A la longue, j'attrapais un œil aussi exercé que le sien. J'aurais aimé, si j'avais été un garçon, faire le même travail, plus tard.

D'autres fois, ma mère m'envoyait porter des fruits, de la soupe ou un morceau de tarte à Victorien. Il était aiguilleur, et je le trouvais immanquablement dans sa petite cabane à la propreté méticuleuse où, à cause des leviers, régnait une forte odeur de graisse. Il approchait de la retraite et, avec l'âge, était devenu dur d'oreille. Il n'était pas sûr de bien entendre les indications des mécaniciens concernant leur direction : un coup de sifflet prolongé pour aller à gauche, trois coups prolongés pour aller à droite. Alors sa femme l'accompagnait, et toute la journée restait près de lui, assise dans un coin de la cabine. Elle lui disait le nombre de coups, et le reste du temps s'occupait en tricotant, en reprisant des vêtements, en triant des haricots. Tout le monde était au courant de la surdité de Victorien mais, puisqu'il assurait impeccablement son service, personne ne songeait à le dénoncer.

– Je n'ai plus que quelques années à faire, disait-il, et je ne demande qu'une chose : qu'on me les laisse faire. Il est certain que, si les Messieurs de la Compagnie savaient que je suis sourd, ils m'empêcheraient de continuer mon travail. Et alors, qu'est-ce que je deviendrais ? J'ai toujours été aiguilleur, et j'en suis fier. On m'a choisi pour ma ponctualité, ma bonne conduite, mon sang-froid. C'est Monsieur l'Ingénieur lui-même qui me l'a dit.

Il obtint ce qu'il désirait, le brave Victorien : il termina son service aux chemins de fer du Nord en tant qu'aiguilleur, malgré sa surdité, grâce au concours de sa femme. Et les Messieurs de la Compagnie n'en surent jamais rien.

***

Ma curiosité me jouait parfois de vilains tours. L'année de mes quinze ans, elle me fit faire une découverte qui me bouleversa. C'était un après-midi, et nous étions seules à la maison, ma mère et moi. Nous étions occupées à ranger l'armoire de sa chambre ; après avoir nettoyé les étagères, nous replacions le linge et les draps dans un ordre bien déterminé. Nous avions presque fini lorsqu'un appel retentit dehors : un fermier demandait l'ouverture des barrières.

– J'y vais, dit ma mère. Continue en m'attendant. Ces

piles de serviettes, et cette boîte, là, sont à mettre sur l'étagère du haut.

Elle sortit. Je pris la boîte en fer dans laquelle mes parents plaçaient leurs papiers importants et leurs économies. Alors que je la soulevais pour la ranger, elle m'échappa des mains et tomba sur le plancher. Le couvercle s'ouvrit, le contenu s'éparpilla. Je m'agenouillai pour tout ramasser, rattrapai les pièces de monnaie qui avaient roulé, fis une pile des papiers afin de tout replacer. Je manquai d'oublier un petit livret à la couverture brune, qui avait glissé sous le lit. Je le pris et vis qu'il s'agissait du livret de famille.

Ma curiosité me poussa à l'ouvrir. A l'intérieur était consigné le mariage de mes parents. Une page indiquait le nom des époux, une autre celui des enfants. Je lus, et mon cœur s'arrêta de battre. Une surprise horrifiée, mêlée à une incompréhension totale, me figea sur place. Il n'y avait, à la page « enfants », que le prénom de mon frère, ainsi que sa date de naissance. Le mien n'y figurait pas.

Je crus à un oubli. Affolée, je tournai les autres pages. Mais elles étaient vides. Mon nom n'était nulle part. Comment était-ce possible ? Mes parents n'avaient pourtant pas qu'un seul enfant. Pourquoi n'avais-je pas été mentionnée ?

Stupide, je regardai les autres papiers dans la boîte. Un deuxième carnet, identique à celui que je tenais, attira mon attention. Je le pris et l'ouvris, en éprouvant une sensation étrange, la sensation que j'allais découvrir quelque chose de terrible.

C'était un autre livret de famille. Je déchiffrai ce qui y était écrit avec effarement. Un mariage était noté, celui de mon père avec Hélène Van Wedde. Je fronçai les sourcils, réfléchis. Ce nom était celui de la jeune sœur de ma mère, celle qui était au cimetière, dans la tombe que grand-mère Constance allait régulièrement fleurir. Personne, jamais, ne m'avait dit qu'elle avait été mariée avec mon père. Je tournai la page et là, je sentis mes yeux s'écarquiller. Sous le titre « enfants », étaient notés mon prénom et ma date de naissance.

Je ne compris pas tout de suite. Pourquoi figurais-je dans ce carnet au lieu d'être dans l'autre avec mon frère Paul ? Je regardai de nouveau, comparai les dates, calculai. L'évidence finit par s'imposer à mon esprit : mon père avait d'abord épousé Hélène, puis ma mère. Mon frère Paul était bien leur enfant, mais moi, j'étais la fille d'Hélène. Celle que depuis toujours je croyais être ma mère n'était que ma tante. Ma vraie mère était morte et, sans le savoir, c'était sur sa tombe que je me rendais lorsque j'accompagnais ma grand-mère Constance au cimetière.

Une indignation irrépressible monta en moi. Ainsi, ils me trompaient depuis toujours! Mon père, mes grands-parents, et surtout celle que j'appelais ma mère... Je fus incapable de rester là un instant de plus. Bouleversée, je sortis de la chambre, dégringolai l'escalier, me retrouvai dehors, haletante. Ma mère, près de la barrière refermée, discutait avec le fermier. Je vis qu'ils me regardaient tous deux avec surprise tandis que je passais en courant. Ma mère cria :

– Louise! Où vas-tu?

Je ne répondis pas. Je m'enfuis, pleine de révolte et de douleur. Sur le chemin qui longeait la voie ferrée, je courus à perdre haleine, incapable d'affronter cette brutale révélation. L'équilibre que je croyais être le mien depuis ma naissance avait volé en éclats.

Je ne m'arrêtai que lorsqu'un point de côté me plia en deux. Éperdue, je n'arrivai pas à reconnaître l'endroit où je me trouvais. Je titubai jusqu'au talus, me laissai tomber dans l'herbe. Recroquevillée sur moi-même comme un animal blessé, j'éclatai en sanglots bruyants.

Je pleurai longtemps. Dans mon esprit enfiévré, des pensées confuses et désordonnées se heurtaient : ainsi, Paul n'était plus qu'à moitié mon frère, et en fait, je n'avais plus de mère. Il me venait de la rancune envers celle qui s'était approprié ce titre. Pourquoi ne m'avait-elle jamais dit la vérité? Je l'aimais, j'avais toujours eu confiance en elle, et pendant tout ce temps elle savait qu'elle me trompait et, malgré tout, continuait à se taire.

Je sanglotai de plus belle. J'avais complètement oublié le monde extérieur et je sursautai lorsque je sentis une main se poser sur mon épaule. Je levai les yeux. A travers un brouillard de larmes, j'aperçus ma grand-mère Constance penchée sur moi.

– Qu'y a-t-il, mon enfant? dit-elle doucement. Pourquoi pleures-tu si fort?

L'expression tendre et inquiète de son visage fit redoubler mes sanglots. Elle posa son sac, s'assit près de moi, me prit contre elle et attendit que cesse ma crise de larmes. Dans le bouleversement où je me trouvais, ses bras me parurent être un refuge. Mes sanglots, peu à peu, s'atténuèrent. Ma grand-mère me tendit un mouchoir :

– Maintenant, dis-moi ce qu'il y a. Une peine semble moins lourde si elle est partagée.

Le front contre son épaule, je sentis un flot de larmes

monter à nouveau à l'idée de parler. Je me mordis les lèvres. Ce que je ressentais était si difficile à exprimer ! Ma grand-mère, patiemment, attendait. Alors, lentement, par bribes entrecoupées, je me mis à raconter. Les livrets de famille, ma découverte, ma réaction violente.

– C'est affreux... Je ne suis pas celle que je croyais être. Comment a-t-elle pu faire une chose pareille ? Me faire croire que je suis sa fille, alors que ce n'est pas vrai ! C'était trop grave pour me le cacher. Je ne lui ferai plus jamais confiance, et à cause d'elle, je vais douter de tout maintenant.

Ma voix se mit à trembler et je me tus. Ma grand-mère ne disait rien. Pas une seule fois elle ne m'avait interrompue. La tête penchée, elle semblait réfléchir. Enfin, elle soupira, et sur son visage passa l'ombre d'un reproche :

– On a raison de dire que la curiosité est un vilain défaut. Si tu n'avais pas regardé ces papiers, ceci ne serait pas arrivé. Que cela te serve de leçon, Louise.

Je relevai le front :

– Mais j'aurais bien fini par l'apprendre, un jour ou l'autre. Alors, pourquoi ne pas me l'avoir dit ? C'était tellement cruel de me faire croire que...

Un sanglot de nouveau brisa ma voix. Ma grand-mère posa une main apaisante sur la mienne :

– Non, ce n'était pas cruel. Je suppose que tes parents te l'auraient dit, plus tard. Mais pour eux, ça ne change rien.

Je déglutis avec difficulté :

– Pour eux, peut-être, mais pas pour moi. Je ne considérerai plus jamais ma... mère de la même façon, maintenant. Tout simplement parce que je sais qu'elle ne l'est pas.

– Tu as tort, Louise. Ce que tu sais ne doit pas changer ton état d'esprit. Regarde Frédéric, par exemple. Tu l'appelles *Pépère,* tu le considères comme ton grand-père, et pourtant il ne l'est pas. Ton vrai grand-père était mon premier mari. Il est mort il y a bien longtemps, alors que ta mère n'était qu'une enfant. Et mes deux filles ont été bien plus malheureuses avec leur vrai père qu'avec Frédéric.

Ma mère m'avait déjà parlé de son père, un Belge venu travailler en France, qui buvait, battait sa femme et les terrorisait, sa sœur et elle *. Je savais que Frédéric n'était pas mon vrai grand-père, et cela ne m'avait jamais gênée.

– Et puis, continuait ma grand-mère, Charlotte t'aime autant que si tu étais sa fille. Elle n'a jamais fait de différence entre toi et Paul. Lorsque j'avais ton âge, j'étais

* Voir *La Courée.*

orpheline, et j'ai été recueillie par un frère de ma mère. Ma tante ne m'aimait pas, et j'ai été très malheureuse chez elle. J'aurais bien voulu, alors, avoir une mère comme celle que tu as.

Je ne disais plus rien. Très doucement, un apaisement se faisait en moi. Pourtant, je savais que ma découverte me ferait longtemps souffrir.

– Pour moi, que tu sois l'enfant de l'une ou l'autre de mes filles, tu es toujours ma petite-fille. Il n'y a rien de changé, Louise. Et, si tu veux mon avis, tu devrais vite retourner auprès de ta mère et tout lui avouer. Je suis sûre qu'elle est inquiète. Je me rendais chez elle, mais je reviendrai une autre fois. Va lui parler, afin que la situation soit claire entre vous deux. Et surtout, n'oublie pas que nous t'aimons, tous, que tu sois la fille de Charlotte ou celle d'Hélène.

Elle m'embrassa tendrement, m'aida à me relever. Je me sentais faible, comme si j'étais endolorie. Machinalement, je repris le chemin de notre maison. De loin, alors que j'arrivais, je vis ma mère qui scrutait la voie. Elle m'aperçut et je me rendis compte, très nettement, de l'expression de soulagement qui envahit son visage. Lorsque j'approchai, elle fit quelques pas vers moi, m'entraîna dans la maison.

– Louise, mon enfant! J'ai compris, en voyant la boîte ouverte et les livrets de famille... Tu n'as pas pu t'empêcher de regarder, n'est-ce pas? Et maintenant, tu sais!

Elle m'observait avec inquiétude et amour. J'eus une pensée de gratitude envers ma grand-mère Constance. Grâce à ce qu'elle m'avait dit, la rancune que j'éprouvais m'avait quittée. Je ne ressentais plus qu'une grande tristesse, et la sensation douloureuse d'avoir été trompée. Avec reproche, je demandai :

– Pourquoi ne m'avoir rien dit? Pourquoi m'avoir laissé croire que j'étais votre fille?

Elle s'avança vers moi, le visage baigné de tendresse. Avec simplicité, elle dit :

– Parce que, pour moi, tu as toujours été ma fille.

La façon dont elle prononça cette phrase souleva en moi une profonde émotion. Je compris qu'elle disait la vérité, et ma souffrance s'éloigna.

– L'important, vois-tu, c'est l'amour que j'ai pour toi. J'étais là lorsque tu es née, et je t'ai aimée tout de suite. Ta mère t'a confiée à moi lorsqu'elle a compris qu'elle allait mourir. Tu m'es devenue deux fois plus précieuse.

J'eus envie d'avoir des détails sur celle qui avait été ma mère, afin de mieux la connaître. Même si elle avait eu très peu de temps pour le faire, elle m'avait aimée, puisqu'elle s'était souciée de mon avenir en me confiant à sa sœur.

– Pense à elle avec tendresse. Viens, je vais te parler d'elle. Tu comprendras peut-être mieux, ensuite.

Je m'assis et écoutai, avide de savoir.

– C'était ma petite sœur, et je l'aimais. Elle était très sensible, très impressionnable. Je t'ai déjà parlé de notre père, qui buvait et nous terrorisait. A chaque crise, je refoulais ma peur pour essayer de rassurer Hélène. Je me sentais responsable d'elle. Nous étions très unies.

Elle se tut un instant, le regard pensif et grave. Je vis dans ses yeux une profonde tristesse.

– Elle est morte en te mettant au monde. Elle m'a fait promettre de m'occuper de toi, et j'ai promis. « Je sais que tu l'aimeras », m'a-t-elle dit. Elle ne se trompait pas.

Je repensai aux deux livrets de famille, aux deux mariages de mon père. Une question me vint à l'esprit :

– Alors, vous avez épousé papa pour pouvoir vous occuper de moi ?

Une confusion passa sur son visage, la rendit plus jeune et plus jolie :

– Non, pas seulement pour ça. Vois-tu, lorsque nous étions jeunes filles, Hélène et moi, nous étions toutes les deux amoureuses de ton père. Hélène, qui venait d'être gravement malade, ne reprenait pas goût à la vie. Seul l'amour de Maxime était capable de la sauver. Je me suis effacée pour qu'elle puisse vivre et être heureuse *.

J'eus un éclair de compréhension :

– C'est donc de cela que parle grand-mère Constance, parfois. Je m'étais toujours demandé ce qu'elle voulait dire. Malgré tout, ma pauvre maman n'a pas été heureuse bien longtemps, puisqu'elle est morte à ma naissance. C'est à cause de moi. C'est comme si je l'avais tuée.

– Ne dis pas de bêtises. Ce sont des choses qui arrivent, on n'y peut rien. Ton père t'a mise en nourrice, et dès que tu as été sevrée nous sommes allées te chercher, *mémère* Constance et moi. Nous t'avons ramenée chez nous. Je t'ai installée dans ma chambre. Chaque matin, lorsque je me réveillais, je te prenais contre moi et je te parlais. Il y a eu tout de suite une grande tendresse entre nous. Dès ce moment, tu es devenue mon enfant, et quoi que tu penses, tu l'es toujours restée.

Je sentais que ces paroles énonçaient une évidence très simple et très belle. Pourtant, tout en n'ayant jamais souffert

* Voir *La Courée.*

du manque d'amour maternel, je me sentais subitement orpheline. Malgré moi, je regardais celle que j'avais toujours considérée comme ma mère avec d'autres yeux. Un indéfinissable malaise mettait une barrière invisible entre nous deux et me retenait d'aller vers elle. Rien n'était changé, répétait-elle. Mais pour moi, ce n'était plus pareil. Ce qu'ils avaient toujours su, je venais seulement de l'apprendre.

Le lendemain, mon père me prit à part et me dit la même chose. Je ne me laissai pas convaincre. Cette impression dura plusieurs jours puis, très graduellement, elle s'estompa et finit par disparaître.

Mais, pendant ces quelques jours, je fus incapable de m'adresser à ma mère en prononçant le mot mère ou maman. Elle l'avait remarqué, et je voyais bien qu'elle en souffrait. Mais elle ne disait rien.

Un après-midi, je me rendis au cimetière, sur la tombe de ma vraie mère. A travers ce que je connaissais d'elle, j'essayai de la retrouver. Je n'y parvins pas. Mes plus anciens souvenirs me montraient l'autre mère, celle qui, sur la prière de sa sœur, avait promis de m'aimer – et avait tenu sa promesse. C'était vers elle que j'avançais lors de mes premiers pas chancelants, c'était dans ses bras que je me blottissais avec candeur et confiance, c'était elle qui m'embrassait tendrement en m'appelant sa petite fille. A travers les images de ma petite enfance que je revoyais, je compris qu'elle s'était substituée à sa sœur, avec l'accord de celle-ci, pour me donner son amour. Et même si, tout au fond de moi, je savais que je garderais toujours une blessure en pensant à cette mère que je n'avais pas connue, je compris également que ma grand-mère Constance avait raison lorsqu'elle assurait que l'important, c'était d'être aimée.

Ce soir-là, lorsqu'il fut l'heure d'aller se coucher, j'embrassai mes parents comme d'habitude. Et puis, selon un rite instauré depuis toujours, notre mère vint nous border dans notre lit, Paul et moi. Lorsqu'elle se pencha vers moi, d'un élan spontané je mis mes bras autour de son cou.

– A demain, *mère,* dis-je tout bas. Bonne nuit.

C'était la première fois que je l'appelais ainsi depuis ma découverte. Je la sentis s'immobiliser puis, avec une infinie tendresse, elle me caressa les cheveux.

– Dors bien, mon enfant, murmura-t-elle.

Elle se releva et, avant qu'elle éteignît la lampe, j'eus le temps de voir son sourire heureux et tremblant, et les larmes qui faisaient scintiller ses yeux.

***

Nous étions pauvres et la vie était parfois difficile. Nous ne possédions que le strict nécessaire. Notre grand-mère Constance, qui avait des économies à la Caisse d'épargne, nous aidait lorsqu'il fallait acheter de nouveaux vêtements pour Paul et moi qui grandissions sans cesse. Si ma mère protestait, ma grand-mère la rabrouait :

– Voyons, Charlotte, laisse moi agir comme je l'entends. Ce sont mes seuls petits-enfants. Si je n'utilise pas mon argent pour eux, pour qui le ferai-je ?

C'était grâce à elle que nous avions quelques douceurs, des bonbons et des sucreries que nous allions acheter à l'épicerie du village. Là aussi, aux protestations de ma mère, elle savait répliquer :

– Ça me fait plaisir autant qu'à eux. Ne te rappelles-tu pas ta propre joie lorsque tonton Édouard venait nous voir et vous donnait, à Hélène et à toi, votre « dimanche » * ? Vous étiez contentes, non ? Alors, permets-moi de jouer le même rôle auprès de tes enfants.

Vaincue, ma mère se taisait. Je la soupçonnais de ne protester que pour la forme. Elle devait calculer au plus juste pour équilibrer notre budget, et de plus s'efforçait de faire des économies. Avec le salaire que ramenait mon frère depuis qu'il travaillait chez Aimable, c'était un peu plus facile. Moi-même, je louais mes services de temps à autre, pour aller ramasser les pommes de terre ou démarier les betteraves. J'étais fière, ces jours-là, de rapporter un peu d'argent à la maison.

Nous n'étions pas les seuls à être aussi pauvres. Partout, autour de nous, les humbles qui donnaient aux chemins de fer la majeure partie de leur temps et de leurs forces trouvaient qu'ils travaillaient beaucoup et étaient peu payés. Une insatisfaction grandissait, soutenue par le Syndicat national des travailleurs du chemin de fer. Une affiche montrait les « grands », les patrons, directeurs, ingénieurs et inspecteurs dans un wagon de première classe et indiquait leurs traitements, allant de 20 000 à 150 000 francs, tandis que les employés miséreux, sur la voie ferrée, les regardaient passer en se contentant de salaires variant de 2,50 F à 4,25 F par jour. « Dans les Chemins de fer comme partout, disait la légende, les gros se roulent, mais les petits sont roulés. »

– Il y a trop d'injustice affirmait Victorien l'aiguilleur. Prenez, par exemple, les juges et les magistrats. On leur

* Voir *La Courée*

accorde des cartes de circulation pour voyager en première classe. Mais nous, si l'on veut prendre le train, nous devons nous contenter des troisièmes classes, où l'on meurt de chaleur l'été et de froid l'hiver.

– C'est malheureusement vrai, approuvait mon père. Je me souviens du cas qui s'est produit, il y a une vingtaine d'années. Un enfant en bas âge est mort de froid dans un compartiment de troisième classe, tout simplement parce que le chauffage n'est pas prévu pour un parcours inférieur à deux heures. Le train était parti de Béthune, et lorsqu'il est arrivé à Hénin-Liétard, l'enfant était bleu et glacé. Il a été impossible de le ranimer.

– C'est inadmissible, disait ma grand-mère. Mon oncle Édouard, à la fin du second Empire, assurait que la république supprimerait les injustices. Il y a quarante ans de cela. Combien de temps devrons-nous encore attendre ?...

Au cours de l'été de 1910, des manifestations commencèrent à avoir lieu. Les syndicats réclamaient le repos hebdomadaire, la journée maximum de dix heures – les roulants faisant quelquefois jusqu'à vingt heures par jour – l'application de la retraite pleine et entière, et la *thune*, c'est-à-dire un salaire journalier minimum de cinq francs.

Les compagnies refusèrent de donner satisfaction à leurs employés. L'insatisfaction augmenta, les journaux se mirent à parler de grève.

Elle finit par éclater le 10 octobre et fut largement suivie. Il y eut de nombreuses réunions. Mon père s'y rendait fidèlement. Il revenait en disant que la gare d'Avesnes était occupée par les gendarmes, et qu'un détachement du 84ᵉ de ligne avait été envoyé à Fourmies.

Il nous faisait part du mécontentement général. Il nous parlait de Charles-Albert, le chef de la petite gare distante de quelques kilomètres, dont la journée de travail n'était jamais terminée, et qui devait tout faire : délivrer les billets, recevoir les colis, enregistrer les bagages, remplir les bordereaux, passer les dépêches, et même assurer le service de nuit.

Il nous expliquait les risques encourus par les hommes d'équipe chargés de l'accrochage des wagons : s'ils ne s'écartaient pas assez rapidement, ils se retrouvaient broyés entre les tampons. C'était un accident malheureusement fréquent, et quelquefois mortel.

– Charles-Albert a connu un cas de ce genre, disait mon père. Un homme d'équipe qui, heurté par les tampons, est tombé sur la voie. Il a eu la jambe gauche écrasée par les wagons qui refoulaient, et il a fallu l'amputer. Il n'a pas pu reprendre son service, bien entendu, et la Compagnie l'a licencié avec une rente d'invalidité équivalant au tiers de son salaire, qui n'était déjà pas bien élevé. Il s'est retrouvé dans une situation dramatique pour faire vivre sa femme et ses enfants.

Quant aux mécaniciens, aux chauffeurs et aux conducteurs de train, ils se plaignaient de rouler parfois jusqu'à dix-sept heures par jour. C'étaient eux surtout qui réclamaient la journée de dix heures, avec cinquante-deux repos par an.

– C'est normal, commentait mon père. Un mécanicien doit surveiller continuellement la voie et les signaux. S'il est fatigué, son attention faiblit, ce qui risque d'amener des accidents. D'ailleurs, ceux qui se produisent sont souvent dus à une surcharge de travail. Les compagnies devraient le comprendre.

Mais, par-dessus tout, la revendication principale concernait les salaires, insuffisants eu égard au coût de la vie et aux conditions de travail très dures imposées aux cheminots : assurer leur service par tous les temps, braver le froid, la neige, la pluie, le dimanche comme les autres jours. Une affiche disait : « Que demandent-ils ? Un salaire normal : 5 francs par jour. Est-il logique et humain qu'à notre époque, malgré l'augmentation des vivres et des loyers, des cheminots ne gagnent que 2,50 F ou 3,50 F par jour ? Et cela pendant que les actionnaires des compagnies empochent millions sur millions. »

Nous vîmes arriver la troupe le long de la voie. Des soldats occupèrent les postes d'aiguillage, d'autres se postèrent près de notre barrière. Mon père, convaincu par le syndicat, était décidé à se joindre au mouvement de grève. Il ne sortit pas de la maison, interdit à ma mère d'aller actionner la barrière.

– Laisse donc ces soldats s'en occuper. Ils sont venus là pour ça.

Les trains ne passaient plus, les mécaniciens et les chauffeurs étant également en grève. Lorsque, par extraordinaire, il nous arrivait d'en voir un, nous constations avec surprise qu'il était piloté par un ingénieur.

– C'est excellent, disait mon père, cela montrera à ces messieurs habitués à travailler dans un bureau, bien à l'abri, ce que ça représente de conduire une locomotive !

Au bout de deux jours le gouvernement réagit. Les cheminots réservistes de la 5e et de la 8e section des chemins de fer de campagne furent mobilisés pour vingt et un jours. Des petits cartons leur furent envoyés, mi-blancs, mi-rouges, leur intimant l'ordre de se rendre immédiatement à la gare, « afin d'y accomplir une période d'exercice au titre des sections des chemins de fer de campagne ». Le syndicat protesta que cette mobilisation était illégitime. Les réactions furent diverses. Beaucoup de grévistes refusèrent de répondre à ces convocations. D'autres eurent peur et reprirent le travail. Ils furent aussitôt méprisés. On les appelait « les renards ». Ils portaient au bras l'insigne de leur mobilisation, un brassard de couleur différente, rouge pour les mécaniciens, jaune pour les autres.

Les grévistes appelèrent au sabotage. Des machines furent mises hors d'état de service, des fils furent coupés dans les aiguillages, des bombes furent trouvées dans les trains, des poutres placées sur les voies. Ma mère et moi ne sortions pratiquement plus de la maison. Mon frère partait travailler chez Aimable comme il le faisait habituellement, et mon père ne s'absentait que pour assister aux réunions. Il était de plus en plus sombre. Il aimait son travail, était malheureux de ne pas pouvoir le faire en paix, mais il ne voulait pas céder car les revendications du syndicat lui paraissaient justes. Pourtant, au bout de quelques jours, il dit à ma mère :

– Je ne sais plus quoi faire, Charlotte. Beaucoup reprennent le travail, et ceux qui continuent la grève risquent de le payer cher. Ceux qui, comme moi, n'ont pas répondu à la mobilisation vont être arrêtés, paraît-il. Plusieurs chefs cantonniers ont été révoqués, l'un d'eux a même été expulsé de son logement. Si une pareille chose m'arrivait, que deviendrions-nous ?

Ma mère hocha tristement la tête :

– Avec nos enfants, nous ne pouvons pas prendre ce risque, Maxime.

Mon père eut un sursaut de révolte :

– Alors, il faut se laisser écraser ?

– Ils sont les plus forts. Rappelle-toi : le 1er mai 1891, à Fourmies, j'ai vu les soldats tirer sur les manifestants et tuer mon amie Maria. J'ai compris, alors, que les patrons sont trop puissants pour nous, et que toujours ils seraient les vainqueurs.

Mon père baissa le front, accablé :

– Il ne me reste plus qu'à reprendre le travail et aller rejoindre les « renards », c'est ça ?

– C'est plus sage, Maxime. Pense à nos enfants. Si tu es révoqué, que feras-tu ?

Il partit, le lendemain, avec le brassard blanc qu'on lui avait attribué. Il fit son travail normalement, mais au lieu de ressentir la satisfaction professionnelle qu'il éprouvait habituellement, il fut humilié de voir les soldats du génie le long de *sa* voie ferrée, et il dut lutter jusqu'au soir contre la honte et l'indignation qui l'envahissaient en pensant qu'il avait courbé la tête et cessé la grève.

Cet état pénible, heureusement, ne dura pas longtemps. Le surlendemain, le comité de grève décida la reprise du travail. Elle fut suivie partout. Mais les révocations déjà prises furent maintenues. Et le bruit courait que les réfractaires à l'ordre de mobilisation seraient jugés par les autorités militaires. Ce qui fit dire à Jaurès, que mon père admirait beaucoup : « On a transformé la cessation du travail en un délit militaire. »

Néanmoins, sur deux points les syndicats avaient obtenu satisfaction : les 5 francs par jour étaient accordés par les compagnies, ainsi que le régime des retraites tel qu'il était demandé. Et, faute de mieux, nous dûmes nous contenter de cette petite victoire.

***

Au mois de mars, l'année suivante, ma grand-mère Constance tomba malade. Elle était venue nous voir un après-midi, comme elle le faisait souvent. Quelques jours plus tard, mon grand-père arriva, affolé. A travers ses explications confuses, nous pûmes comprendre que ma grand-mère était alitée, avec de la fièvre et une maladie grave que le médecin avait qualifiée de pneumonie.

– Depuis quand est-elle ainsi ? demanda ma mère inquiète.

Mon grand-père essaya de retrouver un peu de calme :

– Sur le chemin qui mène à la gare, l'autre jour, il a plu très fort et elle a eu ses vêtements trempés. Dans le train, le compartiment de troisième classe n'était pas chauffé, et elle a pris froid. Lorsqu'elle est rentrée, elle était glacée et claquait des dents. Elle s'est déshabillée, frictionnée, a mis des vêtements secs, a bu un grog brûlant. Le lendemain, elle toussait, éternuait, avait le nez bouché. Nous avons pensé, elle et moi, qu'elle avait attrapé un rhume.

– Je sais qu'elle a les poumons fragiles, soupira ma mère. Ça date du temps où elle travaillait en usine, dans l'atelier de l'épluchage. Elle respirait beaucoup de poussières et, à l'époque, cela avait déjà altéré sa santé *.

– En tout cas, continua mon grand-père, le rhume a

* Voir *La Courée*.

empiré. Constance a commencé à se plaindre d'avoir du feu dans la poitrine, et de ne plus pouvoir respirer. Ce matin, elle avait tant de fièvre qu'elle ne me reconnaissait plus et ne répondait pas à mes questions. J'ai appelé le médecin. Elle a une pneunomie, a-t-il dit. Il faut lui mettre des sinapismes, des ventouses, et tout seul je suis bien maladroit. En ce moment, une voisine est près d'elle. L'une de vous peut-elle revenir avec moi et m'aider à la soigner ?

– Je peux y aller, dis-je spontanément, sachant que ma mère avait son travail de garde-barrière et que, de plus, elle attendait la visite d'un inspecteur dans la journée.

Ces inspections la contrariaient et lui faisaient toujours peur. Tout était passé au crible, y compris l'heure que marquait la grande horloge, et soumis à la moindre critique. Ma mère fut obligée de s'incliner :

– Vas-y jusque demain matin. Je prendrai le premier train, et je viendrai te relayer.

Noyée sous ses recommandations, je repartis avec mon grand-père, visiblement soulagé de ne plus être seul. Pendant le trajet, il me fit part de son désarroi.

– J'ai peur, Louise, finit-il par avouer. Elle est très malade. Elle ne m'entend pas lorsque je lui parle, elle ne me voit même pas.

– C'est la fièvre, sans doute, dis-je en essayant de le rassurer. Avec le traitement qu'a donné le médecin, nous allons la soigner et elle va guérir.

Je parlais avec une conviction sincère. Je n'étais pas encore très inquiète. Mais lorsque je vis ma grand-mère dans son lit, je compris les craintes de mon grand-père. Dans son visage très rouge, ses yeux trop brillants fixaient le plafond sans aucune expression. Je m'approchai d'elle, mis une main sur la sienne. Elle ne réagit pas.

– Elle ne reconnaît personne, dit la femme qui, près du lit, s'était levée à notre entrée. Elle est bien malade.

L'anxiété que je ressentais dut se lire dans mes yeux, car elle ajouta :

– Mais le docteur est un excellent médecin et il va la guérir. Il a soigné l'un de mes fils quand il a eu la fièvre typhoïde, et il l'a sauvé.

Sur ces paroles qui se voulaient rassurantes, elle s'en alla, raccompagnée par mon grand-père. Dans le lit, ma grand-mère se mit à tousser, tout en repoussant le drap et en faisant le geste de se griffer la poitrine.

– Il faut l'empêcher de se découvrir, dit mon grand-père, revenu près de moi. Voici l'ordonnance du médecin. Regarde ce qu'il faut faire.

Je lus et hochai la tête. Potion, cataplasmes, sirops. Je savais également appliquer des ventouses, car l'hiver précédent j'étais allée soigner la femme d'Aimable qui avait eu une bronchite. Je fis un signe affirmatif que je m'efforçai de rendre convaincant :

– Ça va aller, *pépère*. Ne vous inquiétez pas.

Nous ne fûmes pas trop de deux pour la soigner, surtout lorsqu'il fallait maintenir les cataplasmes qui la brûlaient et qu'elle essayait d'enlever. La pose des ventouses, de plus, était délicate. Tous les deux, nous devions d'abord mettre ma grand-mère sur le ventre, et appliquer ensuite les petites cloches de verre dans son dos après les avoir correctement fait chauffer. Mais le plus dur était de constater qu'elle n'avait pas conscience de notre présence. Nous passâmes la nuit à son chevet. A un moment, alors que je me tenais debout près d'elle et la regardais, malheureuse, elle dit d'une voix nette :

– Angèle... C'est toi, Angèle ? Tu es là ?

Je me penchai, surprise et inquiète :

– Je suis Louise. *Mémère* Constance, vous me reconnaissez ?

Je compris vite que ma question était stupide. Les yeux de ma grand-mère étaient fixés sur moi, mais ils ne me voyaient pas. Son regard était étrange, à la fois vide et concentré, et semblait passer à travers moi pour regarder, beaucoup plus loin, quelqu'un d'autre. Désemparée, je me tournai vers mon grand-père qui, immobile, observait le visage de sa femme avec intensité.

– Qui est cette Angèle ? dis-je. Vous la connaissez ?

– Non, mais je sais que c'était le prénom de sa cousine, la fille de son oncle Édouard. Elle est morte très jeune. Elle a été tuée dans un accident de chemin de fer, à Seclin *. Constance l'aimait beaucoup.

Le reste de la nuit se passa sans grand changement. Entre ses quintes de toux, ma grand-mère parfois prononçait d'autres paroles, mais elles étaient noyées dans un magma confus et incompréhensible.

Ma mère arriva avec le premier train de la matinée. Elle entra dans la chambre, se dirigea immédiatement vers le lit. Avec tendresse, elle murmura, et ce simple mot était à la fois un appel et une plainte :

– Maman...

Mais pas plus que les autres fois ma grand-mère ne réagit. Je laissai ma mère prendre ma place, et je m'en allai.

– Je compte sur toi pour me remplacer jusqu'à mon

* Voir *La Courée*.

retour, me dit-elle. Je ne reviendrai que lorsque *mémère* Constance ira mieux. En attendant, tu feras les repas et tu t'occuperas de la barrière. Fais attention.

Lorsque j'arrivai à la maison, mon père m'attendait. Il m'interrogea immédiatement :

– Alors ? Comment va-t-elle ?

Je racontai tout et ne parvins pas à cacher mon inquiétude. Mon père s'efforça de me rassurer :

– Dès que la fièvre baissera, elle ira mieux. En tout cas, en attendant le retour de ta mère, c'est toi la maîtresse de maison et la garde-barrière. Je te laisse à ton travail, il est temps que j'aille assurer le mien. Courage, ma petite fille.

Ma mère ne revint pas le lendemain, ni le surlendemain. Nous ne savions que penser. Sans doute ne pouvait-elle pas quitter grand-mère Constance, et cela signifiait qu'il n'y avait pas d'amélioration.

– Si nous n'avons pas de nouvelles demain, dit mon père, je me rendrai jusque-là après ma journée de travail.

Il n'eut pas besoin de le faire. Le lendemain dans l'après-midi, je vis arriver ma mère sur le chemin qui longeait la voie ferrée. Dans mon esprit, j'associai aussitôt son retour à une guérison de ma grand-mère, et je courus au-devant d'elle avec une impatience heureuse. Mais, alors qu'elle approchait, l'expression de son visage éteignit ma joie ; ses yeux se posèrent sur moi avec tant de tristesse, tant de peine, que je m'arrêtai et restai immobile. Et elle, comme pour retarder au maximum l'annonce qu'elle allait me faire, ralentit le pas. Mais j'avais compris.

Lorsque ma mère fut face à moi, elle resta silencieuse un long moment. Je n'eus pas conscience de bouger, mais je me retrouvai contre elle, sanglotant dans son épaule.

– Louise, ma petite fille... Tu n'as plus de grand-mère. Elle est morte ce matin.

Dans la maison, elle s'assit près du feu et s'efforça de sécher ses larmes.

– Le plus terrible, dit-elle d'une voix tremblante, c'est qu'elle nous a quittés sans reprendre conscience. Elle est morte d'un seul coup. Je m'en suis rendu compte au changement de son visage. Il n'était plus crispé, il est devenu subitement très détendu, calme... comment dire ?... avec un sourire apaisé, comme si enfin elle était heureuse.

Le soir, lorsqu'il apprit la dramatique nouvelle, mon frère pleura. Au cours de la nuit, je me réveillai souvent. A un moment, j'entendis mon frère sangloter tout bas dans son lit. Sa peine raviva la mienne. J'eus envie d'aller vers lui, afin d'essayer de nous consoler mutuellement. Mais je ne l'osai pas. Avec ses quatorze ans, il avait parfois des pudeurs d'adolescent, et je me rendis compte qu'il étouffait ses sanglots dans son oreiller dans l'espoir de ne pas me réveiller. Alors je ne bougeai pas. Simplement, j'ajoutai aux pleurs de mon frère mes larmes silencieuses.

Le plus désorienté de nous tous était mon grand-père. Lorsque, après l'enterrement, ma mère lui proposa de revenir avec nous afin de ne pas rester seul, il leva vers elle des yeux égarés. Il avait un air tellement perdu que je crus qu'il n'avait pas compris la question. Mais il secoua la tête avec fermeté :

– Non, Charlotte, je préfère rester ici. C'est dans cette maison que j'ai amené Constance lorsque nous nous sommes mariés, et c'est ici que nous avons toujours vécu. C'est ici que je pourrai la retrouver, si elle me manque trop...

Ma mère n'insista pas. Lorsque j'embrassai mon grand-père, au moment de le quitter, j'eus l'impression de l'abandonner dans un univers triste et froid.

Au cours des semaines suivantes, nous pûmes nous rendre compte qu'il était très malheureux. Ma mère, à intervalles réguliers, insistait pour qu'il vienne vivre chez nous, mais il refusait toujours, obstinément fidèle au souvenir de la seule femme qu'il avait aimée.

Il maigrissait de façon alarmante, il se laissait dépérir de chagrin. Lorsqu'il venait chez nous, après le repas, au cours duquel il ne mangeait pratiquement rien, il s'asseyait dans un coin, enfermé dans sa solitude et sa souffrance, et parfois je l'entendais gémir doucement, en une plainte continue et pitoyable. Une pudeur me retenait d'aller vers lui et je le regardais, impuissante et désolée.

Au mois de juin, il y eut, à Fourmies, la ducasse annuelle. Il y avait trois mois que ma grand-mère était morte, et en si peu de temps mon grand-père était devenu l'ombre de lui-même. Le lundi de la ducasse, ma mère m'envoya lui porter du poulet et de la tarte qu'il avait oubliés la veille.

J'arrivai à Fourmies dans l'après-midi. Dans les rues, les flonflons m'accueillirent. Je me sentais si triste que je regardai avec surprise les gens rire et s'amuser. Dans ma robe noire qui jurait avec la gaieté de la fête, je me dépêchai de passer. A la maison de mon grand-père, j'ouvris la porte qu'il ne fermait jamais à clef et j'entrai.

Je l'appelai. Comme je ne recevais aucune réponse, j'avançai. Dans les pièces du rez-de-chaussée, il n'y avait personne. Je sortis dans le jardin.

Je l'aperçus tout de suite, assis sur le banc du fond, contre la cabane où il rangeait ses outils. Le dos voûté, la tête penchée, il ne bougeait pas. La musique de la fête arrivait jusqu'à lui mais, insensible à une gaieté qui ne pouvait être pour lui qu'une insulte, il offrait l'image même de la solitude et du désespoir. Le cœur serré, j'avançai et, tout en marchant, je remarquai à quel point il avait maigri. Les os de ses épaules, de ses bras, saillaient sous sa chemise, et son pantalon flottait autour de ses jambes. Il ne prit conscience de ma présence qu'au moment où j'arrivai contre lui. Il leva la tête vers moi, et je vis qu'il pleurait.

Ce chagrin immense et silencieux, au milieu des échos de la fête, me fit si mal que la timidité qui, habituellement, me retenait fut balayée d'un seul coup. Impulsif et irrépressible, un élan me jeta aux pieds de mon grand-père :

– *Pépère* Frédéric, dis-je tout bas, ne sachant que dire d'autre et essayant de faire passer, dans ces simples mots, ma tendresse, ma peine, ma compassion.

Il fit un effort pour se reprendre, peut-être confus de m'avoir donné involontairement le spectacle de ses larmes. Il se détourna, sortit de sa poche un grand mouchoir à carreaux, s'essuya les yeux et se moucha. Avec affection, je posai une main sur les genoux dont la maigreur et la fragilité m'émurent. Si souvent, au cours de mon enfance, ils m'avaient accueillie et fait sauter tandis que, ravie, je riais aux éclats ! Je le regardai rouler son mouchoir en boule, le remettre dans sa poche, tout en essayant de maîtriser le tremblement de ses lèvres. Toujours à voix basse, je demandai :

– Vous l'aimiez beaucoup, n'est-ce pas ?

Il poussa un profond soupir, baissa la tête et fixa un point sur le sol, le regard de nouveau embrumé. Il resta un long moment silencieux, et je compris qu'il revoyait les images d'un passé cruellement révolu. Puis il se mit à parler, et je l'écoutai, la gorge nouée.

– Oui, je l'aimais beaucoup. Je la connaissais depuis toujours, et je crois bien que je l'aimais depuis toujours aussi. Lorsque nous étions enfants, nous habitions côte à côte, et elle me plaisait déjà par son courage et sa gentillesse... Dès cette époque je l'ai aimée, et je n'ai jamais changé depuis...

Il déglutit, prit une longue inspiration :

– Vois-tu, Louise, je n'arrive pas à vivre sans elle. Je l'avais déjà perdue, une fois. Nous étions jeunes alors. J'avais dû partir à l'armée pour sept ans, et lorsque je suis revenu, elle était mariée *. J'ai été très malheureux. Et puis, dix ans

* Voir *La Courée.*

après, je l'ai retrouvée. Son mari était mort, elle vivait seule avec ses deux filles. Je ne l'ai plus quittée. Je l'ai épousée, et nous avons été heureux. Et maintenant, je la perds une seconde fois. Définitivement. Et c'est ça que je ne parviens pas à supporter. Si la seule façon de la retrouver est de mourir à mon tour, je quitterai avec soulagement cette vie.

Il se tut. Ailleurs, dans un autre monde, la musique continuait de nous envoyer ses échos joyeux. Mon grand-père parut s'ébrouer, avec effort se mit debout :

– Allons, il est temps que j'arrête de me plaindre. De toute façon, ça ne changera rien. Parlons plutôt d'autre chose. Que me vaut l'honneur de ta visite, mon enfant ?

Je le lui expliquai. Il eut une expression à la fois tendre et contrariée :

– Brave Charlotte, qui ne pense qu'à me faire manger. Elle le fait pour mon bien, je m'en rends compte. Mais je ne peux pratiquement plus rien avaler.

Nous revînmes à pas lents vers la maison. Mon grand-père rangea dans le garde-manger le poulet et la tarte que j'avais apportés. Puis il chercha, dans l'armoire, quelques bonbons laissés là par ma grand-mère. Il me les mit dans les mains.

– Tiens, prends ça, pour toi et pour Paul.

Je rentrai à la maison le cœur lourd et ne parlai à personne de notre conversation. J'avais compris que mon grand-père aspirait à la mort comme à une délivrance, et je savais qu'une telle révélation aurait attristé ma mère. A chacune de nos rencontres, j'entourai mon grand-père de toute ma tendresse, car j'étais obscurément persuadée que lui aussi, bientôt, allait nous quitter.

Je ne me trompais pas. Comme il maigrissait de plus en plus, il devint tellement faible qu'un matin, en se levant, il tomba dans les escaliers. Ce dimanche-là, il ne put venir chez nous et ma mère, inquiète, se rendit à Fourmies. Elle fit comprendre à mon grand-père qu'il ne pouvait plus rester seul et lui-même, à bout de résistance et de chagrin, céda. Elle le ramena et mon père installa un lit dans la pièce du rez-de-chaussée.

– Ici, vous serez bien, dit ma mère. Vous n'aurez plus d'escalier à monter. Et nous serons là pour veiller sur vous.

Dans la journée, lorsque mon père et mon frère étaient partis à leur travail, ma mère et moi entourions *pépère* Frédéric d'attentions. Nous avions l'impression d'avoir affaire à un grand enfant perdu. C'était l'été, et nous l'installions dehors, au soleil, afin qu'il profite du beau temps. Il se laissait faire avec docilité. Au passage des trains, il saluait les mécaniciens, et alors un semblant de sourire éclairait son visage.

Peu de temps avant sa mort, il me dit :

– Je vais bientôt vous quitter. N'aie pas trop de peine, Louise, et dis aux autres de ne pas être tristes. Si tu as du chagrin, pense que ton *pépère* Frédéric a bien souffert et qu'il aura enfin trouvé le repos.

Je lui pris la main et la serrai, trop émue pour parler.

Il mourut le surlendemain, pendant son sommeil. Lorsque ma mère se leva, le matin, pour allumer le feu, elle voulut l'éveiller et se rendit compte qu'il avait cessé de vivre.

CHAPITRE III

Avec nos grands-parents s'en alla notre enfance. Il n'y eut plus personne, dorénavant, pour nous donner notre « dimanche », rituel que ma grand-mère Constance avait gardé jusqu'à sa mort, bien que nous eussions passé l'âge de nous acheter des bonbons. Privée de nos grands-parents, notre famille donna subitement l'impression d'être incomplète. Il m'arriva souvent, au cours des semaines qui suivirent, de surprendre ma mère en train de s'essuyer furtivement les yeux.

Mon père, plus vieux que ma mère d'une dizaine d'années, était arrivé à l'âge de la retraite. A l'automne, la Compagnie des chemins de fer du Nord le remercia de ses bons et loyaux services, et lui fit savoir qu'il devait libérer le logement pour le remplaçant qui allait être nommé. Mon père, qui avait prévu cette situation, nous avait prévenus que nous aurions à déménager. Il désirait se retirer dans le village du Pas-de-Calais où il avait passé son enfance, dans les environs de Saint-Pol. Il avait loué une maison, et il nous répétait que c'était une région agréable et que nous nous y plairions. Paul et moi accueillîmes ses affirmations avec scepticisme. Nous aurions bien voulu ne pas partir. J'aimais notre petit logement, j'aimais assurer le passage des trains et recevoir les saluts des mécaniciens à bord de leur locomotive. Quant à Paul, il s'inquiétait :

– Est-ce que je retrouverai du travail dans une ferme, là-bas ?

– Sans problème, assurait mon père. C'est en pleine campagne, et ce ne sont pas les fermes qui manquent. Tu n'as pas de crainte à avoir. Le grand perdant, dans l'histoire, ce sera plutôt Aimable. Il ne trouvera pas facilement à te remplacer.

C'était vrai. Aimable se désolait de perdre son valet de ferme courageux, connaissant son travail et sachant soigner ou faire obéir n'importe quel animal. La réputation de mon frère n'était plus à faire dans la région, et quiconque avait un animal malade venait le chercher. Souvent interrogé sur son don, inexpliqué mais réel, il disait qu'il n'avait pu supporter de voir mourir Tobi sous ses yeux sans rien faire pour le sauver. Il affirmait que le don qu'il possédait lui était venu à partir de ce jour-là.

Il fallait partir et s'éloigner de la tombe de mes grands-parents, et de celle de ma vraie mère que je fleurissais régulièrement. J'avais accepté la situation mais il me venait, souvent, une poignante nostalgie lorsque je pensais à elle. Mes parents disaient que je lui ressemblais de plus en plus. Comment était-elle ? Si elle avait vécu, m'aurait-elle aimée davantage que je ne l'étais ? La période d'adolescence que je traversais me rendait parfois insatisfaite et anxieuse d'être aimée. La présence de ma grand-mère me manquait. A elle, j'aurais osé en parler, lui confier mes pensées, et elle m'aurait rassurée. Mais à ma mère, je n'osais rien dire.

La veille de notre départ, mon père organisa une soirée d'adieu, où il invita ses amis et collègues de travail, parmi lesquels Victorien l'aiguilleur, lui-même à la retraite depuis plusieurs années. Ils vinrent tous, discutèrent de leur métier, échangèrent des souvenirs, et s'en allèrent après avoir offert à mon père un cadeau – une pipe – pour lequel ils s'étaient cotisés. Mon père leur serra la main, ému, salué par les « Au revoir, chef ! », « Adieu, chef ! On ne vous oubliera pas », dont la sincérité évidente chassait un peu la tristesse qu'il éprouvait à l'idée d'abandonner ses hommes, son travail, sa maison. Lorsqu'ils furent tous partis, il se tourna vers ma mère, tandis que je ramassais les verres pour les laver :

– C'est tout, maintenant, Charlotte. C'est fini. Je ne suis plus qu'un bon à rien.

– Ne dis pas de choses stupides, protesta ma mère. Vois la situation du bon côté. Pense aux fois où tu es revenu de ta tournée alors qu'il avait plu toute la journée et que, le lendemain, tu te plaignais de rhumatismes. Pense aussi à ces jours d'hiver où tu as travaillé dans le froid, où tu rentrais complètement gelé. Ces inconvénients, tu n'auras plus à les supporter.

– Mais mon travail va me manquer. Toi, si tu veux continuer à être garde-barrière, là où nous allons, tu pourras le faire si tu le désires. Il suffira d'en faire la demande. Mais pour moi c'est fini. A la Compagnie des chemins de fer, ils ne veulent plus de moi. Ils ont trouvé que j'étais trop vieux.

Ma mère sourit, alla vers lui, lui caressa la joue :

– Tu n'es pas vieux, Maxime. Pour moi, tu es toujours le jeune homme que j'ai rencontré à Fourmies et que j'ai aimé tout de suite.

Les yeux dans les yeux, ils restèrent immobiles un long moment. Je vis le visage de mon père s'adoucir, et je me rendis compte une fois de plus de l'entente qui les unissait.

– Et puis, continua ma mère, nous avons deux beaux enfants qui nous donnent toute satisfaction. Mais, malgré tout, si parfois tu t'ennuies, tu pourras toujours aller discuter avec d'autres retraités comme toi, ou bien louer tes services de temps en temps à un fermier, comme tu le fais ici pour Aimable. Tu auras l'avantage de ne faire que ce que tu veux, et ça, c'est appréciable aussi, non ?

Presque convaincu, mon père hocha la tête, et je vis les cheveux gris qui parsemaient son abondante chevelure brune. Ils étaient arrivés petit à petit, et je n'avais pas pris conscience de leur venue. Je m'effrayai de les voir si nombreux. Contrairement à ce que venait d'affirmer ma mère, je pensai, moi, que mon père devenait vieux, et tout au fond de moi, je ressentis pour lui quelque chose qui ressemblait à de la pitié.

Ce ne fut pas sans déchirement que je quittai le foyer que j'avais toujours connu. Mais je découvris avec une surprise ravie que le village où nous allions vivre dorénavant était charmant. La maison, sans que mon père l'eût fait exprès, se trouvait suffisamment proche de la voie ferrée pour me permettre d'entendre passer les trains qui, dès ma naissance, avaient fait partie de mon environnement. Elle ressemblait à celle que nous venions de quitter, mais il y avait une pièce supplémentaire qui nous permit, à Paul et à moi, d'avoir chacun notre chambre.

Lorsque nous eûmes installé nos meubles, que nous avions fait suivre, nous nous sentîmes chez nous. Notre voisine la plus proche était une mercière, une vieille fille mince et grande, aux cheveux gris coiffés en chignon, avec qui nous ne tardâmes pas à lier connaissance. En plus de son magasin, elle s'occupait de sa mère, âgée et impotente, qui passait ses journées dans un fauteuil, et dont les plaisirs essentiels consistaient à manger et à priser. Le premier lui avait donné un embonpoint impressionnant. Quant au second, elle s'y adonnait avec délices plusieurs fois par jour. Elle possédait une petite tabatière en porcelaine, un vrai bijou, qu'elle soignait amoureusement. Lorsqu'elle l'ouvrait, elle en tirait quelques pincées de tabac qu'elle se mettait dans les narines et qu'elle aspirait avec une satisfaction visible. Une fois, elle m'en offrit. J'essayai, et ne recommençai jamais. J'éternuai, mon nez piqua, et mes yeux coulèrent toute la soirée. Je fus incapable de comprendre quel plaisir cela pouvait procurer.

Peu à peu, notre vie s'organisa. Mon père, content de retrouver les lieux de son enfance, rencontra des retraités comme lui, avec qui il allait jouer aux cartes au cabaret situé sur la place. Parfois, lorsque le temps était clément, il ne résistait pas et s'en allait se promener le long de la voie ferrée. D'un œil resté professionnel, il observait les rails et les traverses, cherchant le défaut qui ne lui échappait jamais. Il retrouvait ainsi son métier sans avoir à supporter la responsabilité qui était la sienne auparavant.

D'un autre côté, le don de mon frère ne tarda pas à faire le tour du village. La mère de notre voisine possédait un chat qu'elle caressait, à longueur de journée, sur ses genoux. Un jour, peu de temps après notre arrivée, celui-ci tomba malade. Mon frère palpa l'animal et déclara qu'il avait mangé quelque chose qui l'avait empoisonné. Il réussit à le faire vomir, assura qu'il était sauvé et recommanda une diète à base de lait coupé d'eau pendant plusieurs jours. Nos voisines, que le corps raidi et les yeux révulsés du chat avaient affolées, ne surent comment exprimer leur gratitude. Elles racontèrent à toutes leurs clientes l'exploit de Paul et bientôt, il fut souvent sollicité. Des fermiers vinrent le chercher lorsqu'une de leurs vaches allait mettre bas, et tous s'accordèrent bientôt à dire que la seule présence de mon frère calmait les plus nerveuses. Et lorsque le vieux valet de ferme de l'un d'eux mourut, ce fut tout naturellement mon frère que l'on vint demander pour le remplacer.

Au début, la barrière à ouvrir et le service des trains à assurer nous manquèrent, à ma mère et à moi. Ma mère apprit qu'elle pouvait reprendre un poste de garde-barrière, mais il fallait pour cela se rendre chaque matin à une guérite située à plusieurs kilomètres, et y rester toute la journée. Elle ne voulut pas s'absenter si longtemps de la maison et chercha à gagner de l'argent autrement. Sur le conseil de Mlle Adèle, la mercière, et comme elle possédait la machine à coudre de *mémère* Constance, elle se lança dans la confection de vêtements. Mlle Adèle vendait les patrons et envoyait ses clientes chez ma mère. Il fallait faire les robes moins longues. La mode voulait qu'elles s'arrêtent au-dessus de la cheville. La mode et les conseils des médecins, qui accusaient les robes trop longues de ramasser des microbes en balayant le sol. J'avais appris, moi aussi, à coudre, et lorsque nous avions beaucoup de clientes mon aide était la bienvenue. De plus, cela faisait un apport financier qui n'était pas négligeable.

Notre maison était proche de l'école et nous entendions, au cours des récréations, les cris des enfants parvenir jusqu'à nous. En face, de l'autre côté de la rue, habitait l'un des instituteurs. Il était jeune – environ vingt-cinq ans – et séduisant. La première fois que je le remarquai, je sentis mon cœur battre plus vite. Il nous saluait aimablement, ma mère et moi, lorsqu'il nous rencontrait, et je baissais les yeux avec timidité. J'essayais d'étouffer l'attirance qu'il exerçait sur moi et qui, j'en étais persuadée, ne mènerait à rien. J'avais trop conscience, avec mes dix-huit ans et mon ignorance intellectuelle, d'être insignifiante. Mais, chaque fois que je le voyais, un élan toujours plus fort me poussait vers lui, que j'avais de plus en plus de mal à réprimer.

Ma confusion devint extrême lorsque je m'aperçus qu'il semblait s'intéresser à moi. Chaque jour, j'allais de bonne heure chercher le lait à la ferme la plus proche. Un matin, je le croisai alors qu'il sortait avec son pot à lait. Il m'attendit et fit la route du retour avec moi. Paralysée par la gêne, je répondais par monosyllabes à ses questions, tout en regardant droit devant moi et en marchant les yeux baissés. Lorsqu'il me quitta, je me dis qu'il avait dû me trouver empotée et stupide. Mais le lendemain, de nouveau il m'attendait, et de nouveau il me raccompagna.

Par un accord tacite, cela devint une habitude. Peu à peu, ma timidité me quitta. Je sus bientôt qu'il s'appelait Mathieu et qu'il avait pour toute famille un père et une jeune sœur qui habitaient Tourcoing, une ville du Nord située près de la frontière belge. Son naturel et sa spontanéité finirent par me mettre à l'aise. Il avait beaucoup d'humour, et plus d'une fois mon rire fusa. Je rentrais ensuite à la maison, les joues roses et excitée. Bientôt, j'attendis notre rencontre du matin avec impatience, et ce moment que nous passions ensemble mettait de l'allégresse dans mon cœur pour la journée.

Mais, dans ma naïveté, je n'avais pas pensé aux médisances, pas plus que je n'avais prêté attention aux regards lourds de sous-entendus des commères du village. Au bout de deux semaines environ, mon père un soir me parla sévèrement :

– Louise, je me suis laissé dire que tu t'affiches avec l'un des instituteurs, celui qui habite en face ? Que signifie cette histoire ?

Une chaleur me monta au visage, ma gorge se noua. J'essayai de me défendre :

– Père, je ne fais rien de mal. Chaque matin, il va chercher son lait en même temps que moi, et nous faisons la route ensemble.

Mon père me fixa avec réprobation :

– Je ne tiens pas à ce que cela continue. L'attitude de ce jeune homme risque de te compromettre. S'il s'intéresse à toi, qu'il vienne me le dire. Je n'approuve pas ces façons d'agir derrière mon dos.

Je trouvai les paroles de mon père injustes et serrai les lèvres pour ne pas répliquer. Malgré tout, habituée à une parfaite docilité, je ne songeai pas à désobéir. Le lendemain, ma mère m'envoya chercher le lait plus tard, et je ne rencontrai pas Mathieu. Mais le surlendemain, je le vis qui m'attendait :

– Vous êtes en retard ces jours-ci. Que se passe-t-il ?

Ne sachant que répondre, je me mordis les lèvres. Il insista et, au comble de l'embarras, je finis par lui avouer la vérité. Son regard se fit grave :

– C'est vrai, j'aurais dû y penser. Nous sommes dans un petit village, et rien ne passe inaperçu. Si c'est la seule condition pour continuer à vous voir, j'irai me présenter à votre père. Avec votre accord, bien entendu. Me le permettez-vous ?

Ses yeux, d'un bleu changeant selon son humeur, me suppliaient avec une expression que je ne parvins pas à définir, mais qui me coupa le souffle. Je parvins à balbutier :

– Oui... Oui, bien sûr.

Il prit ma main, la serra :

– Merci. Dites-lui que je viendrai demain.

Il me quitta, et je demeurai abasourdie, avec l'impression de rêver. J'avais compris ce que cela signifiait : s'il venait chez nous, c'était comme s'il demandait à me courtiser officiellement. La situation, subitement, évoluait si rapidement qu'elle me donnait le vertige.

Mathieu vint voir mon père, et je ne sais pas ce qu'ils se dirent. Mais il fut autorisé à nous rendre visite le dimanche, ou le soir de temps à autre. Comme il vivait seul, ma mère l'invitait à partager notre repas. Je l'entendis dire à mon père :

– Ça me rappelle le temps où c'était toi qui venais ainsi chez nous. Te souviens-tu, Maxime ?

Mon père approuva avec émotion :

– Oui, je n'ai rien oublié.

Moi, j'avais la tête tournée par le bel instituteur et je ne m'occupais plus que de lui. J'étais amoureuse, et je m'émerveillais qu'il pût s'intéresser à moi, lui si intelligent, si instruit, si séduisant. Une fois, j'osai le lui dire. Il me regarda avec un tendre sourire et me répondit que c'était ça, justement, qui lui plaisait en moi : ma candeur, ma fraîcheur d'âme, ma simplicité. Je ne compris pas bien ce qu'il voulait dire et me contentai de cette explication.

J'appris à le connaître, et plus je le découvrais, plus je me sentais éprise de lui. Parfois, il venait chez nous avec des livres, avec les cahiers de ses élèves qu'il corrigeait devant moi. J'aimais le regarder faire. Je feuilletais, avec lui, les ouvrages de grammaire, d'histoire, de géographie qu'il apportait et qu'il commentait pour moi. Tout ce qui, à l'école, m'avait paru ennuyeux devenait, près de lui, intéressant, et même passionnant. Cela ne laissait pas de m'étonner. C'était dû, surtout, au don qu'il avait pour expliquer. Je parvenais à retenir les règles de grammaire comme les dates d'histoire auparavant si récalcitrantes. Quelquefois, il riait, repoussait les livres loin de nous :

– N'en apprenez pas trop, disait-il. Je ne veux pas que vous soyez trop savante !

Et moi, je voulais en savoir le plus possible pour être digne de lui. Je l'aimais tellement que j'aurais donné ma vie pour lui avec joie, s'il me l'avait demandé. Un jour, j'avouai ce sentiment à ma mère. Elle me regarda avec tendresse :

– Tu me rappelles ta mère. Hélène était ainsi, très excessive. Essaie d'être plus raisonnable, mon enfant.

Mais cela m'était impossible. La première fois que Mathieu m'embrassa, un jour où nous nous trouvions seuls tous les deux, les battements de mon cœur devinrent si forts qu'ils envahirent ma poitrine, ma gorge, ma tête, et que je faillis m'évanouir. Je dus m'accrocher à lui et mis de longues secondes à retrouver mon état normal. Être raisonnable ? Sans doute n'y parviendrais-je jamais. Mais, si je plaisais telle que j'étais à Mathieu, pourquoi essayer de changer ?

Au cours des mois suivants, je devins radieuse, épanouie. La tristesse qui pesait sur ma vie depuis la mort de mes grands-parents s'estompait, chassée par un amour qui illuminait tout. Je ne me lassais pas d'interroger Mathieu, et il me parlait de lui, de son enfance, de sa mère morte alors qu'il n'avait que dix ans, de son père qui, contremaître dans une filature, avait fait des sacrifices pour que son fils pût faire des études. Il avait une jeune sœur, Odile, qu'il aimait tendrement. Elle avait dix-sept ans et dès son enfance c'était elle qui avait remplacé leur mère morte. Je fis leur connaissance un jour d'été, un dimanche où ils étaient venus rendre visite à Mathieu. Odile me plut. Petite, vive et brune, elle me serra dans ses bras :

– Enfin, je connais celle dont Mathieu parle dans toutes ses lettres ! Vous serez la sœur que j'ai toujours désirée. C'est une vraie calamité, savez-vous, que d'avoir un grand frère. Il vous tire les cheveux, vous donne des ordres et vous tyrannise. C'est affreux, vous pouvez me croire ! Maintenant, nous serons deux contre lui.

Elle fit à son frère une grimace à la fois tendre et complice qui me fit rire. Quant à son père, il me parut être un brave homme, vieilli avant l'âge par le travail qu'il avait dû fournir toute sa vie.

De son côté, Mathieu s'entendait parfaitement avec mon frère. Ils s'appréciaient mutuellement, et j'en étais heureuse.

Au printemps, Mathieu m'annonça que sa demande de mutation avait été acceptée. Depuis qu'il était instituteur, il demandait chaque année à être nommé le plus près possible de Tourcoing, afin de se rapprocher de son père et de sa sœur. Il venait de recevoir une réponse positive : il devait rejoindre son nouveau poste, dans un petit village des environs de Tourcoing, à la prochaine rentrée scolaire.

De nouveau les événements se précipitèrent. Mathieu ne voulait pas partir sans moi, et il demanda à mes parents la permission de m'épouser avant son départ. Ils hésitèrent un peu, mais j'étais si malheureuse à la seule idée de notre séparation qu'ils finirent par accepter. Ma mère, malgré tout, eut un doux cri de regret :

– Louise, tu vas déjà nous quitter ! Comme tu vas nous manquer !

Mais je l'écoutai à peine. Mon amour pour Mathieu éclipsait tout et me rendait égoïste.

Notre mariage eut lieu un jour du mois d'août 1913, dans l'épanouissement d'un été glorieux et verdoyant. Ce fut sans aucun regret que je quittai mes parents, tout à l'impatience de vivre la nouvelle existence qui m'attendait auprès de Mathieu. Je le suivis avec enthousiasme dans le village où il était nommé, je m'installai avec lui dans la maison proche de l'école qui était mise à notre disposition. Je m'y plus tout de suite, parce que j'étais avec lui. La veille de la rentrée, j'allai avec lui vérifier dans sa salle de classe que tout était en ordre. Pour une fois, le tableau noir, les tables et les bancs alignés ne me rebutèrent pas. Au contraire, je me dis avec fierté que là était le domaine sur lequel allait régner mon mari.

Mon mari... Lorsque je me disais ces deux mots, je ne parvenais pas à y croire. J'avais toujours la sensation que tout s'était passé très vite, comme dans un rêve. Mais ce rêve devenait une troublante réalité lorsque le soir, dans le grand lit, Mathieu m'aimait en me répétant que j'étais sa femme adorée. Le désir qui embrasait mon corps, à ces instants, me surprenait. Sans en avoir conscience, je me comportais en amante passionnée. Et notre entente était parfaite.

Moi qui avais eu, depuis toujours, ma vie rythmée par le passage des trains, j'appris à vivre selon les heures scolaires : l'arrivée des enfants le matin, l'heure de la récréation, la sortie de midi, le tout répété une nouvelle fois dans l'après-midi. Je m'intéressais au travail de Mathieu, je regardais les cahiers qu'il corrigeait, je finissais par connaître ses élèves. Le soir, je l'attendais sur le seuil de notre maison. De là, je le voyais arriver dans la cour, avec la double rangée de garçons qu'il conduisait jusqu'à la grille. Il les surveillait tandis qu'ils sortaient, et chacun d'eux le saluait d'un « Au r'voir, m'sieur ! » à la fois respectueux et chaleureux. On voyait que ces enfants l'aimaient et qu'il était heureux au milieu d'eux.

Lorsque Mathieu ne travaillait pas, je l'avais tout à moi. Et nous étions tellement amoureux que nous ne nous occupions que de nous-mêmes. De temps à autre pourtant, le dimanche, nous allions voir son père et sa sœur, ou bien mes parents. Mais nous étions égoïstement contents de retrouver bien vite notre petite maison, où nous n'étions que deux et où nous enfermions avec ardeur notre merveilleux bonheur.

Après quelques mois, je m'aperçus que j'attendais un enfant. L'enthousiasme de Mathieu, lorsque je le lui annonçai, m'émut :

– Un fils ! cria-t-il. Ce sera un fils ! Et je l'appellerai Benoît. C'est un prénom que j'ai toujours aimé.

Sa satisfaction visible m'empêcha de protester. D'abord, ce pouvait aussi bien être une fille. Et puis, une idée sournoise s'insinua dans mon esprit : si, comme ma vraie mère, je mourais en mettant mon enfant au monde ? Je ne parlai pas de cette crainte à Mathieu, mais elle me tordait le cœur et gâchait ma joie.

Elle finit par assombrir mes journées, hanter mes nuits.

Lorsque je revis ma mère, je n'y tins plus et me confiai à elle. Elle me rassura : ma grossesse se passait normalement, et je devais chasser ces idées morbides qui pouvaient être néfastes pour le bébé. Je m'efforçai de suivre ses conseils, et la sage-femme du village m'y aida. Elle m'assura que j'avais le bassin suffisamment large pour laisser passer un gros bébé et que tout se déroulerait sans problème.

Lorsque le moment fut venu, je fus heureuse et soulagée de constater qu'elle avait dit vrai. Je donnai naissance à un beau bébé qui était, comme le souhaitait Mathieu, un garçon. Lorsque tout fut terminé et que mon mari rentra dans la chambre, je vis son émotion et les larmes qui emplissaient ses yeux. Il s'approcha, prit le bébé dans ses grandes mains, le leva très haut, et dit d'une voix enrouée :

– Bonjour, Benoît. Bienvenue parmi nous, mon fils.

Il le remit ensuite dans son berceau, vint vers moi, se pencha et m'embrassa avec une infinie douceur. Puis, très bas, contre mon oreille, il murmura :

– Merci, mon amour.

Il me regarda, et je remarquai que le bleu changeant de ses yeux était devenu turquoise. Comblée, je lui souris. Jamais je n'aurais pu imaginer un si grand bonheur.

Mes parents vinrent voir le bébé, mon beau-père et ma belle-sœur également. Ils furent immédiatement en admiration devant lui, tandis que Mathieu et moi éclations de fierté.

Mes forces revinrent très vite. C'était l'été, et je promenais mon petit garçon dans le landau tout neuf que nous avions acheté. Nombreuses étaient, dans le village, les personnes qui s'arrêtaient, se penchaient et s'extasiaient sur mon bébé. Et le soir, lorsque Mathieu revenait, dès son entrée il s'écriait :

– Où est donc mon fils ?

Il soulevait notre enfant, le prenait contre lui. Je les regardais, et une douce chaleur m'envahissait.

***

Pas une seule fois, douillettement enveloppée dans mon bonheur, je n'ai pensé qu'on pouvait venir me l'enlever. J'étais tellement heureuse que je ne voyais rien d'autre. La naissance de mon fils avait occulté tout ce qui n'était pas nous.

C'est pourquoi je n'étais pas au courant des événements qui se passaient dans le monde. A vrai dire, je voulais les ignorer, puisqu'ils ne me concernaient pas. Mathieu m'avait parlé d'un archiduc autrichien qui s'était fait assassiner, mais je l'avais oublié aussi vite. De même, lorsqu'il m'apprit que l'Autriche avait déclaré la guerre à la Serbie, je ne l'écoutai pas davantage. Penchée sur mon bébé qui avait six semaines, je guettais son premier sourire.

La réalité s'imposa brutalement, comme un coup de tonnerre dans un ciel serein. Le samedi 1er août, le bruit courut que Jaurès avait été assassiné. Dans le village, ce fut ce matin-là l'unique sujet de conversation. Jaurès était, disait-on, le seul homme politique capable d'empêcher la guerre; maintenant qu'il était tombé sous les balles d'un déséquilibré, il fallait s'attendre au pire. En écoutant Mathieu, en voyant son inquiétude, je commençai à avoir peur.

Nos appréhensions furent, hélas, vite confirmées. Dans l'après-midi du même jour, à 5 heures, le tocsin se mit à sonner. Immédiatement, tout le monde fut dehors. Mathieu, qui était occupé à ranger sa salle de classe, vint me rejoindre. Parmi les femmes qui sortaient de leur maison, l'une d'elles cria :

– Ça y est! C'est la guerre!

La guerre... Ce n'était pas possible. Pas ainsi, d'un seul coup. Interdite, je me tournai vers Mathieu. Ses yeux étaient devenus gris comme un ciel d'orage. Jamais je ne les avais vus ainsi. Il ne put que murmurer, d'une voix blanche :

– On peut dire que mes vacances commencent bien...

Je regardai autour de moi avec hébétude. Je n'avais entendu le tocsin qu'une seule fois, dans mon enfance, lorsque la grange d'un des fermiers du village avait pris feu. Cette fois-ci, il ne s'agissait pas d'un incendie. Était-ce donc réellement la guerre?

En réponse à ma question, un roulement de tambour retentit de l'autre côté de la place, en face de la mairie. C'était Aristide, le garde, qui battait la générale tandis que Gaston l'aubergiste, qui faisait office d'afficheur municipal, traversait la place avec deux rouleaux de papier sous les bras. Il s'arrêta devant l'école, et colla côte à côte deux affiches. Sans un mot, il alla ensuite en mettre partout, le long des rues, sur les portes cochères, aux carrefours, tandis que je me dirigeais vers les deux premières encore humides de colle.

C'étaient deux grandes affiches blanches, surmontées de deux drapeaux tricolores croisés. Sur l'une d'elles étaient inscrits les mots « Ordre de mobilisation générale ». Des bribes de phrases me sautèrent aux yeux, pêle-mêle : « armée de terre et de mer... mobilisation le dimanche 2 août 1914... tout français soumis aux obligations militaires... » Une sensation d'irréalité empêchait mon esprit d'enregistrer correctement. Qu'est-ce que cela voulait dire ? Je regardai l'autre affiche. J'arrivai à comprendre qu'elle ordonnait la réquisition des chevaux. J'eus conscience de lever vers Mathieu un visage stupide.

Je ne le voyais que de profil. Les yeux fixés sur le mur, les traits figés, il s'appliquait à lire. Autour de nous, les gens se pressaient, se bousculaient, essayant de lire eux aussi, tâchant surtout de comprendre. Et le tocsin continuait de sonner, rendant la situation encore plus dramatique, rappelant les ouvriers des champs pour leur annoncer que leur tranquillité était terminée.

J'entendis, derrière moi, une femme dire à son mari, d'une voix que l'angoisse affolait :

– Mon Dieu, Alfred... Tu vas devoir partir ?

Je sursautai. Mais alors, Mathieu aussi... Je me serrai contre lui. Il m'entraîna. La place était pleine de monde. J'entrevis des femmes qui pleuraient, des jeunes gens qui bombaient le torse. L'un d'eux cria :

– Cette fois-ci, ça y est ! Ils vont voir de quoi nous sommes capables, les Prussiens !

Un vieux approuva :

– Bravo, *min fieu* ! Allez-y, vous les jeunes, et reprenez-leur l'Alsace et la Lorraine !

Ce que je commençais à comprendre me faisait si peur que je voulus réfuter l'évidence. Dans une tentative désespérée de me rassurer, je dis à Mathieu :

– Ce n'est pas possible ! Ça ne veut pas dire que c'est la guerre ?

Tête baissée, il répondit d'une voix basse et sourde :

– J'en ai bien peur, ma pauvre Louise.

Je sentis un grand froid m'envahir :

– Mais alors... eux qui parlent de partir... Toi, tu n'iras pas, n'est-ce pas ? Tu vas rester avec nous ?

Il eut un haussement d'épaules fataliste :

– Sois raisonnable, Louise. Moi aussi je dois y aller, comme les autres.

Je sursautai, et dans mon affolement me mis à crier :

– Mais tu ne peux pas ! Tu ne peux pas partir et nous laisser ! Qu'est-ce que je vais devenir, moi ? Et notre petit Benoît ? Tu penses à lui ? Comment peux-tu envisager de le quitter ?

Il me regarda, et je lus dans ses yeux un mélange d'exaspération, de pitié et de détresse :

– Louise, essaie de comprendre : tous les hommes mobilisables doivent partir. C'est cette affiche, là, qui l'ordonne. Je suis dans ce cas. Ceux qui en ont décidé ainsi ne s'occupent pas de savoir ce que deviendront ma femme et mon fils. Je dois obéir, c'est tout. Même si cela me brise le cœur, termina-t-il plus bas.

A ce moment, un collègue de Mathieu, qui enseignait dans les grandes classes, vint frapper sur l'épaule de mon mari :

– Nous serons présents à l'appel, nous avons une revanche à prendre depuis 1870. Et nous devons montrer l'exemple à nos jeunes élèves. Lorsque nous serons revenus, nous leur raconterons nos exploits, et ils sauront ce que signifie l'amour de la patrie!

Je lui lançai un regard de rancune. Il pouvait parler, lui. Il était célibataire, il ne laisserait pas derrière lui une femme effondrée et un bébé. Il vit mon visage sombre, voulut me réconforter :

– Vous avez peur de le laisser partir ? Ne craignez rien, nous serons vite revenus. Juste le temps d'aller donner une bonne leçon à Guillaume * et de lui couper les moustaches!

Il se mit à rire et je me mordis les lèvres, ulcérée. Comment pouvait-il plaisanter dans une pareille situation ? Sans faire attention à ma réaction, il continua à pérorer. D'autres collègues de Mathieu vinrent le rejoindre, ainsi que M. Lherbier, le directeur. Ils se mirent à discuter tous ensemble. Incapable de supporter plus longtemps leur conversation, je m'éclipsai. Je me réfugiai dans notre maison, où j'avais cru, naïvement, que toujours nous serions ensemble. Je pris mon bébé dans mes bras, le serrai contre moi et, incapable de me dominer plus lontemps, j'éclatai en sanglots.

Lorsque Mathieu revint, j'avais retrouvé un calme apparent. Il entra dans la cuisine alors que j'étais occupée à laver une salade. Ses yeux étaient redevenus bleus, mais la lumière qui les habitait avait disparu. Je baissai la tête pour ne pas voir son expression torturée.

– Louise... souffla-t-il. Il va falloir que tu sois courageuse, mon amour. Je dois partir demain.

Je me retournai avec un grand cri :

– Demain! Déjà ?

Il fit un signe affirmatif, me regarda avec accablement. Je compris, à cet instant précis, que notre séparation

* Guillaume II était l'empereur d'Allemagne.

le rendait aussi malheureux que moi. Je compris que je ne devais pas ajouter à sa tristesse en lui montrant ouvertement mon chagrin. Il fallait, au contraire, que je sois forte, pour qu'il puisse partir l'esprit libre et le cœur moins lourd. Puisque maintenant plus rien ne pouvait être changé, je devais affronter les événements avec courage. Lorsque j'eus pris cette résolution, j'eus l'impression d'être devenue adulte.

J'allai vers lui, posai ma tête contre sa poitrine. Avec douceur, il m'entoura de ses bras. Je murmurai :

– Tu reviendras vite ? Je t'attendrai. Nous t'attendrons tous les deux, Benoît et moi.

Sans un mot, il me serra davantage contre lui en enfouissant son visage dans mes cheveux. Et lorsqu'il m'embrassa, notre baiser, déjà, avait un goût de larmes.

Cette nuit-là, nous fûmes incapables de dormir. Je préparai un sac contenant des vivres et du linge de rechange. Nous discutâmes longuement, et je m'accrochai de toutes mes forces aux paroles rassurantes de Mathieu, qui affirmait qu'avant deux mois tout serait terminé. Plusieurs fois, nous nous penchâmes sur le berceau de notre fils paisiblement endormi, inconscient de la tourmente qui venait d'exploser et qui allait lui ôter son père. Et puis, une dernière fois, nos corps s'aimèrent avec un désespoir et une passion exacerbés par la pensée de notre séparation toute proche.

Lorsque le matin arriva, il me fut difficile de retenir mes larmes. Pour quitter Mathieu le plus tard possible, je tins à l'accompagner jusqu'à la gare. Avant de sortir de notre maison, il me serra contre lui à m'étouffer, puis prit Benoît dans ses bras et le contempla longuement, le visage déchiré. Brutalement, il se pencha et dévora le petit corps de baisers avant de le remettre dans son berceau, et tandis qu'il se détournait je crus bien entendre le bruit d'un sanglot. Puis il se releva, respira un grand coup, m'adressa un pauvre sourire qui se voulait courageux et qui n'en était que plus pathétique.

– Allons-y, dit-il en prenant son sac. Il va être l'heure. Le train n'attendra pas.

Pour ne pas faiblir, il ouvrit la porte et sortit à grands pas. Je le rattrapai, m'accrochai à son bras. La gare n'était pas loin, et nous y fûmes trop vite. Presque tous les hommes du village étaient là, et beaucoup d'entre eux s'efforçaient de consoler leur femme qui pleurait. Malgré leurs efforts pour se montrer vaillants, l'atmosphère était tendue, dramatique. Des collègues de Mathieu vinrent vers lui, et tandis qu'il leur parlait je me détournai pour cacher les larmes qui, malgré mes efforts, emplissaient mes yeux. Je vis une affiche annonçant la suspension des transports de voyageurs et de marchandises à partir du 1er août à minuit. Les chemins de fer se mettaient uniquement au service des mobilisés. Je me mis à haïr ce train qui allait arriver et emporter Mathieu loin de moi.

Le long des voies, des réservistes étaient chargés de monter la garde. Le plus proche d'entre eux, immobile devant le passage à niveau fermé, prenait son rôle très au sérieux et ne laissait passer que ceux qui possédaient une autorisation délivrée par la mairie. Coiffé d'un képi rouge, habillé d'un treillis de toile grise, il avait au bras un brassard bleu portant trois grandes lettres blanches : G.V.C. * J'avais remarqué que M. Bourret, le chef de gare, portait lui aussi un brassard où figurait le galon d'adjudant.

– Tout le monde est mobilisé, dit près de moi Mme Lherbier, la femme du directeur d'école, venue elle aussi accompagner son mari. Que va-t-il rester au village ? Les vieux, les femmes et les enfants. Quelle tristesse !

Elle se rapprocha de moi, chuchota comme s'il s'agissait d'une confidence :

– Mon mari affirme que ça sera vite fini, et que pour la rentrée scolaire ils seront peut-être tous revenus. Dans le cas contraire, il dit que les instituteurs retraités devront reprendre du service. Personnellement, je ne crois pas à un retour rapide. Ça durera plus longtemps qu'ils ne le pensent, vous verrez.

Elle hochait la tête avec une certitude qui effrita le faible espoir auquel je m'accrochais depuis la veille. Je sentis un frisson désagréable courir le long de mon dos. Je parvins à demander :

– Pourquoi dites-vous cela ?

Elle pinça les lèvres, sûre d'elle :

– Un pressentiment. Il m'arrive d'en avoir, de temps à autre, et je ne me trompe jamais.

De toutes mes forces, je refusai de la croire. Je lui tournai résolument le dos afin de ne plus écouter ses paroles pessimistes. Il y eut une bousculade : le train arrivait. J'aperçus la locomotive qui avançait vers nous, et le mécanicien qui se penchait, le visage noir de charbon. Je ravalai un sanglot. Il était loin, le temps où, près du passage à niveau que gardait ma mère, je saluais les mécaniciens. Les trains, alors, étaient utiles et inoffensifs. Maintenant, tout était changé. Ils ne

* Gardes-voies de communication.

transportaient plus ni voyageurs ni marchandises, mais ils emmenaient les hommes à la guerre.

Je vis, sur les voitures, de nombreuses inscriptions, tracées à la craie : « A Berlin », « A bas Guillaume », « Retour après la victoire ou dans trois ans ». Certaines d'entre elles étaient garnies de fleurs et de branchages. Aux portières se penchaient des jeunes gens enthousiastes :

– Tous à Berlin ! criaient-ils. On les aura !

Le train s'arrêta. Mathieu se tourna vers moi sans un mot, et dans ses yeux gris de tristesse je lus son amour. Je me jetai dans ses bras. De nouveau il me serra très fort, et je m'accrochai à lui avec désespoir. Autour de nous, les femmes embrassaient leur mari, les mères faisaient d'ultimes recommandations à leur fils. Mathieu s'écarta, prit mon visage dans ses mains :

– Au revoir, mon amour, murmura-t-il. Prends bien soin de notre petit. Si le temps te semble long, ne reste pas seule. Va chez mon père, il vous hébergera volontiers, Benoît et toi. Et attends-moi. Je serai bientôt là.

J'acquiesçai sans répondre, trop malheureuse pour pouvoir parler. En tremblant, je continuai à m'accrocher à lui tandis qu'il prenait son sac et se dirigeait vers l'un des compartiments. Lorsqu'il monta, je dus le lâcher, et j'eus l'impression d'un insupportable arrachement. Près de moi, un fermier que je connaissais disait à sa femme :

– Ça ira, pour la moisson, tu es sûre ? Devoir partir alors qu'elle n'est pas terminée, quel malheur ! Ils ne pouvaient pas attendre un peu, non ?

Il se hissa sur le marche pied et monta à son tour. Sur le quai ne restaient, outre les employés de la gare, que des femmes et des enfants. Mathieu vint à la portière, se glissa entre deux jeunes gens, passa par la vitre entrouverte un bras qu'il me tendit. Je pris sa main, la serrai de toutes mes forces. Unis par ce seul contact, nous nous regardions intensément, sans parler. Il se pencha davantage et je devinai, plus que je ne les entendis, les derniers mots qu'il m'adressa :

– Je t'aime...

Je parvins à esquisser un faible sourire. Je voulus lui dire que moi aussi je l'aimais, mais ma voix fut couverte par celle des jeunes gens qui, aux fenêtres, entonnèrent *Le Chant du départ.* Le train lentement s'ébranla, et ma main fut séparée de celle de Mathieu. Pour le voir encore un peu, j'avançai, mais le train prit de la vitesse et je dus m'arrêter. Par les fenêtres ouvertes, de nombreux bras s'agitaient en signe d'adieu, tenant parfois une casquette, et je finis par ne plus distinguer celui de Mathieu. Le courage dont je m'efforçais de faire preuve depuis la veille subitement m'abandonna, mais puisque Mathieu ne me voyait plus, je pouvais donner libre cours à mes larmes. Toutes les voitures défilèrent, le train s'éloigna, ne fut plus qu'un point noir à l'horizon, et je me retrouvai seule, misérable et perdue, ne comprenant pas encore comment, en si peu de temps, ma vie pouvait se trouver à ce point bouleversée.

Dans l'après-midi, je vis arriver Odile, ma belle-sœur. Je m'étais enfermée chez moi avec mon chagrin, ne voulant voir personne. J'étais trop malheureuse et je voulais m'isoler, comme un animal blessé. Odile comprit tout de suite, en voyant la maison vide et mes yeux rougis de pleurs :

– Mathieu ? Il est déjà parti ? J'aurais tant voulu lui dire au revoir...

Elle pencha la tête en m'observant avec une commisération sincère :

– C'est dur pour vous, je le sais ? Mais il paraît que ça sera vite terminé. Père dit qu'avec les armes nouvelles nous serons vainqueurs très rapidement. Il a eu un malaise, hier, en apprenant la mobilisation. Il a pensé tout de suite à Mathieu... Aujourd'hui il va mieux, mais il n'était pas encore assez bien pour m'accompagner. La seule chose qui le console un peu, c'est que son fils lui apportera sa revanche. Il a fait la guerre de 1870, et il a toujours ressenti comme une injure personnelle la défaite, et la perte de l'Alsace et de la Lorraine. Il est fier, au fond, de penser que grâce à son fils, et à tous ceux qui comme lui sont partis, la France pourra reprendre ses deux provinces.

Je ne répondis pas. Pour ma part, égoïstement j'aurais préféré que tout restât ainsi et que Mathieu ne fût pas obligé de s'en aller. J'eus un soupir lourd de sous-entendus. Ma belle-sœur reprit :

– A Tourcoing, ceux qui sont partis ce matin étaient très enthousiastes. Nous les avons entendus crier « Vive la France ! » et chanter *la Marseillaise.* J'ai vu les soldats. Ils avaient fière allure avec leur pantalon garance, leur képi rouge et leur capote bleue. Certains avaient une fleur au fusil. Pour eux, la victoire ne fait aucun doute.

Je me rappelai ceux que j'avais vus le matin même. Oui, ils étaient partis en chantant, comme s'ils allaient à une fête. Mais leur chant était-il vraiment l'expression de leur enthousiasme, ou bien cachait-il une peur qu'ils se refusaient à avouer ?

Ma belle-sœur ne s'attarda pas, car elle ne voulait pas laisser son père seul trop longtemps. Elle caressa du doigt la joue de mon fils endormi, m'embrassa avec affection :

– Ne vous inquiétez pas. Bientôt, Mathieu sera revenu. En attendant, père m'a chargée de vous dire que si vous vous sentez trop seule, vous pouvez venir chez nous.

Je hochai la tête :

– Mathieu m'a donné le même conseil ce matin. Je vous remercie. Il est vrai que ce sera plus facile d'attendre ensemble.

Je l'accompagnai jusqu'à la porte et après son départ me dépêchai de rentrer. Pour la première fois depuis que j'étais mariée, je passai une soirée solitaire, et ce fut la présence de mon bébé qui m'aida à ne pas m'effondrer. Mais le soir, dans le lit, je pleurai longuement sur le vide cruel laissé par l'absence de Mathieu.

Les jours suivants, les chevaux furent réquisitionnés. D'autres mobilisés partirent. Et puis, contrairement à une déclaration du gouvernement selon laquelle la mobilisation n'était pas la guerre, l'Allemagne déclara la guerre à la France, et le lendemain, l'Angleterre déclara la guerre à l'Allemagne. Des trains de troupes continuèrent de passer, au cri de « À Berlin ! », et ils étaient si nombreux qu'on avait l'impression d'une succession ininterrompue.

Des bruits peu rassurants couraient. On disait que les Allemands avaient envahi la Belgique. Ils ne tarderaient pas à arriver en France, ajoutait-on, et leur itinéraire était préparé par les plaques en tôle émaillée blanche, qui faisaient de la réclame * pour les boîtes de bouillon Kub. Il en existait une à l'entrée du village, et une autre non loin de la voie ferrée. Deux hommes, armés d'échelles, allèrent les enlever.

– C'est un ordre du gouvernement, me confia Mme Lherbier. C'est la femme du maire qui me l'a dit. Il faut détruire toutes ces plaques, partout. Mais ce n'est pas ça qui empêchera l'invasion, croyez-moi. Vous verrez, vous verrez !

Je finissais par ne plus supporter ses prédictions pessimistes. Cette femme avait le don de me décourager. Elle assenait ses affirmations avec une telle conviction que j'avais tendance à la croire. Et moi, je refusais d'envisager une longue absence de Mathieu. Déjà, après quelques jours sans lui, je me sentais perdue, j'errais comme une âme en peine. Il me manquait. Benoît, comme s'il ressentait cette absence, pleurait davantage. Sans doute était-il sensible aussi à ma

* A l'époque, on ne disait pas encore « publicité », mais « réclame ».

tristesse et aux larmes que je ne parvenais pas à réprimer. Et la maison où j'avais été si heureuse avec Mathieu devenait, sans lui, froide, rébarbative, et même hostile.

J'avais besoin de chaleur et de tendresse autour de moi. Mes parents et mon frère étaient trop loin, mais mon beau-père était tout prêt à m'accueillir. Aussi, une semaine après le départ de Mathieu, je mis mon fils dans sa voiture d'enfant, pris un ballot de linge, et m'en allai chercher refuge et affection au domicile de mon beau-père.

CHAPITRE IV

Je fus accueillie avec chaleur. Ma belle-sœur me montra la chambre de Mathieu, celle qu'il avait occupée enfant, puis adolescent. Je m'y installai avec l'impression de me rapprocher un peu de mon mari. Il était parti depuis dix jours, et j'aspirais déjà à son retour. La poste fonctionnait très mal, et le fait d'être sans aucune nouvelle rendait la séparation plus dure à supporter.

Mon beau-père et Odile partageaient mon inquiétude. Mon beau-père, pourtant, continuait à affirmer que la victoire serait rapide. Il avait lu dans les journaux le compte-rendu de victoires françaises et belges, et il répétait que les Allemands ne tarderaient pas à être écrasés. Mais, quelques jours plus tard, nous apprîmes que les armées allemandes avaient envahi toute la Belgique et occupaient Bruxelles. Des listes de morts, de blessés et de prisonniers étaient parvenues à la mairie. Je me mis à trembler pour la vie de Mathieu. Je savais que les lycées de la ville avaient été transformés en hôpitaux afin d'accueillir les blessés. Je craignais que Mathieu ne se trouvât parmi eux. Jusqu'alors, j'avais désiré qu'il revienne. Maintenant, je souhaitais qu'il revînt sain et sauf.

Fuyant l'invasion de leur pays, des réfugiés belges refluèrent en masse. Nous les vîmes passer, et ce qu'ils racontaient nous plongeait dans l'effroi. Les Allemands se conduisaient en véritables barbares, disaient-ils, ils pillaient et incendiaient, fusillaient des otages, achevaient les blessés dans les hôpitaux. Pêle-mêle, nous apprîmes de la bouche de ces pauvres gens, encore frappés d'horreur, qu'« ils » avaient incendié Louvain, mis à sac et rasé Dinant, assassiné des prêtres à Tournai et à Malines, et qu'à Andennes ils avaient fusillé les habitants et réduit le village en cendres. Certains pleuraient, nous suppliaient de partir avec eux.

– Fuyez, nous répétaient-ils. « Ils » vont arriver et vous connaîtrez le même sort. Fuyez pendant qu'il en est encore temps.

Odile et moi, affolées, étions prêtes à suivre ce conseil, ce que faisaient bon nombre d'habitants. Mais mon beau-père nous retint :

– Attendons. Rien ne dit qu'ils viendront jusqu'ici. Et puis, pensez à Benoît. Comment partir à l'aventure avec un si petit bébé ? Ici, au moins, il est à l'abri.

Oui, pensais-je, mais pour combien de temps ? Si les Allemands arrivaient, s'ils se conduisaient comme ils l'avaient fait en Belgique, que deviendrions-nous ? Une nouvelle peur venait s'ajouter à celle que j'éprouvais pour Mathieu.

Dans cette angoisse, la seule bouffée de fraîcheur nous était donnée par mon fils. Il gazouillait, il me tendait ses petites mains, et son insouciance parvenait à alléger notre inquiétude.

Je me rapprochai de notre voisine, qui était dans le même cas que moi. Elle aussi avait dû se séparer de son mari, elle aussi était sans nouvelles de lui. Elle restait seule avec ses deux enfants, deux garçons de quatorze et dix ans. L'aîné, André, qu'elle appelait familièrement Dédé, avait promis à son père que durant son absence il le remplacerait, et qu'en tant que chef de famille il prendrait soin de sa mère et de son petit frère. Les larmes aux yeux, Annie me rapporta ces paroles de son fils. Je les trouvai réfléchies et courageuses, et je pus me rendre compte, au cours des mois qui suivirent, que ce n'étaient pas des paroles en l'air.

Je fis également la connaissance de Clara, la vieille dame qui habitait en face de chez nous. Elle vivait seule, avec pour toute compagnie deux tourterelles. Il y avait aussi Bertille, une jeune veuve d'environ trente ans qui, m'apprit Odile, avait perdu plusieurs enfants en bas âge avant de perdre son mari. Toujours vêtue de noir, le visage triste, elle me faisait pitié. Elle travaillait dans une blanchisserie, et je regardais avec compassion ses mains rouges et crevassées. Les épreuves qu'elle avait connues semblaient avoir tué en elle toute chaleur humaine, et elle n'adressait jamais la parole à qui que ce fût. Quant à moi, elle semblait m'ignorer lorsqu'elle me voyait. Au début, je me sentis blessée par son attitude. Mais un jour où je la croisai dans la rue, je surpris sur son visage, tandis qu'elle regardait Benoît, un mélange de souffrance et d'avidité si déchirant que mon cœur se serra. Je compris, ce jour-là, le drame de cette pauvre femme et je la plaignis davantage.

Je vivais ainsi, dans une attente où se mêlaient angoisse et espoir. Je m'occupais de mon fils, j'aidais Odile à faire la cuisine, à tenir la maison propre, à laver le linge. Je faisais les courses, et cela devenait difficile car les prix, déjà, augmentaient. J'écoutais mon beau-père me parler de l'enfance de Mathieu, et c'était un sujet dont je ne me lassais jamais. Je découvrais chaque jour en lui des points communs avec Mathieu. Il avait deux passions dans sa vie : son chien Pip, qui me rappelait Tobi que j'avais tant aimé, et ses pigeons – ses *coulons*, comme il les appelait –, qu'il élevait dans un coin de la cour où il avait construit un pigeonnier. Il les connaissait tous, les appelait par leur nom; le bras levé, il fermait le poing et ils venaient s'y poser. Certains allaient jusqu'à s'installer sur son épaule, et en roucoulant doucement frottaient leur tête contre sa joue.

– Celles-là, ce sont les femelles, disait-il. Elles sont plus *amiteuses* *.

Je l'aidais à les nourrir, je changeais l'eau, je leur donnais des graines, et peu à peu ils s'habituaient à moi. J'étais heureuse lorsque les plus hardis acceptaient de venir manger du grain dans la main que je leur tendais. Sans la partager tout à fait, je comprenais la passion de mon beau-père pour ces animaux gracieux, à la fois vifs et doux. En m'occupant d'eux, j'arrivais à oublier que c'était la guerre et que Mathieu était loin de moi.

Pourtant, les nouvelles étaient inquiétantes. On disait que des combats avaient lieu en Belgique, et en France du côté de Marchiennes. Nous entendions le bruit sourd du canon, qui ajoutait à notre peur. A la fin du mois d'août, la classe 1914, appelée, partit à son tour dans l'enthousiasme. Quelques jours plus tard, une affiche nous apprit que le gouvernement avait quitté Paris. D'autres nouvelles nous parvinrent, dont nous ne savions pas si elles étaient vraies ou fausses : les Allemands étaient à Douai, avaient pris Maubeuge, occupaient Saint-Quentin. Mais, d'un autre côté, le *journal de Roubaix* affirmait qu'ils avaient été arrêtés sur la Marne et qu'ils paraissaient être à l'extrême limite de leur résistance.

Notre vie devenait difficile. L'argent liquide manquait,

* Amiteuses : affectueuses, câlines.

car dès les premiers jours de la guerre les banques et les caisses d'épargne avaient été assiégées. Pour y remédier, la ville de Tourcoing émit des « bons de monnaie ».

Mon inquiétude pour Mathieu grandissait. J'avais appris que des blessés français de la bataille de Charleroi étaient arrivés et soignés au collège de jeunes filles. Je me demandai de nouveau si Mathieu était parmi eux. Mon beau-père tenta de me rassurer :

– S'il était là, tu aurais été prévenue, ma fille.

Je me laissai convaincre. Mais peut-être était-il ailleurs, dans un autre hôpital ? Ou, pis encore, il avait pu être tué... Je me sentis coupable d'avoir une telle pensée, comme si le simple fait de la formuler pouvait la faire se réaliser. Et le manque de nouvelles rendait chaque jour la situation plus angoissante.

Au début du mois d'octobre, un bruit courut : les Allemands étaient à Roubaix. Nous nous refusions à le croire, mais un matin quelques uhlans à cheval apparurent. Je les aperçus de loin et m'empressai de rentrer et de verrouiller la porte. Ils passèrent dans la rue vidée de ses habitants. Ils avançaient au pas, coiffés d'un casque à la pointe ciselée, enveloppés dans de vastes houppelandes grises, et ils tenaient, comme une menace, une longue lance dont la base était fixée dans leur botte. Avec terreur, par la fenêtre, nous les vîmes s'éloigner. Mon beau-père eut une expression découragée :

– S'ils sont là, déclara-t-il sombrement, les autres ne vont pas tarder.

Ceux-là ne firent que passer, et les jours suivants rien ne se produisit. La mairie, pourtant, invita les hommes mobilisables de dix-huit à quarante-huit ans à quitter la ville afin de se mettre hors de portée de l'ennemi. Les installations de la Croix-Rouge furent évacuées sur Dunkerque.

– C'est mauvais signe, dit mon beau-père. Il faut s'attendre au pire, j'en ai bien peur.

Je ne voulais pas l'écouter. J'avais envie de lui crier de se taire. Je me penchais sur mon enfant et, en le regardant sourire, je cherchais à me rassurer.

Mais, malheureusement, ces paroles s'avérèrent justes. A la mi-octobre, les Allemands arrivèrent à Tourcoing et s'installèrent en maîtres.

Nous les vîmes défiler dans les rues, nous entendîmes leur chant *Gloria Victoria*, et sur l'hôtel de ville, qu'ils choisirent comme siège de leur Kommandantur, le drapeau impérial allemand ne tarda pas à flotter avec insolence. Dès leur arrivée, ils s'empressèrent de nous faire savoir, par voie d'affiches, qu'il était défendu de s'assembler dans les rues, qu'il était interdit de sortir après 9 heures du soir, qu'il fallait respecter les troupes d'occupation, et porter à la mairie les armes que nous pourrions posséder, sous peine d'être fusillé.

– Des armes? grommela mon beau-père. Je n'en possède pas. Mais si j'avais un fusil, je préférerais le cacher quelque part plutôt que de leur obéir!

Ils exigèrent de la ville une indemnité de guerre à payer dans les cinq jours, désignèrent des otages, interdirent la correspondance avec la partie non occupée du pays, supprimèrent les journaux. Nous étions ainsi complètement coupés du reste du monde. Je perdis l'espoir d'avoir enfin des nouvelles de Mathieu. Je ne savais rien non plus concernant mes parents et mon frère. Que devenaient-ils? Étaient-ils envahis, eux aussi?

– Prends patience, ma fille, disait mon beau-père lorsqu'il s'apercevait de mon découragement. Ils ne resteront pas longtemps. Quelques semaines, tout au plus.

De nouvelles troupes ne cessaient d'arriver. On disait qu'il y avait huit cents hommes qui cantonnaient dans l'hôtel de ville, sur des bottes de paille. Ils avaient à leur tête Passauer, celui qui, affirmait-on, avait réduit en cendres et complètement détruit la ville d'Orchies. Nous voyions sans cesse des soldats défiler d'une façon rigide, au pas de l'oie, et je commençais à ne plus pouvoir supporter leur chant. Nous prîmes l'habitude également de voir des gendarmes allemands sillonner les rues, afin de s'assurer que la population n'enfreignait pas les règles qui lui étaient prescrites. C'étaient les policiers de la *militärische Polizei*, dont les tuniques vertes leur valurent bientôt le surnom de « diables verts ».

Je voulais croire, comme mon beau-père, qu'ils ne resteraient pas longtemps. En attendant, je subissais le morne passage des jours, uniquement éclairés par la présence de mon fils. Avec ma belle-sœur, je me préoccupais du ravitaillement, qui devenait difficile. Il fallait faire la queue aux magasins d'alimentation. Tout devenait de plus en plus cher. Le beurre et les œufs se faisaient rares, le pain était moins bon. Les boulangers annoncèrent bientôt que, faute de farine, ils seraient obligés de fermer leur magasin.

Tous les dix jours, j'allais toucher l'allocation qui était versée aux femmes de mobilisés. Elle était de 1,25 F par jour, plus 0,50 F par enfant. Annie, qui était concernée également, venait me chercher :

– Je vais toucher ma « location », disait-elle. Vous m'accompagnez ?

Je confiais Benoît à la garde d'Odile et je sortais. J'écoutais le bavardage d'Annie, et son dynamisme me faisait du bien. Elle aussi était sans nouvelles de son mari, mais elle ne perdait pas espoir. Je n'osais pas lui confier que le soir, bien souvent, j'étouffais mes sanglots dans mon oreiller. Elle était si raisonnable que j'avais l'impression d'agir comme une enfant gâtée lorsqu'il m'arrivait de me plaindre. Et c'était vrai que, par rapport à elle, j'avais eu une enfance choyée et une vie protégée. Elle me racontait ses difficultés passées, qui l'avaient aguerrie et lui permettaient de mieux supporter la situation présente.

– J'étais l'aînée de six enfants, disait-elle. Nous habitions dans une courée, dans le quartier Saint-Sauveur, à Lille. Toute jeune, je gardais mes frères et mes sœurs pendant que mes parents allaient travailler en filature. L'hiver, on restait dans la chambre, et l'été on jouait dans la cour, au milieu des ordures. Tous les soirs, quand mes parents rentraient, je recevais pour tout salaire des coups et des injures. Après, ils m'ont mise en fabrique, et ils me prenaient le peu que je gagnais. Ah, je peux dire qu'elle a été dure, ma vie ! J'ai arrêté de travailler quand je me suis mariée. Alfred est fileur, il a un salaire. Mais, malgré tout, nous étions bien pauvres. Quand mes enfants étaient petits, ils n'avaient pas de chaussures, ça coûtait trop cher. J'enveloppais leurs pieds dans des *berloufes*, des vieux chiffons que je trouvais n'importe où. Notre situation s'est améliorée lorsqu'ils ont été assez grands pour aller travailler. Ils sont rattacheurs tous les deux, et avec leur paie on vivait mieux. Mais maintenant les usines sont fermées, et en plus nous voilà avec les Boches sur le dos, qui semblent bien avoir l'intention de tout prendre pour eux et de ne rien nous laisser... Heureusement, ils ne vont pas rester longtemps. Il paraît que la bataille de la Lys est gagnée et qu'ils sont repoussés partout. La victoire est proche.

Ces paroles confirmaient l'espoir auquel je m'accrochais. Pourtant, le canon qui tonnait presque sans interruption réveillait mes angoisses. Au fur et à mesure que les jours passaient, la confiance de mon beau-père s'effritait. Des insomnies le tenaient éveillé. Sa chambre était près de la mienne et, la nuit, j'entendais souvent son lit grincer. Des rides d'inquiétude creusaient son front. Mais il continuait à affirmer sa conviction d'une fin de guerre imminente et victorieuse. Moi, je ne souhaitais que le retour de Mathieu.

Parfois, des convois de prisonniers anglais ou français traversaient la ville, encadrés par des sentinelles allemandes. Avec Odile, je courais assister à leur passage. Lorsqu'ils étaient français, je les détaillais avidement, afin de voir si Mathieu n'était pas parmi eux. Fatigués, découragés, ils étaient le plus souvent affamés et nous leur fournissions quelques vivres, le peu que nous avions. Une fois, nous pûmes voir ceux qui revenaient des tranchées de l'Yser. Couverts de boue jusqu'au ventre, ils offraient un aspect lamentable. Et malgré cela ils nous remerciaient, ils nous souriaient, ils s'efforçaient de paraître braves alors qu'ils étaient vaincus et marchaient vers la captivité.

Bientôt, un avis de la Kommandantur nous interdit d'adresser la parole aux prisonniers et de leur donner de la nourriture. Nous ne les vîmes plus que de loin, car les rues où ils passaient étaient jalonnées de cavaliers allemands armés de lances qui nous empêchaient d'approcher. Nous savions à quel point les uhlans pouvaient se montrer brutaux; l'un d'eux avait repoussé violemment et menacé de sa lance une vieille femme qui, ayant reconnu son petit-fils parmi les prisonniers, avait voulu aller vers lui. Alors, la rage au cœur et l'indignation au ventre, nous restions là, muettes et immobiles, n'osant même pas faire un geste vers nos pauvres prisonniers. Les rares fois où ils étaient gardés par des vieux soldats du landsturm, plus humains et plus tolérants, nous pouvions leur donner des vivres et leur prodiguer des encouragements.

Le nombre des prisonniers que nous voyions ainsi passer augmentait notre crainte. S'ils étaient si nombreux, cela voulait dire que les Allemands remportaient des victoires. Nous étions à ce sujet dans l'ignorance complète. Un journal venait de paraître, *La Gazette des Ardennes*, mais il était à la solde des Allemands et nous hésitions à croire ses affirmations. Il y était dit que l'Allemagne ne pouvait que gagner la guerre, et que là était l'intérêt des Français; c'était l'Angleterre seule qui était responsable de la situation actuelle.

Parfois, des avions alliés survolaient la ville et lançaient des journaux, français ceux-là. Lorsque nous arrivions à en récupérer quelques-uns, et surtout à les soustraire à la surveillance allemande, nous les dévorions, avides d'avoir enfin des nouvelles non truquées, et nous les faisions circuler secrètement. Mais cela arrivait trop rarement, et la plupart du temps nous restions dans une incertitude qui se faisait cruelle.

En décembre, mon fils eut six mois. Il nous reconnaissait parfaitement, nous souriait, et je déplorais davantage encore l'absence de Mathieu. Cela faisait bientôt cinq mois qu'il était parti, alors qu'ils parlaient tous de quelques semaines seulement. Que se passait-il donc ? Pourquoi la guerre s'éternisait-elle ainsi ? Je pensais souvent que je n'avais eu qu'une année de bonheur : je m'étais mariée en août 1913, et un an après, Mathieu m'avait été enlevé. Une année seulement, c'était trop peu, me disais-je, et il fallait absolument que nous soyons heureux de nouveau. Quant aux Allemands, il y avait deux mois qu'ils étaient parmi nous. Et les inconvénients que nous avions à supporter à cause de leur présence se firent plus précis et nous touchèrent personnellement.

Cela commença par une affiche concernant les pigeons voyageurs. Les Allemands avaient la hantise des espions, peut-être parce qu'ils gardaient le souvenir des francs-tireurs de la guerre de 1870. Ils craignaient, avec raison sans doute, qu'on n'utilise les pigeons voyageurs pour transmettre des messages. Ils exigèrent, d'abord, que les propriétaires de pigeons aillent les déclarer à la Kommandantur. Mon beau-père, en fulminant, déclara qu'il n'obéirait pas.

Mais, au cours des jours suivants, des affiches allemandes le firent changer d'avis. Il y était indiqué le nom et l'adresse de plusieurs personnes qui avaient été arrêtées parce qu'on avait trouvé des pigeons chez elles.

– Obéissez, père, je vous en prie, dit ma belle-sœur. Nous ne tenons pas à ce qu'ils viennent vous arrêter.

Mon beau-père, passionnément attaché à ses *coulons*, hésitait encore. Il chercha une autre solution, n'en trouva pas. Il lui était impossible de cacher ou d'enfermer les gracieuses bêtes, habituées à une relative liberté. Finalement, ravalant sa colère, il dut s'incliner et se rendit à la Kommandantur.

Il revint furieux et désespéré. Les Allemands l'avaient laissé faire sa déclaration, lui avaient demandé le nombre de ses pigeons, pour finalement déclarer que la détention de ces animaux était interdite, et exiger qu'ils fussent apportés à la Kommandantur dans les vingt-quatre heures. Il s'en prit à Odile :

– Voilà ce qui arrive, quand on leur obéit ! Ah, elle était bonne, ton idée !

Ma belle-sœur, les larmes aux yeux, demeura ferme :

– Père, il vaut mieux leur remettre vos pigeons et rester libre. Dans le cas contraire, ils les auraient pris quand même, et vous avec.

Mais lui ne l'entendait pas ainsi. Ses *coulons*, c'était une partie de sa vie, et il les aimait. Moi qui l'aidais quand il s'occupait d'eux, je le comprenais. Se séparer d'eux représentait pour lui un véritable déchirement, surtout en sachant que les Allemands ne se gêneraient pas pour les tuer.

Il était si contrarié qu'il refusa de manger, ce soir-là, et partit pesamment se coucher, sans même câliner mon fils comme il le faisait habituellement. Toute la nuit, je l'entendis se tourner et se retourner dans son lit. Et le lendemain matin, lorsqu'il se leva, je compris, à son visage sombre, qu'il avait pris sa décision.

Il sortit dans la cour, et je le suivis. Le pigeonnier avait été fermé pour la nuit. Il s'en approcha et, pour la dernière fois, libéra ses pigeons. Ils s'envolèrent, firent quelques tours, puis revinrent se poser sur le toit en roucoulant doucement, inconscients de ce qui les attendait. Mon beau-père, un par un, les appela. Le poing tendu et fermé, il prononçait leur nom, et dociles, l'un après l'autre, ils venaient vers lui. A chacun d'eux, il murmurait quelques paroles, caressait avec tendresse la tête fine, la gorge renflée et palpitante, puis il l'enfermait rapidement dans le panier en osier qui servait à les transporter. Les doux animaux se laissaient faire; certains même – ceux que mon beau-père qualifiait d'*amiteux* – frottaient de leur bec les gros doigts malhabiles qui tremblaient. Lorsqu'ils furent tous dans le panier, mon beau-père en assura soigneusement la fermeture et se releva, les traits tirés :

– Voilà, il ne reste plus qu'à les porter. Mais ça, c'est au-dessus de mes forces. Je vais demander à Dédé de le faire. Il dira que je ne peux pas venir moi-même, il dira que je suis malade ou n'importe quoi d'autre...

Il se détourna, entra dans la maison. Je partageais sa tristesse. Dans la cuisine, ma belle-sœur, qui préparait le café, jeta un coup d'œil au visage fermé de son père et s'abstint de tout commentaire. Pourtant, j'eus le temps de surprendre, dans son regard, une expression de soulagement. Je savais ce qu'elle pensait, et je comprenais aussi son point de vue : mieux valait perdre les pigeons que son propre père.

Tête baissée comme un vaincu, mon beau-père s'assit lourdement à la table. Pip, le chien, sentant instinctivement la peine de son maître, s'approcha de lui et posa son museau sur ses genoux, en l'observant avec des yeux interrogateurs. Ce chien me rappelait souvent Tobi, et je compris qu'il essayait, à sa façon, de consoler mon beau-père. Il ne le quitta pas de la journée, demeurant fidèlement près de lui.

Ce furent sa présence silencieuse et le joyeux gazouillis de mon enfant qui, peu à peu, réussirent à dérider mon beau-père. Mais longtemps, des jours durant, il tourna en rond, et à l'heure où habituellement il s'occupait de ses *coulons*, je le surpris plus d'une fois devant le pigeonnier, les mains vides et l'air malheureux.

Notre voisine d'en face, Clara, possédait, quant à elle, deux tourterelles blanches. Elles vivaient dans une grande cage installée près de sa fenêtre. Lorsqu'elle apprit que mon beau-père avait été obligé de livrer ses pigeons, elle eut une inquiétude :

– J'espère que cette mesure ne s'applique pas à mes tourterelles. Ce ne sont pas des pigeons voyageurs. Elles ne sortent jamais. Cela n'a rien à voir, n'est-ce pas ?

Je la rassurai. La déclaration ne parlait pas de tourterelles, seulement de pigeons. Je pensai comme elle qu'il valait mieux ne rien dire. Et Clara, tranquillisée, garda ses deux « filles », comme elle les appelait, sûre de son bon droit.

Noël vint, lugubre et froid. Le charbon lui aussi commençait à manquer. La nuit, je prenais dans mon lit mon petit garçon et je le serrais contre moi pour le réchauffer. Il y eut plusieurs chutes de verglas puis, peu après Noël, une véritable tempête fit rage en plein milieu de la nuit. Serrée avec mon enfant sous les couvertures, j'écoutais le hurlement du vent. La pluie battait avec force contre les vitres, et je pensais aux soldats qui se trouvaient dans les tranchées par un temps pareil. Où était Mathieu ? Maintenant, avec les Allemands, l'espoir de recevoir des nouvelles avait disparu.

Ils semblaient s'être définitivement installés. Des troupes arrivaient sans cesse, faisant résonner sous leurs bottes les pavés de la ville. Tous les abris disponibles ayant déjà été requis, la Kommandantur décida de loger les soldats chez l'habitant. Un sergent vint se présenter chez Bertille, en face, et elle dut l'héberger. Nous le voyions arriver le soir, repartir le lendemain matin. C'était un soldat de la Landwehr, blond aux yeux bleus, avec un air affable et souriant. Clara, qui était la voisine de Bertille, affirmait qu'elle l'avait entendu dire, dès son arrivée :

– Il faudra vous habituer à parler allemand, car ça sera votre langue bientôt.

Elle se mit à regarder Bertille avec méfiance, comme si la pauvre femme était responsable d'avoir à loger un ennemi.

– Je la surveille, me chuchotait-elle. Je l'ai toujours trouvée bizarre. Elle ne se livre pas, ne parle jamais. Moi, je dis qu'il faut se méfier de l'eau qui dort. Et maintenant, cet Allemand chez elle... Dieu merci, ils ne pourront pas en mettre chez moi. Dans mon petit logement de deux pièces, il n'y a pas de place, et j'en suis bien soulagée, croyez-moi.

Depuis qu'on lui avait pris ses pigeons, mon beau-père avait perdu son optimisme. Il tournait en rond, inoccupé, malheureux. Il avait cessé d'affirmer qu' « ils » partiraient bientôt. A quoi bon? Non seulement ils ne partaient pas, mais ils étaient de plus en plus nombreux.

Leurs exigences grandissaient. Ils avaient réquisitionné le coton dans toutes les filatures de la ville, et la misère des ouvriers, à cause des usines fermées, était grande. Ils procédèrent à un recensement de la population, nous photographièrent par groupes de dix, cinq assis et cinq debout. Ils nous obligèrent à dresser une liste des habitants de chaque maison, et à l'afficher dans le couloir d'entrée. Nous obéîmes en bougonnant. Ils instaurèrent des laissez-passer, sans lesquels il ne fut plus possible de quitter la ville. Et ils ordonnèrent l'arrestation immédiate des personnes rencontrées dans la rue après 8 heures du soir jusqu'à 5 heures du matin.

L'année 1915 commença au son du canon. Les Allemands, de leur côté, fêtèrent la Saint-Sylvestre par des coups de fusil, des tirs de mitrailleuses et des chants dans les rues. En les écoutant, je ne pouvais m'empêcher de penser à la joie avec laquelle nous avions accueilli l'année précédente. J'étais avec Mathieu alors, et, heureuse, j'attendais notre enfant. Mes parents et mon frère étaient venus passer la journée avec nous; je m'étais sentie aimée, entourée, choyée. Un an après, j'étais sans nouvelles de mon mari et de mes parents. Si je n'avais pas eu auprès de moi mon beau-père et ma belle-sœur, je me serais retrouvée seule.

Ne rien savoir de Mathieu nous minait. Mon beau-père soupirait, traînait les pieds. Ma belle-sœur me confia un soir qu'elle priait tous les jours pour le retour de son frère. Je la remerciai. Moi, je me sentais incapable de prier. Ma grand-mère Constance m'avait souvent raconté combien elle avait été déçue, dans son enfance, lorsqu'elle avait prié saint Roch de sauver son petit frère malade du choléra, et je ne voulais pas affronter une pareille déception. Simplement, je pensais chaque soir au retour de Mathieu, persuadée que si je le désirais avec suffisamment de force il finirait par avoir lieu.

Dans la première semaine de janvier, un événement

imprévu vint nous donner quelque espoir. C'était un jour gris et froid, et j'étais occupée à faire le ménage dans les chambres. Je m'apprêtais à refaire mon lit lorsqu'un appel de mon beau-père m'arrêta :

– Louise! Viens, ma fille, viens vite!

Je me redressai, inquiète tout à coup. Que se passait-il? Tout de suite, je pensai à une nouvelle initiative allemande. Peut-être même l'un d'eux était-il entré chez nous? Il m'avait semblé entendre Pip aboyer. Je descendis rapidement l'escalier, ouvris la porte de la cuisine, le cœur battant. Une frêle jeune fille était là, qui souriait doucement. Près d'elle, mon beau-père et Odile arboraient un visage excité et des yeux brillants.

– Louise! s'écria ma belle-sœur. Nous avons enfin des nouvelles de Mathieu!

Mon cœur fit un bond, s'arrêta de battre, et j'eus l'impression qu'il me lâchait. J'eus un vertige, chancelai. Odile vint à moi, me soutint :

– N'ayez pas peur, Louise. Il n'a rien, il est en bonne santé. C'est mademoiselle, là, qui vient de nous prévenir.

Avec l'impression d'être prête à m'évanouir, je m'assis sur une chaise, levai un regard éperdu vers la jeune fille au charmant sourire.

– Mon nom ne vous apprendra rien, me dit-elle. Sachez simplement que des amis à moi, qui vont souvent en Belgique, en fraude bien entendu, parviennent de temps à autre à avoir des nouvelles des nôtres. Récemment, ils sont entrés en contact avec des gens de Mons, qui ont affirmé avoir vu votre mari. Mathieu Ribier, c'est bien ça?

Je hochai la tête, bouleversée, essayant de comprendre. Des gens avaient vu Mathieu en Belgique? Que faisait-il là? Ils devaient se tromper. Pourtant, c'était bien son nom. Mais peut-être était-ce un autre, qui portait le même nom?

– Il est passé à Mons le 12 septembre, avec une colonne de soldats français. Ils avaient été faits prisonniers aux environs de Maubeuge dès le début du mois. Tous les habitants de la ville leur fournissaient des vivres, et plusieurs soldats ont donné leur nom et leur adresse en demandant qu'on prévienne leur famille. Les gens qui ont relevé l'adresse de votre mari vous ont écrit aussitôt, afin de vous prévenir.

– En septembre? interrogea mon beau-père d'une voix tremblante. Nous n'avons rien reçu.

– C'est ce qu'ils ont pensé. Les Allemands étaient déjà chez eux, et leur lettre n'a pas dû partir. C'est pourquoi, lorsqu'ils ont rencontré récemment mes amis qui leur ont dit habiter Tourcoing, ils leur ont demandé de bien vouloir venir vous prévenir. Voilà, c'est fait maintenant, conclut-elle avec son inaltérable sourire.

J'essayais de réaliser. Mathieu, que je voyais dans les tranchées, que je me représentais parfois blessé, avait été fait prisonnier dès le début, un mois après son départ... Si je l'avais su tout de suite, combien de nuits d'angoisse cela m'eût-il évitées!... Cette inquiétude enfin était terminée. Je me sentais soulagée, mais en même temps j'étais malheureuse. Je revis en pensée les prisonniers qui avaient traversé la ville, hâves, affamés, à bout de forces. Imaginer Mathieu dans cet état m'était une souffrance.

– Mais... mais... objecta ma belle-sœur, visiblement bouleversée elle aussi, ne sait-on rien de plus ? Où allaient-ils ? Où sont-ils maintenant ?

La jeune fille ouvrit les mains dans un geste d'ignorance :

– Ça, je ne peux pas vous le dire. Ces gens n'en savaient rien. Les soldats eux-mêmes ignoraient leur destination. Leur seule certitude était qu'ils allaient en Allemagne.

– Ainsi, mon fils est en Allemagne maintenant, bougonna mon beau-père. Prisonnier, en plus! Quelle humiliation!

– Père! protesta ma belle-sœur. Il n'est pas seul dans ce cas. Auriez-vous préféré qu'il soit blessé, tué ?

Mon beau-père baissa la tête en serrant les poings.

– Non, bien sûr que non. – Il ajouta plus bas, entre ses dents, et je fus la seule à l'entendre : – Mais quand je pense qu'ils ont mon fils, ces sales Boches...

– Mon rôle est terminé, dit la jeune fille, je m'en vais. J'espère vous avoir un peu rassurés. Ils sont nombreux, ceux qui sont sans nouvelles de leurs mobilisés, et lorsque nous pouvons leur en donner, nous le faisons.

Elle se tourna vers mon beau-père, qui gardait la tête baissée :

– Ne soyez pas triste. Votre fils est prisonnier, mais cela n'empêche pas qu'il s'est sans doute bien battu. Et puis, pensez que vous n'aurez plus à craindre pour sa vie, dorénavant.

Ma belle-sœur s'avança et, spontanément, embrassa la jeune fille sur la joue :

– Merci, mademoiselle. Soyez remerciée pour ce que vous faites. Grâce à vous, nous voici un peu tranquillisés.

Elle voulut lui offrir quelque chose, mais la jeune fille refusa gentiment et prit congé. Lorsqu'elle fut sortie, ma belle-sœur me serra dans ses bras :

– Mathieu est vivant, Louise. Quel bonheur! C'est le résultat de mes prières. J'ai prié pour qu'il soit sain et sauf.

Il l'est, Louise, et dès que la guerre sera finie il reviendra parmi nous. N'est-ce pas, père ? ajouta-t-elle en se tournant vers son père.

Mon beau-père, qui caressait son chien sans rien dire, releva la tête :

– Plût à Dieu qu'elle finisse bientôt, dit-il d'une voix sourde. Elle n'a que trop duré.

Cette nuit-là, pour la première fois depuis le départ de Mathieu, rassurée je dormis mieux. Mais l'inquiétude, déjà, prenait une autre forme. Où était-il ? Dans ce camp de prisonniers, peut-être avait-il faim et froid ? Comment avoir de ses nouvelles ? Je savais que des membres de la Croix-Rouge, habitants de Tourcoing, multipliaient les démarches auprès de la Kommandantur afin de permettre une correspondance entre les prisonniers et leur famille. Jusque-là, je ne m'étais pas intéressée au résultat, car je croyais que cela ne concernait pas Mathieu. Mais maintenant, après ce que j'avais appris, tout était différent.

Le lendemain, l'abattement que j'éprouvais depuis le début de la guerre avait fait place à une impatience fébrile. Je réussis à la faire partager à mon beau-père :

– Père, dès que la correspondance avec les prisonniers aura été autorisée, nous aurons des nouvelles. Je suis sûre que Mathieu essaie de nous écrire. Nous lui écrirons aussi. Cela nous aidera à patienter en attendant la fin de la guerre.

Mon beau-père hocha la tête :

– Tu as raison, ma fille. Mais, vois-tu, j'aurais préféré qu'il revienne après s'être battu jusqu'au bout, pour pouvoir me dire que la victoire, c'était un peu aussi grâce à lui.

Je fis volte-face :

– Eh bien, pas moi, dis-je d'une voix vibrante. Au contraire, je suis rassurée de savoir que je n'aurai plus la hantise de recevoir la visite d'un messager de mort, vous savez, ceux qui vont annoncer aux familles que leur soldat est tombé au champ d'honneur. Et puis, vous semblez oublier que Mathieu n'est pas un embusqué, il a fait son devoir. Ce qui est arrivé n'a rien à voir avec son courage. Ils sont des milliers dans son cas. Je suis fière de lui.

Je pris mon fils dans les bras et, les yeux pleins de larmes, je sortis de la pièce.

Le 27 janvier 1915 était le *Geburtstag,* date d'anniversaire de l'empereur d'Allemagne. La veille, il y eut des coups de canon qui firent trembler nos vitres. Mon enfant, apeuré, se mit à pleurer. Une retraite aux flambeaux eut lieu, ensuite, et les troupes défilèrent au pas de l'oie. Je les observai à travers les volets entrebâillés, et je les trouvai ridicules. Le lendemain, nous pûmes découvrir que les rues et la grand-place, ainsi que tous les bâtiments où les Allemands s'étaient installés, étaient ornés d'arcs de triomphe faits de branches de sapin et de papiers multicolores. Le même soir, il y eut un feu d'artifice, et des chants nous parvinrent bien avant dans la nuit : une semaine plus tôt, des bouteilles de bière, de vin et d'alcool avaient été réquisitionnées en prévision de la fête. Ces réjouissances, au milieu de notre inquiétude et de nos souffrances, nous firent l'effet d'une injure. Car notre situation était bien triste.

Le pain menaçait de manquer totalement. Les bruits qui se colportaient de bouche à oreille étaient inquiétants : les Allemands barraient la route aux camions de blé qui arrivaient dans la ville, afin d'envoyer cette précieuse céréale dans leur pays. Le stock de farine diminuait, et il était évident que bientôt nous n'aurions plus rien.

Une tracasserie vint s'ajouter à celles qui existaient déjà. La Kommandantur fit savoir, au moyen d'affiches vertes signées comme les autres Von Tessin, qu'il y aurait dorénavant des « revues d'appel ». Cela signifiait que tous les habitants masculins, de dix-sept à cinquante ans, devaient se soumettre chaque matin à l'appel de leur nom, à huit heures et demie précises à la mairie. Pour ceux qui n'obéiraient pas, ou qui arriveraient en retard, une punition était prévue, sous forme d'amende ou de plusieurs jours de prison.

Beaucoup de jeunes gens, qui se méfiaient de cette nouvelle décision, refusèrent d'obéir. Ils se cachèrent, et leur vie devint difficile; dès qu'ils sortaient ils risquaient de rencontrer les policiers allemands – les « diables verts » – qui sillonnaient les rues et demandaient à chaque habitant masculin la carte de séjour qu'il était censé posséder. Annie me confia :

– Dédé n'a que quatorze ans, heureusement. Je suis soulagée. Ça ne m'aurait pas plu de le voir figurer sur leurs listes. On ne sait jamais ce qu'ils vont trouver.

C'était si vrai que certains jeunes gens, qui avaient l'âge d'être soldats, préféraient fuir en Belgique, aidés par des passeurs qui leur faisaient franchir la frontière, la nuit, bravant la surveillance féroce des Allemands. De là, ils réussissaient à rejoindre la Hollande, pays neutre, afin de se diriger ensuite vers la France non occupée où ils pouvaient s'engager. Beaucoup y parvinrent, et par la suite quelques-uns se firent tuer au combat, ayant préféré mourir libres plutôt que de vivre dans la soumission à un ennemi exécré.

Bientôt, une nouvelle mesure nous toucha personnellement, car elle concernait le chien de mon beau-père. La Kommandantur exigea de ceux qui possédaient un chien le choix suivant : payer une taxe allant de dix à trente francs selon la grosseur et la race de l'animal, ou conduire leur chien à l'abattoir. Mon beau-père fut outré :

– Ils ne nous laisseront jamais tranquilles ! Ils m'ont pris mes pigeons, et maintenant ils s'attaquent à mon pauvre Pip !

Il s'en alla, le jour même, rendre visite à un de ses amis qui habitait plus haut dans la rue et qui, lui aussi, avait un chien. Il revint profondément attristé :

– Cyprien m'a dit qu'il préférait encore tuer son fidèle compagnon plutôt que de donner de l'argent aux Boches. Il dit qu'avec cette somme, ils fabriqueront des obus qui tueront nos soldats.

Il secoua la tête, s'assit avec lassitude, tendit les mains vers Pip qui s'approcha en remuant la queue :

– Je ne peux pourtant pas faire ça. Je préfère encore payer, même si cela me révolte. Pip, c'est un ami pour moi. Il est vieux, je le sais bien, mais il ne m'a jamais quitté. Depuis la mort de ma femme, il est là. Il me donne sans compter sa fidélité, sa tendresse. Je me sens incapable de supprimer ça, d'un seul coup.

Il caressa la tête du chien, qui le regarda de ses bons yeux confiants et tendres. L'idée de tuer ce brave animal était si douloureuse que je dis à mon beau-père que je l'approuvais. La rage au cœur, il alla payer la taxe. Mais beaucoup, comme son ami Cyprien, préférèrent sacrifier leur fidèle compagnon. Cyprien en avait pleuré, nous rapporta mon beau-père. Nous nous sentions un peu coupables, mais la présence de Pip nous absolvait.

Quelques jours plus tard, le chien disparut. Mon beau-père l'appela sans résultat. Nous le cherchâmes partout. Ma belle-sœur parcourut la rue en long et en large, interrogea les voisins. Depuis l'arrivée des Allemands nous le surveillions davantage. Et même s'il sortait quelques instants, il ne tardait jamais à revenir, son âge ne lui permettant pas de parcourir de longues distances.

Nous ne parvînmes pas à le retrouver. Sa disparition demeura un mystère. Nous en fûmes réduits aux conjectures : était-ce un « diable vert » qui l'avait emmené ? Ou bien un autre propriétaire, un de ceux qui avaient préféré sacrifier leur chien, l'avait-il capturé et tué pour se venger de mon beau-père qui, lui, avait payé la taxe ? Peut-être le pauvre Pip avait-il fini chez un boucher ? Car de nombreux bouchers vendirent, à cette époque, sous le nom d'agneau, une viande bizarre que nous ne connaissions pas. Comme la viande se faisait de plus en plus rare, nous ne pouvions pas faire les difficiles. Et je n'osai jamais dévoiler à mon beau-père la pensée que peut-être, sans le savoir, nous avions mangé notre brave Pip.

***

Sur les instances réitérées de la Croix-Rouge, les autorités allemandes finirent par instaurer un système de correspondance entre les prisonniers de guerre et leur famille, selon lequel nous aurions le droit d'écrire une carte par mois, et de la soumettre à la Kommandantur qui en assurerait l'acheminement.

Le courrier envoyé par les prisonniers fut distribué, et nous reçûmes enfin une lettre de Mathieu, provenant d'un camp situé à Weinberg, en Prusse. Les mains tremblantes, je ne parvenais même pas à la lire. Mon beau-père, d'une voix étranglée, demanda :

– Lis-nous ce qu'il dit, Odile.

Ma belle-sœur me prit la lettre et obéit. Je fermai les yeux et écoutai, laissant, à travers les phrases, parler Mathieu. Cette lettre n'était pas la première qu'il nous écrivait. Il en avait envoyé beaucoup d'autres, disait-il, d'un autre camp du nom de Wünsdorf. Il ne se plaignait pas, disait qu'il était en bonne santé, et avouait son inquiétude d'être sans nouvelles de nous tous. C'était de cela qu'il souffrait le plus. Il terminait en m'assurant de son amour, il disait que son fils lui manquait, et il nous embrassait avec tendresse. Lorsque ma belle-sœur s'arrêta de lire, le visage dans les mains je pleurais. Derrière les mots, c'était Mathieu qui réapparaissait, celui que j'aimais, courageux, fort et tendre, et je prenais encore plus conscience du fait qu'il me manquait.

– A la fin de la lettre, il y a une phrase qui a été barrée, constata ma belle-sœur. Je ne comprends pas ce qui était écrit.

– Certainement la censure, grogna mon beau-père. Je suppose que les lettres sont lues avant d'être envoyées. Les pauvres prisonniers n'ont pas le droit d'écrire ce qu'ils veulent.

Les joues encore mouillées de larmes, je pris la feuille de

papier, regardai l'écriture de Mathieu, malheureuse de le savoir si loin de moi, et en même temps heureuse de constater que, en dépit des événements qui nous séparaient, notre amour restait intact.

– Nous allons lui répondre, dit ma belle-sœur. Nous allons lui dire que nous sommes soulagés de le savoir vivant, et que nous espérons nous retrouver ensemble bientôt.

Nous passâmes la soirée à établir un texte suffisamment neutre pour supporter le contrôle de la Kommandantur, dans lequel nous ne faisions aucune allusion aux Allemands, ni aux pigeons de mon beau-père, ni même à Pip. Nous parlions de nous, des premières dents de Benoît, et nous affirmions que nous allions tous bien. Une seule personne devait rédiger la carte que nous avions le droit d'envoyer, et d'un commun accord mon beau-père et Odile décidèrent que ce devait être moi. D'une main tremblante, au crayon-encre, comme il nous l'était ordonné, j'écrivis les phrases qui, malgré la distance, la guerre, la censure allemande, iraient jusqu'à Mathieu lui dire notre tendresse.

Lorsque j'allai me coucher, je pris avec moi la lettre de Mathieu et je la relus plusieurs fois. Dans mon lit, tout en écoutant le souffle régulier de mon bébé endormi, je pensai que je ne vivrais plus, dorénavant, que pour cette correspondance que nous échangerions chaque mois, en attendant le jour où nous serions enfin réunis.

La disette grandissait. Les stocks de farine étaient épuisés, et les Allemands livrèrent aux boulangers de la farine d'orge et de seigle mêlée à de la fécule de pomme de terre. Cela donnait, affirmaient-ils, un pain bien plus nourrissant que le pain blanc des Français. Il portait le nom de *Kriegs Kartoffel Brot*, ce qui signifie « pain de guerre aux pommes de terre ». Nous dûmes nous habituer à recevoir, chez le boulanger, des boules grisâtres qui ressemblaient à des éponges gluantes, dont le goût amer et désagréable nous faisait faire la grimace. La mie avait une consistance de mastic, elle collait aux doigts, aux gencives. Annie me confia un jour que Dédé en avait lancé un morceau au plafond et que celui-ci y était resté attaché. En le mâchant, il nous arrivait parfois de croquer du sable, des fétus de paille ou de la sciure. Ce pain K.K., ainsi nommé à cause de ses initiales, était si infect que les Français ne tardèrent pas à le baptiser « pain caca ».

Le lait se faisait rare. Il était réservé aux malades et aux petits enfants. Je parvenais à en obtenir juste pour Benoît. Le beurre, la viande, les œufs devenaient de plus en plus chers. Et la petite allocation que je touchais ne me permettait pas de suivre la montée des prix.

– Ça ne peut pas continuer comme ça! me dit Annie un jour. Je ne parviens plus à nourrir Dédé. Il a bientôt quinze ans, il est en pleine croissance, il a toujours faim. Et il ne peut plus supporter cet affreux pain « caca ». Il faut dire qu'il est immangeable, il nous donne des nausées et des douleurs d'estomac. Alors, Dédé a décidé de devenir *fonceur*. Beaucoup de ses amis le font déjà.

Je demeurai un instant sans répondre. Je savais les risques que prenaient ceux qu'on appelait *fonceurs*. Ils allaient à Mouscron, le village belge qui se trouvait en face, de l'autre côté de la frontière, et ramenaient du beurre, du lard, des pommes de terre, tout ce que pouvaient leur vendre les cultivateurs. C'était un genre de fraude très particulier, dû uniquement à la guerre, et par là même dangereux. En effet, il fallait opérer la nuit, et surtout éviter les sentinelles allemandes. Celles-ci tiraient sans hésitation sur les silhouettes qu'elles apercevaient. Il fallait *foncer* pour leur échapper, il fallait aussi traverser le Rui, le ruisseau qui, sur plusieurs kilomètres, marquait la frontière, tout en portant sur la tête les provisions afin de ne pas les mouiller. Tout cela nécessitait beaucoup de courage.

– Dédé? Il est bien jeune, objectai-je. Et puis, c'est dangereux. Ne lui avez-vous pas dit?

– Oh si, vous pensez bien! Mais il connaît parfaitement la région, et puis il est ravi à l'idée de faire des affaires : par exemple, un kilo de sucre vaut 1 F 50 à Bruxelles, 9 francs à Mouscron, et 13 francs à Tourcoing. Il ne m'écoute pas lorsque je lui dis que sa vie est bien plus précieuse que les quelques francs qu'il peut gagner. Il me répond que, maintenant que son père est parti, c'est lui l'homme de la maison, et que c'est à lui de pourvoir à nos besoins.

Je la regardai, vis ses yeux humides, remplis à la fois d'inquiétude et de fierté.

– Vous avez un brave garçon, Annie.

Elle baissa la tête, émue :

– Je le sais, Louise. Heureusement qu'il est là... C'est vrai qu'il se comporte en homme et qu'il nous prend sous sa protection, son petit frère et moi. Grâce à lui, je supporte mieux l'absence d'Alfred. C'est si dur d'être sans nouvelles! On se met toutes sortes d'idées en tête, surtout avec ce canon qui tonne sans arrêt... Vous avez de la chance, vous, au moins. Vous savez où est votre mari. C'est mieux, croyez-moi. Rien n'est pire que l'incertitude.

Grâce à elle, et surtout à Dédé, nous eûmes de temps en temps des œufs ou du beurre, que nous mangions avec parcimonie afin de les conserver le plus longtemps possible. Mais, chaque fois que Dédé s'apprêtait à jouer son rôle de *fonceur*, je remarquais les cernes d'inquiétude qui creusaient les joues de mon amie, et je devinais que, ces nuits-là, l'angoisse la tenait éveillée jusqu'au retour de son enfant.

Au mois de mars, une nouvelle affiche allemande nous apprit que les Alliés avaient décidé un blocus contre l'Allemagne, afin d'empêcher toute importation et d'affamer la population. En conséquence, la Kommandantur décrétait que mille personnes de Tourcoing seraient transportées du Nord de la France dans le Sud. Il était demandé des volontaires parmi les hommes non soumis au service militaire et incapables de travailler, ainsi que parmi les femmes sans ressources. Les avantages étaient que, dans la partie restée libre du pays, ils mangeraient mieux, seraient loin du front et plus en sécurité.

– Les Boches ne veulent pas nourrir de bouches inutiles, commenta mon beau-père. Mais je me demande s'ils auront beaucoup de volontaires.

Il y en eut très peu, en effet. Une initiative allemande, quelle qu'elle fût, laissait les gens méfiants. Pour arriver à fournir le nombre de personnes désiré, les Allemands choisirent des noms, au hasard, parmi ceux qui étaient inscrits au bureau de bienfaisance. Lorsqu'il s'agissait de familles entières, ils gardaient les jeunes gens susceptibles de leur être utiles sans souci de les séparer de leur mère, de leurs frères et sœurs. Ce qui donna lieu parfois à de véritables drames. Nous apprîmes à la fin du mois qu'un convoi spécial avait emmené toutes ces personnes en Suisse, par la Belgique et l'Allemagne. De là, sans doute pourraient-elles retrouver la France.

Je pensais parfois que la vie là-bas, pour elles, serait plus facile. Plus d'uniformes allemands dans les rues, plus de canon tonnant jour et nuit, plus d'inquiétude quant au ravitaillement. Pourtant, malgré ces inconvénients qui devenaient chaque jour plus pénibles, je n'aurais pas voulu quitter Tourcoing. Maintenant que j'avais des nouvelles de Mathieu, je voulais l'attendre chez son père. Et puis, la capitulation allemande ne tarderait pas. Avec le blocus, affirmait mon beau-père, leur pays serait bientôt sans ressources et ils seraient bien obligés de s'avouer vaincus.

Mais les Allemands essayèrent de tourner la difficulté en procédant à toutes sortes de réquisitions. Ils exigèrent de tous les habitants qu'ils aillent échanger leur or et leur argent contre des bons de monnaie établis par la ville. Mon beau-père fit semblant d'obéir, c'est-à-dire qu'il livra une faible partie de ses économies et cacha soigneusement le reste. Ils réquisitionnèrent les pelles, les bêches, les pics qu'il fallut livrer à la Kommandantur. Après avoir enlevé les stocks de matières premières dans les filatures, ils s'en prirent aux dynamos et aux machines, qu'ils démontèrent et expédièrent en Allemagne. Et ce n'était qu'un début. Clara avait entendu le sergent qui logeait chez Bertille déclarer que notre pays était une mine d'or, et que les Allemands ne le quitteraient qu'après l'avoir entièrement vidé.

Une autre affiche nous annonça que, en raison du blocus décidé par l'Angleterre, nous aurions à souffrir de la faim tout comme l'armée allemande. La situation devint critique. Le peu de vivres que nous avions fut désormais pris par les Allemands et destiné à leur usage exclusif.

Nous fûmes sauvés de la famine par l'*American Commission for relief in Belgium*. Ce comité, créé par les Hollandais et les Américains, était chargé de distribuer des vivres en Belgique occupée. Avec l'approbation des Allemands, il étendit son action au Nord de la France. Les boulangers reçurent de la farine destinée exclusivement à la population civile, pour la fabrication de pains qu'ils ne devaient pas vendre mais porter à la municipalité qui en assurerait la distribution. Dans chaque quartier, un bureau fut désigné, où il fallut aller s'inscrire. Nous eûmes une carte de pain. La ration en était fixée à 3,500 kg par semaine et par personne, et en comparaison du pain « caca » des Allemands, nous le trouvâmes bon.

D'autres vivres furent également distribués. Tous les dix jours environ, nous allions faire la queue. Des fonctionnaires partageaient équitablement les rations, que nous payions au moyen de bons communaux. Nous avions, selon les semaines, du riz, des légumes secs, du lard fumé, du saindoux, des pâtes, parfois du café, des biscuits, du savon, du sel, du vinaigre, du lait condensé pour les enfants. Le riz, surtout, était distribué en quantité copieuse. Sans doute pour compenser le manque de pommes de terre, qui avaient totalement disparu du commerce. Puisque le Comité américain nourrissait les civils, les Allemands prenaient pour eux tout le ravitaillement existant. La viande, le beurre, les œufs, le fromage, les fruits et les légumes devenaient rarissimes et atteignaient des prix astronomiques. Nous ne retrouvions le goût de ces précieux produits que grâce à Dédé, qui les ramenait de Belgique, où il continuait à faire le *fonceur* au péril de sa vie.

CHAPITRE V

Le mois suivant, nous eûmes la joie de recevoir une seconde lettre de Mathieu, en réponse à notre carte. Il se disait heureux d'avoir de nos nouvelles, et soulagé de savoir que nous allions tous bien. Il parlait très peu de lui. Il avouait qu'il souffrait parfois du froid, mais pas de la faim grâce aux colis qu'envoyaient, de la France libre, les familles de prisonniers. Ces colis étaient régulièrement distribués, et les heureux bénéficiaires partageaient leur contenu avec leurs camarades moins chanceux. Il nous annonçait qu'il avait envoyé une lettre à mes parents, afin de les rassurer sur son sort. Ils lui avaient répondu par l'envoi d'un paquet contenant de la nourriture et des vêtements de laine. J'appris ainsi, par l'intermédiaire de mon mari prisonnier en Allemagne, que mes parents se trouvaient en territoire non envahi. Et eux, de leur côté, eurent de mes nouvelles par Mathieu, qui fut durant cette période le seul lien entre eux et moi, puisqu'il nous était strictement interdit de communiquer avec la France restée libre.

Nous étions toujours dans l'incertitude quant à la situation générale. Le bruit incessant du canon et les blessés qui emplissaient les lycées réquisitionnés à cet effet nous affirmaient que les combats continuaient toujours. Mais qui était vainqueur ? A en croire les Allemands et leur *Gazette des Ardennes*, c'était eux, bien entendu. De temps à autre, ils faisaient sonner les cloches des églises, qu'ils avaient obligées au silence dès leur arrivée, afin d'annoncer une victoire *kolossale* au cours de laquelle ils avaient totalement écrasé les Alliés. Les premières fois, nous fûmes consternés. Mais Dédé ramena de Belgique des nouvelles contradictoires, et l'assurance que les Allemands agissaient ainsi pour démoraliser la population. De ce jour, nous cessâmes de les croire.

La Gazette des Ardennes, qui paraissait deux fois par semaine, avait décidé de publier la liste des prisonniers de guerre français se trouvant en Allemagne, ainsi que celle des soldats morts dans les hôpitaux allemands. Une double grande feuille était jointe au journal, et, un jour où j'allai chez Annie, je la trouvai en train de parcourir les lignes avec attention.

– J'ai acheté leur journal, me dit-elle avec un air coupable. Après tout, il ne coûte que 5 centimes. Mais ce n'est pas pour lire les nouvelles. C'est uniquement pour voir si mon Alfred n'est pas dans les listes. Cette fois-ci, il n'y est pas, mais la prochaine, qui sait ? A chaque journal, je vais trembler.

– Moi, affirma Dédé avec force, je suis sûr que père n'est ni mort ni prisonnier, et qu'il se bat courageusement.

– Rien ne le prouve, soupira Annie. Comme c'est cruel de ne rien savoir ! Si seulement les Boches autorisaient une correspondance avec les soldats, même surveillée, même censurée !

Mais ils ne permettaient rien de tel. Toute correspondance était interdite, même à l'intérieur des territoires occupés. Nous n'avions plus le droit, non plus, de sortir de la ville. Nous étions totalement isolés. Et chaque jour, dès huit heures du soir, les « diables verts » sillonnaient les rues et arrêtaient ceux qui s'y trouvaient encore, les punissant de quatre jours de prison ou de vingt francs d'amende.

Il y avait de nombreux mouvements de troupe. Des soldats partaient au front, d'autres revenaient. Clara m'apprit que le sergent, chez Bertille, allait bientôt partir.

– Je l'ai vue l'autre soir, me chuchota-t-elle en confidence. Et savez-vous où elle était ? Dans sa chambre, avec lui ! Je les ai vus, tous les deux. Ils se sont rendu compte que je les observais, et ils ont tiré les doubles rideaux. Quand je vous disais que je me méfiais d'elle... J'avais bien remarqué qu'il ramenait quelquefois de la nourriture, le soir, et une fois, le jour de sa fête, il lui a offert des fleurs. Je pensais que c'était pour se faire mieux accepter, parce qu'il loge chez elle. Mais depuis que je les ai surpris dans sa propre chambre, j'ai compris... Ah, c'est du propre !

Abasourdie, je ne disais rien. J'essayais de comprendre. Moi, je n'avais rien remarqué. Ce sergent, je l'avais à peine regardé. Il me saluait poliment lorsqu'il me rencontrait, mais je lui répondais à peine. Je n'avais pas non plus remarqué de changement chez Bertille. Elle continuait à assurer son travail de blanchisseuse, partait travailler chaque jour comme elle l'avait toujours fait. Ce soldat se rendait utile chez elle; je l'avais vu consolider un volet branlant, et réparer la serrure de la porte d'entrée. Avait-elle trouvé chez lui la tendresse qui manquait dans sa vie depuis qu'elle n'avait plus son mari et ses enfants, au point d'oublier qu'il était un Boche, un ennemi?...

– En êtes-vous certaine? demandai-je à Clara.

– Ah mais oui! rétorqua-t-elle avec indignation. J'ai encore des yeux pour voir. Et croyez-moi, ça ne se passera pas comme ça. Je le raconterai à tout le monde, afin de lui faire honte. On la montrera du doigt, et elle n'aura que ce qu'elle mérite!

Le bruit se répandit comme une traînée de poudre. Bientôt, tout le monde dans la rue et ailleurs sut que Bertille était la maîtresse de son sergent. Elle fut insultée dès qu'elle sortait de chez elle, traitée de « femme à Boches ». Des gamins lui lançaient des cailloux, la suivaient en chantant le *Gloria Victoria* des soldats allemands. Elle, droite, les yeux baissés, le visage pâle et les traits glacés, ne répondait jamais et essayait d'ignorer ces manifestations d'hostilité. Et lorsque avait lieu la distribution des vivres envoyés par le Comité américain, elle se tenait à l'écart, attendant que nous soyons servies pour s'avancer, volontairement sourde aux réflexions grossières et aux injures que certaines ne se privaient pas de lui lancer.

Ce fut au cours de cette période qu'un événement vint nous surprendre et nous atterrer. Depuis le décret de la Kommandantur exigeant la destruction des pigeons voyageurs, Clara, qui ne s'était pas sentie concernée, avait gardé ses deux tourterelles. Un matin, deux « diables verts » vinrent chez elle et perquisitionnèrent dans son petit logement. Bien entendu, ils aperçurent immédiatement les tourterelles qui, près de la fenêtre, dans leur cage située au soleil, lissaient leurs plumes et roucoulaient selon leur habitude. Ils s'en emparèrent, exigèrent de Clara qu'elle les suive, et l'emmenèrent immédiatement.

Je la vis sortir, petite silhouette encadrée par les deux policiers. Je faillis m'élancer, mais ma belle-sœur me retint. Prudemment, je restai immobile, regardant partir avec effroi et consternation notre vieille amie, mais persuadée néanmoins qu'elle ne tarderait pas à être relâchée. Tout au plus ferait-elle quelques jours de prison ou aurait-elle une amende à payer, comme ceux qui désobéissaient aux ordres du baron von Tessin.

Mais, cette fois, c'était plus grave. Clara fut soupçonnée d'espionnage, ce qui était ridicule quand on songeait à son grand âge, et au fait que ses tourterelles n'avaient jamais quitté leur cage. Elle ne fut pas libérée. Mon beau-père constata avec pessimisme :

– Ils vont la condamner à plusieurs mois de prison, peut-être plus. Rappelez-vous les cas qui se sont déjà produits. Le dernier a eu trois ans de prison.

– Elle ne survivra pas à une détention aussi longue, dis-je. Elle est âgée. Les Allemands sont-ils donc incapables de faire la différence entre une tourterelle et un pigeon voyageur ?

– Tout leur est bon pour sévir, déclara ma belle-sœur. Ça leur permet de faire un exemple, qu'ils afficheront bientôt pour faire peur aux autres. En tout cas, père, vous voyez que vous avez bien fait de ne pas garder vos pigeons. A l'heure actuelle vous seriez en prison, vous aussi.

Mon beau-père, qui se passait difficilement de la présence affectueuse de ses *coulons*, fut cependant tenu d'approuver. Quant à notre amie Clara, nous nous désolions de ne pouvoir l'aider.

Quelques jours plus tard eut lieu la distribution du Comité américain. Je m'y rendis avec Annie. Nous eûmes la chance d'avoir, cette fois-là, du bœuf salé, que nous ne recevions que très rarement. Il y avait aussi du lait en conserve, et j'en pris une boîte pour Benoît, que je payai 1 franc au lieu de 9 dans le commerce. Nous étions toutes servies lorsque Bertille arriva. Elle marqua un temps d'arrêt, puis se dirigea vers le fonctionnaire chargé de la distribution. Un silence hostile accueillit sa venue, et elle fit ses achats dans une atmosphère glaciale. Puis elle sortit sans regarder personne, et plusieurs femmes la suivirent.

Je connaissais l'une d'elles, nommée Antoinette, qui habitait tout au bout de notre rue. Son allure décidée et le signe de connivence qu'elle avait fait à ses compagnes m'inquiétèrent. Rapidement, j'entraînai Annie dehors.

Sur le trottoir, Bertille marchait à petits pas pressés, tête baissée. Antoinette et ses compagnes la dépassèrent, puis la cernèrent. Bertille se figea, releva la tête, les toisa avec un air de défi qui tentait de dissimuler sa peur. La première, Antoinette attaqua :

– Dis-moi, Bertille... On voulait te demander... L'arrestation de Clara, tu n'en serais pas un peu responsable ?

Devant l'air étonné de Bertille, une autre précisa :

– Parce que, vois-tu, on s'est dit que quelqu'un l'avait dénoncée. Les diables verts sont allés chez elle et nulle part ailleurs. Tu ne trouves pas ça bizarre, toi ?

– Et nous, reprit Antoinette, on s'est dit que tu aurais bien pu parler de ses tourterelles à ton Boche. Et lui, bien sûr, s'est empressé d'aller tout répéter aux autres. Qu'est-ce que tu en penses ? C'est bien comme ça que ça s'est passé, non ?

Avec Annie, je m'étais arrêtée. Je vis Bertille secouer la tête, tandis qu'une rougeur envahissait son visage habituellement pâle :

– Non, protesta-t-elle d'une voix blanche. Vous vous trompez. Ce n'est pas moi, je vous assure.

Antoinette s'approcha d'elle en plissant les yeux :

– Et pourquoi te croirait-on ? La parole d'une femme à Boches, ça ne vaut rien. N'est-ce pas, vous autres ?

– Ça, c'est bien vrai !

– Tu as raison, Antoinette !

Elles resserrèrent leur cercle. Bertille, prise au piège, lança autour d'elle un regard d'animal aux abois. Ses yeux croisèrent les miens. J'y lus un tel désarroi que j'eus pitié d'elle et que j'eus envie, subitement, d'aller la défendre. Pourtant, je ne bougeai pas.

Antoinette se penchait sur le sac de Bertille, inventoriait son contenu :

– Et là, ce que tu as pris aujourd'hui, c'est pour lui faire à manger, à ton Boche ? Il paraît qu'à cause du blocus ils n'ont plus rien, et qu'ils meurent de faim. Alors, c'est toi qui le nourris ? Tu n'as pas honte ? Tiens, voilà ce que j'en fais, de ton ravitaillement !

Elle saisit d'un coup sec le sac de Bertille et en renversa le contenu. Les précieuses denrées s'éparpillèrent. Avec un ricanement, Antoinette les piétina, aussitôt imitée par ses compagnes. La farine et les haricots se mêlèrent à la poussière du trottoir. Bertille, les larmes aux yeux, tenta de protester. D'un geste brutal, Antoinette lui rendit son sac :

– Écoute-moi bien, dit-elle d'une voix menaçante. Si on apprend que c'est toi qui as dénoncé Clara, on te fait ton affaire. C'est la honte de notre pays, des femmes comme toi ! Coucher avec un Boche pendant que nos hommes se font tuer ! Tu me dégoûtes, tiens !

Elle recula d'un pas et, avec un mépris plein de haine, lui cracha au visage. Bertille sursauta, porta la main à sa joue, l'air égaré. L'une des compagnes d'Antoinette s'écria subitement :

– Attention, là, au bout de la rue ! Les diables verts !

Pantalon noir, tunique verte, deux gendarmes allemands arrivaient. Les attroupements étaient rigoureusement interdits, et en quelques secondes il n'y eut plus personne. Les femmes avaient disparu comme par enchantement. Bertille, hébétée, s'accroupit et tenta de ramasser, parmi les vivres écrasés, ce qui pouvait être récupérable. Je lui lançai un regard de pitié avant de m'éloigner à mon tour, avec Annie qui hochait la tête et constatait :

– Je n'approuve pas Antoinette, elle n'aurait pas dû agir comme elle vient de le faire. Mais elle a raison. Être une femme à Boches, c'est honteux!

– Je ne crois quand même pas que Bertille soit allée jusqu'à dénoncer Clara.

Annie haussa les épaules :

– Peut-être pas, mais son Boche a sans doute vu les tourterelles et fait son rapport. Clara ne les cachait pas. Elles étaient près de la fenêtre. Il a très bien pu les apercevoir en allant dans la cour. En tout cas, quelqu'un l'a dénoncée, c'est sûr. Pourquoi, sans cela, les diables verts seraient-ils venus spécialement chez elle ?

J'étais d'accord avec ce raisonnement. Mais nous ne connûmes jamais l'identité du coupable. Quant à Bertille, elle continua à subir en silence les agressions des autres habitants. Son sergent partit pour le front, et elle apprit peu de temps après qu'il avait été tué. Je pus constater son désespoir silencieux, et je compris qu'elle n'avait vu en lui que l'homme qu'il était, et qu'elle l'avait aimé. Quelques semaines après, lorsque les Allemands organisèrent un deuxième convoi pour transporter d'autres personnes de Tourcoing en France libre, elle alla se porter volontaire. Elle partit ainsi, un matin, triste silhouette solitaire, dédaignée et haïe pour avoir vécu un amour interdit, et nous ne la revîmes plus.

***

La population était de plus en plus hostile aux Allemands. Sous peine d'emprisonnement, les hommes et les jeunes gens de plus de quatorze ans étaient tenus de saluer les officiers. Tous les moyens furent bons pour ne pas les croiser : faire demi-tour, s'absorber dans la contemplation d'une vitrine ou d'une affiche. Lorsque des soldats allemands demandaient un renseignement, certains habitants s'appliquaient à leur répondre en patois pour rendre leur explication incompréhensible. Et si des Allemands voulaient aller à un endroit précis, on s'empressait de les envoyer dans la direction opposée. A la longue, ils se rendirent compte que l'on se moquait d'eux, et von Tessin, le chef de la Kommandantur, infligea une amende supplémentaire à la ville à cause de la conduite irrespectueuse de ses habitants.

Une autre affiche exigea que fussent portés à la Kommandantur les sacs de toile que nous pouvions posséder. Après un instant de flottement, nous finîmes par comprendre que ces sacs seraient destinés à garnir les tranchées allemandes afin de protéger les soldats ennemis. Aussi, personne n'obéit, et ceux qui possédaient des sacs les détruisirent pour n'avoir pas à les donner.

Les jours, péniblement, se succédaient. L'été arriva, et mon enfant eut un an. C'était un beau bébé éveillé, de caractère vif et espiègle. Il avait hérité des yeux de Mathieu, et leur couleur bleue virait au gris lorsqu'il se mettait en colère. Il commençait à balbutier quelques mots, et je lui apprenais à dire papa, afin que Mathieu, lorsqu'il reviendrait enfin, fût accueilli par ce mot.

Nous continuions à envoyer fidèlement la carte mensuelle permise par la Kommandantur et Mathieu, de son côté, écrivait régulièrement. Ce seul contact entre nous était précieux et nous nous répétions notre tendresse, heureux de nous savoir mutuellement en bonne santé. Mon mari disait qu'il continuait à recevoir des colis de la part de mes parents, sans lesquels il aurait souffert de la faim. Le dernier, ajoutait-il, était accompagné d'une lettre dans laquelle ma mère annonçait que mon frère Paul, qui faisait partie de la classe 1916, venait d'être incorporé. Cette nouvelle m'avait à la fois affolée et attristée. Naïvement, je n'avais pas prévu que mon frère pût partir faire la guerre. Il n'avait que dix-sept ans lorsqu'elle avait commencé, et comme tout le monde j'étais persuadée alors qu'elle serait terminée avant qu'il eût l'âge d'être soldat. Mais elle s'éternisait, voilà bientôt un an qu'elle durait. Je pensai avec accablement qu'il me faudrait craindre, désormais, pour la vie de mon frère.

Ce même mois, Annie reçut enfin des nouvelles de son mari, par l'intermédiaire de la Croix-Rouge. C'était une simple carte, avec ces seuls mots : « Alfred Lechêne est en bonne santé. » Elle me la montra, les larmes aux yeux.

– Enfin ! m'exclamai-je. Vous devez être soulagée.

Mais elle secoua la tête avec doute :

– Ça ne veut rien dire, Louise. Regardez. Cette carte est vieille de six mois. Il a pu s'en passer, des choses, depuis...

Elle avait raison, et je ne trouvai rien à objecter.

Le 14 juillet 1915 fut la première fête nationale que nous passions en territoire occupé. Certains habitants osèrent sortir en arborant les couleurs françaises. Ce qui fut, bien entendu, immédiatement interdit. Nous finissions par craindre et exécrer les affiches de la Kommandantur, signées von Tessin, qui commençaient par : « J'ordonne », ou bien annonçaient une condamnation, ou encore interdisaient, avec les menaces habituelles, amendes et prison. Nous fûmes bientôt obligés d'avoir une carte d'identité, rose ou bleue selon le sexe, que nous devions présenter aux diables verts s'ils nous la demandaient.

Avec l'automne, les premiers froids firent leur apparition. Le charbon était rare, il fallait en utiliser le moins possible. Sans les vivres envoyés par le Comité américain, nous serions morts de faim. Malgré tout, certaines semaines, il y avait très peu de produits comestibles dans la distribution. Ils étaient remplacés par du savon, des cristaux, de l'ersatz de café. Ces semaines-là, c'était dur. Je voyais avec douleur mon enfant sucer son poing fermé, et plus d'une fois, ce fut à Dédé et à ce qu'il rapportait de Belgique qu'il dut d'avoir à manger.

⁂

Benoît fit ses premiers pas, et ma joie de le voir marcher fut assombrie par l'absence de Mathieu. En pensant à lui, j'avais le cœur de plus en plus lourd. Les jours passaient, le canon continuait de tonner, et je me demandais si la paix reviendrait jamais.

A cette époque, les Allemands organisèrent de nouveau un transport de mille personnes vers la France non occupée. Cette fois, les volontaires ne manquèrent pas. La faim, le froid, l'insécurité et surtout le joug pesant de l'autorité allemande poussèrent de nombreuses personnes à aller s'inscrire. Il n'y eut même pas assez de place pour tout le monde. Ce fut cette fois-là que partit Bertille. Après son départ, sa maison fut réquisitionnée pour le logement de deux soldats. Bientôt, celle de Clara fut occupée également. Notre vieille amie n'était pas revenue, et Antoinette, qui avait tenté de se renseigner, avait appris qu'elle avait été déportée en Allemagne. Nous avions tous été horrifiés par cette punition, trop injuste et trop dure eu égard à la faute.

Un jour où je devais aller toucher l'allocation que la municipalité continuait de distribuer aux femmes des mobilisés, je me rendis chez Annie qui m'accompagnait habituellement. Devant chez elle, je m'arrêtai, intriguée. Alain, son plus jeune fils, âgé de onze ans, jouait avec d'autres garçons. J'essayai de comprendre ce qu'ils faisaient. En rang par deux, ils tenaient un bâton à la main en guise de fusil, et s'étaient affublés de calottes ou de bérets au milieu desquels ils avaient fixé une protubérance quelconque imitant maladroitement le casque à pointe des Allemands. Ils défilaient avec sérieux, mais ce qui me surprit, c'était qu'ils marchaient à reculons.

– Que faites-vous ? demandai-je, amusée malgré moi.

– Nous jouons à *nach* Paris, me répondit Alain d'un air important.

– Et pourquoi vous déplacez-vous ainsi, à reculons ?

Il me considéra comme si j'étais un enfant attardé :

– Mais justement ! C'est parce que nous allons à Paris !

Je ne pus m'empêcher de sourire. Annie, qui arrivait à cet instant, me dit :

– Oui, c'est un nouveau jeu qu'ils ont inventé. Tous les gamins de la ville ne font que ça depuis plusieurs jours. Jusqu'ici, les Boches n'ont pas compris. Je ne sais pas comment ils vont réagir s'ils s'en rendent compte.

La réponse nous fut donnée le surlendemain. Une affiche interdit aux enfants, sous peine d'amende à payer par les parents, de jouer à la guerre de quelque façon que ce soit. En lisant cette nouvelle interdiction, pour une fois nous avions tous un sourire ironique. Ainsi, ce simple jeu d'enfant avait vexé les Allemands... Au fond de nous, nous éprouvions la sensation puérile d'être un peu vengés de toutes leurs persécutions.

Le premier jour de l'année 1916 fut lugubre. A minuit, – heure allemande – les soldats tirèrent de nombreux coups de feu pour saluer le nouvel an. Dans les journaux autorisés par les Allemands, *La Gazette des Ardennes* et *Le Bruxellois*, la victoire allemande ne faisait aucun doute, et elle se produirait avant trois mois. Je n'osais pas l'avouer, mais je finissais par le souhaiter pourvu que Mathieu revînt. Je ne supportais plus d'être ainsi séparée de lui.

Comme s'ils avaient besoin d'affermir leur autorité, le joug des occupants se fit plus sévère. Dans les premiers jours de janvier, un habitant de Tourcoing, qui dans la rue n'avait pas obéi immédiatement au *Halt !* impératif d'un diable vert, avait été abattu. Cet assassinat faisait suite à ceux qui avaient déjà eu lieu et qui nous avaient révoltés : le 22 septembre

1915, quatre jeunes résistants, Jacquet, Maertens, Deconinck et Verhulst, avaient été fusillés, ainsi que, le 8 novembre 1915, Léon Trulin, un jeune homme accusé d'espionnage. Les occupants s'y entendaient pour faire régner la terreur, et savaient prouver qu'ils punissaient impitoyablement ceux qui osaient leur résister ou leur désobéir.

Les affiches continuaient de se succéder, l'une ordonnant la réquisition de toutes les voitures et véhicules de transport, l'autre exigeant que fût mise en culture la moindre parcelle cultivable, y compris la bande centrale du boulevard de ceinture, une autre encore annonçant la suppression totale de l'éclairage public et obligeant les habitants à masquer toute lumière chez eux à partir de 7 heures du soir. Annie, qui avait laissé filtrer sous ses doubles rideaux une faible lueur, vit dans la journée du lendemain un diable vert se présenter chez elle et exiger une amende de 25 marks. Et que faire, sinon payer ?...

Dans la nuit du 10 janvier, un arsenal de munitions explosa, à Lille, causant la mort de centaines de personnes. Les maisons situées alentour furent soufflées par l'explosion, si violente que nous l'entendîmes jusque chez nous. Des échos nous parvinrent, au cours des jours suivants : un quartier entier de Lille était détruit, des familles se retrouvaient sans abri, sans compter les morts et les nombreux blessés.

Une autre inquiétude vint s'ajouter à nos soucis. Les jours passaient sans apporter la lettre habituelle de Mathieu, que nous recevions à peu près régulièrement chaque mois. Janvier s'écoula, puis février, et je m'affolai, tenue éveillée la nuit par une crainte lancinante. Pourquoi ce silence ? Il devait y avoir une raison grave. Mathieu était-il malade ? Ou bien... mort ? Rien d'autre, à mon avis, ne pouvait l'empêcher de nous écrire. Je passais mes journées à tourner en rond, avec les mêmes questions dans mon esprit. Mon beau-père s'en apercevait. Il disait :

– Essaie de ne pas trop t'en faire, ma fille. C'est peut-être un coup des Boches. Ils ont décidé de ne pas nous remettre sa lettre cette fois-ci. Ou bien elle s'est perdue. Ou bien, simplement, il a été puni et n'a pas eu le droit d'écrire. Il peut y avoir plein de raisons auxquelles nous ne pensons pas. Pourquoi tout de suite imaginer le pire ?

Je hochai la tête sans répondre, peu convaincue. Je remplis au crayon-encre, comme chaque mois, la carte que nous avions le droit d'envoyer, dans laquelle je disais notre inquiétude d'être sans nouvelles. Je suppliais Mathieu de nous écrire, ne fût-ce que quelques mots, afin de nous rassurer, et s'il ne le pouvait pas de faire écrire quelqu'un d'autre à sa place.

Je faisais part de mon anxiété à Annie. Elle soupirait, en réponse m'avouait la sienne. Depuis la carte de la Croix-Rouge, elle n'avait toujours pas de nouvelles de son mari.

– Où est-il, Louise, je me le demande ? Toute cette nuit, encore, le canon a tonné. Chaque fois que je l'entends, j'ai peur pour Alfred. En plus, il fait un froid terrible, il neige... Je suis malade de l'imaginer dans les tranchées par un temps pareil. Je ne sais pas où il se trouve, je ne peux même pas lui envoyer des lainages. Si ça continue, je vais devenir folle !

Je n'étais pas loin de penser comme elle. L'incertitude était une torture morale qui s'ajoutait aux souffrances physiques. L'hiver avait apporté avec lui un nouvel inconvénient, le froid. Il y avait beaucoup de cas de grippe. Moi-même, je traînais un rhume dont je ne parvenais pas à me débarrasser. Les organismes manquaient de vitamines et se trouvaient affaiblis. Les décès augmentaient, surtout chez les vieilles personnes et les enfants en bas âge.

Le ravitaillement était de plus en plus difficile. Le Comité américain faisait ce qu'il pouvait, et sans lui nous serions tous morts de faim, mais les rations étaient réduites au minimum, sauf pour le riz qui était toujours abondant. De plus, il ne fournissait pas les produits frais comme la viande, le beurre, les œufs. Même le lait était du lait en conserve. Et si nous voulions acheter ces denrées rarissimes, bien souvent le prix nous en empêchait : la viande coûtait jusqu'à 20 francs la livre, le beurre entre 20 et 25 francs le kilo, les œufs, 70 centimes pièce. Quant aux légumes, ils étaient tout simplement introuvables.

On entendait parler de nouvelles maladies, dues à ce manque de vitamines, aux noms jusque-là inconnus : le scorbut, le béri-béri. Nous avions tous un teint terne, des yeux las, des joues creuses. Une fatigue insidieuse minait nos corps, causant des étourdissements auxquels nous finissions par nous habituer. Mon beau-père, surtout, souffrait de malaises, qui devenaient de plus en plus fréquents. Souvent, il affirmait ne pas avoir faim, soutenait qu'à son âge il n'avait pas besoin de manger beaucoup. Mais je le soupçonnais d'agir ainsi pour nous laisser davantage de nourriture.

Les seules nouvelles que nous continuions d'avoir étaient toujours celles des journaux fournis par les Allemands. *Le Bruxellois* nous annonça une grande victoire allemande à

Verdun. D'un autre côté courait le bruit que les Français avaient repris le fort de Douaumont et fait reculer les soldats ennemis. Nous nous demandions où se trouvait la vérité. Nous étions tristes, inquiets, las, découragés.

De temps à autre, quelques exemplaires de *L'Oiseau de France*, le journal clandestin qu'un aéroplane allié lançait dans les rues, démentaient les nouvelles des Allemands, et nous permettaient de reprendre espoir. Mais ces numéros nous parvenaient trop rarement, et les risques encourus nous faisaient trembler.

Chaque jour passait sans amener la lettre tant attendue de Mathieu, et je me désespérais. Et puis, un matin du mois de mars, elle arriva. Nous apprîmes enfin que le retard qui nous avait tant inquiétés était dû au fait que Mathieu avait été transféré dans un autre camp, qui se trouvait celui-là à Zwickau, en Saxe. Avec les nouveaux venus, Mathieu avait été placé en quarantaine dès son arrivée, et il ne savait pas lui-même pourquoi. Mais pendant tout ce temps, il n'avait pas eu le droit d'écrire. Tout était rétabli maintenant, affirmait-il, et il attendait avec impatience les colis de vivres qui parviendraient de la France non occupée, car pendant ces quarante jours il avait souffert de la faim, la nourriture du camp étant mauvaise et insuffisante. Il nous disait également que, pour la première fois depuis qu'il était prisonnier, il se trouvait affublé, ainsi que ses compagnons, d'un matricule écrit en grands chiffres noirs sur une bande de toile rouge, qu'ils avaient dû coudre sur leurs vêtements. Il terminait en réclamant de nos nouvelles, car depuis son changement il ne savait plus rien de nous. Les cartes que nous avions envoyées au cours des deux mois précédents avaient été expédiées à son ancienne adresse, au camp de Weinberg, et il ne les avait pas reçues.

Immensément soulagée, je comprimais à deux mains les battements de mon cœur. Mon fils, trottinant sur ses petites jambes, vint jusqu'à moi, tira sur ma jupe. Je le pris sur mes genoux et le serrai contre moi. Mon beau-père me regarda, dit d'une voix enrouée :

– Alors, ma fille, qui avait raison ? Tu vois bien que tu avais tort de t'inquiéter. Il a juste changé de camp.

J'acquiesçai en souriant, les yeux pleins de larmes. Je savais que, malgré ses affirmations, mon beau-père avait été, lui aussi, bien inquiet. La nuit, son matelas qui grinçait m'avait révélé ses insomnies. Mais je me sentais trop heureuse pour lui en faire la remarque. Je préférai lui laisser croire qu'il m'avait convaincue.

***

A la fin du mois de mars, des affiches allemandes proposèrent aux ouvriers et ouvrières en chômage de partir s'installer à la campagne, dans le Nord occupé, où ils pourraient travailler aux champs, et ainsi mieux pourvoir à leur subsistance. Les volontaires étaient invités à aller s'inscrire à la mairie.

Bien entendu, cette offre eut très peu de succès. Mais, résolus à obtenir satisfaction, les Allemands décidèrent de recourir à la force. Ils opérèrent des rafles dans les rues, dans les tramways, au cours desquelles ils enlevaient des hommes, des jeunes gens, des jeunes filles. Un jour où j'allai toucher mon allocation avec Annie, nous fûmes effrayées par le nombre de diables verts. Ils étaient postés aux carrefours, arrêtaient tous les passants et exigeaient leur carte d'identité. Nous vîmes, devant nous, deux d'entre eux emmener une jeune fille qui résistait et pleurait. Je rentrai rapidement et prévins ma belle-sœur de ne pas sortir. Pendant plusieurs jours, elle demeura enfermée. Je me chargeai des courses. J'étais moins exposée qu'Odile, car on disait que les Allemands n'emmenaient pas les mères de famille. Pourtant, dès que j'apercevais un diable vert ou même un soldat allemand, je m'empressais de faire demi-tour afin de l'éviter. Annie, elle aussi, empêcha Dédé de sortir ; le bruit courait que les Allemands arrêtaient des adolescents, même très jeunes, afin de les envoyer dans la région d'Avesnes où ils étaient employés à abattre des arbres.

Mais ces précautions s'avérèrent inutiles. Le jeudi saint, de nouvelles affiches furent apposées, et leur lecture nous plongea dans l'effroi. Il y était dit que, puisque l'Angleterre rendait de plus en plus difficile le ravitaillement de la population, il allait être procédé à une évacuation afin d'atténuer la misère. En conséquence, les habitants devaient préparer leur bagage – chacun avait droit à 30 kilos – prévoir du linge, des ustensiles de cuisine, une couverture de laine, de bonnes chaussures et se tenir prêts. Défense était faite à tous les habitants de quitter leur domicile entre 8 heures du soir et 6 heures du matin. Chaque nuit, quartier par quartier, des officiers allemands passeraient dans les maisons afin de désigner ceux qui devaient partir. N'étaient exemptées que les mères ayant des enfants de moins de quatorze ans.

Je respirai avec soulagement. Je ne serais pas emmenée, ni séparée de mon petit Benoît. Mais je regardai ma belle-sœur avec inquiétude. Elle essaya de me sourire courageusement :

– Je vais préparer un bagage avec du linge et un peu de nourriture. Il vaut mieux leur obéir.

Mon beau-père fronça les sourcils :

– Rien à faire ! Je ne laisserai pas les Boches emmener ma fille Dieu sait où !

Elle se tourna vers lui, les larmes aux yeux :

– Comment ferez-vous, père ? C'est impossible. Ils sont les plus forts, et nous ne pouvons rien contre eux. Tous ces jeunes gens qu'ils ont déjà enlevés, dans des rafles... Leurs parents n'ont pu l'empêcher. Tout ce qui leur a été répondu, lorsqu'ils ont protesté, c'est que ceux qui ont été enlevés reviendraient, après avoir bénéficié d'une bonne nourriture et du calme de la campagne, loin du front.

– Et moi je dis que tu n'iras pas, s'obstina mon beau-père. Au lieu de préparer ton bagage, cache-toi lorsqu'ils viendront. Ils n'y verront rien.

J'eus une moue dubitative :

– Il y a la feuille de maison, dis-je, qui est affichée dans le couloir. Odile y figure.

– Nous n'avons qu'à la détruire et en mettre une autre, sur laquelle nous ne mentionnerons pas Odile.

– Ce n'est pas possible, dis-je avec tristesse. Ils s'en apercevront. Rappelez-vous ce recensement qu'ils ont fait lorsqu'ils sont arrivés. Ils savent qu'Odile vit ici.

Mon beau-père serra les poings, eut un soupir de rage et d'impuissance. Odile s'approcha de lui, posa une main sur son bras :

– Allons, père, ne vous inquiétez pas. Rien ne dit qu'ils m'emmèneront. Ils ne vont pas prendre tout le monde. Il paraît qu'ils ont besoin d'un certain nombre de travailleurs. Si ce nombre est atteint assez rapidement, j'ai peut-être une chance de leur échapper.

Je ne pus m'empêcher d'admirer le calme d'Odile. A sa place, je me serais affolée. Je le lui dis. Elle me regarda avec un sourire malheureux :

– A quoi bon m'inquiéter ? Je vais prier, plutôt, pour que je sois épargnée.

Le maire, le préfet, et Mgr Charost, l'évêque de Lille, protestèrent auprès des autorités allemandes, faisant valoir le fait qu'un tel enlèvement, qui s'attaquait à la population civile, était contraire aux lois de la guerre. Mais leur protestation demeura sans effet.

Dans la nuit du vendredi au samedi saint, les rafles commencèrent par le quartier de la Marlière. Puis, après une accalmie pendant le dimanche de Pâques, elles continuèrent la semaine suivante. Nous ne savions pas quand ils passeraient dans notre rue, et chaque nuit nous restions éveillés, crispés et angoissés. Ma belle-sœur, dont le bagage était préparé, voulait rester tout habillée et prête à partir. Mon beau-père parvint à la faire changer d'avis.

– Déshabille-toi et couche-toi, lui ordonna-t-il. Ils te prendront moins facilement. Par contre, s'ils voient que tu les attends vêtue de ton manteau, ils vont penser que tu ne demandes qu'à les suivre et ils vont t'emmener sans hésiter.

Quatre nuits passèrent, chacune plus éprouvante que la précédente. Nous ne dormions pas, guettant les bruits, constamment sur le qui-vive. Même Benoît, qui devait ressentir notre peur, s'agitait dans son sommeil et finissait par se mettre à pleurer. Odile, pourtant directement concernée, était la plus courageuse. Elle affirmait qu'elle passait ses nuits à prier, et elle s'efforçait de paraître sereine. Mais je voyais, à la façon nerveuse dont elle se mordait les lèvres, que son calme n'était qu'apparent.

Ce fut la cinquième nuit qu'ils vinrent dans notre rue. Je ne dormais pas et je les entendis tout de suite arriver, martelant les pavés de leurs bottes. Il était 3 heures du matin. Je m'assis sur le lit, le cœur battant violemment. Crispée, je guettais leur progression. Lorsque des coups retentirent dans la porte d'entrée, je sursautai. A tâtons dans l'obscurité, je sortis dans le couloir et refermai la porte de ma chambre, afin que le bruit ne réveillât pas Benoît.

Je me heurtai à ma belle-sœur. Elle tenait une lampe d'une main peu assurée, et j'eus le temps d'apercevoir l'affolement de son regard. Mon beau-père, lui, était déjà en bas. Dehors, les coups dans la porte se faisaient impératifs, impatients.

– Oui, oui, j'arrive! cria mon beau-père d'une voix qui se voulait forte mais qui tremblait.

– Venez, me souffla Odile en me saisissant le poignet. Allons-y.

Avec elle, je descendis l'escalier, rejoignis mon beau-père dans le couloir. La porte d'entrée était ouverte. Un sous-officier, accompagné de plusieurs soldats armés d'une baïonnette, s'encadrait sur le seuil. Il entra, regarda autour de lui tandis que, apeurés, nous frissonnions. Il aperçut, au mur, la feuille de maison. De la pointe de son poignard, il la détacha, la lut, nous observa. D'une voix gutturale, il appela :

– Victor Ribier.

Mon beau-père redressa ses épaules voûtées, fit un pas en avant :

– C'est moi.

Le sous-officier lui lança un coup d'œil rapide, consulta de nouveau la feuille :

– Odile Ribier.

– C'est moi, dit ma belle-sœur d'une voix claire.

Aucun commentaire. L'appel continua :

– Louise Ribier.

– C'est moi.

Le sous-officier émit un grognement, reprit :

– Il y a un quatrième nom sur la liste. Benoît Ribier. Où est-il ? Je ne le vois pas.

– C'est mon fils, dis-je. Il a un an et demi. Il dort.

– Allez le chercher. Tout le monde doit être présent sans exception.

Je réprimai un mouvement d'humeur, me détournai pour obéir. J'allai jusqu'à ma chambre, mécontente de devoir sortir mon enfant du lit bien chaud, avec le risque de le réveiller. Je le pris avec précaution. Il remua dans mes bras, suça son poing fermé et continua de dormir. Je retournai au rez-de-chaussée.

– Bien, dit l'Allemand. Restez tous là. L'officier va passer pour désigner ceux qui devront partir.

Il sortit. Les soldats qui l'accompagnaient restèrent devant la porte ouverte. J'évitai de les regarder. Derrière eux, dans la rue, j'apercevais d'autres soldats, plus nombreux, qui eux aussi montaient la garde. Ils se tenaient raides, impassibles. Une pluie fine tombait, rendait l'atmosphère humide et glaciale. Le froid pénétrait dans la maison. Je ramenai mon châle sur mes épaules, en entourai mon enfant. Immobiles, sans un mot nous attendions.

Après quelques minutes, un officier arriva d'un pas pressé, décidé. A son tour, il observa la feuille de maison, puis laissa errer son regard sur chacun d'entre nous. Je lui trouvai un visage dur, et une nouvelle appréhension me crispa. Ses yeux glissèrent sur moi, effleurèrent mon fils, s'arrêtèrent sur ma belle-sœur. Il examina de nouveau la liste qu'il tenait, interrogea :

– Odile Ribier, c'est vous ?

– Oui, dit ma belle-sœur en relevant la tête.

– Habillez-vous et préparez vos bagages. Vous avez un quart d'heure.

Ma belle-sœur se raidit. Avec un sursaut, mon beau-père demanda :

– Que voulez-vous dire ? Elle va devoir partir ?

L'officier répondit sèchement :
– Dans un quart d'heure, oui.
Mon beau-père s'affola, tenta de protester :
– Mais... mais... elle est trop jeune. Elle vient seulement d'avoir vingt ans. Et puis, sa santé n'est pas très bonne...
– Justement, nous l'envoyons à la campagne. Là-bas, l'air lui fera du bien.
– Mais elle n'est pas assez solide pour travailler, insista désespérément mon beau-père. S'il vous faut vraiment quelqu'un, prenez-moi. Je travaillerai mieux qu'elle.
L'officier toisa mon beau-père de haut en bas, et je me rendis compte de l'aspect qu'il offrait, pitoyable vieil homme, dans sa tenue de nuit qui le rendait ridicule. Une expression narquoise passa sur le visage de l'Allemand.
– Non, vous êtes trop vieux. Et puis, c'est la petite mademoiselle que nous voulons.
Sur ces mots dits d'un ton sans réplique, il nous tourna le dos et sortit. Mon beau-père alla jusqu'au seuil, avec violence claqua la porte d'entrée sur les soldats qui, au bord du trottoir, continuaient de monter la garde. Puis il se tourna vers nous, à la fois effondré et révolté :
– Ce n'est pas possible... Que peut-on faire ?
Odile, près de moi, sembla se secouer :
– Rien d'autre que leur obéir. Je vais aller m'habiller.
Elle se détourna et monta jusqu'à sa chambre.
– Je vais aller recoucher Benoît, dis-je misérablement.
Lorsque je revins, mon beau-père, dans la cuisine, tournait en rond avec un air perdu.
– Ce n'est pas possible... répéta-t-il. Ils ne vont pas vraiment l'emmener, n'est-ce pas ? Je vais leur demander de la laisser. Il doit bien y avoir une solution...
Je ne sus que répondre. Une solution ? Laquelle ?
Odile redescendit, habillée, tenant les deux paquets qui lui servaient de bagages. Elle était très pâle. Elle posa ses colis sur le sol, nous regarda un instant sans parler. Puis, avec un sanglot, elle se jeta dans les bras de son père :
– Au revoir, père, dit-elle d'une voix frémissante. Soyez courageux. Je reviendrai, ne craignez rien.
Ils restèrent un long moment enlacés, et je voyais mon beau-père lutter contre ses larmes. Puis Odile se tourna vers moi, me serra contre elle :
– Au revoir, Louise. Prenez bien soin de père. Je vous le confie. J'ai embrassé Benoît, là-haut. Le temps va me sembler long, loin de lui...

La porte s'ouvrit brutalement, une voix autoritaire cria :

– Dehors! *Schnell! Schnell!*

L'officier qui avait désigné Odile revenait. Il lui fit signe de sortir et elle obéit, la tête haute, les lèvres serrées. Les soldats qui étaient toujours sur le trottoir la poussèrent au milieu de la rue, où une dizaine de personnes avaient déjà été rassemblées. Mon beau-père se précipita :

– Ne pouvez-vous la laisser? demanda-t-il à l'officier. Une personne de plus ou de moins ne changera rien pour vous.

L'officier le considéra avec hauteur :

– Elle viendra comme les autres, et vous n'avez pas à protester. Vous avez été prévenus par les affiches. Ceci est tout à fait régulier. Ne craignez rien, elle ne sera pas maltraitée. Elle sera mieux nourrie, elle travaillera dans les champs, en plein air.

Mon beau-père recula, me regarda avec désarroi. Je le pris par le bras :

– Rentrons. Vous allez prendre froid. De toute façon, vous ne pouvez rien faire.

Mais il s'obstina :

– Je veux rester. Je veux voir où ils vont l'emmener.

Je frissonnai sous le crachin pénétrant qui tombait. Je jetai un coup d'œil autour de moi. À chaque extrémité de la rue, des soldats en armes barraient le passage. Je crus même voir une mitrailleuse. Dans toute la rue, d'autres soldats encadraient les personnes qui sortaient de chez elles et les groupaient en un troupeau tremblant. Je vis des jeunes gens, des jeunes filles, qui malgré leur visage hagard s'efforçaient de faire bonne contenance. Une mère ne voulait pas quitter sa fille et s'accrochait à elle :

– Je partirai avec elle, criait-elle. Si vous voulez absolument l'emmener, laissez-moi venir aussi.

Les soldats, indifférents, la poussèrent au centre de la rue, avec les autres. A ma gauche, un cri attira mon attention :

– C'est une honte! Une honte! Me prendre mon enfant, qui n'a même pas seize ans!

Annie sortait de chez elle et invectivait plusieurs soldats qui encadraient Dédé. Le jeune garçon, le menton crânement levé, son bagage sous le bras, se tourna vers son frère qui, les lèvres tremblantes, semblait prêt à pleurer :

– Alain, lança-t-il d'une voix forte, je te confie maman. Protège-là jusqu'à mon retour. Tu es le seul homme de la famille, maintenant.

Puis il s'en alla, d'une démarche fière, rejoindre les autres qui, sous la pluie froide, continuaient d'attendre. Je le vis se faufiler jusqu'à ma belle-sœur et lui parler tout bas, avec volubilité. Elle acquiesça d'un mouvement de tête et ils restèrent ainsi, serrés l'un contre l'autre, dans une attitude digne et calme qui contrastait avec les pleurs et les supplications de nombreuses femmes.

– Dédé! cria Annie d'une voix déchirante.

Dans un sursaut désespéré, elle voulut s'élancer et aller vers son enfant. Mais les soldats placés en sentinelles tout au long de la rue la repoussèrent. Elle eut un cri de révolte, qui se termina dans une plainte :

– Dédé, mon petit...

Mon beau-père s'agrippa soudain à moi :

– Louise, soutenez-moi. Je me sens mal.

Un regard rapide me permit de voir qu'il était très pâle. J'eus peur. Il était souvent sujet à des malaises, qui ces derniers temps devenaient de plus en plus fréquents. Je passai un de ses bras autour de mes épaules :

– Appuyez-vous sur moi. Nous allons rentrer.

Chancelant, prêt à tomber, il s'obstina encore :

– Non, je veux rester.

Il pesait sur moi de tout son poids, et je regardai autour de moi afin de chercher de l'aide. Annie, uniquement occupée de Dédé, ne faisait pas attention à nous. Sur le trottoir, de nombreuses personnes pleuraient, interpellaient celles qui partaient et leur lançaient d'ultimes recommandations. J'essayai de faire reculer mon beau-père jusqu'au mur de notre maison. Il trébucha, et j'eus du mal à le retenir de tomber. Je sentis que quelqu'un le soutenait de l'autre côté. Je tournai la tête. Avec stupeur, je vis qu'il s'agissait d'un soldat allemand. Il conduisit mon beau-père jusqu'au rebord de la fenêtre, suffisamment bas pour qu'il pût s'y asseoir. Je fixai le soldat avec incrédulité, ne pensant même pas à le remercier pour son aide. C'était un homme qui pouvait avoir dans les quarante ans, au visage empreint de tristesse. Il croisa mon regard, baissa la tête avec une sorte de gêne :

– *Ach*, triste la guerre, madame, beaucoup triste.

Il se détourna, vit Annie qui, profitant d'un instant d'inattention des sentinelles, s'était glissée jusqu'à Dédé qu'elle serrait et embrassait en pleurant. Il secoua la tête avec pitié :

– Moi aussi, grand fils comme lui. Triste, répéta-t-il, beaucoup triste.

Un ordre bref, lancé en allemand, le fit tressaillir. Il s'empressa de regagner sa place, le long du trottoir, entre deux autres soldats. Annie, pendant ce temps, était de nouveau repoussée sans ménagement. Ce fut Alain qui la recueillit, effondrée et sanglotante, et la soutint sans un mot, le visage contracté et l'air malheureux.

Dans le petit matin obscur, sous la pluie fine qui ne cessait pas, la scène était sinistre. Transie, glacée, je me tournai vers mon beau-père. Il était moins pâle mais, d'une main, il se comprimait la poitrine.

– Ça va, père ? demandai-je avec inquiétude.

De la tête, il fit un signe qui ne signifiait ni oui ni non. Un ordre brutal soudain éclata :

– En avant !

Les soldats allemands encadrèrent leurs pauvres victimes et les poussèrent. Mon beau-père se redressa, cria :

– Ma petite !

Ma belle-sœur, au milieu des autres, se retourna. Les mains prises par ses bagages, elle ne put nous faire un signe d'adieu. Mais elle eut la force d'esquisser un sourire qui se voulait courageux. Sur le trottoir, les mères qui voyaient partir leurs enfants emboîtèrent le pas au triste cortège. Mais les sentinelles, sans pitié, de nouveau les repoussèrent. Comme certaines insistaient malgré tout, je vis des soldats les écarter à coups de crosse. Vaincues, elles s'arrêtèrent, le visage en pleurs.

Parmi ceux qu'on emmenait, des jeunes gens se mirent à chanter *La Marseillaise*. Le chant, tremblant et hésitant au début, s'amplifia bientôt, devint vibrant. Et cet hymne français, interdit, était un défi aux Allemands, une manière de leur montrer que, malgré leurs persécutions, nous resterions toujours indomptés.

– Venez, dis-je à mon beau-père. Il faut rentrer maintenant.

En s'appuyant sur le rebord de la fenêtre, il se mit debout avec difficulté. Je le soutins jusqu'à la maison, le fis entrer dans la cuisine, où il s'affala lourdement sur une chaise. Il me donna l'impression d'avoir reçu un coup sur la tête. Avec hébétude, il répétait :

– Ma petite... Ma petite... Ils m'ont pris ma petite...

Je me rendis compte qu'il grelottait. J'allai jusqu'au buffet, sortis la bouteille d'eau-de-vie qui était tout au fond et qui ne servait que très rarement. J'en versai un peu dans un verre, le lui tendis :

– Buvez ça.

Il me regarda sans bouger, comme s'il ne comprenait pas. J'approchai le verre de ses lèvres, le forçai à boire. Il se laissa faire comme un enfant, et je vis ses joues livides reprendre quelques couleurs.

– Venez vous coucher, dis-je. Vous êtes glacé. Il faut vous réchauffer.

Je l'aidai à monter l'escalier, le bordai dans son lit, l'observai un long moment tandis que, les yeux fermés, il semblait s'assoupir. Sur la pointe des pieds, je sortis de la chambre, allai voir Benoît. Il dormait. Je le contemplai avec tendresse, songeant que dès le lendemain il ne manquerait pas de réclamer ma belle-sœur qu'il aimait beaucoup. Je regardai la pendule. Bientôt 5 heures. En deux heures de temps, Odile nous avait été ravie. Ce qui s'était produit était une honte, comme l'avait dit Annie, et même certains soldats allemands le ressentaient ainsi, comme me l'avait prouvé l'attitude de celui qui m'avait aidée à soutenir mon beau-père.

Je tremblais de froid, de fatigue. En frissonnant, je me blottis dans le lit, cherchant désespérément à me réchauffer. Je pensai à ma belle-sœur, à Dédé, à tous ceux qui avaient été ainsi enlevés. Où seraient-ils conduits ? Et quand reviendraient-ils ?... Dans la rue, tout était redevenu calme. Je me sentais trop énervée pour dormir. Crispée, les yeux grands ouverts, j'attendis l'aube.

Mon beau-père fut malade. Il avait pris froid sous la pluie et eut un rhume qui, à cause de son organisme affaibli par les restrictions, dégénéra en bronchite. Je le soignai du mieux que je pus, avec le peu que j'avais. Je lui mis des ventouses pour tirer l'inflammation, et j'utilisai le reste d'un paquet de sucre candi qui datait d'avant la guerre pour fabriquer du sirop. Avec ces moyens limités, la maladie ne régressa que lentement. Et lorsque, enfin, mon beau-père commença à aller mieux, il me fit l'effet d'un vieil homme brisé. Lui jusque-là si dynamique restait dorénavant inerte, assis près du feu, les mains sur les genoux, dans une attitude accablée. Lorsque j'essayais de le secouer, il levait vers moi un regard profondément triste :

– Que va-t-il me rester, Louise ? Petit à petit, ils me prennent tout. Ça a commencé par mon fils, et je pensais qu'il reviendrait rapidement. Mais ils le gardent prisonnier, pour combien de temps encore ? Ils m'ont pris mes pigeons et mon chien. C'était dur, mais j'ai pu m'en consoler. Ce que je ne peux pas admettre, par contre, c'est qu'ils m'aient enlevé ma petite... Elle ne faisait rien de mal. Pourquoi l'emmener ? Je ne parviens pas à m'habituer à son absence. Elle a remplacé ma femme dès qu'elle est morte, et sa gaieté, son courage, mettaient du soleil dans la maison. Et maintenant que va-t-elle devenir ? Que vont-ils en faire ? Me la rendront-ils, au moins ?

Avec Annie, j'avais essayé de me renseigner. Nous avions appris que les jeunes gens et les jeunes filles de notre rue avaient été emmenés à l'usine Lepers-Duduve, où ils étaient entassés dans une salle et gardés par des sentinelles allemandes. Nous avions couru jusque-là, mais les soldats en faction devant la porte nous avaient repoussées. Tout ce que nous avions pu savoir, c'était qu'ils attendaient là d'être transférés à la campagne.

Chaque jour, un départ avait lieu. Annie allait jusqu'à la gare, essayait d'apercevoir Dédé. Elle revenait effondrée, n'ayant pu approcher à cause des sentinelles. Mais les jeunes gens ainsi emmenés, disait-elle, se comportaient crânement. Ils partaient en criant : « Vive la France ! », « Vive la liberté ! » et en chantant *la Marseillaise*. Elle ne réussit pas à voir une dernière fois son fils, ni ma belle-sœur. La seule information qu'elle ramena fut l'assurance, fournie par les Allemands, que personne ne serait maltraité et que les familles recevraient régulièrement des nouvelles; chacun aurait le droit d'écrire dès qu'il arriverait à destination. Sans parvenir à y croire tout à fait, nous nous raccrochions pourtant à ce faible espoir : il était tout ce qui nous restait.

CHAPITRE VI

Le dernier dimanche d'avril, il fallut avancer nos pendules d'une heure. Nous entrions dans la période d'été. Le mois de mai nous offrit ses jours chauds et ensoleillés. J'installais mon beau-père dans la cour, près de son pigeonnier vide. Il essayait de reprendre quelques forces. Benoît trottinait autour de lui, ramassait un caillou, un bâton, les lui apportait. Le vieil homme souriait à son petit-fils et, pour lui, s'efforçait de réagir. J'ai souvent pensé, à cette époque, que seul mon enfant a retenu mon beau-père parmi nous. Sans cette présence affectueuse et gentiment tyrannique, il se serait laissé sombrer.

Malgré la censure, nous résolûmes de ne pas cacher à Mathieu que sa sœur avait été enlevée. Je lui écrivis, d'une manière succincte, ce qui s'était passé, sans faire de commentaires. Si la phrase n'était pas barrée, il comprendrait à demi-mot. Dans sa dernière lettre, il affirmait qu'il se portait bien et qu'il continuait à recevoir des colis de mes parents. Avec la venue du printemps, il souffrait moins du froid. Il nous annonçait que sa qualité d'instituteur lui avait valu d'être nommé au triage du courrier des prisonniers. Il y travaillait avec un ami qui se nommait Bernard Duparc et dont la famille habitait Tours. Comme cette ville se trouvait en territoire non occupé, ce Bernard recevait de nombreux colis de ravitaillement, et ils partageaient tout. Il terminait en disant que sa nouvelle occupation lui plaisait, mais que le temps lui semblait long et que nous lui manquions de plus en plus. « Lorsque je reviendrai, je ne reconnaîtrai même pas mon fils », constatait-il tristement. Et je songeais que c'était vrai. Le nourrisson d'un mois qu'il avait quitté n'avait rien de commun avec le petit garçon espiègle qui maintenant marchait, parlait et aurait deux ans en juillet prochain.

Nous lui taisions nos propres difficultés. La nourriture demeurait notre principale préoccupation. Nous n'avions plus que celle du Comité américain. Toutes les épiceries et les boucheries étaient fermées. Nous mangions principalement des haricots, de la Céréaline, des pois cassés, des lentilles, et du riz, surtout du riz. Nous n'avions pas d'autre viande que celle du Comité, mais elle était rare et peu abondante – 150 grammes environ par personne tous les deux mois – et chère, même pour le Comité : 5 francs la livre. De plus, les Allemands, contre tout droit, prenaient quelquefois la liberté de confisquer certains colis envoyés pour les civils, qu'ils réexpédiaient en Allemagne. Ils avaient agi ainsi, disait-on, pour un wagon de poisson et d'œufs, une autre fois pour de la viande. Quant aux pommes de terre, nous n'en avions pas vu une seule depuis longtemps. Les Allemands refusaient de les laisser entrer en ville et continuaient à s'en emparer en totalité.

L'absence de Dédé nous privait des victuailles qu'il ramenait en fraude de Belgique. Grâce à lui, nous avions pris l'habitude d'avoir quelquefois de la viande, du beurre, des œufs. Le manque de vitamines nous causait des étourdissements, des faiblesses de plus en plus fréquents. Néanmoins, avec le retour des beaux jours, nous voulions espérer que cela irait mieux. Et surtout, nous voulions croire que les Allemands finiraient bien par s'en aller. Ils n'étaient que trop restés.

Sans la présence de ma belle-sœur, la maison était morose. Il y manquait sa gaieté, son énergie, sa gentillesse. C'était moi qui devais m'occuper de tout, et plus d'une fois je me sentis désemparée. Je me rapprochai d'Annie qui, sans Dédé, et toujours sans nouvelles de son mari, se désespérait. Elle me raconta qu'Alain, son second fils, avait émis le désir de remplacer Dédé dans son rôle de *fonceur* et d'aller jusqu'en Belgique chercher du ravitaillement.

– Vous vous rendez compte, Louise ? me dit-elle, à la fois fière et désolée. Je n'ai pas accepté. Il n'a que douze ans, il est trop jeune. Et puis, je n'ai plus que lui. Et s'il se fait prendre ? Ah non, alors !

Chaque jour, elle soupirait :

– Si seulement Dédé revenait !...

Elle avait cessé de consulter les listes de prisonniers que publiait *La Gazette des Ardennes*. On disait qu'elles étaient truquées par les Allemands, que c'était une invention destinée à faire vendre leur journal. Et puis, comme Annie le remarquait très justement, depuis que la correspondance avec les prisonniers avait été autorisée, son Alfred aurait écrit. Elle en concluait qu'il continuait à se battre quelque part. Mais le manque de nouvelles et l'inquiétude constante la rongeaient.

Au mois de juillet, elle reçut une lettre de Dédé. Elle accourut me la montrer.

– Regardez, Louise, me dit-elle en tremblant. Regardez ce qu'il écrit. Mon pauvre enfant ! Comme il est courageux !

La lettre venait d'Auby-les-Asturies, dans le Nord occupé. Dédé expliquait qu'il avait été logé, avec environ trois cents autres jeunes gens, dans une fabrique de zinc, sur de la paille. Dès leur arrivée, ils avaient été rassemblés ; un officier allemand leur avait annoncé que ceux qui accepteraient de travailler librement toucheraient 6 francs par jour et deux pains par semaine. Avec un bel ensemble, tous avaient refusé. Comme punition, ils avaient été forcés de rester alignés, debout, sans manger, de 6 heures du matin à 3 heures de l'après-midi, avec juste un peu de soupe le soir. Cela avait duré quinze jours, jusqu'à ce que l'officier les menace de les emprisonner dans une cave pour qu'ils cèdent. De nouveau, ils avaient tous refusé. Sommés de choisir entre les travailleurs volontaires, les travailleurs forcés ou les travailleurs très forcés, ils avaient choisi les « très forcés ». On leur avait alors mis un brassard rouge, avec les lettres Z.A.B. * Dédé terminait en disant qu'il tiendrait bon.

Lorsque j'eus fini ma lecture, je relevai la tête et croisai le regard d'Annie, où des étoiles de fierté scintillaient à travers les larmes :

– Mon Dédé... murmura t elle. Il est bien brave, mais que vont-ils lui faire, maintenant ? Louise, comme je suis inquiète !

Je hochai la tête avec compréhension. Quelques informations avaient réussi à filtrer jusqu'à nous, et nous savions que les Z.A.B. étaient des bataillons disciplinaires. Les Allemands y groupaient ceux qui refusaient de travailler pour eux. Ils les envoyaient dans les endroits les plus dangereux, la plupart du temps sur les arrières proches du front. Là, les pauvres « travailleurs forcés » étaient exposés au tir des artilleries alliées, soumis à un régime de bagnard, mal nourris. Je comprenais l'angoisse d'Annie.

– Si encore il se battait, comme Alfred, pour notre pays ! Mais là... savoir qu'il est obligé de risquer sa vie en travaillant pour les Boches, ça me fait mal, Louise...

De notre côté, nous étions sans nouvelles d'Odile. Benoît

* Zucht Arbeit Bataillon.

la réclamait souvent. Mon beau-père ne disait rien, mais chaque jour je le voyais se voûter davantage sous l'effet de l'inquiétude et du chagrin. Où pouvait-elle être, nous demandions-nous. Dédé ne parlait pas d'elle dans sa lettre. Ils avaient dû être séparés. Mon beau-père soupirait, malheureux, et seul Benoît amenait un peu de clarté dans ses yeux las.

***

Pendant plusieurs nuits, le canon tonna si fort qu'il nous fut impossible de dormir. Des projecteurs illuminaient le ciel, des aéroplanes passaient, des obus éclataient, si proches que je sursautais dans mon lit. Chaque matin, nous nous levions avec un visage hagard, un teint blafard, des yeux cernés. Nous avions les nerfs à fleur de peau.

Août arriva, et je réalisai que j'étais séparée de Mathieu depuis deux ans. Il était parti en promettant de revenir bientôt, en assurant que dans quelques semaines tout serait terminé. Mais la guerre durait indéfiniment, nous apportant sans cesse de nouvelles épreuves, et nous n'en voyions pas la fin. Je m'enfonçais dans une résignation accablée. Seules les lettres de Mathieu m'aidaient à tenir et à croire à notre réunion prochaine.

Le blocus des Alliés continuait, et les Allemands venaient chercher chez nous ce qui leur manquait. Après avoir obligé ceux qui possédaient des poules à donner un œuf par poule tous les trois jours, ils exigèrent la déclaration des bouteilles vides, avec les menaces habituelles en cas de désobéissance. Puis ce fut le tour des métaux, cuivre, étain, nickel et bronze. Là, personne n'obéit. Tout le monde se refusait à fournir aux Allemands la matière pour fabriquer des engins de guerre qui, ensuite, tueraient les nôtres.

Quelques jours après, une affiche ordonna aux habitants d'aller livrer leurs métaux à la Kommandantur le lundi suivant, faute de quoi ils seraient passibles d'une peine pouvant aller jusqu'à cinq ans de prison et 10 000 marks d'amende.

L'indignation fut générale. Mon beau-père, qui possédait une jolie lampe de cuivre, s'empressa de la dissimuler. Le dimanche, au cours du salut, le chanoine Leclercq, doyen de Saint-Christophe, répondit en chaire à la question de ses paroissiens et leur conseilla de ne pas obéir à la nouvelle exigence allemande, contraire au patriotisme. Deux jours plus tard, les diables verts se présentèrent chez lui et l'emmenèrent. Bientôt, un avis, sur les murs, nous apprit que le curé Jean-Baptiste Leclercq, ayant poussé les habitants à la désobéissance, venait d'être jugé en conseil de guerre et condamné à dix ans de réclusion.

Les représailles ne s'arrêtèrent pas là. Puisque personne ne voulait donner ses métaux, les Allemands décidèrent de venir les prendre. Je trouvai un matin, en me levant, un papier glissé sous la porte. Je le ramassai avec appréhension. Il y était dit que les objets en cuivre, étain ou nickel en notre possession devaient être prêts à être remis. Je montrai la feuille à mon beau-père et, d'un commun accord, nous décidâmes de l'ignorer.

Mais, le lendemain, ils vinrent frapper à notre porte. Un feldwebel, accompagné de trois hommes, entra dans la maison. Effarée, j'eus le temps de voir, dans la rue, un quatrième soldat qui conduisait une voiture attelée, remplie d'objets de toutes sortes. Ils pénétrèrent avec autorité dans les pièces, ignorant les protestations de mon beau-père. Benoît dans les bras, je n'osais pas bouger. Ils vidèrent les meubles, raflèrent tout ce qui avait une apparence de métal. Ils prirent les boutons de portes, les casseroles, la bouilloire, le lustre de la cuisine, les tringles et les anneaux des rideaux, et même le couvercle du moulin à café. Ils allèrent dans la cour, ramenèrent la lessiveuse, dans laquelle ils placèrent tous les autres objets, et sans un mot l'emportèrent.

– Messieurs! protesta de nouveau mon beau-père. Ce que vous faites là est contraire à toutes les lois de la guerre!

Sa voix, qui se voulait ferme, chevrotait comme celle d'un vieillard. Ils ne prirent même pas la peine de répondre. A la porte, simplement, le feldwebel se retourna et annonça :

– Vous aurez un reçu. Vous pourrez venir le chercher au siège, rue Menin.

Ils sortirent, et je regardai avec découragement autour de moi. Le contenu des armoires gisait pêle-mêle sur le sol, les rideaux étaient en tas par terre, et sans boutons de portes, comment parviendrions-nous à les fermer dorénavant ?

Je me laissai tomber sur une chaise, écoutant mon beau-père vitupérer inutilement. Benoît m'échappa, et avec un rire s'entortilla dans un des rideaux. La vue de mon enfant ainsi affublé me dérida un peu et chassa mon indignation.

– Allons, dis-je en me levant. Il faut ranger tout ça. Ce n'est pas bien grave, ce ne sont que des objets. Ça a été bien pis quand ils ont emmené Odile.

Mais mon beau-père, encore furieux, grommelait :

– Et la prochaine fois, que vont-ils nous enlever ? Ils vont tout nous prendre, Louise, tout. Il ne nous restera rien.

Je m'agenouillai, débarrassai Benoît du rideau qui l'entourait, serrai mon enfant contre moi :

– Ce n'est que passager, père. Ils finiront bien par s'en aller, et alors tout ira mieux. Odile reviendra, Mathieu aussi, et nous serons de nouveau heureux.

Je parlais avec assurance, mais une fêlure dans ma voix me fit prendre conscience qu'un doute, malgré moi, s'insinuait dans mon esprit.

***

Il y avait bien longtemps que nous ne lisions plus *La Gazette des Ardennes*, surnommée « *l' journal des minteux* * ». De temps à autre, nous avions la chance d'avoir quelques nouvelles françaises, grâce à la feuille clandestine de Roubaix qui s'appelait *L'Oiseau de France*. Cette feuille rétablissait la vérité, dénonçait les mensonges allemands, et nous y puisions des raisons d'espérer. Elle circulait secrètement, et lorsque nous pouvions en avoir un exemplaire, nous la lisions et la relisions avant de la passer à d'autres. Mais ce réconfort, bientôt, nous fut enlevé : leurs auteurs avaient été arrêtés par les Allemands.

A cette époque, un événement vint nous apporter un peu de joie. Je reçus une lettre de mes parents, qui avaient appris par Mathieu que j'étais chez mon beau-père. C'était une carte-correspondance d'un modèle spécial, transmis par le ministère de l'Intérieur. Ne pouvant pas contenir plus de vingt mots, elle était forcément brève, mais elle disait l'essentiel : ils allaient bien, ils s'inquiétaient de notre sort, ils pensaient à nous. Je lus cette carte avec joie et la gardai précieusement, tout en me désolant car je ne pouvais pas y répondre.

En octobre, de nouvelles déportations eurent lieu. Elles concernaient, cette fois, les hommes et les jeunes gens à partir de quatorze ans. Ils furent tous envoyés dans des camps de travail situés dans le Nord, dans l'Aisne ou dans les Ardennes.

– Une chance qu'Alain n'ait que douze ans, me confia Annie. Ils auraient été capables de lui envoyer une convocation et de me le prendre, lui aussi.

Nous commencions à désespérer. Pourquoi la guerre durait-elle aussi longtemps ? Le canon tonnait sans cesse, ce qui prouvait que nos soldats se battaient. Alors, pourquoi n'étaient-ils pas vainqueurs ? On disait qu'avec le blocus,

* Le journal des menteurs.

l'Allemagne serait acculée à la défaite. Mais il y avait sans cesse des mouvements de troupe; des soldats partaient, d'autres revenaient. En face, chez Bertille et chez Clara, où ils logeaient, nous les voyions arriver, rester quelques semaines, puis s'en aller et être remplacés par d'autres, de plus en plus jeunes. Annie avait croisé l'un d'eux et affirmait qu'il n'était pas beaucoup plus âgé que Dédé. Ils avaient l'air las et donnaient l'impression d'en avoir assez de la guerre, eux aussi. Nous entendions de moins en moins leur chant *Gloria Victoria.* Seuls les diables verts et les ordres de la Kommandantur se montraient toujours aussi féroces.

Au début du mois de novembre, un bruit courut, qui au milieu de cette période lamentable nous remplit d'espoir : les jeunes gens et les jeunes filles qui avaient été emmenés en avril allaient enfin revenir. Déjà, plusieurs adolescents, rentrés à Tourcoing, attendaient dans une usine d'être libérés par les autorités allemandes. Annie vint me voir, très énervée :

– Louise, il faut que j'aille là-bas! Je veux savoir si Dédé est parmi eux.

Elle revint peu de temps après, à la fois désolée et horrifiée. Elle se laissa tomber sur une chaise, les yeux pleins de larmes :

– Dédé n'y est pas, annonça-t-elle. Et savez-vous ce qui s'est passé? Un des jeunes gens, âgé de dix-neuf ans, a été tué hier par une sentinelle allemande. D'après ce que j'ai entendu dire, quelques-uns d'entre eux avaient allumé des lampes de poche après l'extinction des feux. C'est interdit, et la sentinelle avait distribué des coups de crosse. L'un d'eux a protesté, et le soldat l'a fait taire d'un coup de baïonnette en plein cœur. C'est affreux, Louise, c'est tout simplement un assassinat! Quand donc toutes ces horreurs cesseront-elles?

La triste nouvelle fit le tour de la ville et indigna la population. Cet événement n'était qu'un exemple, disait-on, de la brutalité et de la cruauté allemandes, que certains n'hésitaient pas à qualifier de barbarie.

Quelques jours passèrent. Chaque soir, mon beau-père me répétait :

– Crois-tu que ma petite reviendra? Ce sera peut-être pour demain? Qu'en penses-tu?

Je hochai la tête, partagée entre l'espoir et le doute. Certains étaient déjà revenus. Pourquoi pas elle? Mais on disait aussi que les plus faibles avaient succombé, là-bas, aux mauvais traitements et aux travaux trop durs pour eux. Alors je n'osais pas me prononcer. Je regardais la timide clarté qui se levait dans les yeux de mon beau-père, et je souhaitais qu'il ne fût pas déçu.

Un soir, vers 6 heures, alors que je préparais pour Benoît une bouillie de riz au lait, la porte d'entrée s'ouvrit subitement. Tout de suite inquiète, je me précipitai dans le couloir. La stupeur m'immobilisa. Ma belle-sœur, maigre et sale à faire peur, était devant moi.

– Odile! m'exclamai-je, encore incrédule. Odile!

Je fus bousculée par mon beau-père, qui arrivait en répétant :

– Ma petite... Ma petite, enfin!...

Il ouvrit les bras, et elle s'y jeta. Émue, je les regardai. Mon beau-père, bouleversé, serrait contre lui Odile qui pleurait et riait à la fois.

– Père, père, disait-elle au milieu de ses sanglots. Comme c'est bon de vous retrouver!

Elle se pencha sur Benoît qui l'avait reconnue et qui, de toutes ses forces, tirait sur sa jupe :

– Mon petit Benoît, comment vas-tu? Comme tu as grandi!

Mon fils passa sa petite main sur le visage noyé de pleurs :

– Toi... chagrin? demanda-t-il.

Ma belle-sœur lui sourit :

– Non, mon Benoît. C'est parce que je suis si heureuse de te revoir.

Elle vint à moi, m'embrassa :

– Louise, comment allez-vous? J'ai bien pensé à vous, là-bas. Et Mathieu, il va bien?

– Oui, dis-je, nous vous ferons lire ses dernières lettres. Mais vous devez être fatiguée, avoir froid et faim. Venez donc vous réchauffer.

Il y eut un moment de joyeuse effervescence, tandis qu'Odile entrait dans la cuisine. Benoît tournait autour d'elle en gambadant, tandis que mon beau-père l'assaillait de questions. Elle s'assit et regarda autour d'elle :

– Oh, la tête me tourne! Mon Dieu, comme ça fait du bien de revenir chez soi! Comme il fait propre ici, comme tout est net! Tiens, pourquoi avez-vous accroché les rideaux ainsi?

– On vous expliquera, dis-je. Ce sont les Allemands. Ils ont pris dans les maisons tout ce qui était en métal.

Mon beau-père s'assit à son tour, porta la main à sa poitrine :

– Quelle émotion! dit-il, le visage radieux. J'ai tant

attendu ton retour, mon enfant! Le temps nous a semblé long, n'est-ce pas, Louise? D'autant plus que nous étions sans nouvelles, malgré les promesses des Boches qui avaient affirmé que vous pourriez écrire. Raconte, Odile. Ça n'a pas été trop dur? Comme tu es maigre, mon enfant! Étais-tu mal nourrie?

Ma belle-sœur eut un soupir douloureux:

– Nous avions à peine à manger. Les Allemands ne s'occupaient pas de notre alimentation. C'était le Comité américain qui nous ravitaillait en riz, en haricots, en saindoux. Comme je logeais dans une ferme, j'avais une demi-pinte de lait par jour. C'était bien insuffisant. J'ai sans cesse eu faim.

Elle observa la bouillie que je versais dans une assiette pour Benoît et remarqua avec un air gourmand:

– Ça sent bon.

– En voulez-vous? proposai-je. Il y en a trop pour Benoît.

– Mais bien sûr! dit mon beau-père. Louise, mets une assiette pour Odile. Et donne-lui du pain. Malheureusement, cette semaine, il est moins bon, il est gris et gluant.

– Oh, ça ne fait rien, sourit Odile. Tout me semblera délicieux.

Elle mangea en même temps que Benoît, de bon appétit. Mon beau-père l'observait avec une expression où se mêlaient satisfaction, souffrance et tendresse:

– Nous allons te remplumer, mon enfant. Tu en as bien besoin.

Odile, rassasiée, acquiesça gravement. Elle nous regarda tour à tour, et ses yeux brillaient comme des étoiles:

– Comme je suis heureuse de vous retrouver, dit-elle à nouveau. J'ai l'impression que les six mois que je viens de vivre n'ont été qu'un affreux cauchemar.

Mon beau-père posa ses coudes sur la table, se pencha vers sa fille:

– Raconte, mon enfant. Que t'ont-ils fait faire?

Odile baissa la tête, le visage soudain assombri:

– Ça a été vraiment affreux. D'abord, ils nous ont fait voyager dans des wagons à bestiaux, hommes et femmes mélangés. Nous étions une trentaine environ, surveillés par un soldat. Il y avait parmi nous deux prostituées, qui ne cessaient de faire des avances à l'Allemand qui nous gardait. A la fin, plusieurs hommes les ont fait taire, non sans se faire copieusement injurier! Nous avons roulé longtemps, jusqu'à Hirson. Là, il y a eu un arrêt. Certains, tourmentés par un besoin pressant, ont demandé à descendre. Nous avons eu le droit de le faire, un par un, et le surveillant à chaque fois nous accompagnait. Je suis allée me soulager derrière un wagon abandonné sur une voie de garage, et il m'a suivie et observée tout le temps. J'en aurais pleuré de honte!

Mon beau-père s'agita, outré :

– Ces Boches! grommela-t-il. Ils n'ont aucun respect, aucune pudeur!

– Ce n'était pas encore ça le pire, continua Odile. Le pire, c'était après. Nous avons encore roulé presque toute la nuit, et nous sommes arrivés à Laon le lendemain matin très tôt. On nous a fait sortir de la ville et on nous a rassemblés dans un pré. On nous a laissés là jusqu'au soir, sans nous donner ni à boire ni à manger. Nous avions partagé toutes nos provisions et nous n'avions plus rien.

– C'est inadmissible, gronda mon beau-père. Ma pauvre petite...

– Vers le soir, les maires des villages voisins sont venus, l'un après l'autre, avec des chariots pour emmener à chaque fois dix d'entre nous. J'ai fait partie de la seconde fournée. Je me suis retrouvée, à neuf heures du soir, dans un hameau; on m'a fait descendre devant une ferme. La fermière m'a montré mon logement. C'était une dépendance, qui avait certainement dû servir de poulailler. Il y avait une croûte d'ordures sur le sol, des toiles d'araignées aux murs. La fermière y avait placé quelques vieux meubles, dont un lit tout défoncé. Mais, après la nuit inconfortable passée dans le train, j'ai été heureuse de pouvoir m'y reposer.

Elle releva la tête, nous regarda avec affection :

– C'est là, toute seule, que je me suis rendu compte à quel point vous me manquiez, tous les trois. J'ai pleuré, ce soir-là, pour la première fois depuis mon départ. Je n'ai pas pu dormir. J'avais peur, j'avais froid, et j'entendais autour de moi des trottinements de souris ou de rats. J'ai même senti, à un moment, une bête courir sur mon corps, à travers les couvertures. J'ai sursauté, j'ai crié. L'animal s'est enfui, mais j'ai passé le reste de la nuit à trembler et à attendre le lever du jour.

– Quelle horreur! dis-je en frissonnant. Et vous avez dû rester dans cet affreux logement tout le temps?

– Je n'avais pas le choix, Louise. Dès le lendemain, les corvées ont commencé, et les journées toutes pareilles se sont succédé pour finir par former un long supplice.

Ma belle-sœur étala ses mains sur la table, les observa un instant :

– Regardez mes mains. Pleines de cals, de duretés, de griffes. Pendant six mois, jour après jour, même le dimanche, il a fallu faire de durs travaux. Nous étions emmenées, après l'appel du matin, dans les champs, et nous devions, tour à tour, planter des pommes de terre, charger du fumier, couper des chardons, arracher les mauvaises herbes, et même cueillir des orties, dont les Allemands emmenaient les tiges pour en faire de la toile à sac pour leurs tranchées. Tout ça dès 7 heures du matin jusqu'à la nuit tombante. Nous avons dû faire la moisson, et j'ai souffert lorsqu'il a fallu soulever les lourdes gerbes de blé et les tendre à bout de bras avec une fourche. Nous avons fini par les pommes de terre, qu'il a fallu arracher. A force de rester penchée toute la journée, j'en ai attrapé, des courbatures... Le plus dur, c'était encore les jours de pluie. Ces jours-là, nous devions battre à la machine le blé déjà rentré. Nous étions dans une poussière épaisse, qui nous piquait le nez, nous desséchait la gorge. Nous n'avions même pas la possibilité de nous reposer quelques instants. Le surveillant allemand ne nous laissait aucun répit. Les paysans eux-mêmes n'en revenaient pas, de voir des femmes employées à des travaux aussi pénibles.

– Ma pauvre petite... répéta mon beau-père. Ça ne m'étonne plus que tu sois devenue si maigre...

– A la fin de la journée, j'étais tellement fatiguée que je tenais à peine debout. Et puis, ce travail en plein air nous donnait faim, et nous avions si peu à manger! Heureusement, la fermière avait pitié de moi. Elle m'apportait de temps à autre du pain, un œuf, un peu de beurre ou de lait. Elle avait fini par se rendre compte que j'étais une « brave petite », comme elle le disait. Elle m'a raconté qu'au début elle s'était méfiée, parce que les Allemands avaient prévenu tous les fermiers des environs que des prostituées des villes du Nord allaient venir travailler chez eux. Les habitants en étaient tellement convaincus qu'il n'était pas rare, dans les premiers jours, d'entendre sur notre passage des gamins crier : « Putain! Garce! Femme à Boches! »

Mon beau-père sursauta :

– Traiter ainsi ma fille, ma petite! Quelle honte!

– Ils se sont vite rendu compte que c'était faux. Sauf pour celles qui avaient été emmenées avec nous et qui étaient vraiment des prostituées. Celles-là, elles s'étaient regroupées dans un grenier, à l'extrémité du village. Elles étaient une quinzaine environ, et recevaient chaque nuit des soldats allemands. Ils leur donnaient un mark, ou quelques tablettes de chocolat.

Elle s'arrêta, passa une main lasse sur son front, soupira :

– A cause d'elles, il y a eu une visite médicale. Il a fallu se déshabiller devant un major allemand, impassible et glacial. Quelle humiliation ! Là aussi j'en ai pleuré de honte... On n'avait pas le droit d'écrire, et dans un sens, c'était aussi bien. Qu'aurais-je pu raconter ? Révéler tout ce que nous subissions n'aurait servi qu'à vous inquiéter davantage. Nous étions menées militairement, avec obligation de saluer les gradés, et nous n'avions pas le droit de nous plaindre. Au contraire, un officier nous a assuré que nous devions être fières, car nous étions des « soldates » et nous avions l'honneur de faire partie du 6e corps de l'armée du prince de Bavière. J'ai cru qu'on ne nous laisserait jamais revenir. Les travaux des champs n'en finissaient pas. Et les Allemands réquisitionnaient chaque récolte. Ils s'en servaient pour nourrir leurs soldats, et ils envoyaient le reste en Allemagne. J'ai vu, dans la ferme où je logeais, la fermière se lever la nuit et aller voler quelques-unes de ses propres pommes de terre, afin de les cacher et de les soustraire aux rafles allemandes. Aussi, quand on nous a annoncé que nous allions rentrer chez nous, je n'osais pas y croire.

Subitement, je pensai à Dédé, qui lui n'était toujours pas revenu. Je le dis à ma belle-sœur, parlai de la lettre qu'il avait envoyée et du brassard Z.A.B. qu'on lui avait mis.

– Dédé... soupira-t-elle. Je ne sais pas ce qu'il est devenu. Nous avons été séparés, déjà avant le départ, à l'usine Lepers-Duduve. On a mis les femmes d'un côté, les hommes de l'autre. Je ne l'ai pas revu. Mais il est vrai que ceux qui refusent de travailler sont encore plus maltraités. Dans le village où j'étais, certaines ont osé le faire. Les soldats les emmenaient de force aux champs et les menaçaient de leurs fusils. S'il y en avait encore quelques-unes qui s'obstinaient à refuser, les Allemands les enfermaient dans une cave toute noire, où elles avaient de l'eau jusqu'aux genoux, et ils les laissaient là plusieurs jours, jusqu'à ce qu'elles cèdent. Je les ai vus agir d'une façon tellement dure que je me demande s'ils sont capables d'être humains.

Benoît, qui avait fini de manger, s'approcha d'Odile et tira de nouveau sur sa robe. Ma belle-sœur se pencha, le prit sur ses genoux :

– Mon petit Benoît, si tu savais comme j'ai pensé à toi ! J'ai toujours gardé l'espoir de te revoir, et c'est ça, par-dessus tout, qui m'a aidée à tenir.

Nous discutâmes encore longtemps, heureux de nous retrouver. Je racontai à ma belle-sœur les dernières nouvelles, qui elles non plus n'étaient pas gaies. Avant de se coucher, Odile tint à se laver entièrement. J'allai refaire son lit, mettre des draps propres. Exténuée, elle se coucha et ne tarda pas à s'endormir. Sur le palier, avant de gagner ma propre chambre, je souris à mon beau-père. Malgré la guerre, le retour d'Odile avait amené une sensation de douceur et de paix qui faisaient oublier, pour un instant, l'angoisse et la peur.

– Elle est revenue, père. Vous êtes content ?

Il acquiesça doucement, le visage empli de tendresse.

– Il ne reste plus qu'à attendre le retour de Mathieu, maintenant, et le départ des Boches. C'est tout ce que je souhaite.

– Moi aussi, dis-je avec ferveur, c'est mon souhait le plus cher.

***

La présence de ma belle-sœur auprès de nous renforça notre courage et ranima notre enthousiasme. Je retrouvai une amie, je me sentis moins seule. Elle s'extasiait devant les progrès de Benoît et affirmait que plus il grandissait, plus il ressemblait à Mathieu.

Dédé ne revenait pas, et Annie se rongeait les sangs, comme elle disait. Sans nouvelles de son mari depuis le début de la guerre, mis à part la simple carte qu'elle avait reçue de la Croix-Rouge et qui était vieille d'un an et demi, elle était maintenant également sans nouvelles de son fils. Je la voyais devenir de plus en plus nerveuse, je voyais des rides d'inquiétude creuser son visage. Je lui disais de garder bon espoir, mais elle courbait la tête :

– L'espoir ? Il diminue de jour en jour, avouait-elle. Surtout depuis que j'ai vu dans quel état est revenue Odile. Comment vont-ils me rendre mon enfant, si encore ils me le rendent ? Il paraît que certains de nos jeunes gens ont été envoyés à proximité de la ligne de feu. Ils sont obligés de creuser des tranchées pour l'ennemi, sous le tir de nos soldats. Je n'en dors plus. Si vous saviez les idées que je me mets en tête ! J'imagine que mon enfant tombe sous les balles de soldats français parmi lesquels se trouve son père. Un père tuant son fils sans le savoir, et par la faute des Boches ! Je me détruis, Louise. S'il ne me restait pas Alain, je crois que je deviendrais folle.

J'essayais de la raisonner, mais son regard fixe me prouvait qu'elle ne m'entendait pas.

Les Allemands continuaient leurs exactions. Sous prétexte

que le gouvernement français retenait des otages saisis en Alsace-Lorraine, ils arrêtèrent des notables de Tourcoing et les envoyèrent au camp de Holzminden. Toutes les protestations restèrent vaines. Après avoir pris nos métaux, ils enlevèrent les buffles des métiers à filer dans les usines. Dans les campagnes, les récoltes avaient eu lieu, mais ils avaient tout accaparé. Ils avaient déclaré que les besoins de l'armée allemande passaient avant tout, et ils agissaient en conséquence.

Comme pour aggraver la situation, l'hiver fut particulièrement rigoureux. Les distributions de charbon étaient limitées à 50 kilos par mois, et nous ne chauffions que la cuisine, juste assez pour faire cuire nos aliments. Le reste de la maison, en comparaison, nous paraissait glacial. Nous allions nous coucher avec tant de vêtements sur le dos que nous ressemblions à des esquimaux. Dans mon lit, je serrais mon enfant contre moi, et je grelottais un bon moment avant de pouvoir enfin me réchauffer. Je finissais par m'endormir mais, dans la nuit, le froid me réveillait. Recroquevillée sur moi-même, incapable de retrouver le sommeil, je laissais errer mes pensées. Elles allaient vers Mathieu, toujours prisonnier, elles me rappelaient le temps heureux où nous étions ensemble, où je dormais à ses côtés et où parfois, la nuit, je restais éveillée pour écouter sa respiration régulière; elles allaient vers mes parents et vers mon frère Paul, que depuis le mois de février dernier Joffre avait envoyé dans les tranchées. Je tenais ce renseignement de Mathieu, qui l'avait appris de mes parents; et avec une tristesse inquiète j'imaginais mon frère, le petit garçon rieur dont j'avais guidé les premiers pas, l'adolescent habile à soigner et à aimer les animaux, obligé de faire la guerre. Je souffrais pour lui, pour ma mère que l'angoisse devait miner, elle aussi, comme tant d'autres mères... Et je serrais davantage contre moi le petit corps tendre de mon enfant endormi.

Le mois de janvier 1917 fut le plus froid que nous ayons eu depuis 1870. Il gela très fort, jusqu'à moins 15°. Pour économiser le charbon, les Allemands interdirent de faire du feu dans les églises et ordonnèrent la fermeture des écoles jusqu'à ce que la température devînt plus clémente. Certains habitants allaient jusqu'à casser leurs vieux meubles ou leurs chaises afin de les brûler. De plus, le pain était de plus en plus mauvais, nous n'avions plus de légumes frais, nous ne nous nourrissions que de riz, de haricots, avec quelquefois du lard et plus rarement du bœuf salé. Alain, malgré ses douze ans, proposait régulièrement de remplacer Dédé et de faire le *fonceur*, afin d'aller jusqu'en Belgique chercher du beurre, des œufs, des pommes de terre, de la viande. Annie refusait toujours avec énergie :

– Rien à faire, lui disait-elle d'un ton catégorique. Il ne manquerait plus que tu sois pris, toi aussi. J'ai faim, d'accord, mais je préfère ça et te garder auprès de moi.

Il fut interdit, sous peine d'amende et d'emprisonnement, de faire de la lumière de 10 heures du soir à 6 heures du matin. Cette défense était bien superflue, car depuis longtemps nous n'avions plus de pétrole. Nos bougies s'étaient vite épuisées, et il devenait impossible d'en trouver. De sorte que nous avions, pour nous éclairer, une lampe primitive formée d'une mèche de coton trempant dans du saindoux. Mais, comme le saindoux fourni par le Comité américain était rationné et servait pour la préparation des aliments, nous n'en prenions qu'une faible partie pour l'éclairage. Et nous apprenions à vivre dans l'obscurité et dans le froid, comme des animaux.

***

Avec le mois de mars, les jours devinrent plus longs, et l'arrivée prochaine du printemps amena un certain soulagement ; le beau temps reviendrait et, au moins, nous n'aurions plus aussi froid. Mathieu, dans sa dernière lettre, faisait la même réflexion. L'hiver avait été terrible aussi dans la région où il était, et certains de ses camarades étaient tombés malades. Lui-même avait un mauvais rhume et toussait beaucoup, mais à part ça il était suffisamment nourri, d'autant plus que depuis quelques mois le gouvernement français avait décidé d'envoyer à chaque prisonnier 2 kilos et demi de biscuits militaires par semaine. Il parlait de son ami, Bernard Duparc, avec lequel il travaillait au triage du courrier, et affirmait qu'ils se soutenaient mutuellement. J'étais heureuse qu'il y eût auprès de lui quelqu'un qui lui donnait un peu de la chaleur que j'aurais tant aimé pouvoir lui donner.

A la fin du mois de mars, une *Bekanntmachung* signée von Tessin, identique à celles dont nous étions saturés, nous apprit qu'un nombre considérable de soldats allait arriver « pour quelque temps », et qu'ils seraient logés dans des maisons particulières. Jusqu'ici, nous avions été épargnés, et nous ne nous sentions pas concernés, mais le lendemain matin un officier allemand vint chez nous et visita notre logement. Il vit les trois chambres, demanda par qui elles étaient occupées. Lorsque nous lui répondîmes, il hocha la tête avec satisfaction :

– Vous dormirez ensemble, dit-il à Odile et à moi. Le lit est assez grand pour vous deux. Libérez une chambre. Un soldat viendra y loger prochainement.

Il tourna les talons et s'en fut, sourd aux protestations de mon beau-père. Affolée, je regardai Odile. Elle haussa les épaules, déjà résignée :

– Je crois qu'il ne nous reste plus qu'à obéir. Prenons la chambre la plus grande, et libérons la petite. Enlevons toutes les affaires, ne laissons que le strict nécessaire.

– Odile! soufflai-je, suffoquée. Un étranger parmi nous, un ennemi en plus! Dans notre foyer, dans notre intimité. Nous ne serons plus entre nous, nous aurons sans cesse l'impression d'être épiés...

– Un Boche dans ma maison! appuya mon beau-père d'une voix indignée. Devoir supporter ça et ne rien pouvoir faire!

– Justement, on ne peut rien faire d'autre qu'obéir, père. Alors ça ne sert à rien de se mettre en colère. Nous restons ensemble, c'est le principal. Et puis, cet Allemand ne sera là que pour dormir. Je pense que nous le verrons très peu.

– Encore heureux! grommela mon beau-père, toujours furieux. Ces Boches! Ils me feront mourir...

Aidée d'Odile, je transportai toutes mes affaires dans sa chambre, et vidai l'autre jusqu'à ce qu'elle ne comportât plus que le lit, la commode et la table de nuit. Et nous attendîmes avec mécontentement que vienne l'intrus que nous étions obligés d'accepter.

Il arriva quelques jours plus tard. C'était un jeune soldat qui n'avait pas plus de vingt ans, l'âge de mon frère Paul. Il tendit son bon de logement avec un air gêné, conscient de n'être pas désiré. Je lui jetai un coup d'œil et j'eus le temps de voir ses traits tirés, son visage harassé. Il avait ôté son casque à pointe, qu'il tenait sous le bras. Son uniforme gris était vieux, sale, et paraissait trop grand pour lui. Il suivit Odile sans un mot lorsqu'elle lui dit :

– Venez. Je vais vous montrer votre chambre.

Elle le précéda dans l'escalier tandis que mon beau-père grommelait :

– Un Boche chez nous! Dire qu'il faut accepter ça!

– Taisez-vous, suppliai-je. S'il vous entend et va se plaindre à ses supérieurs, nous risquons d'avoir des ennuis.

Odile redescendit, et mon beau-père l'interrogea :

– Il est resté là-haut? J'espère qu'il ne nous imposera pas sa présence. Tu le lui as dit, au moins?

Ma belle-sœur secoua lentement la tête, avec un air pensif :

– Je n'ai pas eu besoin de le lui dire. Il ne descendra pas, il est en train de s'installer. Il m'a remerciée en français, très poliment; il s'est excusé de nous déranger et a dit que nous toucherions une allocation de logement. C'est drôle, il m'a fait pitié. Au moment où je refermais la porte, je l'ai vu jeter son sac par terre, se laisser tomber sur le lit et se prendre la tête dans les mains. Il est très différent de ceux qui nous gardaient, cet été, et qui se montraient si féroces.

Mon beau-père eut un grognement mécontent :

– Différent ou pas, c'est un Boche, et je t'interdis de lui adresser la parole.

Au cours des premiers jours, nous n'en eûmes pas l'occasion. Notre locataire partait le matin très tôt, rentrait le soir tard, nous saluait en passant dans la cuisine et ne s'attardait pas. Il montait immédiatement dans sa chambre où il s'enfermait. Dans la journée, lorsque je faisais le ménage, j'entrais dans cette pièce afin d'épousseter et de balayer. Sur la table de nuit, j'avais remarqué deux photos. Je ne résistai pas à ma curiosité et les regardai longuement. L'une d'elles représentait un couple déjà âgé; sur l'autre, une jeune femme souriante, assise sur une chaise, tenait sur ses genoux un petit enfant. Je les montrai à Odile, qui les observa d'un œil critique :

– Sur cette photo-là, ce sont ses parents, sans doute. Sur celle-ci, je ne sais pas. Sa femme ? Non, il est trop jeune. Je pencherais plutôt pour sa sœur. Regardez, elle lui ressemble. Elle est jolie, qu'en pensez-vous ?

J'acquiesçai en fixant l'image de la jeune femme blonde qui souriait, heureuse, avec son enfant dans les bras. Elle me rappelait le temps de mon bonheur, le temps où Mathieu était encore près de moi. Cette jeune femme, pensais-je, devait maintenant être, elle aussi, séparée de son mari. Et je prenais conscience que, derrière l'invasion et le joug que les Allemands faisaient peser sur nous, il y avait également, dans leur pays, des femmes qui souffraient et des mères qui pleuraient.

***

Un matin de la semaine suivante, la lettre mensuelle de Mathieu arriva. C'était toujours moi qui l'ouvrais et la lisais une première fois, ensuite elle passait de main en main et nous la relisions tous plusieurs fois. Ce jour-là, je n'ai eu aucun pressentiment. Avec l'impatience excitée et joyeuse que j'éprouvais habituellement, je dépliai la feuille et m'apprêtai à lire.

La page était couverte de l'écriture de Mathieu, mais à la fin de la lettre, en dessous de la signature, deux lignes tracées en majuscules, d'une autre écriture, attirèrent immédiatement mon attention. Machinalement, mes yeux se portèrent à cet endroit et je lus : « Mathieu Ribier décédé le 12 mars. » Je restai hébétée. Dans mon esprit affolé, les mots formèrent une sarabande infernale et désordonnée avant de reprendre leur place et de reconstituer la phrase odieuse et cruelle. Je lâchai la feuille, je regardai avec égarement Odile et mon beau-père, je gémis :

– Non... non...

Il me sembla que, lentement, quelque chose de très froid et de très noir m'entourait, m'enserrait, puis m'oppressait si fort qu'il me fut impossible de respirer. Je basculai en avant, et je perdis conscience avant de toucher le sol.

Une éternité plus tard, j'ouvris les yeux dans mon lit. Je ne compris pas, d'abord, ce que je faisais là. Dehors, le soleil brillait gaiement. Pourquoi donc étais-je couchée, en plein jour ? Puis je vis Odile, penchée sur moi. Son visage avait une expression si triste que quelque chose, à la limite de ma conscience, s'agita. En même temps, une panique m'envahit, vite remplacée par un désespoir brûlant. D'un seul coup, la mémoire me revint, et avec elle le souvenir de ces quelques mots, tracés au bas de la lettre de Mathieu, des mots impitoyables, inhumains, destructeurs. J'eus un sursaut de révolte, je dis :

– Odile... Ce n'est pas vrai, n'est-ce pas ? Ce n'est pas possible...

Les larmes qui se mirent à couler sur le visage pâle et défait de ma belle-sœur me répondirent mieux que des paroles. Je sentis un torrent de désespoir m'emporter, je criai :

– Pourquoi suis-je revenue à moi ? Pourquoi ne suis-je pas morte, moi aussi ?

Ma belle-sœur continuait de pleurer, tête baissée et épaules courbées.

– Soyez courageuse, Louise, murmura-t-elle au milieu de ses sanglots. Pensez à Benoît.

Benoît... Mon petit enfant qui n'avait pas encore trois ans et qui déjà n'avait plus de père... Je regardai autour de moi :

– Où est-il ?

– Il est chez Annie. Père a dû se coucher, lui aussi. Lorsqu'il a compris, après vous avoir vue tomber, il a eu un malaise. J'ai dû appeler Annie. Elle m'a aidée à vous transporter ici, et elle a emmené Benoît.

Je ne répondis pas. Avec le désespoir, la souffrance, aiguë, intolérable, me coupait le souffle, et en même temps me donnait envie de hurler interminablement. Ce fut comme si quelque chose explosait brutalement dans ma tête, et de nouveau je perdis conscience.

Lorsque je revins à moi, j'étais dévorée de fièvre et ne voyais plus rien. Une douleur insupportable encerclait mon crâne. J'étais si malade que la réalité n'existait plus. Elle se résumait à des contacts de linges froids sur mon front, à des mixtures que l'on me forçait à avaler et que je repoussais inconsciemment. Lorsque enfin je redevins lucide, je me retrouvai anéantie, sans forces. Ma première pensée fut que Mathieu, mon mari, mon amour, était mort. Depuis le début de la guerre, j'attendais son retour, je ne vivais que dans ce but. Et maintenant, cet espoir m'était enlevé. Jamais ne reviendrait le bonheur que j'avais connu, et je pleurai amèrement.

Je demandai la dernière lettre de Mathieu. Odile me l'apporta. J'étais si faible que le simple fait de m'asseoir dans le lit me mit en sueur. Mais je m'obstinai, voulus la lire entièrement. Mathieu disait que son rhume avait empiré, qu'il avait une bronchite et qu'il toussait beaucoup. Sa lettre était datée du 25 février et la phrase cruelle, tout en bas, disait qu'il était décédé le 12 mars. Que s'était-il passé, entre ces deux dates ? Était-il possible que l'état de Mathieu se fût aggravé au point qu'il meure ? J'essayai de comprendre, de deviner. Le seul résultat fut une explosion de désespoir qui me fit sangloter éperdument.

Je ne retrouvai mes forces que très lentement. Mon beau-père, lui, semblait avoir vieilli de dix ans. Lorsque je fus capable de me lever et de descendre dans la cuisine, il était assis frileusement près du feu, recroquevillé sur lui-même comme un petit vieux. Il leva vers moi un regard désespéré, qui me rappela celui qu'avait mon grand-père Frédéric après la mort de ma grand-mère Constance. A bout de forces, essoufflée par la simple descente de l'escalier, je me laissai tomber près de lui. Benoît vint vers moi :

– Maman... appela-t-il.

Il grimpa sur mes genoux, intrigué par mon silence, et me regarda, le front plissé. Ses yeux bleus, que l'inquiétude teintait de gris, étaient si semblables à ceux de Mathieu que le chagrin, de nouveau, déferla en vagues brutales. Je serrai mon enfant contre moi et ne pus retenir mes larmes.

– Mon fils... gémit doucement mon beau-père, comme pour lui-même. Ils m'ont pris mon fils. Si beau, si intelligent. Dès que Benoît sera assez grand pour comprendre, il faudra lui expliquer comment son père est mort.

Je fis un signe de tête. Je réalisai que Benoît n'aurait aucun souvenir de ce père qui lui était enlevé si jeune, si tôt, et que, maintenant qu'ils ne se retrouveraient plus, il resterait à jamais pour lui un étranger.

Ma belle-sœur posa sur la table un bol de lait bouillant, dans lequel elle avait délayé de la chicorée :

– Buvez ça, Louise. Il faut reprendre des forces.

J'obéis pour lui faire plaisir. C'était chaud, sucré et bon. Pendant ce temps, Odile s'activait, tisonnait le feu, coupait des tranches d'un pain gris et dur, peu appétissant. Je l'observais, admirais son courage. Malgré sa peine, elle ne se laissait pas abattre, tandis que mon beau-père et moi n'étions plus que des épaves.

Ce fut elle qui alla, avec Annie, à la distribution du Comité américain. Elle revint avec du riz, du saindoux, du lard, de la Céréaline, du lait condensé, un peu de sucre et un peu de café. Elle posa le tout sur la table :

– La ration de pain est diminuée, annonça-t-elle avec découragement. Jusqu'ici, nous avions 500 grammes par personne et par jour. Maintenant, nous n'aurons plus que 350 grammes.

Mon beau-père soupira :

– Veulent-ils donc nous faire mourir de faim ? Il est de moins en moins bon, leur pain, et en plus ils le diminuent...

Je ne fis aucune objection. Tout m'était égal. Le choc de la mort de Mathieu m'avait abrutie. Il ne reviendrait plus, et rien d'autre ne comptait. J'opposais à tout ce qui m'entourait une indifférence désespérée. Je m'accrochais à Benoît, qui était tout ce qui restait de mon grand amour.

Odile m'apprit que, pendant les quelques jours où j'avais été malade, en proie à la fièvre, le soldat allemand qui logeait chez nous s'était inquiété de ma santé. Je haussai les épaules sans répondre. Cela m'importait peu.

– Il a même apporté des médicaments contre la fièvre, de la quinine, de l'aspirine. Je ne sais pas où il les a trouvés. Le premier soir, le jour où vous êtes tombée malade, j'étais à votre chevet et père était couché. Ce soldat est arrivé alors que Benoît, seul dans la cuisine, pleurait. Il l'a consolé, et pour l'amuser il lui a montré un jouet qu'il avait dans sa poche, et qu'il a gardé depuis son enfance. C'est une souris mécanique, tout en bois. Quand on la remonte, elle se met à trottiner. Benoît a été séduit. Chaque soir, il avait le droit de jouer un peu avec la souris. N'est-ce pas, Benoît ?

Le visage de mon fils s'éclaira. Il fit le geste de promener quelque chose sur la table :

– Souris, acquiesça-t-il. Brrroum!!

J'eus un faible sourire. Je réalisai subitement que je n'avais pas vu ce soldat depuis ma maladie. Engluée dans mon désespoir, je n'en avais pas pris conscience.

– Où est-il? demandai-je.

– Il a été rappelé pendant que vous étiez malade, et je crois qu'il est parti pour le front. Il a simplement dit qu'il reviendrait s'il n'était pas tué. Benoît a été désolé de le voir emporter sa souris mécanique. C'est son fétiche et il ne s'en sépare jamais. Elle a été fabriquée par un de ses oncles, sculpteur et horloger, en Bavière.

– Comment savez-vous tout ça? C'est lui qui vous l'a raconté?

Ma belle-sœur prit un air confus :

– Eh bien, chaque soir, avant de monter dans sa chambre, il consacrait quelques minutes à jouer avec Benoît, et en même temps il parlait. Je ne pouvais pas l'empêcher, il avait donné des médicaments pour vous, et il se montrait toujours poli, correct, et même gentil. Il m'a donné l'impression d'être seul et malheureux. Je ne l'ai jamais encouragé, et malgré tout il cherchait auprès de nous un peu de chaleur humaine, de compréhension. N'est-ce pas, père?

Mon beau-père émit un grognement qui pouvait passer pour une approbation. Odile continua :

– Il nous a dit aussi qu'il s'appelait Guillaume Krankel. Il est fier d'avoir le même prénom que son empereur.

Je passai une main sur mon front, soudain prise de faiblesse. J'avais si peu de forces que même une simple conversation me fatiguait très vite. La nuit, j'étais la proie de crises de larmes qui me laissaient épuisée. Tout, autour de moi, était si noir que je n'avais plus le courage de vivre.

CHAPITRE VII

Le 2 avril 1917, l'Amérique entra en guerre à nos côtés. Cette nouvelle apporta un regain d'espérance.

– Peut-être cette guerre se terminera-t-elle enfin, me dit Annie. Je verrai revenir mon Alfred, et aussi Dédé.

Je ne répondais pas. Pour moi, contrairement à ce que j'avais espéré jusqu'au mois précédent, la fin de la guerre ne ramènerait pas Mathieu. Alors je me sentais beaucoup moins impatiente. Je subissais les événements sans réagir, je me traînais, morne et apathique. Je n'avais même plus le courage de sortir. Les diables verts étaient de plus en plus féroces, arrêtaient les passants dans les rues en exigeant leurs papiers, et allaient même jusqu'à fouiller le contenu des sacs. Comme ils souffraient de la faim, eux aussi, ils n'hésitaient pas à confisquer ce qu'ils trouvaient de comestible. J'étais peu désireuse de les rencontrer, et Odile, depuis qu'elle avait été emmenée l'année précédente, avait encore plus peur d'eux que moi. Aussi, nous ne sortions que pour les courses indispensables, et le manque d'air, joint à la nourriture insuffisante et pauvre en vitamines, nous rendait anémiées, pâles et languissantes.

Ce même mois, les otages qui avaient été emmenés au camp de Holzminden revinrent; par contre, les curés de la ville furent emprisonnés parce qu'ils avaient refusé de donner le nombre et le poids de leurs cloches. Celles-ci, comme les métaux précédemment, ne tardèrent pas à être réquisitionnées et prirent le chemin de l'Allemagne, destinées elles aussi à être fondues et transformées en métal de guerre.

Puisque l'Amérique était entrée, à son tour, dans le conflit, ce fut l'Espagne qui, avec la Hollande restée neutre, s'occupa du Comité de ravitaillement, qui prit le nom de

Comité hispano-néerlandais. Nous fûmes assurés qu'il n'y aurait rien de changé pour nous, et que les distributions continueraient de la même façon.

Vers le milieu du mois, notre locataire allemand revint. Il avait un visage hagard, sombre, hébété. Il nous salua à peine, courut s'enfermer dans sa chambre comme s'il voulait nous fuir. Cette nuit-là, je l'entendis sangloter comme un enfant. Je ne dormais pas. Je poussai Odile du coude, chuchotai :

– Odile, vous entendez ?

Le bruit des sanglots nous parvenait nettement, et malgré moi j'en eus les larmes aux yeux. Cette douleur était si proche de la mienne qu'elle remuait, au fond de moi, la détresse qui toujours était présente. Odile soupira, dit tout bas :

– Pauvre garçon, il me fait pitié. Il revient du front. Dieu sait ce qu'il a pu voir, là-bas.

Je serrai les lèvres pour ne pas répliquer, comme l'aurait fait mon beau-père, que « là-bas » il avait tiré sur les nôtres. Je pensais à mon frère Paul, dont je n'aurais plus de nouvelles, maintenant que Mathieu n'écrirait plus. Je tardai à me rendormir, et le bruit des sanglots, dans la chambre voisine, m'obséda longtemps.

Le lendemain soir, lorsque notre locataire entra dans la cuisine, Benoît courut à lui :

– La souris ? demanda-t-il.

Un sourire fugace éclaira le visage du soldat. Il tira de sa poche une souris de bois, cocasse avec ses petites oreilles et ses moustaches formées de quelques poils de crin. Il la retourna, la remonta à l'aide d'une clef placée sous le ventre, et la posa par terre. La souris se mit à trottiner, et Benoît battit des mains, ravi.

Je regardai mon fils avec étonnement. Il était bien rare de le voir ainsi, enthousiasmé et content. Lorsque la souris s'arrêta, il la ramassa, et à son tour actionna le mécanisme. En poussant des cris de plaisir, il la regarda de nouveau courir partout et se cogner aux meubles. Le soldat s'était accroupi et souriait au visage excité de Benoît. Je n'intervins pas, les laissant jouer tous les deux. Mais, pensai-je, pourquoi était-ce un ennemi qui devait procurer à mon enfant quelques instants de joie, et non Mathieu, ou encore mon frère Paul ? C'était une situation injuste, qui rendit mon cœur lourd d'amertume.

Chaque soir, il y eut dorénavant quelques instants au cours desquels Benoît jouait avec la souris, que le jeune Allemand lui prêtait volontiers. Peu à peu, au fils des jours, ce dernier bavardait, parlait de sa famille, là-bas en Bavière. Il disait que lors de sa dernière permission, il avait été horrifié de voir qu'ils manquaient de tout, qu'ils avaient de moins en moins à manger et que, si la guerre continuait, d'ici peu ils mourraient tous de faim. Il regardait Benoît, agenouillé sur le sol, et disait :

– Ma sœur a un enfant comme lui. J'aime les enfants. Je voulais être professeur. J'étais à l'université lorsque la guerre a éclaté, et maintenant...

Ces quelques minutes suffisaient à faire de lui autre chose qu'un étranger, qu'un Boche. Il nous devenait plus proche, il était Guillaume. Il parlait le français parfaitement, avouait qu'il haïssait la guerre, affirmait que l'Angleterre en était la seule responsable. Français et Allemands étaient, pour lui, les mêmes victimes. Il tenait pour certain le fait que l'Allemagne finirait par gagner.

– Au début de la guerre, nous avoua-t-il un soir, notre Kaiser a demandé au pape de bénir les armées allemandes, afin de leur donner la victoire.

– Et le pape a accepté ? s'indigna Odile.

– Non, il a refusé. Il a répondu : « Je bénis la paix seulement. »

Un autre soir, il nous montra des photos de ses parents, de sa sœur, de son neveu, qu'il aimait beaucoup. Et ses confidences confirmaient ce que j'avais déjà pensé : là-bas, chez nos ennemis, il y avait des gens comme nous, des mères comme moi, des enfants comme Benoît, qui ne demandaient qu'à vivre et qui, eux aussi, souffraient de la guerre.

Un soir, après avoir joué comme d'habitude avec mon fils, Guillaume se releva, remit la souris dans sa poche, et, l'air grave, nous regarda l'un après l'autre :

– Je vais vous dire adieu, annonça-t-il. Je pars demain matin. Nous allons ailleurs, nous battre dans un autre endroit. Je tiens à vous dire merci. Pendant ces jours où j'ai logé chez vous, votre famille a un peu remplacé la mienne.

Il eut un sourire d'une poignante tristesse, se pencha, tapota la tête de Benoît levée vers lui. Puis, avec émotion, il se détourna et sortit de la pièce. Benoît tendit une main et réclama :

– La souris ! Encore, la souris !

Je l'attirai à moi pour le faire taire. Mon beau-père, qui jusque-là n'avait rien dit, remarqua :

– Je ne suis pas fâché qu'il s'en aille. Je veux bien croire que ce n'est pas un mauvais garçon, mais un Boche chez moi, ça ne me plaisait pas.

Au petit matin, couchée auprès d'Odile qui dormait, j'entendis le jeune soldat se lever et s'en aller. Il descendit l'escalier avec précaution, traversa lentement la cuisine, ouvrit la porte du couloir et la referma. Dans la rue, son pas résonna sur les pavés et décrut rapidement.

Lorsqu'il fit jour, je sortis du lit, en frissonnant allai jusqu'à la chambre voisine. Elle était vide. Il n'y avait plus aucune trace du locataire qui l'avait occupée. Je gagnai la cuisine, afin d'allumer le feu et de faire chauffer du lait pour Benoît. Elle était encore plongée dans la pénombre mais, à travers les volets, le soleil levant s'infiltrait. Sur la table que zébraient des rais de lumière, quelque chose attira mon attention. Je m'approchai et m'immobilisai, interdite. A la place où Benoît s'asseyait habituellement, la souris mécanique était là, immobile, comme un ultime message d'adieu. Et ce simple objet de bois prouvait que, malgré les nations ennemies, la haine et la guerre, l'amitié avait triomphé.

***

Cette souris devint le jouet préféré de Benoît, et il refusa de la quitter, même pour aller se coucher. Il en remontait inlassablement le mécanisme, la faisait courir sur le sol, apprenait à la diriger et à lui faire éviter les obstacles. Ce jeu le passionnait, et j'étais heureuse de le voir s'intéresser à quelque chose. Car, au fur et à mesure que les jours passaient, mon enfant devenait de plus en plus pâle. Il maigrissait, semblait perdre ses forces.

– Comment voulez-vous qu'il en soit autrement ? disait Annie à qui je faisais part de mon inquiétude. Nous sommes si mal nourris ! Cet enfant manque de vitamines.

Avec l'été, nous voyions revenir quelques légumes frais, de temps à autre, que le Comité hispano-néerlandais distribuait parcimonieusement. Ils étaient rares et chers. J'en achetais très peu, et uniquement pour Benoît. Il y avait aussi un produit nouveau, la « cacaolactine », composée de sucre, de lait en poudre, de cacao et de crème de riz. Les jours où il figurait dans la distribution, je ne manquais jamais d'en rapporter à la maison. On nous affirmait que c'était nourrissant. J'en donnais à Benoît chaque matin. Dans la journée, je l'obligeais à jouer dans la cour, au soleil, et petit à petit ses joues reprirent quelques couleurs. Mais il ne retrouva pas sa vivacité habituelle.

De plus, les événements le perturbaient. La nuit, le canon tonnait, tellement proche parfois qu'il faisait trembler nos vitres. Benoît, réveillé en sursaut, pleurait d'affolement. Une nuit du mois de juin, vers 3 heures du matin, une énorme explosion ébranla toutes les maisons, et nous fûmes tous secoués dans nos lits. J'eus beaucoup de mal à calmer la frayeur de Benoît, qui resta nerveux durant plusieurs jours. Nous apprîmes que cette explosion avait eu lieu à Messines, où les Anglais avaient remporté une victoire. Le bruit courait que Tourcoing, à son tour, serait bientôt délivré. Nous osions à peine y croire.

En plus du bruit du canon, des aéroplanes alliés, anglais le plus souvent, sillonnaient le ciel. Ils lançaient des bombes, faisant des victimes, des morts et des blessés. C'était une autre terreur, avec laquelle nous devions apprendre à vivre. Nous demeurions tremblants, éveillés, écoutant les obus siffler puis exploser. Je passais ces nuits de cauchemar à essayer de rassurer mon enfant, alors que j'avais aussi peur que lui.

Au mois de septembre, une nouvelle affiche de la Kommandantur annonça « la saisie et la livraison des laines contenues dans les matelas et les coussins », avec la menace habituelle d'amende en cas de désobéissance. Mon beau-père eut beau fulminer, une fois de plus nous ne pûmes rien faire. Plusieurs soldats passèrent dans les maisons, assistés d'un employé municipal. Imperturbables, sans écouter les protestations, ils enlevèrent les matelas, les éventrèrent et en retirèrent la laine, dont ils bourraient de grands sacs.

Nous dûmes nous résigner à nous coucher directement sur le sommier. Certains habitants, qui avaient récupéré la toile de leur matelas, tentèrent de remplacer la laine par de la paille, des vêtements, voire des feuilles mortes.

– Ça ne s'arrêtera jamais, gémissait mon beau-père. Ils vont tout nous prendre. Que nous restera-t-il ?

La mort de son fils l'avait brisé, la guerre et les restrictions faisaient le reste. Il n'était plus que l'ombre de lui-même. L'optimisme qu'il affichait au début de la guerre, lorsqu'il affirmait qu'elle ne durerait que quelques mois, était éteint depuis longtemps. Cela faisait plus de trois ans que nous la subissions, elle était interminable, elle détruisait notre vie, elle nous enlevait les êtres qui nous étaient chers et les conduisait à la mort. Et, de plus en plus, elle minait notre santé.

Les aliments fournis par le Comité de ravitaillement étaient insuffisants. La ration de pain avait encore diminué : elle était dorénavant de 280 grammes par personne. Le riz se faisait rare, il était remplacé par des légumes secs, des lentilles noires et gluantes, d'aspect repoussant. Nous étions tous pâles, maigres, nous avions un teint terreux, des yeux enfoncés. Nous voyions arriver l'hiver avec une appréhension proche de la terreur. Nous savions que nous souffririons du froid, car le charbon devenait rarissime. Nombreux étaient les malades. Il y avait le typhus, le scorbut, la dysenterie, la tuberculose. Des vieilles personnes se couchaient pour ne plus se relever et se laissaient mourir de faim, de lassitude, d'épuisement. Annie me confia qu'elle avait maigri de vingt kilos depuis le début de la guerre.

– Et ce n'est pas seulement à cause de la nourriture, ajouta-t-elle. C'est aussi le souci que je me fais pour mon Alfred et pour Dédé...

Moi-même, j'avais de plus en plus souvent des vertiges, des étourdissements. Le choc de la mort de Mathieu avait altéré ma santé. Un jour, j'eus un malaise alors que nous faisions la queue, Annie et moi, dans le local de ravitaillement du Comité. Cela faisait plus de deux heures que nous attendions, dans la rue d'abord, à l'intérieur ensuite. Mes oreilles se mirent soudain à bourdonner, en même temps qu'un immense frisson glacé m'enveloppait. Je m'appuyai contre le mur et me sentis glisser. Dans une semi-conscience, je réalisai qu'Annie me retenait et me tapotait énergiquement les joues. Le malaise passa, et en serrant les dents je réussis à me redresser.

– Ne vous affolez pas, ma pauvre, dit une femme qui faisait la queue derrière nous. Ça m'arrive souvent, à moi aussi. C'est dû à la sous-alimentation, paraît-il. Nous en sommes tous au même point.

Je ne l'écoutai pas déblatérer contre la guerre, l'occupation et les Allemands. J'essayais de retrouver un peu d'énergie afin d'attendre mon tour et de ramener quelques victuailles. Il me fallait surtout du lait pour Benoît.

En faisant appel à toute ma volonté, je réussis à tenir, mais lorsque je revins à la maison j'étais si pâle que mon aspect affola mon beau-père et Odile.

– Reposez-vous, Louise, me dit ma belle-sœur. A la prochaine distribution, c'est moi qui irai.

Je m'assis en vacillant sur la chaise qu'elle m'avançait, et j'eus soudain l'impression d'être devenue faible et sénile comme une très vieille femme.

Je recouvrai un peu de forces au cours des jours suivants, mais j'attrapai une toux rauque et profonde dont je ne parvins pas à me débarrasser. Une autre inquiétude m'apporta un souci supplémentaire. Je remarquai que Benoît devenait de plus en plus apathique. Ses yeux avaient un regard éteint, et plus rien ne l'intéressait. Même la souris mécanique laissée par le jeune soldat allemand ne le faisait plus sourire. Il n'avait plus d'appétit, refusait de manger. Je me désolais de le voir dans cet état et de ne rien pouvoir faire.

Un soir, je m'aperçus que ses gencives étaient gonflées et saignaient. Au fil des jours, le saignement, au lieu de disparaître, s'accentua. Parallèlement, la faiblesse de mon enfant augmentait. Mon beau-père, sans rien dire, observait son petit-fils d'un regard déchiré, malheureux. Il finit par se mettre en colère :

– Nous n'allons quand même pas le laisser mourir ! Il faut faire venir le médecin, demander s'il peut lui donner des vitamines. Annie a raison, c'est la mauvaise nourriture qui le rend comme ça. Et toi, ma fille, tu lui demanderas quelque chose pour ta toux. Elle ne passe pas, ce n'est pas normal.

J'acquiesçai, surtout pour Benoît. Son état m'inquiétait. Je refusai que cette guerre, après m'avoir pris mon mari, me prenne aussi mon fils. Je ne voulais pas penser au nombre croissant de gens qui mouraient, surtout parmi les vieillards et les très jeunes enfants. J'avais peur.

Odile alla prévenir le médecin de notre quartier, et il vint un matin. C'était un homme d'environ cinquante-cinq ans, au visage las, aux yeux gris et bons derrière des binocles usagés. Son costume flottait sur son corps amaigri. Il écouta mes explications sans faire de commentaires, se pencha vers Benoît :

– Viens, petit. N'aie pas peur.

Il sortit son stéthoscope, écouta attentivement la respiration de mon fils, lui tâta les bras, les jambes. Il lui demanda d'ouvrir la bouche et passa un doigt sur ses gencives, qui se mirent aussitôt à saigner. Il agit ensuite exactement de la même façon envers moi. Puis il poussa un long soupir, s'assit à la table et baissa la tête. Je tenais Benoît serré contre moi et j'attendais. Odile et mon beau-père, tendus et attentifs, ne disaient rien non plus.

Le médecin releva la tête, me fixa droit dans les yeux :

– Cet enfant est très anémié, vous également. Vous me parliez de malaises et d'étourdissements, c'est votre faiblesse qui en est responsable. C'est dû, bien évidemment, à l'alimentation qui est la nôtre en ce moment. La ration minimum pour un être humain est de 2 200 calories, et nous n'en avons en moyenne que 1 400. Ce qui est nettement insuffisant.

Il s'arrêta, prit le temps de ranger son stéthoscope, et j'eus l'impression qu'il cherchait ses mots pour m'annoncer la suite. Une angoisse me noua l'estomac. Il se racla la gorge, reprit :

– Depuis le début de cette année, une maladie se propage de plus en plus. C'est le scorbut. Elle est causée par une nourriture insuffisante, un manque de vitamines C et de légumes frais. Les gencives gonflées et saignantes sont un des premiers symptômes.

Mon beau-père sursauta :

– Vous voulez dire que... Benoît en est atteint ?

Le médecin le regarda par-dessus ses lorgnons.

– Je le crains, dit-il simplement, et je compris que cette crainte était en fait une certitude.

Je déglutis, parvins à demander :

– Mais... vous pouvez le guérir ? Que faut-il faire ?

Les yeux gris m'observèrent un instant, sincèrement navrés.

– Dans l'état actuel des choses, nous ne pouvons pratiquement rien faire. Il faudrait de la vitamine C, des citrons, une alimentation mieux équilibrée, des légumes verts. Tout ce dont nous manquons cruellement.

– Mais alors... insista mon beau-père. Que va-t-il se passer ?

Le médecin ouvrit les mains dans une attitude d'impuissance désolée :

– Son état risque de s'aggraver. Le seul espoir qui nous reste, c'est que cette guerre se termine rapidement et que tout redevienne normal, l'alimentation comme le reste.

Horrifiée, je voulus répliquer, dire ma révolte, mais une quinte de toux m'en empêcha. Le médecin se tourna vers moi :

– Quant à vous, votre toux est mauvaise. Trop caverneuse. Il y a de plus en plus de cas de tuberculose. Pour le moment, vous n'en êtes pas atteinte, mais, anémiée comme vous l'êtes, ce danger n'est pas à écarter. Je suis désolé de vous effrayer, mais je ne veux pas vous cacher la gravité de la situation. Je ne fais que ça, en ce moment : affoler les malades qui font appel à moi. Je peux diagnostiquer leur maladie, mais je n'ai rien pour les soigner, encore moins pour les guérir.

D'un geste, mon beau-père nous désigna, Benoît et moi.

– Alors, dit-il avec un mélange d'accablement et de révolte, je n'ai plus qu'à les regarder mourir sous mes yeux ?

L'air malheureux, le médecin secoua la tête :

– La seule chose que je puisse faire est la suivante. Je vais établir un certificat, continua-t-il en me regardant, pour vous et votre enfant, attestant votre état de santé. Et voici ce que je vous conseille. Lorsque les Allemands organiseront un nouveau rapatriement en France libre, allez vous inscrire. Avec ce certificat, vous serez acceptés. Chaque fois, il y a de plus en plus de demandes, mais la préférence est donnée aux malades, aux vieillards, aux jeunes enfants. C'est une solution plus sûre que celle qui consiste à attendre la fin de la guerre. Voici trois ans qu'elle dure, elle s'éternise, et on se demande quand elle se terminera.

Abasourdie, je ne trouvai rien à répondre. Partir... Pas un instant je n'avais envisagé cette éventualité. Le médecin vit mon désarroi, avec douceur et gravité insista :

– C'est votre santé qui est en jeu, la vôtre et celle de votre enfant. En France libre, vous retrouverez une alimentation normale et tout rentrera rapidement dans l'ordre.

Il me tendit le certificat, que je pris machinalement. Il nous quitta en s'excusant encore de son impuissance à faire mieux. Ce fut ma belle-sœur qui le reconduisit jusqu'à la porte, tandis que je demeurais immobile, incapable de réfléchir avec cohérence. J'avais cru, naïvement, qu'il nous donnerait les vitamines capables de nous guérir. Si même lui ne pouvait pas nous aider, qu'allions-nous faire ?

Mon beau-père me donna la réponse, d'une voix nette et décidée :

– Il n'y a pas à hésiter, ma fille. Il faut que tu partes.

Je sursautai. La seule idée d'entreprendre un voyage était au-dessus de mes forces. Pourtant, lentement, les paroles du médecin se frayaient un chemin dans mon esprit, et je me rendais compte de leur bien-fondé. Du fond de mon être montait une panique. Le scorbut... Mon enfant avait le scorbut. Je ne connaissais rien de cette maladie. Quelle était son évolution ? Mon petit Benoît était-il en danger de mort ? Je tournai vers mon beau-père un visage égaré.

– C'est la seule solution, répéta-t-il avec force.

– C'est vrai, approuva Odile qui revenait. Le médecin vient encore de me le dire.

Un vertige familier me donna l'impression de tanguer. Je me laissai tomber sur une chaise, attirai à moi mon petit garçon. Il se laissa faire avec passivité. Mon beau-père avait raison. Il était impossible de le regarder s'étioler sans réagir.

– Tu as la chance d'avoir tes parents en zone libre, continuait-il. Tu iras chez eux. Tu seras bien mieux qu'ici. Pense donc : plus de Boches, plus d'interdictions ni de réquisitions, une vie libre, une bonne nourriture. Il est temps de vous soigner, Benoît et toi.

Sa voix s'altéra. Il respira un grand coup, reprit :

– Bien sûr, vous allez nous manquer. Votre départ va créer un grand vide.

Je levai les yeux vers lui, pris conscience de sa maigreur, de son dos voûté, de ses cheveux ternes et blancs. Je dis :

– Et vous, père ? Ne voulez-vous pas venir aussi ?

Il se redressa, répliqua avec autorité :

– Je ne suis pas malade. Et puis, que deviendrait ma petite Odile ? Je ne veux pas la laisser seule. Elle, les Allemands ne lui permettraient pas de partir. Non, je reste. Ne t'occupe pas de moi, ma fille. Ce n'est pas à moi qu'il faut penser, c'est à lui, termina-t-il en me montrant Benoît. Il a plus d'importance que moi.

Je hochai la tête silencieusement. Pour moi seule, peut-être ne me serais-je pas laissée convaincre. Mais pour Benoît, il le fallait ; je ne laisserais pas mourir le fils de Mathieu. Pour le sauver, pour faire de lui un enfant de nouveau espiègle et en bonne santé, j'étais prête à tous les sacrifices.

Il fallut attendre presque deux mois, et pendant ce temps mes vertiges augmentèrent. Ma toux, aggravée par le froid, ne cessait pas. Quant à Benoît, ses gencives continuaient de saigner, et il était si faible qu'un rien le fatiguait. Il n'avait même plus le courage de jouer. La nuit, recroquevillée sur le mauvais sommier, secouée par mes quintes de toux, je ne dormais pas et je pensais à mon prochain départ. Il éveillait en moi une crainte que je n'avouais pas. D'abord, il fallait que ma demande fût acceptée. Ensuite, comment le voyage se passerait-il ? Et comment prévenir mes parents ? Nous avions reçu d'eux une seule carte, mais il nous était interdit de leur répondre. Avaient-ils appris la mort de Mathieu ? Je ne savais rien, et cette incertitude était un cruel souci de plus.

Un matin du mois de novembre, Odile revint essoufflée à la maison :

– Louise, ça y est ! Des affiches annoncent un prochain rapatriement. Il faut aller vous inscrire sans tarder.

Le cœur battant, je pris mes papiers, le certificat médical, et me rendis à la mairie. Il y avait déjà une queue interminable. En luttant contre ma faiblesse, je pris place et attendis. Les Allemands prévoyaient un départ de mille cinq cents personnes. Mais les souffrances et les maladies étaient telles que les demandes excéderaient sans doute ce chiffre. Je m'inquiétai. Serais-je acceptée ?

Je patientai longtemps. Autour de moi, les gens parlaient. Chacun exposait sa situation. Tous avaient de bonnes raisons de vouloir partir. Tous l'espéraient. Pour eux, ce départ était le dernier espoir. En les écoutant, je me rendais compte de l'extrême détresse où nous nous trouvions. Les Allemands choisiraient-ils vraiment les plus malheureux ? Comment y parviendraient-ils ? Chaque cas était dramatique.

Lorsque mon tour arriva, je me trouvai devant un employé municipal débordé. J'expliquai mon cas, dis que je voulais m'inscrire avec mon enfant âgé de trois ans, montrai mes papiers et le certificat médical. Ce dernier attira l'attention de l'homme, qui le lut attentivement. Il le garda, me donna un imprimé à remplir, me rendit ma carte d'identité et me déclara d'un ton bref :

– Si vous êtes autorisée à partir, vous serez prévenue. On vous enverra un avis.

Je me retirai et sortis, toujours aussi inquiète. Près de la porte, une femme disait à une autre :

– J'ai déjà fait une demande lors du précédent rapatriement, mais je n'ai pas été acceptée. C'est qu'il y a trop de monde, voyez-vous. Si seulement je m'étais portée volontaire lorsqu'ils ont demandé mille personnes, la première fois! C'était en mars 1915. Personne ne voulait partir à l'époque. Les gens se méfiaient, et puis on espérait que la guerre ne durerait pas longtemps. Mais maintenant on en a plus qu'assez. Si ça continue, on va tous mourir à petit feu...

Je rentrai le plus vite que je pus. A la maison, mon beau-père m'interrogea.

– Je ne sais rien pour le moment, dis-je. Il faut attendre. Je recevrai une feuille si je suis acceptée.

Mon beau-père regarda le visage pâle de mon petit garçon.

– Attendons, ma fille, soupira-t-il. Attendons et espérons.

Le lendemain, je prévins Annie. Sans hésiter, elle approuva ma décision de partir :

– Vous avez raison, Louise. C'est la seule chose à faire. Si je le pouvais, je n'hésiterais pas une seconde, croyez-moi. Mais je dois rester, il faut que je sois là si Dédé revient... Et mon Alain qui vient d'avoir treize ans! Bientôt, les Boches vont me le prendre, lui aussi. Toujours avoir peur, ce n'est plus une vie, Louise... Ah oui, comme vous avez raison de partir!

Je me disais avec amertume que je n'avais pas à rester

pour un retour éventuel de Mathieu. Je savais qu'il ne reviendrait plus. Je devais maintenant penser à mon enfant. D'apathique, il devenait grognon, pleurait pour un rien, boudait de plus en plus la nourriture peu appétissante dont nous devions nous contenter. Il était urgent de le soigner.

La feuille tant attendue arriva une dizaine de jours plus tard. Elle m'apprenait que je pourrais bénéficier du prochain convoi de rapatriement. Je devais me munir de 30 kilos de linge, je pouvais emmener des bons communaux, mais ni or, ni argent, ni aucune correspondance. J'oubliai ma faiblesse et mes vertiges. Mon abattement fit place à une hâte fiévreuse. Je préparai mes bagages, choisissant d'emporter les choses les plus indispensables. Beaucoup de mes vêtements étaient restés dans la petite maison où nous avions vécu, Mathieu et moi, avant la guerre. Mais, outre que je ne pouvais pas m'y rendre, elle devait certainement être occupée par les Allemands, comme tout local vide. Quant aux vêtements de Benoît, il en avait très peu. Au fur et à mesure qu'il grandissait, je l'habillais avec ceux qui avaient appartenu à Mathieu lorsqu'il était petit, et que mon beau-père avait gardés. Annie aussi me fournissait, de temps à autre, une culotte ou une chemise devenues trop étroites pour Alain, et que je retaillais pour Benoît.

Mes bagages furent vite prêts. Je fis un ballot de linge que j'enveloppais dans une vieille couverture, et je remplis une petite malle en osier. J'allai également payer mon voyage, et on me fournit une attestation écrite à présenter en cours de route à toute réquisition. On me répéta que je n'avais pas le droit d'emmener des lettres, qu'il y aurait des fouilles pendant le voyage et qu'en cas de désobéissance je serais expulsée sans pitié. Je promis de ne rien emporter qui fût interdit.

Ensuite, les jours passèrent à la fois très vite et très lentement. Odile, triste mais toujours courageuse, s'efforçait de paraître optimiste :

– Nous nous retrouverons à la fin de la guerre, Louise. L'essentiel, pour le moment, c'est que Benoît puisse se soigner et guérir. Et vous aussi. Votre toux ne s'améliore pas.

Je disais oui, et en même temps je ne parvenais pas à réaliser que j'allais partir. Lorsque je pensais à mes parents que j'allais retrouver, dans le petit village du Pas-de-Calais où j'avais vécu avant d'épouser Mathieu, j'avais l'impression qu'il s'agissait d'un autre monde. Là-bas, nous disait-on, il n'y avait pas d'Allemands, la vie était normale, les gens ne souffraient pas de la faim, ils avaient le droit de voyager, d'aller d'un village à un autre... Dans l'état actuel des choses, c'était presque impossible à imaginer.

Le jour du départ arriva. C'était un jour de décembre gris et froid. Je me levai le matin avec une impression désagréable qui ne me quitta pas. Une méfiance s'éveillait en moi, subitement. Pouvait-on faire confiance aux Allemands ? Me permettraient-ils vraiment d'aller retrouver mes parents, mon pays ? Et s'ils m'emmenaient ailleurs ? S'ils m'obligeaient, comme ma belle-sœur, à travailler pour eux ? Que savait-on de ceux qui, avant moi, avaient été rapatriés ? Étaient-ils arrivés à bon port ? On nous l'affirmait, mais qu'avions-nous comme preuves ? Toutes ces questions se bousculaient dans ma tête, et au moment de m'en aller je m'affolais et j'hésitais.

Le train partait en début d'après-midi, et j'étais tellement crispée que, malgré mes efforts, je fus incapable de manger. Il nous avait été recommandé d'emmener des vivres. Je pris du pain et le dernier paquet de biscuits fourni par le Comité d'alimentation. Je vêtis chaudement mon petit garçon, et je plaçai dans la poche de son manteau la souris mécanique dont il n'aimait pas se séparer. Puis, lorsqu'il fut l'heure, je me tournai vers mon beau-père qui, sans un mot, m'avait regardée faire mes préparatifs.

– Au revoir, père, dis-je d'une voix basse.

Il m'ouvrit les bras. Je me jetai contre lui, et je sentis un grand frisson parcourir son corps maigre. Il me serra très fort, me repoussa légèrement et m'embrassa sur le front, en répétant avec émotion :

– Au revoir, ma fille, au revoir, ma fille...

Il devint pâle. Un malaise le fit vaciller. Odile lui avança rapidement une chaise et il s'assit en portant une main à son cœur. Il respira une grand coup et se pencha vers Benoît qui, debout près de moi, demeurait sagement – trop sagement – immobile.

– Au revoir, mon petit, dit-il.

Il embrassa l'enfant, qui le regarda sans comprendre. Puis il leva les yeux vers moi et dit gravement, presque solennellement :

– Dieu seul sait quand cette guerre finira. Nous ne nous reverrons peut-être pas, Louise, mais sache que jusqu'au bout je penserai à toi – à toi et à ton fils, celui de Mathieu. Prends bien soin de lui. Qu'il guérisse et qu'il vive, c'est tout ce que je demande. Et toi aussi, ma fille, retrouve vite ta santé et porte-toi bien.

De sa main décharnée, il attira Benoît et le pressa longuement contre lui. Lorsqu'il le lâcha, je vis les larmes qui emplissaient ses yeux.

– Va, ma fille, me dit-il. Va, il est l'heure. Ne rate pas ton train.

Déchirée, dans un élan je me penchai et l'embrassai très fort, avec toute l'affection que j'avais pour lui.

– Au revoir, père, répétai-je. Moi aussi, je penserai à vous. Dès qu'il me sera possible de le faire, je vous enverrai de nos nouvelles.

L'émotion me fit tousser. Ma belle-sœur, qui pendant ce temps s'était habillée, prit la malle en osier et le ballot de linge :

– Venez, Louise, dit-elle d'une voix douce. Je vais vous accompagner jusqu'à la gare.

Je pris Benoît par la main, avec effort me détournai de mon beau-père, dont la silhouette voûtée et le visage torturé me faisaient mal. Les yeux brouillés par les larmes, je jetai un dernier regard à la maison que je quittais, et en serrant les dents je suivis Odile. Sur le trottoir, Annie nous attendait. Elle avait mis un bonnet de laine, et sur son corps amaigri son grand manteau noir flottait.

– Je vous accompagne, m'annonça-t-elle d'un ton catégorique.

Mon beau-père, sur le seuil, nous regarda partir. Il semblait pris de faiblesse et s'appuyait contre le chambranle comme s'il allait tomber. Je lui fis un signe d'adieu, auquel il répondit d'une main tremblante. Annie marchait près de moi et s'adressait à Benoît d'une voix qui se voulait enthousiaste :

– Alors, tu vas faire un grand voyage? Tu te rends compte, tu vas prendre le train!

Mon fils leva vers elle un visage interrogateur. A cause de la guerre, il ignorait ce que pouvait être un train. Dès leur arrivée, les Allemands avaient totalement accaparé les chemins de fer, utilisant les convois pour leurs troupes et leur matériel. Il avait été hors de question pour nous de voyager. Cela avait d'ailleurs été rapidement interdit.

Benoît ne réagit pas à la réflexion d'Annie. Sa vivacité d'esprit et sa curiosité, comme ses forces, semblaient l'avoir quitté. Docile et passif, il trottinait à mes côtés sans un mot.

A la gare, des soldats allemands et des diables verts barraient l'accès. Ils ne laissaient passer que les rapatriés. Ceux qui les accompagnaient devaient rester à l'entrée. Des gens se quittaient, s'embrassaient en pleurant. Odile posa la malle en osier, se tourna vers moi :

– Je vais vous dire au revoir et vous souhaiter bon voyage, Louise. Vous allez me manquer, vous et Benoît. Soignez-vous bien, guérissez vite, pour que nous vous retrouvions en bonne santé à la fin de la guerre.

Elle m'embrassa chaleureusement, s'accroupit pour parler à Benoît. Annie me regarda :

– Eh bien, au revoir, Louise. Comme vient de le dire Odile, refaites-vous une santé, c'est le plus important.

Je la pris aux épaules et l'embrassai sur les deux joues :

– Merci, Annie. Si cette guerre se termine un jour, nous nous reverrons. J'espère qu'alors vous pourrez me donner des bonnes nouvelles concernant votre mari et Dédé.

Son visage s'altéra, et elle renifla vigoureusement :

– Je le souhaite aussi, Louise. Je penserai souvent à vous.

Au moment de partir seule vers l'inconnu, je me sentais désemparée, et j'aurais préféré rester. Ma belle-sœur vit-elle mon hésitation ? Elle me poussa doucement vers la gare.

– Partez, Louise, il est temps. Lorsque vous serez arrivée, parlez de père et de moi à Benoît afin qu'il ne nous oublie pas. Nous l'aimons tant ! Au revoir, Louise. Au revoir, Benoît chéri. A bientôt.

A bientôt... Mathieu m'avait dit la même chose, lorsqu'il était parti. Incapable de répondre, je baissai la tête. Je ramassai le ballot de linge, que je coinçai sous mon bras ; je pris la malle d'une main, Benoît de l'autre, et je me dirigeai vers l'entrée de la gare. Je dus montrer mon autorisation de rapatriement, et on me laissa passer. Je tournai la tête, jetai un dernier regard à Odile et à Annie, qui m'observaient. L'une me fit un sourire, l'autre un petit signe d'adieu. Je m'arrachai à ces deux visages connus et partis courageusement vers l'avant.

A l'intérieur, la gare était silencieuse et sinistre. Il y avait des Allemands partout. Deux d'entre eux me poussèrent vers un endroit, sur le côté, où étaient rassemblés tous les évacués. Je pris place parmi eux. Il n'y avait que des femmes et des enfants, ainsi que quelques vieillards. Ils avaient tous le même visage maigre, marqué par les privations et les souffrances. Je posai mes bagages sur le sol. Benoît, intimidé, se serra contre moi.

Des Allemands arrivèrent et entreprirent de nous fouiller. Ils inspectèrent minutieusement le contenu des bagages, palpèrent les ourlets des jupes et les doublures des vestes. Ils passèrent au fer chaud les billets communaux et les billets de banque que nous étions autorisés à emporter, et les placèrent dans une enveloppe cachetée à la cire qu'ils nous rendirent avec interdiction de l'ouvrir avant de quitter l'Allemagne. Stupides, nous nous laissions faire sans réagir, misérable troupeau à bout de forces. Nous n'avions plus qu'une hâte, qu'une espérance : partir, retrouver enfin notre patrie, une vie nouvelle, meilleure et plus libre.

Nous fûmes ensuite conduits sur le quai, où un train attendait. Nous reçûmes chacun un demi-pain et dix biscuits, ainsi qu'une boîte de lait condensé pour les enfants. Puis les Allemands nous firent monter dans des wagons, un par un. C'étaient des wagons à bestiaux, sans aucun confort, au plancher recouvert de paille. Ils n'étaient ni éclairés ni chauffés. Le soldat qui se trouvait près de la portière souleva Benoît, le déposa à l'intérieur et m'aida à me hisser. Je m'installai dans un coin, m'assis sur mon ballot de linge, attirai Benoît contre moi. Il faisait froid, il régnait une semi-obscurité qui rendait l'atmosphère encore plus sinistre. Lorsqu'il y eut une quarantaine de personnes à l'intérieur du wagon, le soldat monta à son tour et en referma la porte.

Peu de temps après, le train s'ébranla. Peu à peu, il prit de la vitesse. Autour de moi, les gens s'installaient, s'asseyaient à même le sol, dos appuyé aux parois. Seul le soldat, contre la portière, resta debout. Des enfants se mirent à pleurer, d'autres réclamèrent à manger. Benoît, sur mes genoux, avait posé sa tête contre mon épaule et sommeillait. Des conversations s'amorcèrent. Chacun se mit à exposer son cas, et c'était toujours la même chose : la faim, la maladie, la souffrance, l'inquiétude, la peur. Ma voisine m'interrogea. Je parlai de Benoît, du scorbut. Cette maladie menaçait également ses deux enfants, me confia-t-elle, deux petites filles aux yeux trop grands dans un visage émacié. Quant à son père, poursuivit-elle, il était mort le mois précédent, miné par les privations, par les soucis : il était sans nouvelles de ses deux fils, partis pour la guerre en août 1914. La présence du soldat allemand empêchait les paroles trop vives, et personne n'osait se plaindre ouvertement des « Boches ». Mais des regards lourds de sous-entendus et chargés de rancune se dirigeaient vers la haute silhouette immobile et imperturbable.

Le froid était vif. Benoît se réveilla en grognant. Je lui donnai deux biscuits et un peu de lait condensé. Comme il grelottait, je déroulai la couverture qui constituait le ballot de linge et l'enveloppai dedans. Chacun se rapprocha de son voisin, afin de garder un peu de chaleur. Ceux qui avaient des couvertures les étalèrent sur eux-mêmes et sur leurs compagnons.

Il y eut un arrêt avant la nuit. On nous fit descendre. Je chancelai en me mettant debout, ankylosée par le froid et l'immobilité. Le bruit courut que nous étions en Belgique. Je me retrouvai sur un quai, ahurie, et je fis quelques pas afin de me dégourdir les jambes. Des femmes de la Croix-Rouge passèrent parmi nous, distribuèrent des bols de soupe. Elle était chaude, et je la bus avec gratitude. Je trempai dans le bol de Benoît un peu de pain et je veillai à ce qu'il mangeât tout.

Il fallut repartir. La nuit était tombée, et dans notre wagon l'obscurité régnait. Chacun s'installa du mieux qu'il put. Les enfants s'allongèrent. Benoît, blotti contre moi, s'endormit. Je ne pus y parvenir. Ma toux avait repris. J'étais placée près de la porte, et un courant d'air glacial, activé par la vitesse du train, me gelait littéralement sur place. Je sommeillai par à-coups, vite réveillée par le froid et les secousses du train.

Un peu avant l'aube, Benoît s'éveilla et gémit :

– Maman... froid...

Je le frictionnai sans parvenir à le réchauffer. Bientôt, heureusement, le train ralentit et s'arrêta. Des Allemands vinrent ouvrir notre portière, nous donnèrent l'ordre de descendre avec nos bagages. Transis de froid, nous obéîmes. Un officier nous expliqua courtoisement que nous étions dans un petit village des Ardennes belges, où nous séjournerions quelque temps avant de repartir, par l'Allemagne et la Suisse, jusqu'en France. Personne ne réagit, mais les regards se firent inquiets : pourquoi nous garder là ? Pourquoi ne pas continuer notre voyage ?

Les Allemands nous conduisirent à la mairie, où chacun d'entre nous reçut l'adresse où il devait loger. Certains des habitants étaient là, et ils emmenaient aussitôt leurs locataires avec des démonstrations d'amitié. Lorsqu'on m'appela, je me trouvai en face d'un vieil homme au visage fendu par un large sourire.

– Vous allez loger chez moi, annonça-t-il. Ne craignez rien, il y a de la place. Et j'aime les enfants, ajouta-t-il en se penchant vers Benoît. Comment t'appelles-tu, mon petit ? Moi, je m'appelle Raoul.

Il m'emmena chez lui, et en chemin, m'expliqua qu'il était veuf.

– Mais vous ne serez pas seule avec moi, me dit-il d'un air malicieux. Il y a une autre réfugiée chez moi. Elle est arrivée il y a quelques jours. Elle s'appelle Léontine. Regardez, là-bas, elle nous attend.

Alors que nous arrivions, je vis sur le seuil d'une maison une femme d'une trentaine d'années, au long visage maigre et pâle. Elle m'accueillit avec gentillesse :

– Venez mettre les bagages dans la chambre. Vous la partagerez avec moi, mais elle est grande, et le lit également. On pourrait y mettre quatre personnes comme nous !

C'était une chambre très propre. Un lit confortable, avec un énorme édredon, en occupait le centre. Il y avait encore deux chaises, une armoire ventrue, une table de nuit et une commode surmontée d'un broc et d'une cuvette.

– Ça vous plaît ? me demanda-t-elle avec un sourire engageant.

Je fis un signe de tête, encore étourdie. Pendant que je déballais mes affaires, Léontine essaya de faire parler Benoît. Mais il était peu liant avec les personnes qu'il ne connaissait pas, et il refusa de répondre à ses questions. Comme il s'apprêtait à pleurer, elle n'insista pas.

Elle me parla d'elle :

– J'habite près de Denain. Avant la guerre, nous tenions, mon mari et moi, un cabaret qui marchait bien. Et puis, à la mobilisation, Honoré est parti, et je suis restée seule. Les Allemands sont arrivés tout de suite après, à la fin du mois d'août. Des uhlans, des officiers à cheval, des troupes à pied... Ils ont tout organisé à leur façon. Ils ont installé une Kommandantur, ils ont demandé aux femmes de travailler dans des ateliers et de fabriquer des sacs à sable pour leurs soldats. Beaucoup ont refusé, et celles qui ont accepté, les « femmes à sacs », ont causé de véritables émeutes, à tel point qu'il a fallu des soldats allemands pour les protéger lorsqu'elles se rendaient à l'atelier !

Sa voix, qui vibrait de mépris, se chargea bientôt de rancune et d'indignation :

– En peu de temps, nous n'avons plus reconnu notre région. Si vous aviez vu tout ce que les Boches ont enlevé ! Les Forges et Aciéries de Denain ont préféré fermer leurs portes, plutôt que de travailler pour l'ennemi. Alors, des civils sont arrivés d'Allemagne et ont enlevé toutes les pièces des ateliers. Les machines ont été brisées, et le métal obtenu envoyé en Allemagne. Ça a été pareil aux usines Cail. Il n'est rien resté, nulle part. Ils avaient dit, au début : « Nous paierons tout .» Vous pensez si c'était vrai ! En réalité, ils ont tout pris et rien payé. Il paraît que des ordres avaient été donnés pour détruire totalement l'industrie dans le Nord de la France.

Cela me rappela ce qu'avait déclaré l'Allemand qui logeait

chez Bertille : « Nous ne quitterons votre pays qu'après l'avoir complètement épuisé. »

– Des trains entiers partaient et emmenaient tout : les hauts fourneaux, les chaudières, les machines, les laminoirs. Les usines sont restées vides, et ont servi de logement à des prisonniers russes et anglais. Et je ne parle pas du reste... Les affiches, les ordres, les corvées, les menaces de mort ou de prison, les chiens qu'on a dû tuer pour ne pas payer la taxe, la mise à mort des pigeons, l'enlèvement des jeunes filles, les appels...

Je hochai la tête en une approbation silencieuse. Je savais de quoi elle parlait. Tout ça, je l'avais connu, moi aussi.

– Et la faim ! Nous avions si peu à manger ! Tout manquait, et tout était hors de prix. Des pommes de terre à 5 francs le kilo. Moi, j'ai dû fermer mon cabaret au bout de quelques mois. Plus de bière, plus de vin, plus rien... Ma santé n'a pas tardé à décliner. Comme toute ma famille se trouve en France, j'ai demandé à être rapatriée. Je suis partie mercredi dernier. Nous avons fait le voyage dans des wagons à bestiaux, sans banquette, sans lumière, sans chauffage, par un froid terrible. Maintenant, il faut attendre ici que l'on veuille bien nous emmener à nouveau. Combien de temps cela va-t-il durer ? Trois semaines, un mois... Je me suis renseignée. Les Allemands obligent les évacués à demeurer en Belgique pendant plusieurs semaines afin qu'ils ne puissent pas donner des renseignements en arrivant en France. Mais une fois que nous partirons d'ici, ça ira vite. Le voyage dure trente-six heures environ. Il faudra traverser l'Allemagne, puis la Suisse.

Son bavardage m'étourdissait. J'avais fini de ranger et je m'assis sur le lit, prise de vertige. Benoît vint à moi et je l'attirai sur mes genoux.

– Parlez-moi de vous, proposa Léontine.

A mon tour je racontai. En quelques mots, je dis la mort de Mathieu, ma détresse, et puis la maladie de Benoît, ma toux, et ma tentative désespérée de sauver la santé de mon enfant.

– Vous avez eu raison, approuva-t-elle. En France, il guérira rapidement.

Très vite, nous nous entendîmes bien, toutes les deux. De plus, Raoul, notre hôte, était un vieil homme plein d'humour et de gentillesse. Il ne savait que faire pour nous. Ils remplacèrent un peu mon beau-père et Odile, et grâce à eux je me sentis moins esseulée.

Provisoirement, notre vie s'organisa. Nous faisions la cuisine à tour de rôle, Léontine et moi, et nous allions au ravitaillement ensemble. Le Comité d'alimentation avait créé un « district spécial pour réfugiés français en Belgique ». Nous recevions la même nourriture que chez nous, que nous pouvions payer en bons communaux français. De plus, Raoul avait les produits de son jardin. Avec émerveillement, je refis la connaissance d'aliments depuis longtemps disparus de mon existence : pommes de terre, poireaux, carottes, choux... Nous faisions des soupes épaisses et délicieuses. Je regardais mon enfant manger avec appétit, et j'en avais les larmes aux yeux. Raoul lui donnait des branches de persil à croquer :

– Prends, disait-il. C'est bon pour tes gencives.

Je m'étonnais :

– Les Allemands vous laissent vos légumes ? Ils ne prennent pas tout ?

Il riait de mes questions :

– Ici, nous sommes loin du front, il n'y a pas beaucoup d'Allemands. Et puis, nous avons l'avantage d'être à la campagne. Tout le monde a un jardin.

Nous retrouvions ce luxe oublié : manger à notre faim, manger des plats agréables au goût et nourrissants. Plus d'une fois, je remerciai Raoul. Grâce à lui, notre santé commençait à s'améliorer. Je toussais moins, je retrouvais quelques forces, et Benoît un peu d'énergie.

Au bout de trois semaines, les Allemands nous firent savoir que nous allions repartir. Je refis mes bagages. Raoul vint nous accompagner à la gare. Je l'embrassai au moment de le quitter, et lui promis de lui écrire. Benoît pleura en l'appelant *pépère*. Ils étaient devenus amis, tous les deux, et avaient passé des heures à jouer avec la petite souris mécanique. C'était un déchirement, pour l'un comme pour l'autre, de devoir se séparer.

Avant de monter dans le train, nous fûmes de nouveau fouillés minutieusement. Les Allemands confisquèrent les bijoux en or. Je n'en possédais aucun, sauf mon alliance, qu'ils me laissèrent. Puis ils nous firent monter dans des compartiments de troisième classe, qui nous parurent confortables en comparaison des précédents wagons à bestiaux. Je m'installai avec Benoît près de la fenêtre, et Léontine s'assit à côté de moi.

Le voyage se passa mieux que le précédent. Nous regardions défiler le paysage, nous déchiffrions le nom des gares que nous apercevions au passage : Liège, Verviers, Cologne, Bonn, Koblenz... Nous mangions les provisions que nous avions emportées, nous discutions. Vers 10 heures du soir, le train s'arrêta et les Allemands nous firent descendre. Dans l'obscurité, ils nous conduisirent à de grands baraquements afin d'y passer la nuit. Ils nous distribuèrent du pain, des saucisses et du café chaud.

Le lendemain matin, nous repartîmes très tôt. Nous roulâmes plusieurs heures, jusqu'à une gare nommée Rastadt. Un bruit courut parmi nous : la Suisse était proche. Encore un peu de patience... Escortés par des soldats allemands, nous fûmes conduits à la citadelle où on nous laissa jusqu'au soir.

De nouveau, nous fûmes fouillés. L'enveloppe qui contenait les billets de banque que nous avions eu le droit d'emporter nous fut reprise. Les Allemands s'emparèrent des billets et les remplacèrent par des bons régionaux. Il y eut quelques protestations, vite étouffées. Mieux valait ne rien dire. Bientôt nous serions libérés de leur odieuse autorité.

A 9 heures du soir, nous reprîmes le train et après avoir roulé toute la nuit nous arrivâmes à Meinheim, ville située à la frontière suisse-allemande. On nous fit descendre. Des femmes de la Croix-Rouge allemande nous servirent du café chaud. Elles nous distribuèrent des cartes postales :

– Vous pouvez les envoyer à ceux que vous avez quittés, pour leur annoncer que vous avez fait un bon voyage. La Croix-Rouge les transmettra. Veuillez ajouter que vous avez été très satisfait de nos services.

Léontine, qui n'avait laissé personne en pays envahi, m'aida à remplir ma carte. Je pensai à mon beau-père, à Odile, qui seraient rassurés d'avoir de mes nouvelles. Que leur dire, en quelques lignes ? J'écrivis, d'une main que l'émotion rendait maladroite : « Tout va bien. Le voyage s'est bien passé. Nous arrivons en Suisse. Sommes en bonne santé et pensons bien à vous. »

– N'oubliez pas de mettre quelques mots pour la Croix-Rouge, conseilla Léontine qui lisait sans façon par-dessus mon épaule. Ils transmettront votre carte plus facilement.

J'ajoutai une dernière phrase :« Grâce à la Croix-Rouge, nous avons été ravitaillés et n'avons pas souffert de la faim. Nous vous embrassons très fort. »

Il fallut reprendre le train. Benoît collait son nez à la portière, regardait les montagnes au sommet enneigé, les vallées, les lacs, qu'il n'avait jamais vus. Il me demandait ce que c'était, et j'essayais de le lui expliquer, du mieux que je pouvais. Mais, par-dessus tout, j'étais heureuse de le voir s'intéresser à quelque chose. Ses questions prouvaient qu'il reprenait goût à la vie.

A Schaffhouse, nouvel arrêt. Cette fois, nous étions en Suisse. Il fallait changer de train. Nous descendîmes sur le quai, où nous fûmes reçus avec enthousiasme par un comité d'accueil et des infirmières. Certaines d'entre elles nous répétaient le seul mot français qu'elles connaissaient : « Liberté ! Liberté ! » Pour la première fois, nous prenions conscience que, effectivement, nous allions être libres. Les soldats allemands qui nous avaient escortés jusqu'ici n'étaient pas descendus avec nous. Dorénavant, nous ne serions plus surveillés. A nous qui avions subi trois ans de contrainte et d'oppression, cela paraissait presque incroyable.

On nous servit un repas réconfortant, puis on nous conduisit à un autre train. A l'intérieur, il n'y avait plus d'Allemands, et cela au début nous surprit. Ainsi donc, c'était vrai ! Nous allions être débarrassés d'eux ! Les compartiments étaient confortables, presque luxueux. Le voyage devint agréable. Il y eut plusieurs arrêts, et à chaque fois nous fûmes magnifiquement reçus. A Zurich, des dames de la Croix-Rouge nous proposèrent un repas copieux, succulent, avec des mets auxquels nous n'étions plus habitués : du poulet, des légumes, de la pâtisserie. Léontine s'extasiait. Benoît découvrait, goûtait, d'abord avec circonspection, puis mangeait comme quatre, ravi. Ensuite, on nous mena dans des cabinets de toilette ; les enfants furent lavés et changés par des Suissesses qui leur donnèrent des bonbons et des jouets. Je savais que je penserais longtemps à l'air étonné et émerveillé de mon enfant lorsqu'il mangea son premier caramel.

A Berne, à Lausanne, à Saint-Maurice, nous fûmes accueillis de la même façon. Au Bouveret, près de la frontière, l'accueil fut encore plus chaleureux. Le train s'arrêta au milieu des ovations. Sur le quai, une foule de gens agitait en notre honneur des petits drapeaux français. On nous distribua des gâteaux, on nous servit des boissons chaudes, on donna des oranges aux enfants, et mon petit garçon leva vers moi des yeux interrogateurs. Il ne connaissait pas ce fruit.

– Donne-le-moi, lui dit Léontine, je vais te l'éplucher. Il faut en manger beaucoup. Ça fera du bien à tes gencives.

C'était si merveilleux, cette gentillesse de la part des Suisses, ce désir de nous combler après toutes les privations que nous avions subies, que la majorité d'entre nous restait là, hébétée d'admiration et de gratitude. Des femmes, les larmes aux yeux, balbutiaient :

– Merci... Merci à toutes... Vous ne pouvez pas savoir... Merci...

Un train nous attendait pour nous conduire à Évian. Des soldats, suisses cette fois, nous accompagnèrent. Benoît, entre Léontine et moi, marchait en dodelinant de la tête. Il s'était gavé de sucreries et de bonbons, et une somnolence lui fermait les yeux. Un soldat, près de nous, se pencha :

– Viens, mon petit bonhomme. Je vais te porter.

Sans effort, il souleva Benoît. Il avait un bon visage réjoui, qu'une abondante moustache rendait débonnaire. Benoît tendit une main vers le casque rond à boule, le toucha. Il paraissait fasciné.

– Tu regardes mon casque ? Quand tu seras grand, tu en auras un, toi aussi.

Je baissai la tête. Ces paroles m'assombrissaient. Mon fils serait-il un soldat et, à son tour, ferait-il la guerre ? Je repensai à Mathieu, que la guerre m'avait ravi, et malgré la joie qui régnait autour de nous, je me sentis malheureuse.

Puis eut lieu notre dernière étape. Nous étions crispés d'impatience, nous savions qu'ensuite nous serions en France, enfin arrivés à destination. Le jour déclinait, l'ombre prenait possession du paysage. Par la fenêtre, nous voyions un défilé de lumières, et elles ressemblaient à une illumination faite en notre honneur.

Vers 7 heures du soir, le train entra en gare d'Évian. Benoît, qui s'était endormi pendant le trajet, se réveilla. Nous le prîmes par la main, Léontine et moi. Sur le quai, de nombreuses personnes nous attendaient. A notre descente, un cri explosa, vibrant :

– Vive la France !

Je me sentis la gorge serrée, je vis des larmes dans les yeux de Léontine. Une bouffée de gratitude et de soulagement me gonfla la poitrine. Plus d'uniformes allemands, plus de *Gloria Victoria*, plus de restrictions ni d'interdictions, plus de menaces d'amendes, de prison ou de mort...

J'avais retrouvé la France, et la liberté.

CHAPITRE VIII

Nous fîmes le trajet à pied jusqu'au casino. Un autobus était prévu pour les infirmes et les enfants, mais je tins à garder Benoît avec moi. Parfaitement réveillé, il marchait à mes côtés en demandant si, cette fois encore, il aurait des bonbons.

Dans le grand hall du casino, de longues tables étaient installées. Un repas était prévu pour les cinq cents rapatriés que nous étions. Des serveurs, hommes et femmes, attendaient. Nous venions de prendre place lorsque, subitement, des musiciens, dans une tribune, se mirent à jouer *la Marseillaise.* D'un même élan, tout le monde se leva. Profondément émus, nous écoutions. En face de moi, un vieil homme pleurait. Il avait ôté sa casquette, qu'il pétrissait entre les mains, et sur son visage les larmes coulaient, se perdaient dans sa moustache, sans qu'il fît un geste pour les essuyer. Lorsque l'hymne se tut, un silence poignant régna quelques secondes puis, tout aussitôt, des applaudissements éclatèrent, des cris d'enthousiasme, un véritable délire.

A l'issue du repas, nous dûmes passer dans la salle voisine, afin de décliner notre identité. Des jeunes filles, derrière des bureaux, travaillaient à la reconstitution des états civils. Lorsque ce fut mon tour, l'une d'elles me demanda :

– Avez-vous quelqu'un à prévenir ? Des gens chez qui vous désirez aller ?

– Oui, dis-je. Mes parents.

- Notez ici leur adresse. Nous allons leur écrire pour leur apprendre votre rapatriement. Dès que nous aurons leur réponse, nous organiserons votre voyage.

– Pourquoi attendre ? Ne puis-je y aller directement ?

Elle me fixa avec sérieux, presque avec réprobation, comme si ma question avait été incongrue :

– Il faut que nous soyons sûrs qu'ils sont encore chez eux. – Elle jeta un coup d'œil à la fiche que je venais de remplir. – D'autant plus qu'ils se trouvent dans le Pas-de-Calais. Ils ne sont pas très loin du front. Il peut y avoir eu des bombardements, des évacuations, que sais-je ?

Je ne trouvai rien à répondre. Pas un instant je n'avais pensé qu'il pût y avoir un problème. Maintenant que j'étais arrivée, j'avais hâte de retrouver mes parents et la maison où je vivais avant d'épouser Mathieu.

Je ne pus rien faire d'autre qu'attendre. Cela dura plusieurs jours. Nous avions été répartis dans des hôtels, et j'occupais une chambre avec Léontine. Nous dûmes passer une visite médicale. Il fallut également procéder au remboursement de nos bons communaux, qui ne nous seraient d'aucune utilité en pays non envahi. Et tous les jours, nous nous rendions au service des rapatriements, où arrivaient les lettres qui réclamaient les réfugiés.

Léontine eut sa lettre la première. Elle venait d'un de ses oncles, qui habitait Orléans. Elle prépara ses bagages et me dit au revoir avec des larmes dans la voix :

– C'est un simple au revoir, assurait-elle, pas un adieu. Nous nous reverrons après la guerre, n'est-ce pas, Louise ? Je me suis attachée à vous, et à votre petit Benoît. Vous serez toujours la bienvenue chez moi, sachez-le. C'est promis, nous nous reverrons ? Tu ne m'oublieras pas, Benoît ?

– Tine, disait mon fils qui voyait Léontine s'en aller sans nous. Tine...

Il ne comprenait pas qu'elle nous quittât. Il s'accrocha à elle et elle dut lui promettre de revenir pour qu'il la laissât partir.

La réponse de mes parents arriva deux jours plus tard. On me fournit un laissez-passer établi par le commissariat spécial d'Évian. Je remerciai, pris mes nouveaux papiers, mon argent, mes bagages, et en tenant mon petit garçon par la main je m'en allai. Je lui expliquai que nous allions retrouver *mémère* Charlotte et *pépère* Maxime, mais il ne les connaissait pas et ces noms n'évoquèrent rien pour lui. Il réclama une fois de plus « Tine ».

Le voyage en train se passa sans histoire. Avec un étonnement ravi, je traversai un pays où pas une fois n'apparut un uniforme allemand, un casque à pointe ou un diable vert. Dans les gares où nous fîmes halte, je remarquai, parmi les employés, de vieux cheminots et même des femmes. Sans doute remplaçaient-ils ceux qui avaient été mobilisés.

A Paris, je dus rejoindre la gare du Nord. Je fus surprise,

dans les rues, par l'animation qui régnait. Des voitures tirées par des chevaux, des autobus, des tramways, de nombreux piétons. Quelle différence avec Tourcoing, sinistre et vide, où les principaux passants étaient les soldats allemands! Je ne me souvenais que de visages hagards, creusés par la faim et hantés par la peur. Ici, les gens allaient et venaient, comme si la guerre n'existait pas. Comment était-ce possible?

Devant la gare du Nord, je croisai deux soldats français. Je les regardai longuement. Leur uniforme était différent de celui que je connaissais. Je les avais vus partir, au début de la guerre, en képi et pantalon rouge. Je les revoyais en uniforme bleu horizon, coiffés d'un casque. Un gamin qui passait, peut-être amusé par mon air étonné, me lança:

– Vous admirez nos poilus?

Surprise, je répétai stupidement:

– Poilus?... Comment ça?

Il me considéra comme si j'étais une attardée:

- Eh bien... nos soldats, quoi! Vous ne savez pas qu'on les appelle des poilus? Mais d'où sortez-vous donc?

Humiliée, je me détournai. Poilus... Non, je ne connaissais pas ce mot. Comment l'aurais-je pu? Depuis plus de trois ans, j'étais coupée de mon pays, au point d'en ignorer tout. Il faudrait que je demande à mon père la signification de cette expression.

Lorsque je fus installée dans le train, Benoît réclama à manger. Je sortis de mon panier d'osier du pain, des biscuits, une orange. Il mangea le tout avec une visible satisfaction. Ensuite, je le pris sur mes genoux et il s'endormit. Je ne cherchai pas à lier conversation avec les autres voyageurs. Ils m'auraient interrogée, et je ne me sentais pas encore prête à raconter à des inconnus les douloureuses années que je venais de vivre.

Dans la soirée, le train arriva à Saint-Pol. Notre village était distant de plusieurs kilomètres, mais mes parents sans doute seraient là. Une excitation heureuse me mettait des picotements dans les mains, dans les jambes. Comme une enfant, j'écrasais mon nez contre la portière. Lorsque le train ralentit, je réveillai Benoît, impatiente d'arriver. Le vieil homme assis en face de moi m'aida à descendre et rassembler mes bagages. Au moment où le train s'arrêta et où la portière s'ouvrit, je sautai sur le quai, le cœur battant violemment.

Je regardai autour de moi. Plusieurs personnes se dirigeaient vers la sortie. Le chef de gare, plus loin, agitait une lampe. Debout auprès de mes bagages, mon petit garçon serré contre moi, je cherchai mes parents.

Il y eut un cri :

– Louise! Mon enfant!

Et tout aussitôt je me trouvai happée, saisie dans un tourbillon, embrassée, serrée, par ma mère d'abord, par mon père ensuite. C'était si merveilleux de les retrouver, de retrouver leur tendresse intacte et sûre, que des larmes emplirent mes yeux, coulèrent sur mes joues. Ma mère m'observa avec émotion, eut un sourire d'une tendresse navrée :

– Louise, comme tu as maigri!

Elle s'acroupit pour se mettre au niveau de Benoît :

– Ainsi, voilà mon petit-fils! Bonjour, Benoît. Je suis ta *mémère* Charlotte. Et voici ton *pépère* Maxime.

Mon petit garçon m'adressa un regard désemparé.

– Tine? interrogea-t-il.

J'expliquai à mes parents :

– Depuis plus d'un mois, il ne voit que des inconnus. Le seul visage auquel il s'était habitué était celui de Léontine, une compagne de voyage. C'est pour cela qu'il la réclame.

– Ça ne fait rien, dit ma mère en se relevant. Il fera vite notre connaissance.

Mon père ne disait rien, mais ses yeux, son sourire, son air heureux parlaient pour lui.

- Dépêchons-nous de rentrer. J'ai préparé un bon repas pour fêter ton retour.

Mon père souleva Benoît, le jucha sur ses épaules. Le petit se mit à rire, ravi.

– Quel bel enfant! constata ma mère, attendrie. Je ne l'ai vu qu'une fois, alors qu'il venait de naître. J'ai quitté un nourrisson, et je retrouve un petit garçon. Comme il te ressemble, Louise!

– Il a les yeux de Mathieu, dis-je sourdement. Vous avez appris, pour Mathieu?

Ma mère baissa la tête :

– Oui. Au bas de sa dernière lettre, il était simplement mentionné la date de son décès. Que s'est-il passé? Le saurons-nous jamais?

Je haussai les épaules sans répondre. La même tristesse lourde, diffuse, qui me saisissait lorsque je pensais à Mathieu, venait gâcher ma joie d'être de retour chez moi.

Ce fut encore pire lorsque je revis le village où je l'avais connu, la maison où j'avais vécu avant de l'épouser, l'église où nous nous étions mariés. Tout un bonheur enfui, disparu à jamais... Je ravalai mes larmes.

Je retrouvai ma chambre de jeune fille. Ma mère avait installé, à côté du lit, un lit d'enfant qu'elle avait demandé à prêter. Comme Benoît était fatigué, je le déshabillai, le fis manger et le couchai. Il s'endormit immédiatement, et avec ma mère je le contemplai tendrement.

Notre repas se passa en bavardages. Nous avions tant de choses à nous dire! Je racontai tout ce qui s'était passé depuis le début de la guerre : les Allemands, leur odieuse occupation, les enlèvements de jeunes gens et de jeunes filles, le manque de nourriture, la maladie de Benoît... Mes parents accueillaient mes déclarations avec des exclamations effarées, incrédules, horrifiées.

– Comment est-ce possible? répétait ma mère. Et nous, ici, nous ne savons rien...

– Cela me fait penser que moi non plus je ne sais rien de ce qui se passe en France. J'ai entendu, à Paris, quelqu'un appeler deux soldats français des poilus. C'est le nom qu'on leur donne?

Mon père sourit, m'expliqua :

– Oui, c'est le nom qu'on leur donne. On a appelé ainsi les soldats de l'Artois, au début de la guerre, lorsque dans les tranchées ils ne pouvaient pas se raser. Le surnom leur est resté. Ils en sont fiers. Le fait qu'ils soient barbus prouve qu'ils sont en première ligne, qu'ils ne sont pas des embusqués. Notre Paul en est un, sais-tu?

Je haussai les sourcils avec incrédulité. Paul, mon petit frère... La dernière fois que je l'avais vu, après la naissance de Benoît, il n'avait pas encore dix-huit ans. Il était alors un adolescent doux et calme, qui aimait les animaux et soignait ceux qui étaient malades. L'imaginer barbu, casqué et en tenue guerrière m'était difficile.

– Il vient d'avoir vingt et un ans, c'est presque un ancien. Il a été incorporé l'année de ses dix-neuf ans, en avril 1915. Ceux de sa classe ont été baptisés les « Marie-Louise ». En février de l'année suivante, il s'est trouvé en première ligne. Depuis, il se bat courageusement. Il est allé à Verdun, au Chemin des Dames. Il nous écrit régulièrement. Dès que nous avons su que tu allais venir, nous lui avons annoncé ton retour. Il en sera heureux. Tu le reverras lors de sa prochaine permission.

– Quand revient-il?

– En principe, il a sept jours tous les quatre mois. Il devrait revenir en mars, dans deux mois.

– C'est long, soupira ma mère, et à chaque permission les sept jours sont si vite passés! Heureusement, il y a les lettres et les colis que nous envoyons. Je suis en train de lui tricoter des chaussettes. En ce moment, il doit souffrir du froid. Il ne se plaint pas pour ne pas m'alarmer, mais je m'en doute. Et par-dessus tout, le plus dur, c'est la peur d'apprendre qu'il a été blessé, et même pire...

– Essaie de ne pas y penser, Charlotte, dit mon père en posant une main sur la sienne.

Ils échangèrent un regard qui disait leur entente profonde et qui, en même temps, avouait une crainte identique.

– Je ne peux pas m'en empêcher, Maxime. C'est plus fort que moi. Chaque fois que nous apprenons la mort d'un des garçons du village, j'imagine que ça pourrait être le mien, et je tremble.

Je ne pus m'empêcher de parler de Mathieu, que je ne reverrais jamais. Ils me montrèrent ses lettres. Pleines d'espoir, de courage, d'affection et de tendresse... Leur lecture raviva mon chagrin et de nouveau je pleurai.

– Il t'a laissé son enfant, me dit ma mère pour me consoler, et c'est à lui qu'il faut penser maintenant. Tu as bien fait de revenir. Ici, nous allons le guérir. Il redeviendra vite un petit garçon en bonne santé.

Il était plus de minuit lorsque, titubante de fatigue, je regagnai mon lit. Benoît dormait. Je le contemplai à la lueur de la lampe, remarquai avec plaisir son apparence déjà moins maladive, ses joues plus pleines. Une meilleure nourriture suffirait à le guérir, et à éloigner de moi la menace de tuberculose dont m'avait parlé le médecin. Je toussais de moins en moins, moi aussi je me sentais mieux. Mais il existait une autre blessure, qui ne guérirait jamais. La mort de Mathieu avait éteint en moi tout espoir.

***

Je refis connaissance avec le village. Je retrouvai notre voisine la mercière, Mlle Adèle, qui fut tout de suite conquise par Benoît. Sa mère était morte, et elle continuait à s'occuper seule de son magasin. Mon arrivée avait fait sensation, et nombreuses étaient les personnes qui m'interrogeaient et qui, comme mes parents, s'indignaient de mes récits. Malgré le froid, je faisais avec mon enfant de longues promenades. Je ne me lassais pas de parcourir les rues; je pouvais le faire comme je le voulais et quand je le voulais, sans jamais rencontrer de soldats allemands ni de diables verts. Je savourais la merveilleuse sensation de la liberté retrouvée. Je m'étonnais de ne pas apercevoir, sur les murs, ces affiches signées Von Tessin que pendant plus de trois ans j'avais lues avec appréhension. C'était un soulagement inexprimable, et je me disais que les gens, autour de moi, ne connaissaient pas la chance qu'ils avaient d'être en pays non envahi.

Pourtant, la guerre ne se laissait pas oublier. La ligne du front descendait à travers tout le Nord-Pas-de-Calais, séparant notre région en deux territoires totalement coupés l'un de l'autre : à l'est, la partie occupée par les Allemands, et à l'ouest, la partie restée libre. Entre les deux se trouvaient les tranchées, où des combats acharnés avaient lieu. Et c'était l'impossibilité de franchir ces lignes qui avait fait que, pour venir de Tourcoing, distant de soixante-dix kilomètres, j'avais dû faire ce long détour par la Belgique, l'Allemagne, la Suisse, et remonter ensuite d'Évian.

Notre village n'était pas éloigné de Bruay-en-Artois, où était installée la première armée britannique. Nous voyions de temps à autre des officiers anglais traverser le village en automobile, des camions emplis de soldats passer sur les routes. Un quartier général était installé au centre du village, dans un vaste immeuble en construction prévu pour devenir un cinéma et que la venue de la guerre avait laissé inachevé. Mon père emmenait quelquefois Benoît en promenade de ce côté, et mon enfant revenait avec des *toffees* que lui avaient offerts les soldats. De temps en temps, les Écossais en kilt défilaient dans les rues au son de leurs cornemuses nasillardes. Nous étions toujours nombreux à les regarder et à les applaudir. Les troupes arrivaient et repartaient. Nous eûmes l'occasion de voir également des Hindous barbus et enturbannés, dont le visage hiératique et les yeux de braise nous impressionnèrent beaucoup; des Australiens aussi, et des Néo-Zélandais qui nous intriguèrent avec leur chapeau relevé d'un côté. Nous les regardions tous avec sympathie, car nous savions qu'ils allaient monter au front et se battre.

Nous avions des masques contre les gaz toxiques. Des avions ennemis, parfois, arrivaient jusqu'à nous et lâchaient des obus. Ils visaient surtout les lignes de chemins de fer. Mon père qui, à cause du manque d'employés, avait repris son travail de cantonnier, fulminait contre leurs attaques.

Mais tout cela, en comparaison de l'occupation très dure que j'avais subie, me paraissait secondaire. Nous étions libres. Nous pouvions manger à notre faim. Il y avait bien quelques restrictions; des cartes de pain et de sucre avaient été distribuées, et les boucheries fermaient deux jours par semaine. Mais, là aussi, c'était pour moi sans importance. Je retrouvais avec ravissement le goût de la viande, du beurre, des œufs. Mon petit garçon avait de nouveau des joues roses, des yeux vifs et brillants. Ses gencives ne saignaient plus. Il s'était vite habitué à ses grands-parents, qui l'adoraient. Il redevenait espiègle et remuant, ce qui, assurait ma mère, était un signe de bonne santé.

Nous reçûmes une lettre de mon frère, en réponse à celle où mes parents lui annonçaient ma venue. Il se réjouissait de me revoir à sa prochaine permission. Sa lettre était datée du 27 janvier. « Peut-être est-ce en l'honneur de l'anniversaire du Kaiser, disait-il, en tout cas nous avons été bombardés avec des gaz asphyxiants. Nous avons dû porter nos masques toute la journée. Nous nous sommes vengés le soir en recherchant les totos; nous les avons fait griller à la flamme d'une bougie en les appelant Kaiser, Kronprinz, Hindenburg *. »

– Les totos ? demandai-je.

– C'est ainsi qu'ils appellent les poux, m'expliqua ma mère avec une grimace de dégoût. Paul dit que chaque fois qu'il retourne au repos, il passe des heures à leur donner la chasse.

Mon frère parlait aussi du froid, qui gelait le vin dans les bidons et qui augmentait la difficulté des travaux routiniers – la pose des fils de fer, l'entretien des tranchées – ainsi que les corvées de ravitaillement.

– Et encore, constata ma mère, je suis sûre qu'il ne nous dit pas tout. Il nous cache le pire.

Mon père ne disait rien. Une fierté venait dans ses yeux lorsqu'il lisait les lignes tracées par Paul, et il hochait la tête en silence tout en replaçant le feuillet dans son enveloppe.

Nous lui répondîmes et je joignis à la missive de mes parents une longue page. Comme lui, je ne me plaignis pas. Je parlai peu des souffrances subies depuis le début de la guerre. Ce qu'il vivait dans les tranchées était sans doute bien plus terrible. Je m'attardai, au contraire, sur la joie que j'avais d'être revenue, de retrouver la liberté et une nourriture abondante. Je terminai en racontant les derniers progrès de Benoît. Il fallait que ma lettre le déridât au lieu de l'attrister.

Ma mère confectionna un colis dans lequel elle mit, en plus de chaussettes et d'un cache-nez, du chocolat, du lait

* Kaiser : empereur d'Allemagne. Kronprinz : Prince héritier d'Allemagne. Hindenburg : maréchal allemand.

condensé, des biscuits, un pâté et un gâteau qu'elle avait cuisinés elle-même. Elle enveloppa le tout d'une toile bien ficelée, qu'elle recouvrit d'un carré de tissu blanc sur lequel elle inscrivit l'adresse à l'encre indélébile.

– Il faut toutes ces précautions pour que le colis arrive à bon port, me dit-elle. En dehors de ses permissions, c'est la seule possibilité que j'ai de le gâter un peu.

Un hôpital militaire avait été installé à l'entrée du village. Ma mère, chaque après-midi, s'y rendait. Peu après le départ de Paul pour la guerre, elle s'était présentée parce qu'on demandait des volontaires pour distraire les blessés, leur rendre de menus services, les aider à écrire à leur famille. Après quelques heures passées parmi eux, elle revenait chaque fois pleine de pitié et d'admiration :

– Ces pauvres garçons... disait-elle. Comme ils sont courageux! Certains sont mutilés pour la vie. L'un d'eux a eu une jambe arrachée. Un autre a reçu une balle dans l'épine dorsale, et il restera paralysé. Et tant d'autres encore!... Pourtant, ils ne se plaignent jamais. A moi, ça me fait mal de les voir dans cet état, si jeunes! Je pense à Paul, qui pourrait se retrouver comme eux. Si seulement cette guerre finissait...

C'était toujours le même souhait. Je pensais souvent à Odile, à mon beau-père, vieilli, affaibli par les privations, brisé par la mort de son fils. Avaient-ils reçu la carte postale que j'avais envoyée de Suisse ? Dès mon arrivée, j'avais voulu leur écrire. J'étais allée me renseigner au bureau de poste du village, et on m'avait remis une carte-correspondance d'un modèle spécial, seule autorisée à être expédiée en pays envahi. J'avais eu le droit d'y mettre vingt mots seulement, et on me l'avait reprise pour l'adresser au ministère de l'Intérieur qui se chargerait de sa transmission. Bien entendu, mon beau-père et Odile n'auraient pas le droit de me répondre. Comment saurais-je si la carte leur était bien parvenue? Je ne pouvais que l'espérer.

Parfois, lorsque je pensais aux conditions dans lesquelles ils continuaient à vivre, je me sentais coupable d'avoir retrouvé une existence presque agréable. Je ne me justifiais que par Benoît. Il devenait un petit garçon plein d'énergie et de gaieté. Il s'entendait parfaitement avec mon père. Il lui avait montré son jouet fétiche, la petite souris mécanique du jeune soldat allemand. Avec elle, ils jouaient tous deux ensemble, à quatre pattes sur le sol, et je regardais avec une joie mêlée de surprise mon enfant rire aux éclats. Jamais, auparavant, il n'avait ri de cette façon. Je bénissais son insouciance et son jeune âge, qui lui permettaient d'ignorer qu'il n'avait plus de père. Et je pleurais silencieusement sur cette image à laquelle je m'étais raccrochée si longtemps : Mathieu qui revenait, à la fin de la guerre, et moi qui allais vers lui en tenant notre enfant par la main.

***

Au mois de mars, mon frère vint en permission. Lorsque je le vis arriver, j'eus du mal à le reconnaître. En plus de l'uniforme qui le changeait et le vieillissait, je décelai immédiatement sur son visage, dans ses yeux, comme une souffrance cachée qui le faisait paraître plus dur et en même temps, d'une façon pathétique, plus vulnérable. Je me jetai dans ses bras, émue jusqu'aux larmes. Paul... Mon petit frère Paul, devenu plus grand que moi, qui m'embrassait en m'irritant la peau de ses joues mal rasées... Il me regarda longuement avec une immense tendresse, qui rappelait notre enfance évanouie et toujours présente :

– Louise... Comme je suis heureux de te revoir !

Près de mes parents, Benoît observait, intrigué, ce soldat qu'il ne connaissait pas et qui avait déposé, en arrivant, un gros sac et un fusil près de la porte. Paul se tourna vers lui, lui tendit les bras :

– Et voilà ton petit garçon ! Viens, Benoît, viens dire bonjour à tonton Paul !

Mon fils hésita puis, poussé par mon père, avança avec une réticence timide. Mon frère lui caressa les cheveux :

– Tu te demandes qui je suis, n'est-ce pas ? Tu vas vite le savoir. Nous avons une semaine pour faire connaissance, tous les deux.

– As-tu vu, Louise, la manche gauche de sa veste ? coupa mon père avec fierté. Je ne mens pas lorsque je dis que notre Paul est un ancien !

Avec curiosité, je regardai. Sur le tissu bleu horizon, entre l'épaule et le coude, étaient cousus quatre chevrons que leur couleur bleu marine faisait ressortir. Paul m'expliqua :

– Ce sont des brisques. Pour chaque période de six mois passée au front, on a le droit d'en avoir une. Pour chaque blessure, on a droit aussi à une brisque supplémentaire, mais celles-là sont cousues sur l'autre manche. Avec la Croix de guerre, c'est tout ce qu'ils ont trouvé pour récompenser les bidasses, les P.C.D.F. comme nous nous appelons entre nous.

Il eut un sourire teinté à la fois d'ironie et d'amertume. Mon ignorance me poussa à demander :

– Qu'est-ce que ça signifie, Paul ?

Il prit volontairement un air supérieur qui m'amusa, pour déclarer du ton d'un maître d'école à un élève particulièrement nul :

– Apprends, chère petite sœur, que le bidasse est un soldat, et que les P.C.D.F., dont je fais partie, sont les « pauvres couillons du front ».

– Paul! reprocha ma mère. Tu ne devrais pas employer des mots pareils ici, d'autant plus que Benoît écoute tout ce que tu dis. Regarde-le.

Mon fils, en effet, fixait son oncle d'un air fasciné. Paul lui sourit avec tendresse, ramassa son sac et son fusil :

– Viens avec moi, lui dit-il. Je vais dans ma chambre installer mes affaires, et je te donnerai quelque chose que j'ai rapporté exprès pour toi.

Benoît, prêt à le suivre, hésita et se tourna vers moi. Je le pris par la main :

– Tout seul, il n'ose pas. Puis-je venir aussi, Paul ?

– Bien sûr! J'ai quelque chose pour toi également. Je savais que tu serais là, et je voulais t'offrir un cadeau pour te dire combien je suis content de te revoir.

Je le suivis avec Benoît. Dans sa chambre, il laissa tomber son fusil et son sac sur le lit, et pendant un court instant je remarquai son air las et découragé. Mais il se secoua, retrouva son enjouement en appelant mon fils :

– Viens voir, Benoît.

Il sortit de son sac plusieurs petits soldats en métal jaune, qu'il aligna sur le dessus de la table de nuit :

– Regarde, ce sont des soldats comme tonton Paul. Tu vois, ils ont un fusil et un casque. Qu'en penses-tu ?

Mon enfant, indécis, observa les petites silhouettes sans répondre.

– Je te montrerai comment jouer avec eux. Tonton Paul s'y connaît, crois-moi. Pour toi, Louise, j'ai ceci. J'espère que ça te plaira.

Il me tendit un collier et une bague, délicatement ciselés. Je les pris avec émotion :

– Merci, Paul.

Quelque chose passa dans ses yeux, comme un regret poignant. D'une voix basse, il dit :

– C'est un gars de ma compagnie qui les a fabriqués. Il a fait ainsi toutes sortes d'objets, à partir de douilles et de fusées d'obus, qu'il revendait ensuite aux permissionnaires.

Des ronds de serviettes, des briquets, des bijoux, des encriers, et les soldats que je viens d'offrir à Benoît. C'était un véritable artiste. Garde précieusement ces bijoux en souvenir de lui, Louise. Il a été tué la veille de mon départ en permission. Je l'aimais bien.

Il avala sa salive comme s'il voulait dissimuler un sanglot. La gorge nouée, je ne trouvais rien à dire. La porte s'ouvrit, nous faisant sursauter. Ma mère entra, tenant un broc d'eau chaude et une pile de vêtements. Je surpris le regard dont elle enveloppa Paul, un regard plein de sollicitude, d'amour et d'inquiétude.

– J'ai pensé que tu aimerais te laver avant de manger, Paul. Je t'ai apporté aussi des vêtements propres. Tu pourras te changer.

Mon frère approuva :

– Ça me fera du bien. Chaque fois que je suis en permission, continua-t-il à mon adresse, je m'empresse de remettre mes vêtements civils. Pendant un peu de temps, j'ai ainsi l'impression d'être comme avant, et j'essaie d'oublier que la guerre existe et que je vais devoir y retourner...

– Eh bien, je te laisse, dis-je. A tout à l'heure, Paul.

J'aidai ma mère à préparer un repas spécial. Par chance, c'était un jour où la boucherie n'était pas fermée, et nous pûmes avoir de la viande. Je courus jusqu'à la ferme la plus proche afin d'acheter du lait et des œufs frais. Avec les légumes du jardin, ma mère fit une soupe, puis une purée qui accompagnerait la viande, tandis que je confectionnais une crème et des meringues avec les œufs. Nous nous activions toutes les deux, mues par une fébrilité joyeuse. Paul était, pour une semaine, revenu parmi nous, et nous voulions le gâter, le dorloter, le servir comme un prince. Ce ne serait qu'une faible compensation au fait que chaque jour, dans les tranchées, il risquait sa vie pour nous.

Le repas se passa dans une ambiance joyeuse. Mon frère, dans ses vêtements civils, était redevenu plus proche du garçon dont je me souvenais. Il fit honneur à tous les plats. Il en reprit deux et même trois fois, encouragé par ma mère, se laissant servir avec satisfaction, réclamant une dernière fois un « rab de rab ». Je m'étonnais de ces expressions dont il émaillait ses propos, que je ne comprenais pas et qui montraient combien il nous était devenu étranger. Lorsqu'il eut fini de manger, après avoir terminé à lui seul toutes les meringues, il allongea les jambes en se massant le ventre :

– Ça fait du bien de faire un repas comme celui-ci ! Vous ne pouvez pas savoir à quel point c'est merveilleux de manger à une vraie table, dans une vraie assiette, assis sur une vraie chaise, et surtout dans le calme, sans avoir peur de recevoir une « marmite ». Et puis, ce soir, je vais dormir dans un vrai lit!

A cette perspective, son visage refléta une joie naïve, émerveillée, qui me rappela l'expression qu'il avait, enfant, lorsqu'il trouvait dans nos chaussures l'orange déposée là par le Père Noël. Une vague de tendresse me parcourut. Ma mère dit :

– Si tu veux, ce soir, je mettrai une brique chaude dans ton lit, comme lorsque tu étais petit.

Paul haussa les épaules en riant :

– Ce n'est pas la peine, mère. Il ne fait plus assez froid. C'est ce qu'il nous aurait fallu cet hiver, quand il a gelé à pierre fendre. Si vous nous aviez vus, alors! Nous ressemblions tous à d'énormes bonshommes ridicules, avec des cache-nez et des passe-montagnes sur lesquels *berloquait* * notre casque! Sous nos vêtements de laine, nous placions plusieurs épaisseurs de journaux. C'est un isolant remarquable, croyez-moi. Et nous entortillions autour de nos pieds des masses de chiffons, que nous appelions « chaussettes russes » et qui nous donnaient une démarche de canards.

Je proposai spontanément :

– Veux-tu que je te porte un bol de lait chaud, ce soir, avant que tu t'endormes? Je le faisais lorsque tu étais malade. Te souviens-tu?

Mon frère eut un sourire béat, fit un signe de tête affirmatif, regarda mon père comme pour le prendre à témoin :

– Cette fois, avec deux femmes à la maison, je vais être doublement chouchouté! Surtout si tous les repas ressemblent à celui-ci! Tant mieux. Ça me changera agréablement de la soupe qu'on nous sert là-bas. Elle nous arrive de la « roulante » toujours froide, et si vous voyiez à quoi elle ressemble! Certains jours, il y a dedans de la « barbaque » et des pâtes qui en font une espèce de caoutchouc. D'autres fois, il y nage des fayots mal cuits et des patates à moitié épluchées, et ça ressemble à un rata liquide recouvert de graisse figée. Et je ne parle pas des boîtes de singe, et des biscuits carrés aussi durs qu'une brique. On s'y casserait les dents! Heureusement qu'il y a le pinard et la gnôle! Ça nous réchauffe et ça nous tient au cœur, surtout quand il fait froid.

Ma mère, qui débarrassait la table, remarqua :

– Nous enverrons des colis plus souvent. Il faut le dire, Paul, demander ce dont tu as besoin.

* Bringuebalait, tanguait.

Mon frère approuva vigoureusement de la tête :

– Ce qu'il me faut d'urgence, et que je vais remporter cette fois-ci, c'est de l'anti-totos. Ces sales bêtes vont nous faire devenir fous ! Lorsqu'on retourne au repos, on passe des heures à s'en débarrasser. Le reste du temps, on se gratte jusqu'au sang. On leur fait la chasse, on les attrape, on les compare. C'est à celui qui aura le plus gros. Ceux qui ont la croix de fer sur le dos, on les baptise Guillaume. Si on tuait autant de Boches que de poux, la guerre serait finie depuis longtemps ! C'est comme pour les rats. Ils viennent grignoter notre nourriture, qu'il faut accrocher à des fils de fer. Au début, nous placions nos provisions sur des planches assez élevées, mais ils parvenaient quand même à les atteindre. Il faut croire que ce sont de véritables acrobates ! Et ils n'ont pas peur. Ils viennent sur nous, la nuit, et bien souvent je suis réveillé par leurs pattes qui courent sur mon visage.

Ma mère poussa un cri et frissonna :

– Mon Dieu, Paul ! Quelle horreur !

– Bah, on s'y habitue. On finit par ne plus y faire attention. Mais comprenez-vous pourquoi je trouve merveilleux de dormir dans un lit, sans avoir tous ces inconvénients ?

Ma mère acquiesça, les larmes aux yeux. Quant à moi, je ne disais rien, mais je devinais, derrière les propos de mon frère, qui se voulaient enjoués, une réalité beaucoup plus dramatique dont il ne parlait pas.

Cette impression se confirma le lendemain et les jours suivants. Pourtant, Paul paraissait parfaitement heureux de se retrouver chez nous. Il répétait sa satisfaction de bien manger et de bien dormir, il sifflait joyeusement des chansons qui, disait-il, formaient le répertoire des P.C.D.F. : *L'Ami Bidasse*, *Auprès de ma blonde*, et surtout *La Madelon*, qu'il voulut absolument apprendre à Benoît. Il avait fait la conquête de mon fils, qui le suivait partout. Et je pensais, en constatant combien mon petit garçon s'était rapidement attaché à son oncle, que la présence d'un père lui faisait cruellement défaut.

Mais je voyais bien que la gaieté qu'affichait Paul ressemblait à un entrain forcé. Je décelais une fêlure dans son sourire, une amertume cachée au fond de ses yeux. Nous avions été si proches, dans notre enfance, que j'étais certaine de ne pas me tromper.

Il m'accompagna dans les longues promenades que je faisais avec Benoît. Sa première visite fut pour la ferme où il avait travaillé avant de partir à la guerre. Il alla voir les animaux, se rendit dans l'écurie où Utile, le cheval, le reconnut et hennit de joie. Il le caressa longuement en lui parlant tout bas, tandis que le doux animal soufflait par les naseaux en frottant sa tête contre lui. En sortant de l'écurie, il avait les larmes aux yeux. Il m'avoua :

– Tu vois, Louise, ce que je supporte le moins de la guerre, c'est sa cruauté envers les chevaux. C'est un véritable massacre des innocents. Ce sont eux qui tirent les charrettes de munitions, et de ce fait ils représentent une cible de choix. Ils sont tués, ou blessés, et dans ce cas ils se débattent sans comprendre, fous de terreur. Il faut les achever, c'est la seule solution. Même moi, qui sais soigner les animaux, je ne peux rien pour eux. La guerre est encore plus injuste avec eux qu'avec nous. Tiens, un exemple : lors d'une attaque de gaz, nous, nous pouvons nous protéger avec nos masques. Mais les chevaux n'en ont pas, et ils reçoivent tout. Ils ont les naseaux et les yeux brûlés, ils deviennent aveugles, ils meurent asphyxiés. Je ne peux pas supporter la façon dont ils hennissent pour appeler à l'aide.

Il serrait les poings avec impuissance, presque avec désespoir. Je voyais son visage à nu, débarrassé du masque de gaieté factice qu'il y appliquait depuis son arrivée. Très doucement, je dis :

– Mère te répondrait que les pauvres soldats qu'elle va voir chaque jour à l'hôpital sont eux aussi blessés, brûlés ou aveugles. Et qu'un homme est plus important qu'un cheval. Je suis d'accord avec elle, Paul. Pour nous, c'est toi le plus précieux, c'est ta vie qui nous importe.

– Oui, bien sûr.

Il se tourna vers moi, reprit avec vivacité :

– Mais ça n'empêche pas que je trouve ça intolérable. Nous avons des chiens, aussi, mais ils sont moins nombreux.

– Des chiens ? questionnai-je, étonnée.

– Oui, des chiens dressés spécialement pour les besoins de la guerre. Il y en a plusieurs sortes. Les chiens de liaison, qui portent les messages et qui passent avec rapidité n'importe où. Les chiens-guetteurs, qui montent la garde à côté de la sentinelle ; ils savent qu'ils ne doivent pas aboyer et ils la préviennent en mordillant le bas de son pantalon dès qu'ils décèlent le moindre bruit, que leur oreille entend mieux et plus vite. Et aussi les chiens porteurs, destinés au transport des pansements. Tous sont très utiles, mais eux aussi, parfois, sont victimes des obus. De pauvres victimes innocentes.

Tout en marchant, nous étions arrivés dans la campagne.

Autour de nous, les champs s'étendaient, à perte de vue. Quelques bosquets, de-ci, de-là, mettaient une touche d'un vert fragile, annonçant la venue du printemps. Un vent frais soufflait, apportant une odeur de terre et de pluie mêlées. Paul respira profondément :

– Comme ça fait du bien ! C'est presque un autre monde. Lorsque je regarde autour de moi et que je vois les champs, je m'étonne de les voir intacts, sans trous d'obus, et surtout sans cadavres...

Il baissa la tête avec une expression qui me déchira le cœur. Je compris que j'avais raison : sa gaieté de commande ne servait qu'à cacher une situation tragique que je commençais seulement à entrevoir.

Benoît, qui était fatigué de marcher, tendit une main vers son oncle :

– Tonton Paul.. Me porter ?

Le visage de mon frère se dérida un peu. Il sourit, se pencha, saisit son neveu qu'il installa sur ses épaules, et reprit le chemin du village d'un pas cadencé en disant :

– Allez, chante avec moi. *Quand Madelon vient nous servir à boire...*

La voix enfantine de Benoît se mêla à la sienne. Tout en chantant, ils traversèrent le village, et je m'essoufflais à leurs côtés. Les gens que nous croisions hochaient la tête et souriaient. L'un d'eux, de temps à autre, saluait Paul :

– Ah, voici notre poilu ! Heureux de te voir en pleine forme, mon gars !

Paul répondait d'un signe de tête sans interrompre son refrain et doublait le pas. Peu avant notre maison, il ralentit :

– Je préfère ne pas leur parler, Louise. Tans pis s'ils me trouvent impoli. C'est que leurs réflexions me font mal, parfois. Ils me disent des choses comme : « Alors, elle va finir quand, cette guerre ? Vous n'êtes pas capables d'écraser les Boches une bonne fois pour toutes ? » Ou bien : « Tu n'as rien ? Tu n'as pas été blessé ? Comme c'est bien ! Il y a d'autres garçons, dans le village, qui n'ont pas eu ta chance ! » Ils ne comprennent pas, Louise. Ils ne savent pas ce qu'on endure, nous, là-bas.

Je voulus l'interroger. Peut-être cela lui ferait-il du bien d'en parler, de libérer un peu ce trop-plein de souffrances que je soupçonnais. Mais nous arrivions chez nous, et sur le seuil ma mère nous souriait.

Benoît lui tendit les bras. Elle le prit en constatant avec satisfaction :

– Ça fait plaisir de voir ses bonnes joues rouges ! Si tu l'avais vu, Paul, lorsqu'il est revenu ! Pâle, triste, maladif...

J'approuvai en hochant la tête :

– Il était temps, c'est vrai. C'est sa santé qui m'a obligée à demander mon rapatriement. Je ne voulais pas, après Mathieu, perdre mon petit garçon.

Mon frère me fixa d'un regard profond, empli de compréhension. Puis il détourna la tête et je l'entendis murmurer, entre ses dents :

– Saleté de guerre... Elle n'épargne personne.

Progressivement, au cours de nos promenades, il laissait entrevoir un coin de vérité. Devant nos parents, devant notre mère surtout, il cachait sa tristesse, s'efforçait de paraître satisfait. Mais avec moi, petit à petit, il se confiait :

– On en a tous marre de cette guerre, Louise. Qui peut dire à quoi elle sert ? On a l'impression qu'on se bat pour rien, par lassitude, par résignation. Jusqu'à quand ? Jusqu'à ce qu'on soit tous tués ?...

– Paul, ne dis pas ça ! Elle va bien finir un jour, non ? Les Allemands vont être obligés de capituler. Le blocus décidé par les Alliés a réduit leur pays à la famine. Ça ne va pas pouvoir durer comme ça éternellement.

– Je le sais bien. Les soldats allemands aussi en ont marre. Ils nous l'ont dit eux-mêmes, l'hiver dernier. Il avait gelé jusqu'à moins 20°. Nos armes étaient hors service, notre artillerie également. Du côté des Boches, c'était pareil. Nous en avons profité pour aller rechercher nos morts tombés entre les lignes. Eux, ils faisaient la même chose. Nous nous sommes rencontrés, nous avons parlé, c'est tout juste si nous n'avons pas fraternisé. Ils endurent les mêmes souffrances que nous, Louise, sans comprendre davantage. C'est peut-être pire pour eux, parce que nous, nous attendons notre permission avec impatience, comme une récompense, quelque chose d'heureux. Tandis qu'eux, ils l'appréhendent. Chaque fois qu'ils retournent chez eux, c'est pour voir leur famille manquer de tout et mourir de faim.

– C'est vrai, dis-je. Le soldat qui a logé chez nous quelque temps, à Tourcoing, nous disait la même chose.

– Alors, en discutant avec eux, nous nous sommes rendu compte que nous étions tous des victimes, eux et nous, des pions qu'on envoie au « casse-pipes », et pourquoi ? Cette guerre est absurde, Louise. La preuve, c'est que pendant ces quelques jours on était presque devenus des copains, et dès que nos armes ont pu servir à nouveau, nous avons recommencé à nous entre-tuer.

Sa voix était amère, pleine de révolte. Son visage avait

l'expression lasse et découragée que j'avais remarquée, le premier jour, dans sa chambre. C'était une expression qui démentait la jeunesse de ses traits et le faisait ressembler à un homme ayant perdu toutes ses illusions, tous ses espoirs.

– Il y a eu de nombreuses attaques inutiles, qui ont fait des centaines et des centaines de tués. Au Chemin des Dames, l'année dernière, en avril, une offensive meurtrière a été déclenchée, et les gars se sont fait tuer pour rien. Alors, on en a eu marre. Ça a été la goutte d'eau qui a fait déborder le vase. Ce sont toujours les mêmes qu'on envoie se faire massacrer, pendant que les embusqués, à l'arrière, se la coulent douce. C'était trop, Louise. Nous nous sommes révoltés, nous avons refusé de monter à l'attaque. Nous avons dit à notre officier : « Si on y va, la moitié d'entre nous y restera, et on n'aura pas avancé pour autant. » On en avait assez d'être les dindons de la farce. Si je te disais que certains allaient jusqu'à se tirer une balle à bout portant dans la main, me croiras-tu ?

– C'est affreux! Se mutiler volontairement... Il fallait vraiment qu'ils soient à bout de résistance...

– Ils ont vite été repérés, et se sont retrouvés devant un conseil de guerre. Pétain, pour mater la révolte, a ordonné d'arrêter les meneurs, qui seraient fusillés. Mais il n'y avait pas de meneurs, nous nous étions tous mis d'accord. Alors ceux qui ont été arrêtés, un sur cinquante environ, ont été pris au hasard. Dans ma compagnie, il y en a un qui a été choisi. Pourquoi lui ? Il n'avait rien fait de plus que les autres. Ça aurait pu aussi bien être moi.

– Et... il a été fusillé ?

– Il est passé devant le conseil de guerre et a été condamné à cinq ans de prison. Sais-tu que nous l'avons envié ? Nous avons pensé :« Par rapport à nous, il a de la chance; au moins, lui, il s'en tirera. La prison, c'est le seul moyen d'en sortir vivant. » On en arrive, Louise, à chaque attaque, à espérer une blessure, pas trop grave, mais suffisamment importante pour se retrouver un bon bout de temps à l'hôpital. Avec un peu de chance, avant que l'on soit guéri, la guerre pourrait se terminer, ou bien on serait déclaré inapte et on ne retournerait pas au front...

– Mon pauvre frère, dis-je avec une compassion sincère. Jamais je ne me serais doutée...

Il tourna vers moi des yeux pleins de hantise :

– Tu ne peux pas te douter, Louise. Moi-même, avant d'y aller, je ne savais pas non plus. Chaque fois que nous sommes en ligne, nous n'espérons qu'une chose : la relève, qui nous enverra à l'arrière pour quelques jours de repos. Et par-dessus tout, ce qui nous rattache encore à la vie, ce sont les permissions. Mais elles se terminent trop vite...

Au fur et à mesure que les jours passaient et que son départ approchait, je le voyais devenir plus sombre. L'entrain qu'il affectait depuis le début diminuait progressivement. La perspective de retourner au « casse-pipes », comme il disait, parvenait à gâcher ses derniers instants parmi nous.

La veille de son départ, il se promena longuement dans la campagne et alla faire ses adieux à Utile, le cheval qu'il aimait. Ma mère confectionna un bon repas, prépara un pâté et des gâteaux afin que Paul les emportât le lendemain. La séparation imminente nous rendait tous tristes. Benoît, comme s'il la pressentait, ne quittait pas son oncle, lui apportait ses soldats et sa souris mécanique pour jouer avec lui. Il refusa d'aller se coucher, le soir, se mit à pleurer, et ne se calma que lorsque Paul m'accompagna jusqu'à son lit. Et là, il réclama la présence de son oncle jusqu'à ce qu'il fût endormi. Paul contempla avec attendrissement son petit visage aux yeux clos.

– Comme il est beau, murmura-t-il. Et dire que...

Il ne termina pas. Il se détourna, sortit de la chambre. Dans la cuisine, ma mère finissait la vaisselle, mon père fumait sa pipe près du feu. A notre entrée, d'un même mouvement leurs regards se portèrent vers mon frère. Ils avaient la même expression, à la fois tendre et déchirée.

Le lendemain matin, je me levai tôt. Avec ma mère, j'enveloppai les provisions préparées pour Paul. Elle s'efforçait de se montrer courageuse, mais sur son visage le chagrin tremblait. Lorsque tout fut prêt, j'allai voir si Benoît n'était pas réveillé. Il dormait encore, une joue posée sur son poing refermé, et je sortis sans faire de bruit. Dans sa chambre, mon frère préparait son sac, son « barda » comme il l'appelait, qu'il avait baptisé « Azor ». J'eus envie de lui demander s'il avait besoin d'aide, et, avant son départ, d'être encore un peu avec lui. Je m'arrêtai devant sa porte et frappai.

Il n'y eut pas de réponse. Je crus qu'il n'était plus là et entrebâillai la porte afin de vérifier. Le barda était posé sur le sol, le fusil à côté de lui. En tenue militaire, Paul était assis sur son lit. Il ne m'avait pas entendue. Penché en avant, les coudes sur les genoux et la tête dans les mains, il ne bougeait pas.

Je m'approchai sans qu'il réagît davantage. Timidement, j'appelai :

– Paul...

Il écarta les mains, me regarda sans me voir, avec des yeux étranges, absents.

– Paul, demandai-je, inquiète, ça va?

Il secoua la tête comme s'il s'ébrouait, se passa la main dans les cheveux.

– Ça y est, dit-il avec effort, tout est prêt.

– Tu as laissé un peu de place dans ton sac? Tu as tes provisions à prendre, ne l'oublie pas.

– Oui, je sais. Les copains vont me sauter dessus quand ils vont voir toutes ces bonnes choses. C'est ce que nous faisons toujours dès que l'un d'entre nous revient de permission.

Il eut un semblant de sourire :

– C'est ça aussi qui nous aide à tenir, Louise. La camaraderie, la solidarité. Tous logés à la même enseigne, tous pareils. On partage tout, on se soutient mutuellement.

Je m'assis près de lui, fixant les chevrons sur sa manche :

– Tu n'es plus le même dans cette tenue. Tu m'impressionnes. Tu es un soldat, un grand, un héros.

Il baissa la tête :

– Ne prononce pas ce mot, Louise. As-tu vu un héros qui a peur? Un héros qui est malade à l'idée de retrouver le froid, la pluie, la boue, les rats et les poux? Si tu l'avais vu, ton pauvre héros, cet hiver... Le vin gelait dans les bidons. Quant au pain, il était dur comme une pierre. Impossible de le couper. Il fallait le fendre à la hache, et ensuite, pour l'amollir, on devait s'asseoir dessus, ou bien le chauffer contre la peau, contre notre ventre. Le pire, c'était les nuits. On avait tellement froid, Louise, c'était tellement insupportable que par moments on pleurait comme des gosses. Il y en a qui n'ont pas résisté et qui sont morts.

– Maintenant, dis-je la gorge serrée, ça ira mieux. L'hiver est terminé. Le printemps est là, et bientôt ce sera l'été.

– Non, ce n'est pas mieux. En ce moment, il y a la boue, et on s'y enfonce jusqu'aux genoux. Et la pluie! Elle trempe la capote, pénètre nos vêtements jusqu'aux os. Elle tombe parfois des jours entiers, elle cause des inondations. On se retrouve avec de l'eau jusqu'au ventre. Et en été, quand le soleil tape dur, on crève de chaleur. Les mouches nous envahissent et nous attaquent pendant le jour, remplacées la nuit par les moustiques. Il y a aussi l'odeur des cadavres qui se décomposent qui arrive jusqu'à nous...

Devant cet enfer qu'il exposait froidement, je sentais un lent frisson glacer tout mon corps. Malheureuse, le cœur gonflé de pitié et de tendresse, je posai une main sur la sienne.

– La dernière fois que je suis allé en corvée de ravitaillement, j'ai bien cru que je n'en reviendrais pas. Il y avait d'abord la boue, dans laquelle nous glissions avec notre chargement. Nous tenions à deux mains les bouteillons remplis de soupe, et en bandoulière, d'un côté une douzaine de bidons de vin, de l'autre autant de musettes bourrées de pain. Un de mes compagnons est tombé de tout son long. Il a fallu tout ramasser dans la boue, parmi les cadavres. Oh, Louise, ces cadavres... Ils sont tout noirs, tout gonflés, et les rats les dévorent... On ne mérite pas de mourir ainsi, c'est trop injuste. Cette fois-là, nous sommes revenus sous une pluie d'obus. L'un d'eux est tombé si près de moi que je me suis retrouvé à quelques mètres, soufflé comme un fétu de paille. Mais j'étais indemne... La prochaine fois, j'aurai moins de chance.

Il tourna vers moi un regard où je lus de la peur :

– Louise, je ne veux pas devenir un de ces corps noirs et gonflés dévorés par les rats... J'en ai rêvé cette nuit, c'était affreux. Une fois, j'ai vu un soldat mort qui avait eu les yeux, le nez, les lèvres mangés de cette façon, et quand je suis passé près de lui, un rat est sorti de la bouche grande ouverte et s'est enfui... Oh, Louise, je ne veux pas finir comme ça !

Il serra les poings, baissa la tête en ravalant un sanglot. Je levai une main jusqu'à ses cheveux, les caressai doucement, me rappelant les nombreuses fois où, dans notre enfance, je l'avais consolé. Mais, cette fois-ci, je ne pouvais rien faire. Je retrouvais la même impuissance, la même révolte, que celles qui m'avaient envahie à la mort de notre Tobi, plus intenses encore, plus désespérées. Paul resta ainsi un long moment, dans une attitude d'abattement total, et ce chagrin silencieux était pire qu'une explosion de cris.

Puis, avec effort, il releva la tête et me regarda. Ses yeux étaient pleins de larmes.

– Pardonne-moi, Louise, murmura-t-il, et oublie tout ça. Je ne sais pas ce qui m'a pris. Un instant de faiblesse, certainement. Mais je ne dois pas pleurer. Un poilu ne pleure pas, n'est-ce-pas ? Ne le répète pas à mère. – Il hésita un instant puis termina d'une voix plus basse : – Vois-tu, ce qui me fait peur pour elle, c'est que j'ai l'impression que je ne reviendrai pas.

– Paul !

J'avais crié, dans un refus instinctif de tout mon être. Il me fixa avec une expression fataliste et douloureuse.

– Parmi mes compagnons, il y en avait un que j'aimais bien, il était devenu mon ami. Une fois, avant de partir à l'attaque, il m'a dit : « Je sens que je vais y rester. Prends mes papiers, mon portefeuille, mes souvenirs. Tu enverras le tout à ma femme en lui disant que jusqu'au bout, j'ai pensé à elle et à notre enfant ». J'ai essayé de le raisonner, je refusais de le croire. Finalement, il a tellement insisté que j'ai accepté pour lui faire plaisir. Il a été tué presque tout de suite, dans les premiers.

– Oh, Paul! Pourquoi ne serait-ce pas une coïncidence?

– Ce n'en est pas une, Louise. Il y a eu d'autres cas, et à chaque fois cette sorte de prémonition s'est révélée vraie. Et pour moi, cette fois-ci, elle est là, plus forte encore depuis ce matin. Elle me dit que, lorsque je m'en irai tout à l'heure, je ne reviendrai pas.

Je m'agitai, refusant de me laisser convaincre, repoussant la panique qui s'insinuait en moi :

– Ne l'écoute pas. Lutte contre elle. Elle est peut-être fausse.

– Je ne crois pas, dit-il avec une certitude qui me fit froid dans le dos.

Il fit quelques pas, se baissa pour prendre son fusil et son sac :

– Ça me fait de la peine pour vous tous, pour mère surtout. Elle pleurera, je le sais bien. Pour moi, ça ne me surprend pas. Voilà deux ans que je suis au front, et beaucoup de ceux qui étaient autour de moi ont été tués. Je vois la mort en face si souvent que je finis par m'étonner d'être encore en vie.

Il redressa les épaules, sortit dans le couloir. Je le suivis, incapable de parler. Benoît, qui était réveillé, m'entendit et m'appela. J'allai dans ma chambre, me penchai sur mon petit garçon. Il me tendit les bras :

– Tonton Paul?... demanda-t-il aussitôt.

Je le soulevai, l'embrassai :

– Viens, allons dans la cuisine. Tonton Paul est là, mais il va s'en aller aujourd'hui. Nous allons lui dire au revoir.

Dans la cuisine, Paul mangeait de grandes tartines qu'il trempait dans un bol de lait. Ma mère lui beurrait son pain, comme pour un enfant, et le regardait avec, sur le visage, l'expression déchirée de la veille. Quant à Paul, il semblait avoir retrouvé son calme et son assurance. Mais je n'étais pas dupe; je savais ce qu'il dissimulait au fond de lui.

Mon père, qui devait aller prendre son service de cantonnier, serra Paul contre lui en une étreinte virile, avec une tristesse mêlée de fierté :

– Au revoir, mon fils, dit-il d'un ton ému. Plût à Dieu que, pour ta prochaine permission, la guerre soit terminée...

Il sortit très vite. Mon frère boucla son « barda », prit encore le temps de jouer avec Benoît, à qui il montra son « couteau suisse », spécialement adapté aux besoins des poilus. En plus de la lame ordinaire, il comprenait un ouvre-boîte, une alène, un tire-bouchon et une petite scie. Mon fils regardait avec attention, écoutait les explications de son oncle vers lequel il levait des regards emplis d'admiration. Ils firent rouler une dernière fois la souris mécanique, et le visage de mon frère s'éclaira un peu en entendant le rire de l'enfant.

Puis ce fut l'heure du départ. Avec ma mère et Benoît qui ne voulait pas quitter son oncle, j'allai conduire Paul à la gare. Au cours du trajet, les gens que nous croisions s'adressaient à Paul :

– Alors, ça y est ? On repart ?

– Bon courage, *min fieu* !

– Cette fois-ci, ça sera la bonne ? Vous allez les écraser, les Boches ?

– A la prochaine, *min garchon* !

Paul répondait à peine, leur adressait un sourire de commande. A la gare, sur le quai, alors que nous attendions le train, il se tourna vers nous, les traits tirés par une intense émotion. Ma mère le prit aux épaules :

– Mon petit... murmura-t-elle. Prends bien soin de toi. Reviens-nous sain et sauf.

Il l'étreignit avec force, longuement, enfouissant son visage dans ses cheveux. Je vis qu'il s'efforçait de refouler ses larmes. Je soulevai mon enfant et m'approchai de lui. Il nous enveloppa tous deux de ses bras :

– Adieu, Louise, chuchota-t-il à mon oreille. Et toi, Benoît, pense souvent à ton tonton Paul, ne l'oublie pas.

Il prit mon enfant, qui s'accrocha à lui. Je dissimulais du mieux que je pouvais mon envie de pleurer. Le train qui arrivait nous obligea à nous séparer.

Paul me rendit mon fils, ramassa son sac, son fusil, et se dirigea vers le train. Benoît se mit à pleurer. Comme lui, j'eus envie de tendre les bras vers le soldat qui s'en allait, de crier, de le rappeler, de laisser libre cours à mon chagrin. Ma mère, les joues baignées de larmes, essayait néanmoins de sourire à son fils qui, par la portière, se penchait vers elle.

Cette scène éveilla dans ma mémoire l'image d'un autre départ, au début de la guerre, lorsque j'avais accompagné Mathieu. Le train, alors, était rempli de jeunes gens enthousiastes, qui chantaient et affirmaient que la guerre ne durerait que quelques semaines. Cette fois-ci, combien c'était différent ! Ceux qui partaient savaient maintenant vers quoi ils allaient, et plus personne n'osait faire de prédictions quant à la durée de la guerre.

Lorsque le train s'ébranla, mon frère agita le bras à la portière, longtemps, le visage tourné vers nous. Je le regardai partir avec désespoir, tandis que dans mes oreilles l'écho de sa voix me répétait : « Adieu, Louise. Je ne reviendrai pas. »

CHAPITRE IX

De nombreux avions survolaient notre village, lâchaient des bombes sur les villes voisines, Saint-Pol, Bruay, Houdain. Le bruit des explosions arrivait jusqu'à nous, réveillant chez mon enfant une terreur oubliée, le faisant pleurer d'effroi. Les sirènes, de plus en plus souvent, sonnaient l'alerte pour les gaz asphyxiants, et, à défaut de mettre mon masque, je m'enfermais avec Benoît dans la chambre, porte et fenêtre hermétiquement closes jusqu'à la fin de l'alerte.

Nous recevions régulièrement des nouvelles de mon frère. Nous lui répondions, et je lui parlais de mon petit garçon qui le réclamait sans cesse, de la campagne de nouveau verdoyante où les alouettes chantaient, du retour des hirondelles, des champs où les pousses vertes du blé croissaient sous le soleil. Lui, il nous racontait les arbres déchiquetés, la terre bouleversée de trous d'obus et jonchée de cadavres, les fumées et les gaz asphyxiants qui cachaient la couleur du ciel. Mon père fulminait, à la fois furieux et malheureux :

– L'usage de ces gaz asphyxiants a été interdit par la Convention de La Haye, et les Allemands s'en servent malgré tout. Nc pcut-on pas les en empêcher ?

– C'est comme le fait d'utiliser des civils, disais-je tristement. Ça aussi, c'est contraire aux conventions de la guerre. Et pourtant, ils ne se sont pas gênés pour le faire, quand ils ont emmené ma belle-sœur, ainsi que d'autres jeunes gens et jeunes filles, pour les faire travailler. Certains se sont retrouvés au front, pour ravitailler les soldats allemands, enterrer leurs morts et consolider leurs tranchées.

– S'ils emploient des moyens aussi déloyaux, grommelait mon père, ils vont finir par la gagner, cette guerre...

Ma mère ne disait rien, mais je devinais ses pensées. Que

cette guerre fût gagnée ou perdue, l'essentiel était que son fils revînt vivant. Je la comprenais. J'avais souhaité la même chose, moi aussi, concernant Mathieu.

Nous étions soucieux. Les nouvelles qui nous parvenaient parlaient d'une offensive ennemie. On disait que les Allemands progressaient de dix kilomètres par jour, qu'ils avaient pris Soissons, Château-Thierry, qu'ils avançaient vers Paris. Sur la Marne, en Picardie et sur le front belge, de nombreuses batailles avaient lieu, et les pertes étaient élevées de part et d'autre. Je voyais, sur le front de ma mère, un pli d'inquiétude se faire plus profond de jour en jour.

A la ferme où j'allais chercher le lait, je trouvai un matin Julie, la fermière, en larmes. Elle venait d'apprendre que son fils, son Pierrot comme elle l'appelait, avait été blessé.

– Il n'a même pas encore vingt ans, Louise. Ils me l'ont pris l'année dernière. Ils l'ont envoyé dans les tranchées, et pour quel résultat ? Un beau gars comme lui ! Il a été blessé au ventre et à la jambe gauche. On ne sait pas s'il s'en tirera. Et s'il s'en tire, peut-être restera-t-il estropié toute sa vie... Quel malheur, ah, quel malheur !

Elle s'essuya les yeux, renifla misérablement :

– Ils vont tous nous les prendre, les uns après les autres. Le mien, il avait seize ans au début de la guerre. Pas un seul instant je n'ai pensé qu'il pourrait partir. Regardez où on en est maintenant. Tous nos jeunes gens s'en vont, et combien ont déjà été tués ? Ma cousine Émilie a perdu ses deux garçons. Son aîné est mort l'an dernier, à l'hôpital, des suites de ses blessures, et son second a été tué il y a trois semaines, près de Cassel, pendant un assaut. La pauvre, il ne lui reste plus de larmes pour pleurer. Elle dit qu'elle n'a plus qu'à se laisser mourir. Sa ferme, c'était pour eux, vous comprenez ? A quoi bon travailler si après nous il n'y a plus personne ? S'ils continuent à envoyer tous nos garçons se faire tuer, il ne va plus en rester un seul, et qu'est-ce qu'on va devenir ?

Elle se remit à sangloter. Il était vrai que, petit à petit, le village se vidait de ses jeunes gens. Nous voyions passer le maire, lorsqu'il recevait l'avis lui annonçant que l'un des nôtres était « tombé au champ d'honneur ». La tête basse et l'air malheureux, il s'en allait prévenir les pauvres parents. Lorsqu'il m'arrivait de les rencontrer, ensuite, je constatais avec pitié leur regard éteint, que la vie et l'espoir avaient déserté. Celui des mères surtout faisait mal : il criait qu'on leur avait pris leur petit et que, blessées à mort, elles ne s'en remettraient pas.

⁂

Ce que m'avait confié Paul avant de partir avait laissé dans un coin de mon esprit une appréhension dont je ne parlais à personne. J'essayais de ne pas y penser. Lorsque ses lettres annonçaient qu'il descendait au repos dans un village de l'arrière, je me rassurais. Je savais que, pendant ce temps, il serait moins exposé. Mais, dans sa dernière lettre, il disait qu'il allait faire partie de la prochaine relève et monter de nouveau aux tranchées. Nous étions de plus en plus inquiets. Nous avions appris que Foch avait décidé de lancer une offensive sur six fronts à la fois. Les nouvelles qui nous parvenaient étaient bonnes : les Allemands reculaient, les troupes britanniques et françaises avaient donné l'assaut en Picardie et repris plusieurs villes, Montdidier, Bapaume, Péronne, Noyon. Mais cela sous-entendait de nombreuses batailles, et par là même des morts et des blessés en grand nombre. Paul échapperait-il à cette hécatombe ?

En juillet, il aurait dû, normalement, avoir droit à une nouvelle permission. Mais cette offensive, justement, avait suspendu les permissions. Les familles qui, comme nous, avaient un des leurs au front ne vivaient plus. Une véritable angoisse nous prenait lorsque nous voyions le maire s'avancer dans les rues, se diriger vers notre maison, et un veule soulagement la remplaçait lorsqu'il passait son chemin. Ce n'était pas pour nous cette fois-ci... alors, pour qui ? Et la prochaine fois ?... Cette crainte continuelle nous minait lentement.

Une nuit du mois d'août, je rêvai que Paul parcourait toutes les pièces de la maison, accompagné de notre grand-père Frédéric. Ils allaient partout, puis ils venaient dans ma chambre et, immobiles au bout de mon lit, ils me regardaient. Paul, en tenue de soldat, tenait son casque sous le bras. Il me fixait avec intensité, et il me disait : « Adieu, Louise, adieu. »

Je m'éveillai brutalement, le cœur battant. J'avais encore dans les oreilles le son de sa voix, comme s'il venait de prononcer ces mots juste à côté de moi. Je demeurai longtemps troublée, mal à l'aise, cherchant la signification de ce rêve. Venait-il me confirmer ce que m'avait dit Paul, avant de partir ? Une oppression pénible, désagréable, me donnait envie de pleurer et persista au cours des jours suivants.

Je ne fus pas surprise lorsque nous reçûmes une lettre portant le cachet d'un hôpital militaire, dont l'écriture n'était pas celle de Paul. J'étais seule avec ma mère à la maison, et nous nous sommes regardées, la même hantise au fond des yeux. Les mains tremblantes, j'ai décacheté l'enveloppe, déplié la lettre, et j'ai lu.

C'était un compagnon de Paul qui écrivait. Il donnait son nom, expliquait que mon frère s'était plusieurs fois confié à lui. « Il m'avait fait promettre de vous prévenir s'il lui arrivait quelque chose. Il s'était mis cette idée-là dans la tête, on aurait dit qu'il le sentait. Comme j'ai promis, je vous écris afin de vous donner les détails. C'était lors de la dernière corvée de ravitaillement. Nous avons dû courir sous les obus. Au moment où nous sommes passés près du poste-secours de la division, nous avons dû nous mettre à l'abri. Plus loin, vers l'arrière, un chariot de munitions avait été particulièrement visé. Un des chevaux était mort, l'autre s'agitait dans les brancards pour se libérer. Il hennissait pour appeler à l'aide. Paul l'a regardé, et il a dit : " Pauvre bête ! Il va finir par se blesser. Je ne peux pas supporter ça sans rien faire. " Avant que j'aie pu le retenir, il était parti. Je l'ai vu courir, arriver jusqu'au cheval, le caresser pour le calmer, tenter de le libérer. Alors qu'il venait d'y parvenir, une énorme marmite leur est tombée dessus, les tuant tous les deux d'un seul coup. Je peux vous dire, si ça peut vous consoler un peu, qu'il n'a pas souffert. Moi-même, j'ai été blessé peu de temps après, et dès que j'ai pu j'ai pensé à vous écrire. C'est ce qu'il voulait. Je l'aimais bien, c'était un gars courageux et bon. Acceptez mes sincères condoléances. »

Je pleurais à chaudes larmes. Paul et son amour des animaux... Ainsi, il était mort parce qu'il n'avait pas pu supporter la souffrance de l'un d'eux... Il m'avait dit qu'il ne reviendrait pas, il le savait. Je revoyais le bébé dont j'avais guidé les premiers pas, le petit garçon avec qui je courais chaque soir le long de la voie ferrée, à la rencontre de notre père...

Ma mère poussa un cri inhumain, atroce. Elle se plia en deux, se comprimant la poitrine de ses mains comme pour retenir une douleur intolérable. Puis, sans un mot, elle bascula vers l'avant et tomba sans connaissance sur le sol.

Affolée, j'essayai de la relever sans y parvenir. Par la fenêtre, je voyais Benoît qui jouait dans le jardin. Sans éveiller son attention, je courus chercher Adèle, notre voisine. En chemin, je lui racontai tout. Elle devint livide, porta la main à son cœur. Elle aussi, elle aimait bien Paul. Elle n'avait jamais oublié qu'il avait sauvé son chat, peu de temps après notre arrivée dans le village. Tout le monde l'aimait, pensai-je. A quoi servait cet immense holocauste, qui menait mon frère et des milliers d'autres jeunes gens à l'abattoir, et qui brisait le cœur des mères?...

Avec Adèle, je soulevai ma mère, la portai jusqu'à son lit. Je voulus lui tamponner les joues à l'eau fraîche, mais Adèle m'arrêta :

– Laissez-la, la pauvre. Tant qu'elle reste inconsciente, elle ne souffre pas. Elle reviendra à elle bien assez tôt.

Je me rangeai à cet avis. Adèle me quitta, et je fis le ménage, préparai le repas, obligée de m'arrêter de temps en temps à cause de mes crises de larmes. Je rangeai la lettre cruelle dans un tiroir du buffet. A intervalles réguliers, je me rendais dans la chambre de ma mère afin de voir si elle avait repris conscience. Elle était toujours dans la même position.

Je pensai à mon père, qui allait rentrer pour le repas de midi et qui ne savait pas encore. Comment lui annoncer? Je repris la lettre et la posai sur la table. Il fallait bien qu'il la lise, lui aussi.

A travers mon chagrin, je réfléchissais. Cette guerre était tellement destructrice qu'elle ressemblait à un commencement de fin du monde. A cause d'elle, j'avais perdu mon mari. Maintenant, c'était au tour de mon frère. Je pensai à Émilie, qui n'avait plus de fils. Et combien d'autres dans ce cas? Quand cela se terminerait-il?...

Un gémissement venant de la chambre me fit me précipiter. Ma mère, à demi dressée dans le lit, le regard halluciné, plein d'une immense détresse, disait :

– Ce n'est pas vrai, Louise? Ce n'est pas vrai?

Elle s'abattit contre moi et se mit à pleurer. Son chagrin raviva le mien et je sanglotai avec elle. Ce fut ainsi que nous trouva mon père, qui était rentré sans que nous l'eussions entendu. Il tenait la lettre à la main, et sur son visage deux grosses larmes coulaient. C'était la première fois que je le voyais pleurer. Il s'approcha de ma mère, et elle se tourna vers lui avec une plainte :

– Maxime! Notre petit...

Il se laissa tomber sur le lit, la prit contre lui, caressa d'un geste maladroit ses cheveux en gémissant sourdement :

– Ma pauvre Charlotte, ils nous l'ont tué...

Ils s'accrochaient l'un à l'autre, essayant de trouver ensemble un réconfort au désespoir qui les étouffait. Je sortis de la chambre. Dans la cuisine, une nouvelle crise de larmes me terrassa et, la tête dans les mains, je pleurai longuement.

Je sentis qu'on tirait sur ma robe, tandis qu'une petite voix demandait :

– Maman, tu pleures ? Pourquoi ?

Benoît me considérait, à la fois inquiet et interrogateur. Je ne sus que répondre. Il avait tout juste quatre ans. Était-il capable de comprendre ?

Je fis un effort, essayai de me calmer, m'essuyai les yeux. Mais Benoît insistait :

– Dis, maman... Pourquoi tu pleures ?

Je pensai qu'il ne servait à rien de le lui cacher. Bientôt, tout le village serait au courant, et Benoît, qui était intelligent, entendrait les conversations des gens. Il comprendrait vite. Je l'attirai à moi, dis d'une voix tremblante :

– Je pleure parce que Tonton Paul est mort à la guerre. Ça veut dire qu'il ne reviendra pas.

Les yeux bleus se teintèrent de gris :

– Il reviendra pas ? Jamais ? Il jouera plus avec moi ?

Je secouai la tête, retenant mes sanglots. Benoît se mit à taper du pied :

– Pourquoi, maman, pourquoi ? Je veux pas !

Je courbai les épaules, de nouveau submergée par le chagrin. J'étais incapable d'apaiser la révolte de mon enfant ; elle était trop proche de celle que je ressentais. Il m'échappa, courut jusqu'au jardin, se jeta dans l'herbe en criant et en trépignant. Pauvre enfant, pensai-je, qui se débattait devant sa première grande souffrance...

Il refusa de manger. Je ne le forçai pas. Ma mère ne quitta pas son lit et mon père resta à son chevet. Par Adèle, la nouvelle fit rapidement le tour du village, et tout au long de l'après-midi les gens vinrent apporter leurs condoléances. Je les reçus, et mon père, de temps à autre, venait à mes côtés avant de repartir auprès de sa femme. Le chagrin m'emmurait dans l'hébétude. Après Mathieu, Paul, maintenant... C'était trop, c'était inacceptable.

Le soir, j'allai porter à ma mère, qui ne pouvait rien avaler, une infusion sucrée. Elle me prit la tasse avec des mains tremblantes, et je regardai avec pitié son visage rouge et gonflé de larmes.

Toute la nuit, je l'entendis pleurer, et la voix de mon père, brisée, méconnaissable, lui répondait. Le lendemain matin, lorsque je me levai, je la vis arriver dans la cuisine, pâle, hagarde. Je me tournai vers elle et je retins un cri. Pendant la nuit, ses cheveux étaient devenus tout blancs.

L'avis officiel arriva quelques jours plus tard. Il ne fit que confirmer l'atroce nouvelle. Mes parents étaient effondrés. Ma mère pleurait, se lamentait :

– Cette guerre nous l'a pris entièrement. Nous n'avons même pas une tombe à fleurir. Où est-il, mon pauvre enfant ? Qu'ont-ils fait de son corps, lorsqu'il a été tué ?

Je ne pouvais pas répondre. Je pensais aux dernières confidences de mon frère : « Je ne veux pas devenir un corps noir et gonflé, rongé par les rats.» Je me disais que, comme il n'était pas mort entre les lignes de combats, sans doute avait-il pu être enterré. Mais, comme ma mère, je m'interrogeais : où était-il ?...

En allant chercher mon lait, un matin, j'allai voir Utile, le cheval qu'il aimait. Je lui donnai un sucre, je lui caressai le chanfrein :

– Mon pauvre Utile, murmurai-je. La dernière fois, il était si content de te retrouver... Tu ne le reverras plus, maintenant.

Le brave animal hennit doucement, comme s'il comprenait. Julie, la fermière, remarqua :

– Les bêtes ont un instinct qui leur permet de deviner. Chez ma cousine Émilie, le jour où son fils a été tué, le chien a hurlé à la mort toute la nuit. L'avis officiel n'est arrivé que bien après, mais la date qu'il indiquait correspondait à cette nuit où le chien avait hurlé et gémi.

Je me rappelai le rêve que j'avais fait, celui où Paul, accompagné de notre grand-père, venait me dire adieu. Mon frère avait été tué la veille. Était-ce une coïncidence ? Ou bien son esprit avait-il voulu se rapprocher de moi une dernière fois, avant de me quitter définitivement ?...

– J'ai eu des nouvelles de mon Pierrot, continuait Julie, et elles ne sont pas très bonnes. Sa blessure au ventre s'est bien refermée, mais sa jambe gauche a été tellement déchiquetée qu'il a fallu la lui couper au niveau du genou. Et qu'est-ce qu'il va faire, dites-moi, avec une jambe en moins ? Comment pourra-t-il mener la charrue et faucher les blés ? Et quelle fille voudra de lui ? Un si beau gars, le voilà devenu infirme...

– Il sera là, malgré tout, dis-je. Je crois que ma mère aurait préféré retrouver son fils infirme mais vivant.

Elle hocha la tête avec compréhension :

– C'est vrai, approuva-t-elle. Pauvre Charlotte ! Ça lui a fait un tel coup que ses chevaux ont blanchi en une nuit.

Lentement, très lentement, ma mère émergeait de son désespoir. L'amour profond qui, depuis toujours, l'unissait à mon père l'aidait à surmonter sa peine. En même temps, elle se rapprochait de moi et de Benoît. Elle disait :

– C'est cet enfant qui me rattache à la vie.

Nous reçûmes une deuxième lettre, provenant du même hôpital militaire. Le soldat qui nous avait annoncé la mort de Paul nous envoyait, cette fois-ci, une photo. « Je l'ai prise dans notre boyau, disait-il, avec un petit appareil *vest-pocket* que ma marraine de guerre m'avait offert lors d'une permission. J'ai pensé que vous aimeriez peut-être posséder cette dernière image et je vous l'envoie. »

Elle représentait mon frère, debout dans une tranchée. En tenue de soldat, il était appuyé contre une paroi de planches et de terre. La photo n'était pas très nette, mais Paul était parfaitement reconnaissable.

– C'est le dernier souvenir que nous aurons de lui, dit ma mère. C'est dans cette tenue qu'il a été tué, sans aucun doute. Puisque je n'ai pas de tombe à fleurir, c'est ce portrait qui la remplacera.

Elle l'encadra, l'installa sur le buffet de la cuisine. Et chaque jour, en plaçant près de lui un petit bouquet de fleurs fraîches, ses larmes coulaient.

***

Depuis que mon frère avait été tué, ma mère n'était pas retournée à l'hôpital où, chaque après-midi, elle allait aider les soldats blessés.

– C'est au-dessus de mes forces, avouait-elle. En les voyant sur leur lit de souffrance, je penserai toujours à Paul, et je me mettrai à pleurer. Alors que ces pauvres garçons ont besoin, au contraire, d'être entourés de visages agréables et souriants...

Afin qu'il n'y eût aucune perturbation dans la bonne marche de l'hôpital, je m'offris à la remplacer. C'était moi qui, dorénavant, partais en début d'après-midi, chargée de friandises, de petits gâteaux, de tabac. Bientôt, je connus parfaitement les blessés que je devais distraire et qui m'accueillirent tout de suite avec chaleur :

– Voilà notre nouvelle dame de compagnie ! Elle est jeune et jolie, on y gagne au change, les gars !

Dès le premier jour, je me présentai, leur parlai de moi, des trois ans que j'avais passés en territoire occupé, de Mathieu qui était mort dans un camp de prisonniers, en Allemagne, de mon petit garçon âgé de quatre ans qui n'avait jamais connu son père. Je leur expliquai pourquoi je remplaçais ma mère, dus raconter la mort de Paul. Cette partie de mon récit éveilla en eux un écho douloureux. Les tranchées, la mort, ils connaissaient. Leurs visages se firent graves, leurs yeux s'emplirent d'une compassion sincère. Tout de suite, nous fûmes amis, eux et moi. J'ai rencontré là, pendant les quelques heures où, chaque jour, je leur tenais compagnie, tant de courage devant tant de souffrances que, plus d'une fois, je les ai admirés. Malgré leurs corps brisés, malgré les horreurs qu'ils avaient vécues, ils ne se plaignaient jamais.

Il y avait Gaspard, le plus ancien, âgé d'une quarantaine d'années. Il avait passé l'âge de l'assaut, mais il avait été blessé en faisant la cuisine. Ses candides yeux bleus lui donnaient un regard d'enfant. Il me parlait de sa femme et de ses trois garçons, restés en pays envahi, à Vitry-en-Artois. Mon récit avait éveillé chez lui des inquiétudes : son fils aîné était âgé de quatorze ans. Les Allemands allaient-ils l'enlever, comme je le racontais, et le faire travailler pour eux ? Je m'efforçais de le rassurer : ils ne prendraient pas un enfant aussi jeune. Ce brave homme pensait plus à sa famille qu'à lui-même :

– Ça fait quatre ans que je suis parti, et je ne sais rien d'eux. Pendant toutes ces années, le moment le plus dur était celui où le vaguemestre apportait le courrier. Les poilus, ils sont heureux quand ils ont des nouvelles de leur famille, mais moi je n'ai jamais rien. J'ai bien une marraine de guerre qui habite Paris, et elle m'écrit régulièrement, mais ce n'est pas la même chose, comprenez-vous ?

Il m'interrogeait inlassablement sur la vie en territoire occupé, et j'essayais de ne pas en faire un tableau trop noir. Mais c'était difficile, et quand je parlais de la faim, des réquisitions, il devinait ce que je taisais. Son regard bleu s'assombrissait, il hochait la tête avec tristesse :

– Mes pauvres enfants... Ainsi, ils ont faim, et je ne peux rien pour eux...

Il y avait aussi Philippe, qui était fier de porter le prénom du maréchal Pétain. Un éclat d'obus lui avait arraché le haut de la tête, et ses yeux, son nez, son front, disparaissaient sous les pansements. Il resterait probablement aveugle, m'avait dit Suzanne, l'infirmière qui les soignait et qui, le premier jour, me les avait présentés. Il me racontait sa vie, lui aussi, et comme il ne pouvait pas me voir, il me demandait de lui laisser ma main, qu'il serrait entre les siennes. Lorsque la guerre avait éclaté, il était âgé de vingt-deux ans et effectuait son service militaire. Il allait se marier tout de suite après, mais la guerre avait tout bouleversé. A chacune de ses permissions, il retrouvait sa fiancée, qui lui avait promis de l'attendre tout le temps qu'il faudrait. Depuis qu'il était blessé, il lui envoyait des lettres tendres et maladroites qu'il me dictait, des lettres pleines d'un amour déchiré.

– Je ne sais pas si j'ai le droit de me marier, maintenant, m'avouait-il. Je devais reprendre l'échoppe de mon père, qui est bourrelier, mais si je reste aveugle, comment pourrai-je faire ? Un bourrelier a besoin de ses yeux, et puis je ne peux pas imposer à Marie-Ange de vivre avec un infirme pour le restant de ses jours.

Elle, elle répondait qu'elle l'aimait toujours, que ce qui était arrivé ne changeait rien, et qu'elle attendait de pouvoir enfin l'épouser. Il me demandait s'il avait le droit d'accepter un tel sacrifice. Pour lui répondre, je parlais de Mathieu, qui ne reviendrait jamais.

– S'il m'était revenu blessé comme vous l'êtes, combien je l'aurais aimé ! C'est à cela que vous devez penser : pour Marie-Ange, vous êtes vivant, c'est tout ce qui compte.

Mes paroles le rassérénaient, et en dessous des pansements sa bouche esquissait un sourire hésitant et plein d'un timide espoir.

Il y avait Marcel, le plus jeune de tous, qui venait d'avoir vingt ans. Il avait été amputé des deux jambes. Il y avait aussi Émile, un Canadien qui combattait sous le drapeau britannique. La cuisse brisée par une balle, il devait rester immobile, couché sur le dos, maintenu par la gouttière de zinc dans laquelle reposait sa jambe. Il y avait encore René, le boute-en-train de la chambrée. Un obus lui avait arraché le pied. Il montrait à chaque visiteur l'énorme pansement qui enveloppait son moignon :

– Vous avez vu ma poupée ? s'écriait-il. Juliette, elle s'appelle. N'est-ce pas qu'elle est belle ?

Il remontait le moral de ses compagnons, allait même jusqu'à affirmer qu'ils avaient de la chance de se retrouver à l'hôpital :

– Ici, disait-il, vous êtes servis comme des rois, il n'y a pas de rats, pas de poux, pas de « marmites », pas de Boches. Vous n'avez qu'une seule chose à faire : manger et dormir. Ce n'est pas la belle vie, ça ?

Il y en avait encore d'autres, tous blessés dans leur chair, certains mutilés à vie, que je ne pouvais m'empêcher de plaindre et d'admirer en même temps. Lorsque j'arrivais, chaque après-midi, je voyais leur visage s'éclairer d'un sourire. Je les aimais sincèrement, chacun d'eux était devenu un ami, un ami dont je partageais les souffrances et les espoirs. Et je puisais dans leur courage celui de faire front, moi aussi, de supporter sans me plaindre la mort de Mathieu et celle de Paul.

***

Les Allemands reculaient. A la fin du mois d'août, une partie du Pas-de-Calais fut libérée.

– Nous allons gagner, Charlotte, disait mon père. Nous allons enfin les battre et être débarrassés d'eux.

Ma mère levait vers lui un regard désolé, et une ride d'interrogation barrait son front :

– Et combien cela aura-t-il coûté de morts, Maxime ? Nous allons gagner, peut-être, mais notre fils ne reviendra pas.

Ce fut à cette époque qu'une maladie curieuse, identique à une épidémie de grippe, s'étendit partout. Mes soldats, à l'hôpital, l'avaient presque tous attrapée. Je l'eus à mon tour, et elle se propagea dans le village. Je dus rester couchée plusieurs jours, malade et dévorée de fièvre. Lorsque je commençai à aller mieux, Benoît en fut atteint.

Je le veillai avec ma mère. Au bout de trois jours, incapables de faire baisser la fièvre, nous fîmes venir le médecin. Il ne fut pas surpris. Dans le village, presque tout le monde était malade et beaucoup de gens mouraient, surtout parmi les vieillards et les jeunes enfants. On avait baptisé cette épidémie grippe espagnole. La raison en était obscure. Certains affirmaient qu'elle avait été provoquée par des conserves venues d'Espagne ; d'autres soutenaient qu'on l'appelait ainsi parce que le roi d'Espagne, le premier, l'avait attrapée. Elle s'était, semblait-il, étendue au monde entier, et personne n'était épargné.

Lorsque le médecin s'en alla, après avoir donné les remèdes à prendre, ma mère se tourna vers mon enfant :

– Il faut qu'il guérisse, il le faut. Nous n'allons pas le perdre, lui aussi. Ça suffit comme ça.

Comme j'étais encore faible, elle me relaya souvent, passa des nuits entières au chevet de Benoît, le veillant jusqu'à la limite de ses forces. Enfin, le matin du cinquième jour, la température baissa et mon enfant ouvrit les yeux. Il nous aperçut, penchées sur lui, et eut un faible sourire.

– Il est sauvé, dit ma mère d'une voix sourde. Dieu merci, Louise, il est sauvé !

Elle tomba malade le lendemain. Brûlante de fièvre, elle était inconsciente, et je m'efforçai de la soigner du mieux que je pouvais. Mon père, la nuit, me remplaçait. Il m'interrogeait du regard, l'air malheureux :

– Elle va guérir, Louise ? Qu'est-ce que je deviendrais, sinon, sans elle ?

Il se penchait vers elle, la suppliait :

– Charlotte ? Charlotte, ne me laisse pas...

Moi, j'avais peur. Je me disais que peut-être ma mère ne serait pas suffisamment forte pour résister à la maladie. Elle s'était épuisée à soigner Benoît. Et puis, la mort de mon frère l'avait terriblement meurtrie.

Mon fils se glissait dans la chambre derrière moi, arrivait jusqu'au lit, tirait la main de sa grand-mère :

– Mémère Charlotte, disait-il.

Un matin, alors qu'il l'appelait ainsi, elle reprit connaissance. Elle regarda autour d'elle comme si elle revenait d'un long voyage, puis tendit les bras à mon enfant :

– Mon petit Benoît... murmura-t-elle.

– Tu es réveillée ? s'écria mon fils. Je suis bien content ! Attends, je vais aller chercher mon jouet.

Il sortit de la chambre en courant. Ma mère eut un sourire las :

– J'ai été malade, Louise ? J'ai rêvé de Paul. J'étais avec lui, près de lui, et je voulais rester là. Mais lui me repoussait, il me disait de revenir près de Maxime. Et moi, je ne savais pas quoi faire. Je les voulais tous les deux, mon mari et mon enfant, tu comprends ? Et je ne pouvais pas, il fallait que je choisisse... Et Paul me repoussait toujours... et... je me suis retrouvée dans ce lit.

Elle resta songeuse un moment, reprit plus bas :

– Après tout, c'est peut-être mieux ainsi, pour Maxime. Il aurait été trop malheureux.

Elle passa une main sur son front, soupira :

– Comme je me sens faible !

– C'est normal, dis-je. Moi aussi, j'ai ressenti ça, tout de suite après. Mais vos forces vont revenir très vite. Si vous le voulez, j'ai fait du bouillon de légumes, je peux vous en apporter un bol.

Ma mère ferma les yeux :

– Oui, je veux bien.

J'allai dans la cuisine. Je pensais à la joie de mon père, lorsqu'il reviendrait à midi et constaterait que sa femme allait mieux.

Tenant le bol de bouillon, je regagnai la chambre. Sur le seuil, je m'arrêtai et ne pus m'empêcher de sourire. Ma mère n'avait pas bougé et semblait s'être assoupie. Et, tout contre elle, ses cheveux bruns se mêlant aux cheveux blancs de sa grand-mère, Benoît, en suçant son pouce, dormait.

Le 16 octobre, le Pas-de-Calais fut abandonné par l'ennemi. En se retirant, les Allemands détruisirent tout : les voies ferrées, les gares, les routes, les puits de mine. Dans les tranchées, les soldats allemands étaient à bout de forces. Il y avait des désertions, des actes d'indiscipline. En même temps, l'Empire s'épuisait, démuni de tout par le blocus. Les ouvriers bavarois se révoltaient. Le Kaiser, acculé, abdiqua le 9 novembre. Immédiatement proclamée pour le remplacer, la république allemande demanda l'armistice.

Le texte en fut signé le 11 novembre, à 5 heures du matin, dans le wagon du maréchal Foch, à Rethondes. La nouvelle fut connue dans la journée, et partout, ce fut une explosion de joie, de cris, de rires. Les cloches sonnaient à toute volée, les locomotives des trains sifflaient joyeusement. Les maisons s'ornèrent de guirlandes et de drapeaux tricolores. Dans la rue, les gens s'embrassaient. Arthur, le facteur, qui finissait sa tournée, clamait à qui voulait l'entendre :

– Ça alors, quelle bonne nouvelle ! Mon fils Lucien venait juste d'être appelé. Je suis soulagé de savoir qu'il n'ira pas se faire tuer. Sa mère n'en dormait déjà plus. Ça alors, on n'en revient pas ! Elle est vraiment finie, cette guerre, c'est bien vrai ?

Oui, elle était finie, mais, comme le disait ma mère, elle n'avait apporté que douleurs. Parmi nos soldats, plus d'un million était mort, trois millions étaient blessés, et cela concernait surtout les jeunes gens de dix-huit à vingt-sept ans. Et combien de veuves, combien d'orphelins, combien de mères qui passeraient le reste de leur vie à pleurer leur enfant ?

Pour nous, cet armistice accueilli partout avec délire n'apportait aucune joie. Il ne nous ramènerait ni Paul, ni Mathieu. Mon enfant n'avait plus de père, ma vie était brisée.

L'automne, à l'image de nos pensées, fut triste et froid. Les journées de pluie glaciale se succédèrent. Un vent sinistre hurlait et poussait furieusement de gros nuages noirs et menaçants. La nuit, je l'écoutais, et je pensais qu'ainsi était mon existence : balayée par une tourmente aveugle et implacable, qui me laissait frissonnante et découragée. Il me restait mon fils et mes parents, et nous resserrions notre cocon familial, afin d'y puiser un peu de réconfort.

A l'hôpital, mes soldats furent heureux d'apprendre qu'enfin la guerre était terminée. Le jour même de l'armistice, je les trouvai en train de chanter, et ils ne cessèrent pratiquement pas de l'après-midi. Ils entonnaient une chanson après l'autre, passaient de *La Marseillaise* à *La Madelon*, continuaient avec *Tipperary*, reprenaient avec *Ferme tes jolis yeux* ou *Auprès de ma blonde*. Tous chantaient, même Marcel, malgré ses jambes amputées, même Philippe, qui ne voyait pas et dont le pansement recouvrait la moitié du visage. René, le boute-en-train, voulut me faire chanter avec eux.

– Pour me faire plaisir, répétait-il, s'il vous plaît, pour me faire plaisir ?

Il insista tellement qu'à la fin je cédai. Les larmes aux yeux, je mêlai ma voix tremblante à la leur.

Je reçus une longue lettre de ma belle-sœur. Elle m'annonçait que les Allemands avaient quitté Tourcoing. Plus d'uniformes ennemis, plus de diables verts, c'était enfin la liberté retrouvée. Ils étaient partis en octobre et avaient emmené avec eux, comme otages, les hommes et les jeunes gens de quinze à cinquante ans. Alain, le jeune frère de Dédé, avait été pris. Il était allé ainsi jusqu'à Bruxelles mais, libéré par l'armistice, il était revenu sain et sauf. Quant à mon beau-père, il avait attrapé la grippe espagnole. Affaibli par les restrictions alimentaires, il avait eu du mal à résister et avait bien failli mourir. Il était encore faible, disait Odile. Il réclamait Benoît et espérait que je viendrais bientôt avec mon fils. En attendant, terminait-elle, maintenant que nous pouvions de nouveau correspondre, pourrais-je leur donner de mes nouvelles ?

Je lui répondis aussitôt. Je lui dis que nous allions bien, Benoît et moi, je lui annonçai que Paul avait été tué. Je lui promis ma visite dès que les voies ferrées seraient rétablies. Il fallait réunir les deux portions de notre pays si longtemps coupées l'une de l'autre, réparer ce qui avait été détruit par les bombardements, par les combats ou par les Allemands. Mon père m'expliquait que les Allemands, en se retirant, avaient déposé par centaines, sous les lignes de chemins de fer, des fourneaux de mines munis d'un système d'allumage à retardement, qui continuaient à exploser et qu'il fallait essayer de découvrir. Ensuite seulement, il faudrait reconstruire. Sans aucun doute, ce serait long.

Les soldats prisonniers en Allemagne furent libérés progressivement et purent regagner leur foyer. Dans le courant du mois de décembre, deux d'entre eux revinrent dans le village. J'accueillis la nouvelle de leur retour avec une amertume douloureuse : si Mathieu était encore vivant, lui aussi reviendrait... Benoît retrouverait ce père dont il ne se souvenait pas, et tous deux referaient connaissance, apprendraient à se découvrir. Quant à moi, je reverrais enfin mon amour jamais oublié, dont j'avais été séparée pendant plus de quatre ans... Pourquoi ce bonheur m'était-il refusé?

Au début du mois de janvier, j'eus une visite qui me causa à la fois de la peine et de la joie. C'était un après-midi. Il faisait très froid et nous étions, ma mère et moi, frileusement enfermées dans la cuisine. Sur un tapis près du feu, Benoît jouait avec les soldats que lui avait offerts Paul. Soudain, on frappa à la porte. J'échangeai avec ma mère un regard surpris et allai ouvrir. Sur le seuil, un homme jeune souriait, hésitant. Lorsqu'il m'aperçut, il s'exclama :

– Louise! Pardonnez-moi, mais vous êtes Louise, n'est-ce pas?

Déconcertée, je fis un signe d'assentiment en le regardant mieux. Comment pouvait-il me connaître, savoir mon nom? J'étais certaine, pour ma part, de ne l'avoir jamais vu.

Devant mon air d'incompréhension, il se reprit, ôta son chapeau :

– Excusez-moi... Permettez-moi de me présenter. Je m'appelle Bernard Duparc. J'étais un ami de votre mari, là-bas, à Zwickau.

Je portai les mains à ma poitrine, sentant la respiration me manquer. Bernard Duparc... Bien sûr! Mathieu en parlait dans presque toutes ses lettres. L'ami qui habitait dans la région de Tours et qui partageait avec lui le contenu de ses colis... Je restai immobile, prise de peur soudain devant cet homme qui était venu me parler de Mathieu et qui, peut-être, connaissait les circonstances de sa mort. Qu'allait-il m'apprendre?

Ma mère vint à mon secours :

– Ne restez donc pas là dans le froid, dit-elle à notre visiteur. Entrez, je vous prie. Je suis la mère de Louise, et voici Benoît, mon petit-fils.

L'homme baissa la tête vers Benoît qui l'observait avec curiosité.

– Ce sont les yeux de Mathieu, constata-t-il comme pour lui-même. Son fils, comme il m'en parlait!

Il entra, ôta son chapeau. Ma mère lui prit son manteau, lui avança une chaise, lui proposa une tasse de café. Benoît, de son côté, apportait ses soldats et sa souris mécanique, demandait au nouveau venu de jouer avec lui. Ce dernier se tourna vers moi :

– Ainsi, c'est vous, Louise... Je l'ai deviné tout de suite en vous voyant. Mathieu me parlait si souvent de vous que j'avais l'impression de vous connaître, moi aussi.

J'étais incapable de répondre. Une boule me nouait la gorge. Il y eut un silence. Bernard Duparc toussota, sortit de la poche de sa veste une photo qu'il me tendit :

– Je vous ai apporté ça. J'ai pensé que vous aimeriez l'avoir. Elle a été prise quelques semaines avant sa mort. Il vous l'aurait envoyée, de toute façon.

Mes yeux se portèrent sur l'image et mon cœur sembla éclater. C'était Mathieu, un Mathieu vieilli, maigri, aux traits tirés. Il portait une casquette, une blouse sur laquelle figurait un numéro de matricule. Il se tenait debout, la main droite posée sur le dossier d'une chaise. Il regardait l'objectif, et en voyant l'expression de son visage je compris qu'il pensait à moi et à son enfant. Je tournai vers notre visiteur des yeux pleins de larmes.

– Il m'avait fait promettre de venir vous voir après la guerre, dit-il sourdement, pour vous raconter. C'était à la fin, quand il a compris qu'il allait mourir. Il a lutté jusqu'au bout, pourtant, il voulait tellement vous retrouver, Benoît et vous !

Il sourit à mon fils qui lui tirait le bras en lui montrant ses soldats. Ma mère intervint :

– Viens, Benoît, laisse monsieur tranquille. Viens m'aider à moudre le café.

Il obéit aussitôt. Il adorait tourner la manivelle du moulin à café, et c'était toujours à lui que cette tâche était confiée. Laissant ma mère s'occuper des détails matériels, je m'assis en face du visiteur, avide de savoir et en même temps crispée d'appréhension.

– Moi aussi, je vous connais, dis-je. Enfin, je veux dire... je sais qui vous êtes. Mathieu me parlait de vous dans ses lettres. J'étais heureuse de savoir qu'il avait, auprès de lui, une amitié sincère pour le soutenir.

– Nous n'avions que ça, c'est vrai. Ça et les lettres que nous recevions, et les colis qui nous permettaient de ne pas mourir de faim. Parce que la nourriture qu'on nous fournissait au camp était infecte. On nous donnait une infusion d'orge et de glands le matin et, le reste du temps, une soupe immangeable, faite avec des rutabagas et des pelures de pommes de terre provenant de la cuisine de la caserne allemande. Jamais de viande. Quelquefois, de la morue séchée remplie de vers. Des boules de pain moisi.

– Au moins, dit ma mère, nos colis étaient les bienvenus.

– Vous ne pouvez pas savoir à quel point ! Mais sous prétexte de censure, les Allemands en prélevaient souvent une partie. Surtout les liquides, et tous les produits pharmaceutiques sans exception. Et ils inspectaient minutieusement le contenu des paquets. Ils ouvraient les emballages, émiettaient le chocolat, écrasaient les cigarettes, renversaient tout. Nous passions des heures, ensuite, à séparer le riz du café, les haricots des morceaux de sucre ou des brins de tabac. Mais ce n'était pas encore ça le pire. Le pire, c'était le froid dont nous souffrions dans nos baraques en planches, c'était la surveillance et la cruauté de nos gardiens, c'était l'absence de notre famille et de ceux que nous aimions.

Il s'arrêta, nous enveloppa d'un même regard compatissant, Benoît et moi.

– Mathieu s'inquiétait de vous savoir en pays envahi. Il ne savait rien de vos souffrances, mais il les supposait. Nous manquions de nouvelles. Les seuls journaux que nous avions étaient allemands : *Le Bruxellois, La Gazette des Ardennes, La Gazette de Lorraine*. Nous avons vite appris à ne pas croire à leurs propos.

Il baissa la tête, considéra un instant ses doigts, essayant de trouver le courage de poursuivre. La respiration crispée, j'attendais. Le silence n'était troublé que par le goutte-à-goutte du café qui s'écoulait dans la cafetière, et que ma mère, avec Benoît, surveillait, attentive en même temps au récit de notre visiteur.

– Je suppose que vous ne savez rien, poursuivit-il, concernant les circonstances de la mort de Mathieu ?

Je fis un geste d'ignorance :

– Non, je ne sais rien. Dans sa dernière lettre, il disait qu'il avait une bronchite et qu'il toussait beaucoup. Et tout en bas, tracés par quelqu'un d'autre, il y avait ces mots : « décédé le 12 mars ». Comme c'était brutal, et cruel !

– Ça, c'est Rössler, l'*Oberleutnant* qui était responsable de la censure pour le courrier. J'avais voulu vous écrire la triste nouvelle tout en joignant la lettre de Mathieu, mais il a refusé et a simplement ajouté cette phrase, en bas de la page.

– Je me suis torturée pendant des jours en essayant de comprendre. Que s'est-il passé après sa lettre ? Sa bronchite s'est-elle aggravée ?

Bernard Duparc remua sur sa chaise, comme s'il était mal à l'aise. Il toussota, me regarda, l'air malheureux, toussota de nouveau :

– Dans un sens, oui. Mais c'était dû à des circonstances très spéciales. Vous savez que Mathieu et moi, nous étions affectés au triage du courrier. Nous réussissions à faire passer de nombreuses lettres entre les mailles de la censure, et à les envoyer directement en France, munies du cachet officiel *Geprüft*. Pour les colis qui arrivaient chaque jour, c'était pareil. Une corvée de prisonniers allait les chercher à la gare, dans la matinée. Nous avions convaincu Rössler de nous laisser quelques heures afin de noter, sur le cahier d'émargement que les prisonniers devaient signer, les noms de chacun d'eux. Et pendant ce temps, notamment pendant le déjeuner, nous en profitions pour enlever des colis tout ce qui était interdit : lettres, journaux, vêtements, que nous remettions ensuite, à part bien sûr, à leurs destinataires. Rössler ne s'apercevait de rien. Lorsqu'il arrivait, en début d'après-midi, avec un ou deux aides, il ouvrait les colis que nous avions soigneusement refermés, confisquait ce qui lui plaisait, mélangeait le contenu des paquets sous prétexte d'en vérifier l'intérieur. Notre ruse a fonctionné ainsi un bon bout de temps, jusqu'au jour où Rössler nous a surpris. Il a été furieux, et a décidé de nous punir.

Son regard devint sombre, ses sourcils se froncèrent :

– Il faut que je vous parle des punitions en usage dans le camp. Il y avait la prison toute simple, au pain et à l'eau, dans des baraques en carton. Il y avait aussi la « pelote », qui consistait à faire courir au pas de gymnastique le condamné, en l'obligeant à porter sur le dos un gros sac rempli de briques, et en lui faisant faire des mouvements de flexion. La durée en était variable, mais bien souvent elle ne cessait que lorsque le pauvre soldat tombait d'épuisement et demeurait incapable de se relever.

Un pli barra son front, il ferma les yeux un instant et se massa les paupières, puis continua d'une voix assourdie :

– Il y avait encore une autre punition, la plus fréquente, la plus humiliante aussi; les Allemands la choisissaient de préférence aux autres. C'était « le poteau ». En avez-vous entendu parler ?

Je fis un signe négatif, la gorge douloureuse. Je devinais que là commençait le supplice de Mathieu, qui l'avait mené à la mort.

– Au milieu du camp, il y avait un mât garni de guirlandes vertes et blanches, aux couleurs de la Saxe, avec au sommet un aigle allemand en bois sculpté. On y attachait le soldat qui était puni et on l'y laissait plusieurs heures, plus ou moins selon la gravité de la faute, en plein soleil ou sous la pluie. C'est à cela que Rössler nous a condamnés, Mathieu et moi.

Ses yeux de nouveau se chargèrent de rancune :

– Mathieu y est passé le premier. Nous avions été

condamnés à la peine maximum, douze heures, parce que nous avions trahi la confiance de Rössler, ce qui était un crime impardonnable. Nous étions en février, il neigeait, et tout le camp était balayé par une bise glaciale qui nous coupait en deux. Ils ont fait monter Mathieu sur deux briques, ils l'ont lié des pieds jusqu'aux épaules, et même jusqu'au cou, avec une fine corde, et ensuite ils ont enlevé les briques. C'était ce qu'ils faisaient chaque fois, de façon que le condamné se retrouve suspendu à quelques centimètres du sol, soutenu seulement par ses liens. J'ai vu Mathieu, déchiré par la toux, rester dans cette position sous les bourrasques de neige. Au bout de quelques heures, il a perdu connaissance. Lorsque le Feldwebel a ordonné de le retirer, il était bleu de froid et j'ai cru qu'il était mort.

Il s'interrompit, des larmes dans les yeux. Des larmes qui traduisaient une peine sincère, et en même temps une révolte devant une cruauté inutile et meurtrière.

– Ensuite, on m'a attaché de la même façon. Je n'aurais jamais cru qu'on pouvait souffrir à ce point du froid sans mourir immédiatement. J'avais l'impression que tout gelait dans mon corps, que mon cœur lui-même s'arrêtait de battre. C'était un supplice insupportable. Je ne sentais même plus les liens qui entraient dans ma chair. Comme Mathieu, je me suis évanoui.

Ma mère écoutait sans mot dire, retenait Benoît contre elle pour l'empêcher de parler. Mon enfant, immobile, demeurait étonnamment sage, comme s'il avait compris qu'il ne devait pas interrompre une conversation aussi dramatique.

– Lorsque je suis revenu à moi, j'étais au *Lazarett*, en proie à la fièvre. Je délirais, je faisais des cauchemars, je voyais des fantômes et des squelettes coiffés d'un casque à pointe qui voulaient me saisir. Dès que j'ai commencé à retrouver un peu de raison, j'ai regardé autour de moi. Mathieu occupait le lit voisin du mien, et il toussait, il respirait avec difficulté, il étouffait, il se débattait. Comme les autres baraquements du camp, le *Lazarett* n'était pas chauffé, et nous grelottions sous nos couvertures. Un médecin passait, chaque matin, emmitouflé dans un manteau. Il prescrivait pour tout le monde de l'aspirine. Il n'y avait rien d'autre.

Mon pauvre Mathieu, pensai-je, mon pauvre amour, malade, loin de moi qui aurais su le soigner et le guérir...

– Après plusieurs jours, j'ai commencé à aller mieux. Mais la bronchite de Mathieu s'est aggravée et transformée en broncho-pneumonie. Le médecin lui-même a fini par s'inquiéter. « S'il ne va pas mieux demain, a-t-il dit, je l'enverrai à l'hôpital. » Mais, le lendemain, Mathieu était mort.

Bernard Duparc tourna vers moi un regard que les souvenirs rendaient absent, dirigé vers une souffrance impossible à oublier :

– Entre deux accès de fièvre, il retrouvait un peu de lucidité. C'est pendant un de ces moments-là qu'il m'a fait promettre de venir vous voir. « Si je meurs, va voir ma femme, va lui dire que je l'ai aimée jusqu'au bout, et que j'espérais toujours les revoir, elle et notre enfant. Je lui avais dit, lorsque je l'ai quittée : " Attends-moi, je reviendrai. " Demande-lui pardon pour moi, je n'ai pas su tenir ma promesse. Dis-lui de ne pas m'oublier et de parler de moi à notre petit Benoît, pour qu'il me connaisse quand même un peu. » Je crois que ça a été ses dernières paroles. La fièvre l'a repris, il s'est mis à délirer, puis à râler. Il est mort sous mes yeux, et je ne pouvais rien faire pour le sauver.

Sa voix se cassa brutalement. Il sortit un mouchoir de sa poche et se moucha à plusieurs reprises. Je pleurais silencieusement, le cœur déchiré. Mon Mathieu, dont les derniers mots avaient été des paroles d'amour pour moi et pour son fils... Ma mère, à son tour, s'essuya les yeux.

– J'ai voulu assister à son enterrement. Je tenais à peine debout, mais il fallait que j'y aille. Nous nous étions cotisés pour déposer sur le cercueil une couronne ornée d'un ruban tricolore. Quatre prisonniers français portaient le corps, les autres suivaient. Au cimetière, notre aumônier, un prêtre français lui aussi prisonnier, a récité des prières, puis nous avons jeté sur le cercueil des poignées de terre.

Je pensais que, contrairement à mon frère Paul, nous savions où était enterré Mathieu. Je posai la question qui me brûlait les lèvres :

– Croyez-vous que nous pourrions faire rapatrier son corps ?

Bernard Duparc eut l'air désolé :

– C'est-à-dire que... eh bien, je crois qu'il sera impossible de le retrouver avec certitude. Je vais vous expliquer pourquoi. Sur chaque tombe, il y avait une petite croix de bois peinte en noir, sur laquelle figuraient, en lettres blanches, le nom du prisonnier et la date de son décès. Seulement, chaque fois qu'un général venait inspecter le camp, on nous obligeait à déplanter toutes les croix dans le but de les repeindre, et ensuite elles étaient remises dans n'importe quel ordre. Si bien que l'on ne sait plus à qui sont les corps.

J'échangeai avec ma mère un regard désespéré. Sans rien dire, avec des mains tremblantes elle versa le café dans les tasses, en tendit une à notre visiteur, lui offrit du sucre, en prit un morceau qu'elle trempa dans sa propre tasse pour donner à Benoît son « canard » habituel.

Bernard Duparc but lentement, en homme qui a été longtemps privé des bonnes choses et qui, les ayant retrouvées, sait les savourer. Je voulus encore le faire parler, faire revivre, par sa conversation, mon pauvre Mathieu, celui d'après notre séparation, que je n'avais pas connu et que je ne reverrais jamais.

– De toutes ses souffrances, celle qu'il supportait le moins, c'était d'être séparé de vous, de n'avoir de vos nouvelles qu'une fois par mois, par l'intermédiaire de ces pauvres cartes soumises à la censure où vous ne pouviez pas vous exprimer librement. A mesure que le temps passait, il voyait, en imagination, grandir son fils. « Il doit savoir sourire, maintenant », disait-il. Puis : « Il doit marcher, commencer à prononcer quelques mots. Quand connaîtra-t-il la signification du mot papa ? » Souvent, le soir, avant de s'endormir, il pensait à vous, et il me disait : « Après la guerre, j'aurai à rattraper tout ce temps perdu, et crois-moi, je mettrai les bouchées doubles ! »

De telles paroles rendaient encore plus cruelle la réalité. Pourtant, je demeurais suspendue aux lèvres de notre visiteur, écoutant intensément, découvrant, à travers ses propos, ce qu'avait été la vie de Mathieu pendant trois ans : vexations, souffrances, tristesse... Les brimades des officiers du camp dont l'un, qui haïssait les Français, s'amusait à les rassembler et à les laisser au garde-à-vous durant des heures, par tous les temps, pour le simple plaisir de leur crier des insultes : « *Schweinerei* ! *Schweine Franzosen* * ! » Un autre, que le mot « boche » mettait hors de lui, punissait ceux qui le prononçaient de quinze jours de cellule, au pain et à l'eau, dans une complète obscurité. Les travaux aussi, auxquels étaient soumis les prisonniers, russes, anglais et français : dans les champs, dans les tourbières, gelés l'hiver, dévorés de moustiques l'été, ou pire encore, dans les usines de munitions, où les pauvres soldats étaient contraints de travailler contre leur pays. Mais, par-dessus tout ça, comme un rayon de soleil traversant de sombres nuées, il y avait la camaraderie, la solidarité, le partage avec les prisonniers des territoires envahis qui ne recevaient rien, les conversations le soir, les jeux de cartes, les lectures, et même les pièces de théâtre où

* Cochonnerie ! Cochons de Français !

rivalisaient les artistes de chaque nationalité. Et puis l'humour français qui ne perdait pas ses droits et qui permettait de se moquer des Allemands sans qu'ils s'en rendent compte. Ainsi, l'un des officiers du camp était, dans le civil, professeur au lycée de Zwickau. Afin de s'instruire davantage, il s'enquérait, auprès des prisonniers, du sens de telle ou telle expression. Ceux-ci s'empressaient de lui donner des traductions mêlant les tournures incorrectes et les mots d'argot, et riaient sous cape de l'air satisfait et prétentieux de l'officier ravi.

Nous écoutions et nous ne voyions pas le temps passer. Lorsque mon père rentra de son travail, Bernard Duparc était toujours là. Il se leva, confus, dit qu'il allait partir. Ma mère l'arrêta :

– Il se fait tard maintenant. Restez avec nous pour souper, et ensuite vous dormirez ici, dans la chambre de Paul. Nous vous offrons l'hospitalité de bon cœur, à vous qui avez été l'ami de Mathieu. Ne la refusez pas.

J'appuyai sa demande, et notre visiteur s'inclina. Pendant que nous préparions le repas, il discuta avec mon père, joua avec Benoît. Après le repas, lorsque j'eus couché mon fils, je racontai ce qu'avait été notre vie en territoire envahi, je parlai de mon frère et de nos soldats dans les tranchées. Tard dans la soirée, lorsque ma mère conduisit notre invité à la chambre de Paul, j'avais l'impression d'avoir gagné, moi aussi, un ami.

Le lendemain matin, il s'en alla. Il embrassa mon petit garçon, me tendit la main :

– Je n'oublierai jamais Mathieu. En son souvenir, si un jour vous avez besoin de moi, de mon aide, pour quoi que ce soit, je serai là. Vous ne ferez pas appel à moi en vain. Je vous le promets.

Touchée, je le remerciai. Debout sur le seuil, je le regardai s'éloigner, et je ressentis une bizarre impression de vide, comme si, avec le départ de son ami, je me séparais définitivement de Mathieu.

***

Je parlai à Benoît de son père, comme Mathieu l'avait souhaité. Il était encore trop petit pour comprendre, mais je lui dis que son papa avait été un soldat comme Tonton Paul, et que comme lui il ne reviendrait pas. Je lui dis aussi que, jusqu'au bout, son papa l'avait aimé, avait pensé à lui, avait espéré le retrouver. Et j'ajoutai qu'il fallait beaucoup l'admirer car il avait été très courageux.

Peu à peu, la démobilisation se faisait, en commençant par les soldats les plus âgés. Là aussi, la joie du retour de Paul nous serait refusée. Chaque fois que nous apprenions qu'un soldat était revenu au village, le visage de ma mère, sous ses cheveux blancs, prenait une expression pathétique qui me serrait le cœur.

Dans ses lettres, ma belle-sœur Odile réclamait sans cesse ma visite. Elle disait que mon beau-père, resté très faible depuis qu'il avait eu la grippe espagnole, répétait qu'il voulait revoir Benoît avant de mourir. Un jour de février, je me décidai. J'habillai chaudement mon petit garçon et lui annonçai que nous allions chez son grand-père. Il fronça les sourcils et réfléchit un instant :

– Pépère Victor ?

– Oui, dis-je. Tu te souviens de lui ? Et de Tatie Odile ? Tu vas les revoir.

Il parut enchanté. Un fermier du village nous conduisit à Saint-Pol, où je pris le train. Certaines voies ferrées étaient remises en état, mais la ligne directe n'était toujours pas praticable. Il fallut faire un détour par Arras, Béthune, La Bassée. Le train roulait sur une voie unique, parallèlement à ce qui avait été le front pendant quatre ans, le chevauchant même en certains endroits. Effarée, consternée, je regardais le paysage désolé qui s'offrait à moi. La terre, bouleversée, ne présentait que des cratères, des monticules, où se voyaient, de temps à autre, des squelettes d'arbres déchiquetés. Les villes que nous traversions n'étaient que ruines, et parmi un amas de gravats se dressaient des carcasses de murs demeurés debout par miracle. C'était un décor sinistre, un décor d'apocalypse, de destruction, de fin du monde. Il faudrait des années pour tout reconstruire. Et pourtant, dans ces décombres, la vie reprenait. En traversant La Bassée, j'aperçus, dans les ruines, les étalages d'un marché. Des gens sortaient des caves pour aller se ravitailler. Autour d'un pan de mur, des enfants se poursuivaient.

A Tourcoing, la ville semblait intacte, telle que je la gardais dans mon souvenir. Tout de suite, je fus frappée par l'animation des rues, contrastant joyeusement avec la morne tristesse qui régnait pendant l'occupation et dont je me souvenais trop bien. J'observai les gens sur les trottoirs, à la fois surprise et soulagée de ne pas apercevoir un uniforme allemand ou un diable vert. A l'extrémité de notre rue, je me dirigeai, le cœur battant, vers la maison que j'avais quittée depuis plus d'un an. Je frappai, poussai la porte d'entrée. Odile, tout de suite, fut là.

– Louise! s'exclama-t-elle. Quelle bonne surprise! Comment allez-vous? Et toi, mon petit Benoît? Comme tu as grandi! Quel bel enfant, Louise! Comme vous avez bien fait de partir quand il était malade! Mais venez, entrez donc. Ici, rien n'a changé.

Je la suivis dans la cuisine, la gorge nouée en retrouvant les lieux où, pendant trois ans, j'avais souffert et espéré. Près du feu, dans son vieux fauteuil, mon beau-père sommeillait. Je le trouvai plus âgé et plus maigre que dans mon souvenir, presque décharné. Son teint était aussi blanc que ses cheveux. La tête renversée, la bouche ouverte, il ronflait doucement.

– Il se remet difficilement de cette mauvaise grippe, chuchota ma belle-sœur. Le manque de nourriture, pendant quatre ans, l'avait déjà bien affaibli. La maladie a fait le reste.

Benoît m'échappa, courut vers son grand-père, lui tira le bras :

– Pépère Victor! appela-t-il.

Mon beau-père sursauta, ouvrit les yeux, aperçut le visage de l'enfant levé vers lui, un espiègle sourire aux lèvres. Il se frotta les paupières, regarda de nouveau, et une ineffable tendresse descendit sur ses traits :

– Benoît, mon petit... souffla-t-il.

Ils se retrouvèrent enlacés. Benoît, les bras autour du cou de l'aïeul, riait et protestait :

– Ta moustache, pépère Victor! Elle pique...

Sans lâcher mon fils, mon beau-père se tourna vers moi, me tendit une main :

– Merci, ma fille, d'être venue, et de m'avoir amené le petit... Comme il est beau! Il n'a plus rien de commun avec l'enfant malade qui est parti d'ici il y a un an. Je suis bien content de le retrouver en bonne santé. Il me semble revoir Mathieu au même âge.

– Asseyez-vous, Louise, dit ma belle-sœur, enlevez votre manteau. Je vais faire du café. Vous prendrez bien un biscuit, et toi aussi, n'est-ce pas, Benoît?

Mon fils acquiesça avec gourmandise et ne se fit pas prier pour en manger plusieurs. Odile l'observa avec approbation :

– Ça fait plaisir de voir qu'il a bon appétit. Rappelez-vous, Louise, lorsque vous êtes partie, il ne voulait plus manger et n'avait plus de goût à rien.

Je souris à mon enfant. Blotti sous les genoux de son grand-père, il dégustait son biscuit d'un air satisfait.

Heureuse de me revoir, Odile m'interrogeait, me faisait

raconter ce qu'avait été ma vie depuis que je les avais quittés. Je parlai de Raoul le Belge qui nous avait hébergés, de mon voyage jusqu'à Évian, de Léontine qui m'avait accompagnée jusqu'en France. Je parlai aussi de mon frère Paul, que je n'avais revu qu'une fois avant qu'il fût tué, et du chagrin de mes parents. Je dis que ma mère ne se remettrait jamais complètement de la mort de son fils.

– C'est comme moi, approuva mon beau-père. Heureusement que j'ai ma petite pour adoucir mes vieux jours.

– Ma mère me dit souvent la même chose, avouai-je.

– Que veux-tu, c'est le tribut que les filles doivent payer à la guerre : consoler leurs parents qui n'ont plus de fils.

Ma belle-sœur, à son tour, raconta. Après mon départ, la vie avait continué péniblement, toujours pareille : faim, froid, peur.

– Les Boches étaient de plus en plus durs. Ils ont déporté une vingtaine d'otages, parmi des habitants de Tourcoing, les hommes en Lituanie, les femmes à Holzminden. Il paraît que pour tout le Nord, il y en avait six cents, et certains sont morts là-bas. Il y a encore eu des réquisitions, bien entendu. Les Boches ont exigé que l'on fournisse une certaine quantité de tiges d'orties séchées, et nous avons supposé qu'ils feraient avec les fibres des sacs pour les tranchées. Ça a été vite fait : toutes les orties qui se trouvaient le long des haies, des fossés ou des voies de chemin de fer ont été coupées en un clin d'œil. Certains les ont enterrées, d'autres les ont brûlées, il y en a même qui ont fait de la soupe avec les feuilles. En tout cas, les Boches en ont été pour leurs frais!

– Vers la fin, ils sont devenus féroces, remarqua mon beau-père. Ils ont arrêté notre maire. Ils sont restés jusqu'au bout. On se demandait s'ils partiraient.

– Et avant de se retirer, ils ont fait sauter l'usine à gaz et la plupart des ponts. Ils avaient mis des explosifs dans le sous-sol de la gare, qui ont été découverts à temps. Quel soulagement ça a été de les voir partir! Ils ont été remplacés par des soldats anglais, et ceux-là, avec quel enthousiasme nous les avons accueillis! Ensuite, Clemenceau est venu, et Poincaré. C'était la libération, la délivrance...

– Pourtant, reprit mon beau-père, beaucoup ne pouvaient pas se réjouir. Ils sont nombreux, les foyers qui ont un absent à pleurer. Certains n'ont appris qu'après l'armistice la mort de leur soldat au front. Et cette maladie, cette grippe espagnole... combien ont succombé! Nous étions tellement épuisés par les privations que nous ne pouvions pas lutter. Moimême, je ne comprends pas comment je n'y suis pas resté. Il faut croire que le désir de revoir mon petit Benoît avant de mourir m'a soutenu. Et puis ma petite m'a bien soigné, n'est-ce pas Odile ?

– J'ai eu si peur, père, si peur de me retrouver seule... Et savez-vous, Louise, ce qui est arrivé à Clara, notre voisine d'en face ? Vous vous souvenez d'elle ?

– Clara, bien sûr ! Qui avait deux tourterelles et qui avait été arrêtée à cause d'elles...

– Eh bien, les Boches l'avaient condamnée à six mois de prison. Elle n'en a pas fait plus de deux, elle est morte aussitôt. Nous ne l'avons appris que récemment. Ils l'avaient envoyée je ne sais où, en Allemagne. Les conditions de détention étaient certainement trop dures, et à son âge elle ne les a pas supportées.

Encore une victime, pensai-je. Clara, pauvre vieille femme dont le seul crime avait été de posséder deux tourterelles gracieuses et inoffensives...

– Et puis, j'ai une autre nouvelle à vous annoncer, poursuivit ma belle-sœur, le visage rose. Une bonne nouvelle, celle-là. N'est-ce pas, père ?

Elle eut un sourire malicieux, me regarda avec des yeux où brillaient une multitude d'étoiles.

– Vas-y, petite, dis-le à Louise. Elle sera bien contente pour toi.

Ma belle-sœur se lança dans un flot de paroles excitées :

– Je vais bientôt me marier. N'ayez pas l'air aussi surpris, je vais vous expliquer. Il s'appelle Marcel. Ça fait longtemps que je le connais. Je l'ai rencontré il y a trois ans, vous savez, quand les Boches nous ont envoyés dans les Ardennes pour travailler aux champs. Il était avec nous, et il nous défendait, parfois, lorsque des soldats allemands nous serraient d'un peu trop près. Moi, j'étais seule, et il m'avait prise sous sa protection. Par un heureux hasard, nous avons été libérés le même jour et nous avons fait le trajet du retour ensemble. Et puis, eh bien... depuis que les Allemands sont partis, il est venu me revoir, et la semaine dernière il m'a dit qu'il voulait m'épouser.

Je me levai, embrassai ma belle-sœur avec élan :

– Je suis bien contente pour vous, c'est vrai. Je vous souhaite d'être heureuse, Odile.

– Vous viendrez à mon mariage ? Je vous inviterai. On ne fera pas de fête, bien sûr, mais je tiens à ce que vous soyez là.

Je promis, posai quelques questions sur ce Marcel que je ne connaissais pas encore.

– Il a mon âge, mais si vous voyiez comme il est fort et courageux! Il est maçon, et il dit qu'avec tout ce qu'il y a à reconstruire il ne manquera pas de travail dans les années qui viennent!

Elle riait, mutine, heureuse. Mon beau-père l'observait avec une expression attendrie :

– Peut-être, si Dieu me laisse encore un peu de temps, peut-être que je verrai naître tes enfants, Odile... Et après, je pourrai partir rassuré.

– Nous habiterons ici, me dit Odile. Marcel est d'accord. Je lui ai dit que je ne voulais pas quitter père.

En constatant l'enthousiasme qui faisait briller ses yeux, je pensais que j'avais été comme elle, moi aussi : une jeune fille amoureuse, vibrante, pleine d'espoir. La guerre s'était chargée de tout détruire. Puisse Odile avoir plus de chance, pensai-je sincèrement.

Lorsque je m'en allai, mon beau-père me rendit Benoît à regret :

– Reviens encore nous voir, ma fille, reviens souvent. Grâce à ta visite, je me sens beaucoup mieux.

Je vis, en effet, que ses joues avaient repris quelques couleurs et que son regard se faisait plus vif. Je promis de revenir, de temps à autre, passer une journée avec eux, surtout lorsque la ligne directe serait rétablie, ce qui rendrait le voyage plus facile.

– Je vais aller dire un petit bonjour à Annie, ajoutai-je. Cela me fera plaisir de la revoir.

Après avoir fait mes adieux et encore promis de revenir bientôt, j'allai frapper à la porte voisine. En m'apercevant, Annie ouvrit une bouche stupéfaite puis, tout aussitôt, un grand sourire éclaira son visage. Elle s'effaça pour me laisser entrer, se pencha et déposa deux gros baisers sur les joues de Benoît.

– Ça alors! Ça alors, si je m'attendais... répétait-elle, abasourdie et ravie. Vous allez bien, tous les deux? Elle est enfin finie, cette guerre, avant que nous soyons tous morts. Mon Alfred, Dieu merci, n'a pas été tué. J'ai enfin eu de ses nouvelles. Maintenant que les Boches sont partis, nous avons le droit de nous écrire. Il a été blessé une fois, des éclats d'obus qu'il a reçus, et après un séjour à l'hôpital il était reparti au front. Il va bientôt revenir. Ceux de sa classe doivent être libérés sous peu, et les pères de famille ont droit à une majoration d'une classe par enfant. Nous l'attendons d'un jour à l'autre. Je n'arrive pas à réaliser que je vais enfin le revoir! Ça fait quatre ans et demi que nous sommes séparés...

Tout en parlant, elle m'entraînait dans sa cuisine. Assis sur une chaise, un pied bandé posé sur une autre chaise devant lui, un bras en écharpe, un grand jeune homme très maigre tourna la tête vers moi et me sourit. Ce fut à son sourire que je le reconnus.

– Dédé ! m'exclamai-je. Dédé, c'est bien toi ?

Il hochait la tête, toujours souriant, tandis que Benoît courait vers lui.

– C'est lui, mon grand garçon, approuvait Annie d'une voix que l'émotion, la rancune, la souffrance rendaient frémissante. Regardez comme ils me l'ont arrangé ! Et je ne dois pas me plaindre, il est vivant ! Si vous saviez dans quel état il m'est revenu ! Maigre à faire peur, un véritable épouvantail...

– Dédé... dis-je en m'asseyant. Tu as été blessé ?

– C'est à cause des Boches, grommela Annie. Avec tout ce qu'ils lui ont fait, je ne comprends pas comment il a pu résister.

Dédé regarda sa mère. Ses traits, que les épreuves avaient rendus plus durs, eurent une expression ironique :

– Ils m'en ont fait voir, c'est vrai, mais je les ai bien embêtés aussi. Toujours à refuser de travailler pour eux. Avec d'autres compagnons, aussi difficiles que moi, nous étions dans les bataillons de discipline. Traités comme des bêtes, et même pis que des bêtes. Nous mourions de faim, n'ayant que de l'eau, de l'orge perlée, une boule de pain tous les trois jours. Sans compter les coups et les injures. Beaucoup sont morts, autour de moi, à cause des mauvais traitements. Avec deux ou trois camarades, j'ai essayé plusieurs fois de m'évader. Nous étions toujours repris, et la punition était dure : deux mois de prison et cent coups de bâton, assenés avec tant de force que pendant huit jours je me retrouvais incapable de marcher.

– Mon pauvre Dédé, murmura Annie, les larmes aux yeux, mon pauvre enfant...

– Ils nous obligeaient à empierrer des routes, à creuser des tranchées, à décharger des obus, à porter la soupe aux soldats allemands, et même à enterrer leurs morts. Tout ça sous le feu des alliés, bien entendu. J'ai été blessé à Montdidier, le jour où la ville a été reprise par les Anglais et les Français. J'ai reçu plusieurs éclats d'obus, dans la jambe et dans le bras. Je me suis évanoui, et lorsque je suis revenu à moi, j'étais sur une civière, recueilli par des militaires français qui m'avaient trouvé après avoir repoussé les Boches. J'ai eu de la chance, j'ai pu être soigné, un médecin-major m'a recousu le bras et m'a opéré à la jambe. Une vraie bouillie, ma jambe... J'ai pu ensuite être évacué dans un hôpital de l'arrière, et dès que l'armistice a été signé, comme j'allais mieux j'ai demandé à revenir chez moi. Voilà.

Il dressa crânement la tête, et je me souvins du jeune homme courageux qui, alors que les soldats allemands l'emmenaient, avait confié sa mère à son jeune frère. Je lui adressai un sourire approbateur et chaleureux.

– Imaginez mes angoisses, Louise, soupira Annie. Sans nouvelles d'Alfred, sans nouvelles de Dédé, il ne me restait qu'Alain. Et voilà que les Allemands s'en vont en l'emmenant, avec tous les autres habitants masculins de Tourcoing. Je suis restée seule, et j'ai passé mes jours et mes nuits à trembler pour eux, mon mari et mes deux fils. Je me disais : « Que va-t-il se passer ? Me les auront-ils tués tous les trois, ou bien m'en restera-t-il un ? Et lequel ? » C'était insupportable, Louise.

La porte s'ouvrit en coup de vent, un jeune garçon entra en courant, tout essoufflé. Je le reconnus plus facilement que son frère aîné.

– Bonjour, Alain, dis-je. Comment vas-tu ?

Il me salua, m'expliqua que chaque jour il faisait le tour des usines afin de se faire embaucher quelque part. Mais c'était difficile, voire impossible. Les Allemands avaient pillé le contenu des usines afin de l'envoyer dans leur pays. Il ne restait plus rien, ni métiers, ni matières premières. Il fallait tout rééquiper. Annie le regardait, une lueur de fierté dans les yeux :

– C'est qu'ils sont bien braves, mes garçons, affirma-t-elle. Même Alain, lorsqu'il a été emmené par les Boches, n'a pas eu peur. N'est-ce pas, Alain ?

– J'avais vu partir Dédé, deux ans auparavant, et je me disais que, comme lui, je serais courageux. A vrai dire, nous n'avons pas été maltraités. Nous avons été emmenés jusqu'à Bruxelles, le long des routes, gardés par des dragons allemands à cheval, avec casque, bottes et lance. Nous n'avons pas eu faim parce que, dans les villages où nous faisions halte pour la nuit, les habitants nous distribuaient de la soupe et du rata. Et puis, nous savions bien que les Allemands étaient vaincus, puisqu'ils fuyaient, et que la délivrance était proche.

Il sourit, du même sourire crâne que son frère. Je me tournai vers Annie :

– C'est vrai, dis-je, vous avez deux garçons bien courageux.

Comme l'heure de mon train approchait, je ne pus m'attarder davantage et dus refuser la tasse de café qu'Annie me proposait. Je promis de faire une visite plus longue la prochaine fois, embrassai chaleureusement Dédé :

– Soigne-toi bien, mon garçon.

– Ça va aller, Louise, ne vous inquiétez pas. Je serai bientôt guéri.

Avec Alain, Annie vint me reconduire jusqu'au seuil. Sur le trottoir, j'échangeai encore quelques mots avec elle, tandis qu'elle donnait à Benoît des biscuits à manger en cours de route. Alors que je m'apprêtais à lui dire au revoir, Alain, qui près de nous observait la rue, cria soudain :

– Maman, regarde ! C'est papa ! C'est papa qui revient !

Annie se figea, tourna la tête vers le coin de la rue. Un homme venait vers nous, un gros sac en bandoulière. Elle porta les mains à ses joues et balbutia :

– Alfred... Mon Dieu, c'est Alfred...

L'homme, en s'approchant, ralentissait, les regardait, Alain et elle, souriait, presque hésitant. Annie cria : « Alfred ! » et se jeta contre lui. Il referma ses bras sur elle. Alain, près d'eux, répétait :

– Papa, te voilà... Je suis bien content, papa, bien content...

Sur le visage de l'homme, une grande paix, un grand bonheur s'épanouissaient. Je me sentis importune, étrangère à cette scène de retrouvailles où je n'avais aucune place. Je les regardai une dernière fois. Tout à leur joie, ils ne faisaient pas attention à moi. Je pris la main de Benoît dans la mienne et doucement, sans bruit, je m'éloignai. Tandis que je marchais vers la gare, je me sentais à la fois triste et heureuse. Cette scène m'avait prouvé que, malgré la guerre, des familles parvenaient à se reformer, unies comme avant, qui tenteraient d'oublier et repartaient ensemble pour une vie meilleure. Et cela faisait chaud au cœur, montrait que la vie et l'amour enfin triomphaient. Mais, d'un autre côté, je réalisais que ce bonheur tout simple, que j'avais tant espéré, n'était pas pour moi. Et ma solitude n'en paraissait que plus cruelle.

CHAPITRE X

Les dernières classes furent libérées au cours de l'été; la classe 1916, celle de mon frère, en septembre. Ma mère ne put s'empêcher de remarquer :

– Il serait revenu... Là, maintenant, il serait parmi nous...

Chaque fois que je voyais la campagne environnante, je pensais à lui. Julie, la fermière chez qui j'allais chercher mon lait, me dit un matin :

– Il nous a bien manqué, votre frère, cette nuit. Une de nos vaches à vêlé, et ça a été si dur que finalement, quand on a réussi à extraire le veau, il était mort. Paul, lui, aurait su comment s'y prendre. Il n'avait pas son pareil dans un cas comme celui-là.

J'approuvai d'un signe de tête, en silence. Je savais trop combien mon frère pouvait être regretté.

Mon père prit une deuxième fois, comme il le disait, sa retraite. Il était temps de laisser la place aux jeunes, à tous ceux qui avaient été démobilisés et qui aspiraient maintenant à reprendre une vie normale. Une nouvelle loi, en avril, avait fixé à huit heures la durée de travail journalière, ce qui avait fait dire à ma mère :

– C'est ce que réclamaient les ouvriers à Fourmies, lors de la manifestation où mon amie Maria a été tuée. Et dire qu'il a fallu attendre tout ce temps pour obtenir satisfaction...

Les soldats qui, dans le village, étaient revenus de la guerre, affirmaient à qui voulait l'entendre qu'une pareille tuerie ne devait plus jamais se reproduire. Ceux qui étaient célibataires ajoutaient même qu'ils avaient décidé de ne pas se marier, et surtout de ne pas avoir d'enfants qui deviendraient de la « chair à canon », ils s'y refusaient absolument. Je me rappelais ce que m'avait raconté Paul, et je les comprenais.

Mon père, bien qu'ayant cessé de travailler, continuait à s'intéresser à son métier, passait de longues heures à bavarder avec les cheminots, se passionnait pour la reconstruction des voies ferrées, des gares, de tout ce qui touchait aux chemins de fer et qui avait été détruit par les Allemands. La ligne directe Paris-Lille avait été rétablie, mais il restait encore de nombreuses lignes secondaires à remettre en état. L'énergie manquait. Le charbon, dans les régions qui avaient été occupées, ne pouvait plus être extrait car, là comme ailleurs, les Allemands avaient fait des ravages, explosions, inondations des galeries, destructions des chevalements. Il fallait tout réparer et, en attendant, utiliser le charbon des puits des mines en territoire libre, en importer également de Belgique et d'Angleterre.

De la même façon, nous nous relevions lentement des ruines de notre vie. Malgré les absents, l'existence reprenait. Le souvenir de la guerre serait long à s'estomper. Tout le monde était d'accord pour dire qu'elle devait rester la dernière, « la der des der », comme l'appelaient les poilus qui avaient eu la chance de revenir. Entre eux, ils se groupaient, avaient décidé de former une « Société des poilus », pour eux d'abord, pour les quatre ans de leur vie qu'ils avaient donnés, et aussi pour leurs compagnons tués au combat.

De mon côté, je demeurais chez mes parents, comme lorsque j'étais jeune fille, mais la situation était pourtant très différente, car maintenant j'avais un enfant et j'étais veuve. Je n'oubliais pas Mathieu, mon bel amour, avec qui je n'avais connu qu'un an de bonheur. Je me laissais dorloter par ma mère, qui reportait sur Benoît et moi l'amour et les attentions dont elle aurait entouré Paul. Elle pleurait son fils, je pleurais mon mari, et nous n'avions pas de tombe où nous aurions pu nous recueillir. Malgré la tendresse de mes parents et de mon petit garçon, je me sentais esseulée. Il me manquait une épaule virile où reposer, parfois, ma tête douloureuse.

Je ne possédais aucun souvenir de Mathieu. Après l'armistice, j'étais allée, dès que je l'avais pu, dans le petit logement que nous avions occupé lorsque nous étions mariés. Comme je le supposais, il avait été réquisitionné par les Allemands, ainsi que l'école qu'ils avaient transformée en *Lazarett*. Je n'avais rien retrouvé de nos affaires. Tout avait été pillé, tout ce que j'avais laissé lorsque j'étais partie : les vêtements, les ustensiles de cuisine, les livres et les cahiers de Mathieu.

Cela ne me surprenait pas; pendant les trois ans que j'avais passés à Tourcoing, j'avais vu agir les Allemands. Mais, devant mon logis vide, je n'en avais pas moins éprouvé une peine immense. De l'année que nous avions vécue ensemble, Mathieu et moi, il ne restait plus rien. C'était comme si elle n'avait jamais existé.

Je reçus des nouvelles de Léontine. Après l'armistice, elle était revenue chez elle, près de Denain. Son mari avait été démobilisé en mars, après avoir été deux fois blessé au cours de la guerre. Il lui restait un handicap sérieux au genou gauche, qui le faisait boiter. Malgré cela, ils avaient repris l'exploitation de leur cabaret. Là comme ailleurs, il fallait relever les ruines, tout reconstruire, rééquiper les usines pillées afin de les faire tourner de nouveau. Elle m'assurait de son amitié, affirmait qu'elle serait heureuse de nous revoir, Benoît et moi, et nous invitait à aller lui rendre visite quand nous le désirerions. Émue, je montrai la lettre à mes parents. Léontine avait, dans un coin de mon cœur, une place privilégiée : c'était avec elle que j'avais voyagé vers la France, avec elle que j'avais retrouvé la liberté. Toujours elle resterait liée à cet événement heureux.

– Un jour, j'irai la voir avec Benoît, dis-je. Et en attendant, je vais lui répondre.

J'envoyai une longue lettre. Je parlai brièvement de la mort de mon frère. Je préférai m'attarder sur Benoît, qui à cinq ans était espiègle, vif, remuant, intelligent. J'assurai à Léontine qu'elle ne le reconnaîtrait pas. En deux ans, il avait tellement grandi et changé ! Je promis d'aller la voir et l'invitai, elle aussi, à venir chez nous.

Je me rendais régulièrement chez mon beau-père, et j'aimais la joie qui illuminait son regard lorsqu'il apercevait Benoît. A chacune de mes visites, il nous accueillait avec les mêmes mots :

– Il ressemble tellement à Mathieu au même âge que j'ai l'impression de me retrouver des années en arrière.

Ma belle-sœur, quant à elle, vibrait littéralement d'enthousiasme. Elle allait bientôt épouser Marcel, qu'elle me présenta avec fierté. C'était un grand garçon dégingandé, qui la couvait d'un regard amoureux, un regard qui me rappela celui que Mathieu avait pour moi à l'époque de nos fiançailles. Elle ne pensait pas, comme Annie, à me citer les motifs de plaintes liées à la situation : la pénurie de charbon, qui rendrait le prochain hiver pénible à supporter; la lenteur et la difficulté d'un retour à la vie normale; le pain qui était gris et qui causait gastrites et entérites; les pâtisseries qui fermaient plusieurs jours par semaine, comme si on était encore au début de la guerre; les matelas qui, malgré les promesses de la mairie, n'avaient toujours pas été remplacés depuis que les Allemands les avaient enlevés; le mécontentement des ouvriers des filatures, à cause du chômage en attendant la réouverture des usines. Pourtant, la fête du *broquelet* avait été célébrée, m'avait raconté Odile. Le lundi 12 mai, une messe avait eu lieu, réunissant patrons et ouvriers. Ces derniers, nombreux, avaient ensuite sillonné les rues et assailli les cabarets en chantant :

Enfin la défaite
Des Boches
Ramène la fête
Des broches!

Ma belle-sœur m'entraînait dans les magasins pour essayer de se constituer une toilette de mariée. Elle me parla de la prochaine braderie de Lille qui aurait lieu le premier lundi de septembre, après six ans d'interruption.

– Pourriez-vous m'y accompagner, Louise ? J'ai besoin de certaines choses pour « monter mon ménage », et j'aimerais que vous soyez là pour me conseiller. Vous pourriez arriver la veille et passer la nuit avec nous. Ce qui nous permettrait de partir le lendemain matin afin d'être sur place dès 8 heures. Plus tôt nous y serons, plus le choix sera grand.

J'acceptai. Pour une fois, je laissai Benoît chez mes parents. Il était trop petit pour être mêlé à la foule de la braderie, et trop remuant pour rester seul avec mon beau-père. Je dormis, cette nuit-là, avec Odile. Cela me rappela l'époque de la guerre, lorsque nous devions partager le même lit pour laisser l'autre chambre à Guillaume, le soldat allemand qui logeait chez nous. Odile, elle, bavardait sans arrêt et paraissait avoir totalement oublié cette sombre période. Je l'écoutais en souriant avec nostalgie. Comme j'enviais sa jeunesse, son enthousiasme, son énergie! A côté d'elle, je me sentais vieille, abattue, découragée.

Le lendemain matin, pourtant, l'animation de la braderie réveilla mon intérêt. Il faisait beau, et le spectacle qui s'offrait à nous effaçait les années de guerre, disait que tout reprenait comme avant. Ma belle-sœur s'arrêtait, observait les étalages installés sur le bord de la chaussée, repartait, revenait. Comme elle, je regardais. Il y avait de tout, des vêtements, du linge, des chaussures, des ustensiles de ménage, des vieux cuivres, des objets d'art, des gravures, des tableaux anciens, et même des matelas que certaines personnes achetaient, lassées d'attendre ceux qu'on leur avait promis. La bonne humeur des passants, les cris des marchands, l'entrain de ma belle-sœur chassaient, pour un instant, ma morosité. J'aidai Odile à choisir une cafetière, des tasses, quelques assiettes, un parapluie, une chemise pour Marcel, une paire de bas vendue 59 sous au lieu de 5 francs dans le commerce, une véritable affaire, assura le marchand. Dans la rue de Paris, un roulement de tambour attira notre attention. Autour d'une voiture, des gens s'agglutinaient. Un homme, debout dans le véhicule, appelait d'une voix forte tous ceux qui souffraient des dents avec la promesse de les soulager. Odile se mit à rire :

– Dieu merci, je n'ai pas mal aux dents. Vous non plus, j'espère ?

Elle me prit le bras, m'entraîna plus loin. A un carrefour, une voyante en tenue de bohémienne, installée sous un parasol à rayures blanches et roses, proposait aux passants de leur prédire l'avenir. Odile hésita un instant, puis se décida d'un seul coup :

– J'ai bien envie d'y aller, Louise.

Je tentai de protester :

– Odile ! Elle va vous soutirer de l'argent et vous raconter des boniments.

Ma belle-sœur fit la sourde oreille. Me confiant le sac qui contenait ses achats, elle s'avança, et je la vis tendre une main à la femme qui, aussitôt, s'en empara. Par discrétion, je restai à l'écart, observant le va-et-vient autour de moi. En face, un camelot vendait des oiselets de métal qui, à la manière des hannetons, bourdonnaient au bout d'un fil. Je m'approchai, amusée, et en achetai un pour Benoît. Alors que je payais, Odile revint vers moi, les yeux brillants, tout excitée :

– Louise ! s'écria-t-elle. Elle a vu que j'allais bientôt me marier, et elle m'a prédit que je serais heureuse ! Et l'an prochain à cette époque, j'aurai déjà un enfant. N'est-ce pas merveilleux ?

Je lui souris sans répondre. De nouveau, je pensai que j'aurais aimé être encore comme elle, avec plein d'espoir dans le cœur et la perspective d'une existence heureuse devant moi.

– Père sera content lorsque je lui raconterai ça, continuait Odile. Il tient à connaître ses petits-enfants avant de mourir, c'est ce qu'il dit toujours. Bon, eh bien, mes achats sont terminés, n'est-ce pas? Nous pouvons nous en aller.

Alors que nous arrivions à l'extrémité de la rue de Paris, il y eut soudain devant nous un remous, des protestations, des exclamations :

– Hou hou!

– Sales Boches!

– Regardez-les. Ils sont moins fiers, maintenant!

Ma curiosité me poussa à avancer. Intriguée, je me faufilai parmi les gens. J'aperçus alors des prisonniers allemands qui traversaient la rue. Sous les quolibets, certains baissaient la tête. D'autres observaient, avec une surprise visible, la braderie et la foule. Odile, qui m'avait rejointe, me donna un coup de coude :

– Regardez, souffla-t-elle. Là... C'est Guillaume.

– Guillaume? dis-je sans comprendre.

– Mais oui! Guillaume Krankel, le soldat allemand qui a logé chez nous pendant la guerre. Il est là... le troisième en partant de la droite, juste devant nous!

J'eus de la peine à le reconnaître. Je l'avais toujours vu en uniforme, sûr de lui et de la victoire de son pays. Il avait maigri, il marchait les épaules courbées et le front penché, dans l'attitude du vaincu qu'il était devenu. Je ne pensai plus qu'il avait été un ennemi. En un éclair, je me rappelai qu'il était parti en laissant à Benoît, comme cadeau d'adieu, le jouet-fétiche qu'il possédait depuis son enfance et auquel il tenait. Dans un élan irréfléchi, je criai :

– Guillaume!

Il sursauta, tourna vers nous son visage aux yeux clairs, nous aperçut, Odile et moi. Après une fraction de seconde, il nous reconnut et inclina la tête en portant une main à son béret informe. Puis la colonne passa, poussée par les gardiens, et nous ne le vîmes plus.

– Ça alors, Guillaume! murmura Odile. Je me demandais parfois ce qu'il était devenu. Ça me fait plaisir de voir qu'il n'a pas été tué.

– A moi aussi, approuvai-je.

Un homme, près de nous, nous fit face, l'œil mauvais :

– Vous avez des amitiés parmi les Boches, vous? Ne savez-vous pas qu'ils sont pires que de la vermine? Ce qu'ils nous ont fait, pendant quatre ans, ça ne vous a pas suffi?

– Cela n'a rien à voir, dit Odile d'un ton digne. Ce soldat a logé chez nous, et il s'est toujours montré correct et gentil.

La bouche de l'homme se tordit, son regard se fit menaçant :

– Un Boche gentil, ça n'existe pas. Je vous ai entendue, il y a un instant. Vous êtes contente parce qu'il n'a pas été tué ? Vous devez être folle. Ou peut-être que, pendant la guerre, vous avez fait partie de ces femmes à Boches ? Hein ? C'est ça ? Et c'était avec celui-là, que vous avez appelé Guillaume ?

Sous l'insulte, ma belle-sœur avait blêmi. J'intervins :

– Vous vous trompez, monsieur.

Il me regarda, et j'eus l'impression qu'il allait cracher sur moi. Puis il vit mes vêtements noirs, et son expression changea.

– Ils vous ont tué quelqu'un ? interrogea-t-il.

La douleur toujours présente dans ma poitrine se réveilla.

– Oui, dis-je d'une voix tremblante. Mon mari, mort dans un camp de prisonniers. Et mon frère, dans les tranchées.

Il secoua la tête et ses yeux se chargèrent de souffrance :

– Moi, j'avais trois fils. Les deux premiers sont tombés au combat, et le troisième est revenu aveugle et poitrinaire à cause de leurs gaz asphyxiants. Et vous voudriez que je me réjouisse quand je vois des Boches qui n'ont pas été tués ? Ah non alors ! Je voudrais les voir tous exterminés, tous jusqu'au dernier.

L'indignation rendait sa voix vibrante. Un attroupement se formait. Un autre homme répliqua :

– C'est bien vrai ! D'abord, que font-ils encore chez nous ? On les a assez vus, il me semble.

Ils se mirent à discuter ensemble. Je pris le bras de ma belle-sœur :

– Venez, Odile, partons.

Nous réussîmes à nous esquiver. Après quelques pas, ma belle-sœur poussa un soupir de soulagement :

– J'ai eu peur, Louise, lorsque je l'ai vu s'en prendre à nous.

– Je crois qu'il a entendu nos propos, dis-je, et il n'a pas compris.

– Pourtant, la guerre est terminée maintenant. Il faut tâcher d'oublier tout ça.

Je ne répondis pas, soudain assombrie. Oui, la guerre était terminée, mais ceux qui l'avaient vécue, qui se retrouvaient meurtris dans leur chair ou dans leur cœur, pourraient-ils jamais oublier ? La scène que nous venions de vivre m'avait démontré que la haine demeurait, toujours aussi vivace.

***

Le 24 octobre 1919 marqua officiellement la cessation des hostilités. La paix était définitivement revenue. Les villes qui avaient été occupées par les Allemands organisèrent, un an après leur départ, une « fête de la délivrance ». Ma belle-sœur me raconta qu'à Tourcoing un canon-mortier pris à l'ennemi et offert à la ville avait été transporté de la gare à la mairie par les anciens poilus, sous les acclamations de la foule. Quelques jours après, les anciens « brassards rouges », dont André avait fait partie, s'étaient rendus au cimetière du Pont de Neuville pour déposer, sur le monument des victimes, une plaque dédiée à leurs camarades, sur laquelle étaient inscrits une cinquantaine de noms.

– Et il est question de construire un autre monument, continua Odile, pour tous les enfants de Tourcoing morts à la guerre. Il paraît qu'il sera au rond-point fleuri, place de la Gare. Tous les noms seront inscrits, et on dit qu'il y en a plus de mille huit cents! Quelle hécatombe, Louise!

– Je sais, dis-je. Dans notre petit village, où pourtant il n'y a pas beaucoup d'habitants, il y a eu cinquante-trois tués. Le maire a décidé d'élever un monument sur la place, près de l'église, avec la statue d'un poilu. Son fils a été tué parmi les premiers, en 1914. Ils y inscriront les cinquante-trois noms, et parmi eux il y aura celui de mon frère...

Mais de telles réflexions ne pouvaient assombrir Odile bien longtemps. Elle ne pensait qu'à Marcel. Elle m'avait fait promettre d'assister à son mariage, et je cédai pour lui faire plaisir. Il eut lieu par une belle journée d'automne. Il me rappela le jour où j'avais épousé Mathieu, et la façon dont nous étions partis ensuite vers une vie commune, sûrs de notre bonheur. Le cœur serré, je vis le sourire de mon beau-père et ses yeux humides, je croisai son regard. Sans un mot, je compris que, malgré sa joie, lui aussi pensait au fils qu'il avait perdu et que, comme moi, il pleurait des larmes intérieures.

Je vivais toujours chez mes parents, et rien ne semblait devoir changer. J'élevais mon fils du mieux que je pouvais, je lui parlais de son père et lui montrais la photo que m'avait remise Bernard Duparc. « Regarde bien, répétais-je, c'est ton papa. » Il observait l'image sans rien dire, et je me demandais ce qu'elle pouvait signifier pour lui. A cinq ans, que comprenait-il? Mon père s'occupait beaucoup de lui, et apportait dans sa vie la présence masculine qui lui manquait. Mais était-elle suffisante?...

Depuis qu'elle était mariée, Odile venait quelquefois nous

voir, avec Marcel. Mais, comme mon beau-père se plaignait d'être trop âgé pour voyager, je continuais à me rendre à Tourcoing une ou deux fois par mois, parfois le dimanche, parfois en semaine. J'emmenais mon fils, que son grand-père accueillait toujours avec un plaisir touchant. Je les laissais ensemble, je bavardais avec Odile, dont le sourire chassait ma tristesse. J'allais voir Annie, qui me parlait de ses hommes. Ils travaillaient de nouveau, la plupart des filatures ayant rouvert leurs portes. Mais les salaires étaient trop bas par rapport au coût de la vie, et elle constatait avec colère :

– Qui pourrait croire qu'on a gagné la guerre, quand on voit toutes nos difficultés pour retrouver une vie normale ?

Je lui disais de prendre patience, que tout cela était secondaire, qu'elle avait avec elle son mari et ses fils, et que moi j'aurais bien voulu souffrir toutes sortes de privations pourvu que Mathieu fût revenu. Elle me regardait, ses yeux s'emplissaient de pitié et de compréhension :

– C'est vrai, admettait-elle. J'ai la chance de les avoir. Je ne dois pas me plaindre.

Mais, la fois suivante, elle recommençait.

Ces journées représentaient la seule distraction de ma terne existence. Et ce fut à cause d'elles que, de façon insensible, ma vie changea.

Je faisais ces voyages en train, de Saint-Pol à Tourcoing, par Béthune et Lille. A chacun de nos retours, lorsque je prenais l'omnibus, j'avais l'habitude de monter dans le dernier compartiment de la même voiture. Le contrôleur nous captivait par son manège. Pour aller d'un compartiment à un autre, tandis que le train roulait, il sortait, se tenait sur le marchepied et, tout en s'accrochant à la barre extérieure, passait sur le marchepied suivant. Là, il entrait dans l'autre compartiment, contrôlait les billets, et recommençait. Après avoir fait ainsi toute la voiture, il arrivait au dernier compartiment, dans lequel nous nous trouvions, Benoît et moi, et il attendait là le prochain arrêt, afin cette fois de changer de voiture.

C'était toujours le même contrôleur et, à la longue, nous le connûmes. Il nous souriait lorsqu'il nous voyait, parfois échangeait quelques mots avec nous. Il portait une casquette ornée de feuilles de chêne et une redingote fatiguée, qui aurait eu besoin de quelques coups de brosse énergiques. Il avait un visage agréable, des yeux doux et tristes. Je lui donnais environ une trentaine d'années.

Au fur et à mesure des arrêts, les gens descendaient, et vers la fin du parcours il restait très peu de monde dans notre compartiment. Je permettais alors à Benoît de faire trotter sa souris mécanique sur le plancher. La première fois que le contrôleur la vit, il s'exclama :

– Dis donc, c'est un jouet terrible que tu as là! Il marche tout seul?

Benoît, heureux et fier, lui montra le fonctionnement de la souris, voulut la lui faire essayer. Ce jour-là marqua le début d'une amitié entre lui et l'homme dont les yeux tristes, en apercevant mon petit garçon, s'éclairaient d'un sourire.

Benoît lui apprit son nom, lui demanda le sien. Il répondit qu'il s'appelait Richard. J'essayai de faire taire mon fils et, gênée, demandai de l'excuser.

– Benoît, grondai-je, cesse d'ennuyer les gens.

– Il ne m'ennuie pas, madame. Bien au contraire. Voyez-vous, j'avais un petit garçon, moi aussi, qui aurait le même âge...

Les yeux tristes eurent un regard pensif, lointain, qui révélait une poignante douleur. Je n'osai plus protester et laissai Benoît bavarder avec son nouvel ami.

Dès lors qu'il connut son prénom, il l'accueillit à chaque fois par une exclamation joyeuse :

– Bonjour, Richard!

Le dénommé Richard me saluait poliment, souriait à mon fils. S'il arrivait que le compartiment fût entièrement vide à l'exception de Benoît et de moi, il s'asseyait et montrait à Benoît la pince avec laquelle il poinçonnait les billets, lui en expliquait le fonctionnement. Benoît, enchanté de son nouvel ami, racontait et parlait pêle-mêle de tout ce qui faisait sa vie : *pépère* Victor, et l'autre, *pépère* Maxime, et *mémère* Charlotte, et tonton Paul qui avait été tué à la guerre. Une fois, il laissa échapper qu'il n'avait plus de papa, parce que lui aussi était mort pendant la guerre. Je rougis en sentant les larmes emplir mes yeux. Richard posa sur moi un regard où je lus une compréhension et une sympathie sincères.

A chacun de mes déplacements, c'était comme un rendez-vous tacite entre lui et nous. Lorsque, parfois, nous voyions arriver un autre contrôleur, je me sentais bizarrement déçue, et Benoît réclamait son ami Richard sans comprendre. J'apprenais certaines choses le concernant, qu'il laissait échapper au hasard des questions de Benoît. Je sus ainsi qu'il était, plus que moi, seul au monde. Sa femme était morte en donnant le jour à un fils, quelques années avant la guerre. Et puis, au cours de l'occupation, l'enfant, affaibli par les privations, avait succombé à la fièvre typhoïde. Ce fut moi, cette fois-là, qui eus envie de lui serrer la main en signe de compassion. Au fil des jours, cette amitié apportait un peu de joie dans ma vie. Mais elle ne restait qu'une amitié.

***

Au cours des premiers mois de l'année 1920, le mécontentement des travailleurs s'accrut progressivement. Les salaires étaient insuffisants face à la vie chère. De plus, dans les chemins de fer, malgré la loi des huit heures, il n'était pas rare de voir des journées de douze et quatorze heures de travail, surtout parmi les mécaniciens et les chauffeurs. En février, à la suite d'une punition infligée à l'un de leurs collègues, les cheminots du P.L.M. se mirent en grève. Bientôt, l'arrêt de travail s'étendit à tous les réseaux, arriva jusqu'au Nord. Mais, dans la région, malgré l'ordre de grève de la Fédération, la plupart des cheminots restèrent à leur poste.

– Et ils ont raison ! commentait mon père, qui se jugeait concerné comme s'il travaillait encore. Si l'origine de la grève est simplement une faute professionnelle d'un cheminot isolé, nous n'avons pas à nous soulever tous pour couvrir la faute d'un seul.

Il tint à ce que je l'accompagne à la gare, et me montra l'appel rédigé par l'ingénieur en chef de l'Exploitation, Javary, que la Compagnie avait fait afficher. Le texte faisait valoir le fait que le Nord, en raison des régions dévastées par la guerre, commençait seulement à se relever ; faire grève équivalait à perdre en quelques jours les résultats durement acquis depuis plusieurs mois. Il se terminait par : « Les agents du réseau du Nord ne feront pas cela, tout simplement parce qu'on n'achève pas un blessé quand on est français, et que la région que nous desservons est tout entière un grand blessé. »

– Ça, au moins, c'est bien dit ! répétait mon père. Et tout à fait vrai. D'ailleurs, tout le monde en est conscient.

Très vite, les cheminots du syndicat de Lille décidèrent la reprise du travail. La grève n'avait pas duré plus de vingt-quatre heures. Mais elle avait été presque complète sur les autres réseaux. Les conséquences furent l'obtention du respect des droits syndicaux, un statut fixant les droits des délégués, et une échelle des salaires fixée par le conseil fédéral. Ce qui constituait une victoire.

Lorsque je revis notre ami le contrôleur, il m'avoua que, pour sa part, il avait obéi à l'ordre de grève.

– Je suis syndiqué, me dit-il, donc discipliné. Je suis même délégué. Je dois être le premier à obéir et à montrer l'exemple.

– N'avez-vous pas peur qu'on vous traite de « renard » ? demandai-je. Sans compter le risque que peut entraîner une telle attitude. Je me souviens de la grève de 1910. Elle avait été presque totale sur le Nord. Beaucoup ont été révoqués.

Il soupira :

– Je le sais bien. Un de mes cousins est dans ce cas. Il n'a toujours pas été repris. Mais ça ne doit pas nous arrêter. De toute façon, cette fois-ci, la Compagnie du Nord a décidé de n'appliquer aucune sanction.

D'autres corporations, à leur tour, se mirent en grève. Au début du mois de mars, ce furent les mineurs du Pas-de-Calais, bientôt suivis par ceux du Nord. Presque en même temps, les ouvriers du textile cessèrent le travail. La revendication des uns comme des autres était d'obtenir un salaire proportionnel au coût de la vie, qui était plus élevé dans le Nord que partout ailleurs.

Au cours de cette période, un jour où je me rendais chez mon beau-père, comme il pleuvait je pris le tramway à la gare de Tourcoing. Des groupes de grévistes, parfois importants, passaient dans les rues. Un certain nombre d'entre eux, très excités, se précipitèrent vers notre tramway à la faveur d'un arrêt. Ils se mirent à crier :

– Hou hou ! En bas tout le monde !

Ils obligèrent les passagers à descendre. Ceux qui essayaient de protester se retrouvaient empoignés et expulsés sans ménagement. Je pris Benoît par la main et marchai rapidement jusque chez mon beau-père. Lorsque je racontai l'incident, il hocha la tête avec tristesse. Odile se mordit les lèvres :

– Ils commencent à s'énerver, Louise. Malgré leurs manifestations et leurs discours, la situation ne s'améliore pas. Les syndicats ne parviennent pas à s'entendre avec les patrons. Le travail est interrompu dans toutes les usines. C'est la paralysie totale.

– Chez les mineurs aussi, dis-je, c'est la grève générale. Il paraît même que des troupes sont arrivées dans certains endroits.

– Dans ces conditions, nous ne sommes pas près d'avoir de nouveau du charbon, constata mon beau-père.

– Si cela continue, je ne pourrai même plus venir vous voir. Père dit qu'à cause du manque de charbon dû à la grève, de nombreux trains vont être supprimés.

Annie, que j'allai saluer avant mon départ, me parla de son mari et de ses fils :

– Je ne les vois plus, Louise. Ils sont toute la journée dans des manifestations, dans des meetings – elle prononçait « métinges » – à écouter des orateurs qui leur prêchent la révolte. Il y a eu Dumoulin, le secrétaire de la C.G.T., qui est venu tout exprès de Paris, et qui a fait un discours, juché sur un char. Personne ne veut céder. Si seulement les patrons pouvaient comprendre qu'on ne peut plus vivre comme on le fait en ce moment ! Ils donnent toujours le même salaire, alors que la vie est quatre fois plus chère qu'avant la guerre !

La grève dura tout un mois, et finalement les ouvriers comme les mineurs obtinrent satisfaction. Leurs salaires furent augmentés, des indemnités de vie chère furent versées. Au début du mois d'avril, le travail reprit partout, et tout le monde poussa un soupir de soulagement.

***

Ma belle-sœur m'avait dit :

– Venez passer avec nous la journée de dimanche prochain. Nous irons faire un tour jusqu'à Roubaix. Marcel veut assister à l'arrivée du Paris-Roubaix.

J'avais accepté, davantage pour passer une journée avec eux que pour assister à l'arrivée de la course. L'actualité sportive me laissait indifférente. Par contre mon père, à qui j'en parlai, s'exclama :

– Mais c'est que ça m'intéresse, moi ! Si nous y allions aussi, Charlotte ? Qu'en penses-tu ?

Ma mère secoua lentement la tête, en tempérant par un sourire son refus :

– Ça ne me dit rien, Maxime. Je préfère rester ici. Mais vas-y, toi, avec Louise.

Mon père hésita :

– Mais que feras-tu, toute seule ici ? Ça me gêne de te laisser.

– Ne t'inquiète pas. Si je m'ennuie, j'irai tenir compagnie à Adèle, ou à Julie. De toute façon, les autres dimanches, lorsque tu passes ton après-midi au cabaret à jouer aux cartes, pour moi ça revient au même, non ? Allez-y tous les deux, et laissez-moi Benoît. Ça ne l'intéressera pas, et puis il est trop petit pour se trouver parmi une telle bousculade. Il sera mieux ici.

Mon père se laissa convaincre et, le dimanche suivant, m'accompagna. Lorsqu'elle le vit, ma belle-sœur l'accueillit avec effusion :

– Comme ça fait plaisir de vous revoir! Charlotte et Benoît ne sont pas venus?

Elle mit le couvert, jeta un coup d'œil au pot-au-feu qu'elle avait préparé. Le repas se fit dans une ambiance agréable et chaleureuse. La conversation roula surtout sur la course du jour. Marcel, passionné de sport, était intarissable.

– Parmi ceux qui peuvent gagner, disait-il, je vois des Français comme Alavoine ou Barthélémy. Les frères Pélissier également. Il y a encore l'Italien Belloni, qui vient de gagner la dernière Milan-San Remo. Et aussi le Belge Lucien Buysse, qui se défend bien.

Mon père approuvait, citait d'autres noms, et ils reprenaient la discussion, comparant les mérites et les chances des différents coureurs.

– Parle un peu moins, disait ma belle-sœur à son mari. Pense à manger.

Marcel obéissait, avalait quelques bouchées, s'arrêtait pour bavarder de nouveau :

– Depuis que j'ai dix ans, j'assiste chaque année à l'arrivée des coureurs. C'est bien mieux que de les regarder passer sur un point quelconque du parcours. Là, on voit le premier remporter la victoire, on participe à la lutte qui, quelquefois, a lieu jusqu'au dernier moment, jusqu'à la ligne d'arrivée.

Mon beau-père ne disait rien. Je lui trouvais meilleure mine. Il commençait seulement à se remettre des privations et des souffrances de la guerre. Sous ses cheveux blancs, son visage s'éclairait d'une douce tendresse lorsqu'il regardait sa fille et son gendre. Entouré par leur amour, par leur visible bonheur, il souriait avec une satisfaction heureuse. Ma belle-sœur, sans participer à la conversation, écoutait les propos de son mari. Sa silhouette gracile s'était étoffée, avait atteint une plénitude qui lui allait bien.

Après le repas, nous partîmes, laissant mon beau-père faire sa sieste habituelle. Nous prîmes le tramway jusqu'à Roubaix. Malgré le mauvais temps, il y avait beaucoup de monde. Sur la route qui menait au Stadium, la foule se pressait, compacte et excitée. Marcel nous entraîna à l'intérieur, réussit à nous placer à un endroit d'où l'on apercevait l'entrée. Je fis la moue en constatant que mes pieds s'enfonçaient dans le sol détrempé par les pluies des jours précédents. Tandis que mon père et Marcel échangeaient des suppositions concernant l'identité du gagnant, ma belle-sœur me serra le bras :

– Louise, chuchocha-t-elle avec un sourire mystérieux et plein d'une ineffable douceur, il faut que je vous dise :

j'attends un enfant. La naissance est prévue pour septembre. Vous rappelez-vous ce qu'a prédit la voyante, à la dernière braderie ? Il semblerait qu'elle ait dit vrai.

Elle eut un rire léger, clair et joyeux. Je m'écriai sincèrement :

– Comme je suis heureuse pour vous, Odile ! Et pour père Victor ! Il doit être bien content.

– Oh oui, il est bien content ! Depuis que je le lui ai appris, il donne l'impression de rajeunir. Marcel et moi, nous sommes très heureux. Je suis allée rechercher, tout au fond de l'armoire où ils étaient rangés, tous les *pichous* *, les mouchoirs de cou et les chemises qui ont servi pour Mathieu et pour moi. Ils sont un peu jaunis, mais je vais les laver et les remettre à neuf. Ainsi, tout sera prêt pour...

Un grondement couvrit sa voix. Une sonnerie de clairon retentit, annonçant l'arrivée de la course. Un immense frémissement parcourut la foule, toutes les têtes se tournèrent vers l'entrée. Il y eut un grand silence, puis un cri explosa :

– Le voilà !

Je me tordis le cou pour essayer de voir. Sur une bicyclette, un homme transformé en paquet de boue, courbé en deux, avançait en pédalant de toutes ses forces. Une rumeur courut parmi les rangs des spectateurs :

– C'est Paul Deman, le Belge !

Je me demandais comment il était possible de lui donner une identité. Marcel se tourna vers mon père :

– Mais oui ! s'exclama-t-il. C'est Paul Deman. Où donc sont les autres ? Les Français ?

En appuyant énergiquement sur ses pédales, le cycliste parcourait maintenant les deux tours de piste avant la ligne blanche, sous les cris d'enthousiasme et les ovations. Au moment où il franchit le poteau d'arrivée, il se redressa, lâcha son guidon et leva les deux bras dans un geste de victoire. Les ovations redoublèrent. Puis l'attention se porta sur les autres coureurs qui, groupés, arrivaient à leur tour.

Marcel et mon père criaient autant que les hommes présents. Ils essayaient d'apercevoir leur favori. Mais ce n'était qu'un enchevêtrement de roues, de dos courbés où le numéro de la course n'était plus visible sous la boue, et tout cela défilait si vite que l'œil ne parvenait pas à fixer une seule image. Lorsqu'ils furent tous passés, mon père et Marcel voulurent aller se renseigner pour connaître le classement. Odile glissa son bras sous le mien :

– Venez, Louise, faisons quelques pas. Cela nous réchauf-

* Langes.

fera un peu. J'ai les pieds gelés. Marcel! cria-t-elle à son mari qui s'éloignait en compagnie de mon père. Nous vous attendrons à la sortie.

Une partie de la foule commençait à s'écouler lentement. Nous suivîmes, Odile et moi. Les discussions allaient bon train, qui toutes portaient sur la course. Ma belle-sœur constata :

– En tout cas, tout ce qu'on peut dire, c'est qu'ils sont courageux. Faire 270 kilomètres dans des conditions pareilles... Il paraît qu'ils sont partis depuis 5 heures du matin.

Une voix grave, près de moi, s'exclama subitement :

– Si je m'attendais à vous trouver ici! Bonjour, comment allez-vous? Votre petit garçon n'est pas là?

Je tournai la tête avec surprise. Richard, notre ami le contrôleur, me souriait. Sans sa casquette et sa redingote, j'avais failli ne pas le reconnaître. Bêtement, je me troublai, sentis que je rougissais. Je balbutiai quelques mots, oubliant de faire les présentations. Richard n'insista pas. Il s'inclina :

– Je vous laisse. Je vais rejoindre mon frère et ma belle-sœur, que j'ai perdus de vue. Ils doivent être quelque part par là. Mes amitiés à votre petit Benoît. A bientôt, je l'espère.

Il s'éloigna. Je regardai sa haute silhouette se perdre dans la foule. Odile m'interrogea avec curiosité :

– Qui est-ce, Louise?

Je le lui expliquai, encore sous la surprise de cette rencontre inattendue.

– Il est devenu l'ami de Benoît, terminai-je. Il semble l'aimer beaucoup.

Ma belle-sœur me lança un coup d'œil complice :

– Si vous voulez mon avis, il n'aime pas que lui.

– Que voulez-vous dire?

– Eh bien... cette façon qu'il a de vous regarder... Je jurerais qu'il est amoureux de vous.

Je ne pus m'empêcher de protester :

– Oh, Odile, n'exagérez pas. Nous nous connaissons à peine. Nous nous rencontrons de temps à autre dans le train, c'est tout.

– Il n'est pas nécessaire de connaître beaucoup quelqu'un pour en être amoureux. Je maintiens ce que j'ai dit. En quoi cela vous gêne-t-il, Louise? Vous êtes jeune, vous pourriez refaire votre vie.

Je m'insurgeai :

– Odile! C'est vous qui me dites ça? Vous, la sœur de Mathieu, vous me conseillez de l'oublier avec le premier venu?

Elle secoua la tête avec sérieux :

– Je ne vous conseille pas de l'oublier. Et puis, cet homme n'est pas le premier venu. C'est peut-être quelqu'un qui vous aime sincèrement.

– Taisez-vous, dis-je avec exaspération. Je ne veux pas en entendre davantage.

– Comme vous voulez, Louise. Je ne voulais pas vous vexer.

Elle parla d'autre chose, mais je lui répondis à peine. Mon père et Marcel vinrent nous rejoindre et, excités par le résultat de la course, ils ne remarquèrent pas mon mutisme. Je demeurai mal à l'aise tout le restant de la journée. La réflexion d'Odile m'avait montré une réalité que je n'avais pas vue, ou pas voulu voir. Moi, je considérais Richard comme un simple ami avec qui il m'arrivait de discuter quelquefois, rien de plus. Ce qu'elle m'avait dit me gênait, m'agaçait. Mathieu avait été mon seul amour, et jamais je n'avais pensé à accepter de nouveau quelqu'un dans ma vie. Et pourtant, en même temps, les propos de ma belle-sœur avaient fait se lever en moi quelque chose qui ressemblait à une timide satisfaction. Richard amoureux de moi... Même si je ne l'encourageais pas, ce que, de toute façon, je n'avais pas l'intention de faire, ce n'était pas désagréable, loin de là.

Le dimanche suivant, une fête fut organisée, dans notre village, en honneur à la Société des Poilus. Leur drapeau officiel leur fut remis solennellement par le maire, après un discours et un défilé de la musique municipale et des autres sociétés. Aux maisons flottaient les couleurs tricolores, et certains habitants avaient même fabriqué des fausses portes avec des branchages et de la verdure.

Lorsque ma mère vit les poilus de notre commune défiler lentement, drapeau en tête, elle ne put retenir ses larmes. Mon père les regardait, le visage douloureux. Je savais qu'ils pensaient, comme moi, que Paul aurait dû être parmi ces hommes qui étaient revenus de la guerre, meurtris, blessés, parfois mutilés comme Pierrot, le fils de Julie, mais vivants.

Ce genre de fête ravivait notre douleur. Cela nous paraissait sacrilège de voir, ensuite, les gens aller dans les cafés, rire, boire et s'amuser. Nous rentrions chez nous et ma mère passait la soirée à s'essuyer furtivement les yeux. Même si elle semblait avoir pris le dessus, elle ne pouvait pas oublier son enfant mort, et sa blessure ne guérirait jamais. Moi-même, j'éprouvais un mélange insupportable de révolte et de chagrin lorsqu'il m'arrivait d'apercevoir, dans les champs, le fermier labourer avec Utile, le cheval que mon frère aimait tant.

Ce fut à la même époque que fut créée la Fédération des Anciens Combattants du Nord. Elle avait pour but de faire aboutir les revendications de ceux qui avaient fait la guerre, de veiller à ce que les sacrifices consentis ne demeurent pas vains. Et surtout, de ne jamais oublier, afin qu'il n'y ait « plus jamais ça ».

***

Une nouvelle grève eut lieu, dans les chemins de fer, à partir du 1er mai. Comme la précédente, elle fut peu suivie sur le Nord et ne dura que deux jours. Mais sur les autres réseaux, et particulièrement sur le Midi, elle dura trois semaines. Ce fut un échec. Les compagnies procédèrent à des centaines de révocations et appliquèrent des mesures punitives allant croissant avec le nombre de jours de grève.

Parallèlement, le gouvernement Millerand décida la dissolution de la C. G. T. et l'arrestation de nombreux militants, parmi lesquels Thys et Dumercq sur le Nord. Il y eut des meetings, des protestations, puis Millerand revint sur sa décision, et la C. G. T. fut de nouveau reconnue légalement.

J'appris ces événements par Richard, que je rencontrais chaque fois que je me rendais chez mon beau-père. Il me parlait de sa fonction de délégué, il m'expliquait les avantages obtenus, outre la journée de huit heures, pour les cheminots : quinze jours de congés payés, la sécurité de l'emploi, une indemnité de vie chère et une indemnité de résidence. Je voyais bien que ce sujet le passionnait, mais je l'écoutais distraitement. Je ne pouvais m'empêcher de penser à ce que m'avait dit Odile et j'étais plus occupée à observer l'attitude de Richard qu'à écouter ses paroles. Il était vrai qu'il me gratifiait, chaque fois qu'il me voyait, d'un regard plein de chaleur. Mais cela suffisait-il pour déclarer, comme Odile, qu'il était amoureux de moi ? Il semblait s'intéresser davantage à Benoît, et cette amitié était réciproque. Une fois, il sortit de sa poche un objet qu'il tendit à mon fils :

– Je t'ai apporté un cadeau que j'ai fabriqué exprès pour toi. C'est un mirliton. Regarde, je vais t'apprendre à en jouer.

Mon fils prit avec intérêt le petit bâton de bois, percé à

chaque extrémité de trous que fermait une feuille à cigarette. Dès qu'il en connut le fonctionnement, ravi, il se mit à souffler dedans avec énergie. A la maison, ma mère s'étonna :

– Quel est ce nouveau jouet ?

– C'est Richard qui me l'a donné, dit mon fils.

– Richard ? Qui est-ce ?

Je me rendis compte que je n'en avais jamais parlé. Je racontai tout, y compris la réflexion d'Odile. Je pensai que, comme moi, ma mère allait s'offusquer. Mais elle se contenta de m'observer avec gravité, sans rien dire. Je me cabrai :

– Je ne suis pas prête à oublier Mathieu, déclarai-je d'un ton sans réplique.

Ma mère suivit des yeux Benoît qui tournait autour de la table en soufflant dans son mirliton, hocha la tête avec tristesse et ne répondit pas.

Parmi les nouvelles qui nous parvenaient, l'une d'elles nous parut particulièrement cocasse et intéressa mon père, ancien cantonnier. Nous apprîmes qu'une nuit Paul Deschanel, le président de la République, était tombé en pyjama du train qui le conduisait à Montbrison, où devait avoir lieu une inauguration. Il n'avait pas été blessé. Alors qu'il marchait le long de la voie, il rencontra un cantonnier qui le conduisit chez la garde-barrière la plus proche. Il eut beau leur répéter qu'il était le président de la République, ils ne le crurent pas. Ils finirent par appeler le médecin qui, lui, le reconnut et confirma son identité.

– Eh bien ! commenta mon père. Si une aventure pareille m'était arrivée !... Ça alors ! J'ai déjà trouvé pas mal de choses sur la voie, mais jamais un président de la République !

D'autres nouvelles, par contre, ne prêtaient pas à rire. Il y avait, à Lille, le procès de ceux qui, disait-on, avaient dénoncé Léon Trulin, qui avait été fusillé par les Allemands en novembre 1915. Nous apprenions aussi qu'en Russie, depuis la guerre et la révolution qui avaient déchiré le pays, le peuple était en proie à la famine et aux épidémies.

Mais c'était l'actualité sportive qui intéressait mon père et Marcel : le circuit cycliste minier du Nord-Pas-de-Calais, qui aurait lieu en août, et surtout le prochain départ du tour de France, en juillet.

Pour juillet également était prévue l'Exposition Internationale de Lille. Installée sur les terrains de l'Esplanade et du Champ-de-Mars, c'était une véritable cité qui, disait-on, comprenait des ateliers, des magasins, des cafés, des attractions, des salles d'exposition, un hôtel, un restaurant, une banque, un village hollandais, une *cense* * avec son bétail... Ma curiosité me donnait une terrible envie d'y aller. J'en parlai à ma belle-sœur, qui refusa avec regret : enceinte de sept mois, elle ne sortait plus beaucoup. Mon père, auprès de qui je tentai quelques allusions, répondit que cela ne l'intéressait pas.

– Je trouve même malheureux, constata-t-il, qu'il soit dépensé tant d'argent et utilisé tant de matériel, alors que dans de nombreuses régions les gens vivent dans des baraquements et attendent qu'on reconstruise leur logement.

Si Mathieu était-là, pensai-je frustrée, il m'y emmènerait. Je découvrais que je n'avais même pas une amie à qui demander de m'y accompagner. Depuis la guerre, j'avais vécu repliée sur moi-même, et j'avais l'impression subitement d'être seule au monde.

Ce fut peut-être ce qui me fit accepter la proposition de Richard. Je ne sais plus comment le sujet de l'Exposition arriva dans notre conversation, mais je laissai échapper que j'aimerais y aller. Richard sourit à Benoît.

– Je suis sûr que ça te plairait. Il y a tout un parc rempli de jeux et de distractions pour les enfants. Et puis, tu verrais Lydéric et Phynaert.

Devant l'ignorance de mon fils, il lui raconta la légende de ces deux géants, très aimés du peuple lillois :

– Il y a très longtemps, la ville de Lille n'existait pas encore. A sa place, il y avait, au milieu d'une épaisse forêt, un château fort dont le maître était très grand et très méchant. Il s'appelait Phynaert. Il attaquait les voyageurs, il les tuait et il prenait leur argent.

– Alors, c'était un bandit ? dit Benoît, visiblement captivé par le récit.

– Oui, un affreux bandit. Un jour, un homme nommé Salvaert, qui traversait la forêt avec sa femme, fut tué par Phynaert. La femme réussit à se sauver, mais elle fut découverte peu de temps après par Phynaert, qui l'emprisonna dans son château. Elle avait un petit garçon, un bébé, qu'elle avait réussi à cacher et qui fut recueilli par un vieil homme qui vivait dans les bois.

– Le méchant bandit ne l'a jamais trouvé ?

– Non. Ce bébé, qui s'appelait Lydéric, est devenu grand. Il a appris que Phynaert avait tué son père et emprisonné sa

* Ferme.

mère. Alors il a décidé de les venger. Il s'est battu avec Phynaert et il l'a tué.

Benoît battit des mains :

– Bravo! Ça, c'est une belle histoire! Je voudrais bien les voir, les deux géants. Dis, maman, nous irons?

– Non, dis-je. Pépère Maxime a dit qu'il ne voulait pas y aller.

La bouche de mon enfant s'affaissa, il parut prêt à pleurer. Richard toussota :

– Ne pleure pas, mon petit. Attends. – Il se tourna vers moi. – Si vous le voulez, je peux vous y emmener, Benoît et vous. Il vous suffit de venir dimanche. Je vous attendrai à l'entrée, à 3 heures, dans l'après-midi. Voulez-vous?

J'eus envie de refuser mais, en même temps, j'étais tentée. Benoît me regardait, des étincelles d'espoir brillant dans ses yeux encore pleins de larmes.

– Je ne sais pas, hésitai-je. Nous verrons.

Comme nous arrivions à destination, le train ralentit et s'arrêta. Richard descendit, prit mon enfant qu'il posa sur le sol, m'aida à sortir à mon tour.

– De toute façon, je vous attendrai, dit-il. Si vous vous décidez à venir, je serai là.

Il se pencha sur mon fils :

– Au revoir, Benoît. Peut-être à dimanche.

Il s'éloigna sans insister et je rentrai chez moi, troublée et indécise. Le soir même, j'en parlai à ma mère.

– Vas-y, me conseilla-t-elle.

– Mais... seule avec Richard?

– Benoît sera là, et dans la foule tu ne seras pas seule avec lui. Et puis, qui sait? Cela vous permettra de mieux faire connaissance...

Je secouai la tête avec obstination. Si j'acceptais l'offre de Richard, c'était uniquement pour visiter l'exposition. Je ne ferais rien qui pourrait me donner l'impression d'être infidèle au souvenir de Mathieu.

Il m'attendait près de l'entrée, comme il l'avait dit. Une nouvelle fois, je fus surprise de le voir dans une autre tenue que l'uniforme auquel j'étais habituée. Il paraissait moins sérieux ainsi, plus jeune, plus détendu. Les bras croisés, il observait les gens qui, nombreux, passaient près de lui. J'avançai, tenant Benoît par la main. Ses yeux s'éclairèrent d'un doux sourire en m'apercevant. Il me salua courtoisement, prit l'autre main de Benoît :

– Allons-y, ne perdons pas de temps. Il y a beaucoup de choses à voir.

Sous les grands arbres, de nombreuses allées nous invitaient à les parcourir. Elles étaient bordées de stands et d'immeubles décorés aux couleurs nationales et alliées. Elles avaient été baptisées de noms illustres : avenues Poincaré, Deschanel, Maréchal-Foch, Maréchal-Joffre, avenue de la Paix... Je regardai avec intérêt ces constructions surgies de terre comme par enchantement. La plupart étaient des salles d'exposition, où différentes sociétés de Paris présentaient leurs machines et leurs outils. D'autres vantaient le confort et la solidité des maisons démontables, dont de nombreux exemplaires étaient installés dans les régions dévastées du Nord et du Pas-de-Calais.

– Ces matériaux seront utilisés ensuite dans les villages détruits, commentait Richard. Le but de cette exposition est surtout de faire renaître dans le Nord libéré l'industrie et le commerce.

Je fus davantage intéressée par le village hollandais et la section hollandaise de l'agriculture, par la cense, dont le bétail ravit Benoît, par les pavillons du *P'tit Quinquin*, des aveugles de la guerre, et des dentellières flamandes, dont j'admirai les ouvrages ravissants.

– Et les géants, où sont-ils ? s'impatienta Benoît.

– Attends, dit Richard. Nous allons les voir. Là, au bout de cette allée.

Au centre du Champ-de-Mars, devant le « Palais de la ville de Lille », Lydéric et Phynaert, immobiles et immenses, montaient la garde, la tête perdue dans les marronniers. Benoît les contempla bouche bée :

– Comme ils sont grands ! Regarde, maman, ils touchent les arbres !

Je souris de son étonnement et de son admiration. Il avait les joues rouges, le visage excité. Je me rendis compte que cette distraction lui faisait un bien énorme, à lui qui, jusqu'alors, n'avait connu ni fête ni réjouissance. Il se tourna vers Richard :

– Et les jeux ? Tu m'as dit qu'il y avait des jeux pour les enfants ?

– C'est de l'autre côté, sur l'Esplanade. Viens, allons-y.

Sur le pont Napoléon, une foule était rassemblée et observait des prouesses nautiques que le temps agréable et chaud favorisait. Richard prit Benoît dans ses bras, afin qu'il pût voir. Il y avait des concours de plongeons, des courses de nageurs, des joutes où s'affrontaient plusieurs équipes, d'une barque à l'autre. Ces dernières nous amusèrent, et, chaque fois qu'un jouteur maladroit perdait l'équilibre et tombait à l'eau, nous riions de bon cœur.

Puis Richard nous mena au parc d'attractions, où Benoît put s'en donner à cœur joie. Les jambes douloureuses d'avoir marché, je m'assis sur un banc, tandis que Richard conduisait mon fils d'un jeu à l'autre, le poussait sur une balançoire, l'installait sur un manège. L'enfant, heureux, riait, tendait les bras à Richard afin qu'il le déposât à terre, et courait aussitôt à l'attraction suivante. J'admirais la patience de Richard, la sollicitude et la tendresse avec lesquelles il s'occupait de Benoît. Ils paraissaient s'entendre à merveille. Lorsque, enfin, ils revinrent vers moi en se tenant par la main, ils avaient sur le visage la même expression de plaisir heureux.

La chaleur du soleil, le bruit, la fatigue, m'avaient engourdie. Je souris à Richard, avec lenteur essuyai sur le visage de Benoît la poussière et la sueur.

– Nous avons soif, déclara Richard. Benoît, que dirais-tu d'une limonade bien fraîche ? Puis-je vous offrir à boire ? continua-t-il à mon intention.

Je me levai, le suivis jusqu'à la terrasse d'un cabaret, installée sous des tilleuls en fleurs. Un orchestre de musiciens habillés en tsiganes jouait des tangos, des valses, et des danses récemment amenées par les Américains, fox-trot et one-step. Un endroit était réservé aux danseurs, et certains s'essayaient à ces rythmes modernes. Je les observai sans rien dire, songeant que j'avais moi-même bien peu dansé dans ma vie. A la ducasse du village, alors que j'étais fiancée avec Mathieu, et aussi lors de mon mariage. Plus jamais depuis. Je n'avais plus pensé à ce genre de réjouissances, puisque sans Mathieu je n'éprouvais aucune envie de les connaître à nouveau. Je ne pus retenir un soupir.

– Regarde, maman, ça fait des bulles!

Benoît me tendait son verre, où la limonade pétillait. Il riait, enchanté par toutes les nouveautés qu'il découvrait. Je repoussai avec tendresse les boucles qui retombaient sur son front.

– Buvez, la bière est bien fraîche. A votre santé.

Richard levait son verre à mon intention, et ses yeux me souriaient au-dessus de la mousse blonde. Je bus avec satisfaction, m'appuyai au dossier de ma chaise, observant les évolutions de deux couples qui exécutaient avec brio un fox-trot. Les autres danseurs s'étaient retirés pour leur laisser la place, et tout le monde les admirait. La plupart des spectateurs frappaient dans leurs mains pour battre la mesure et les encourager. Lorsque les danseurs s'arrêtèrent enfin, essoufflés, les applaudissements éclatèrent. Ils saluèrent avec bonne humeur et regagnèrent leur place, rouges et souriants.

La chaleur s'estompait, les ombres s'allongeaient sur le sol. Les musiciens de l'orchestre faisaient une pause et se désaltéraient. Au-dessus de moi, les feuilles des arbres bruissaient doucement. Je sentais une sorte de paix m'envahir, une langueur inconnue, et en même temps une envie de vivre à nouveau, de rejeter loin de moi la tristesse qui avait pesé sur mon existence ces dernières années. Je me tournai vers Richard. Sans que je m'en aperçoive, Benoît s'était installé sur ses genoux, et blotti contre lui, un pouce dans la bouche, il s'assoupissait. A la table proche de la nôtre, un vieil homme l'observait en souriant.

– Voyez, dit-il à Richard. Votre enfant s'endort.

Richard se pencha sur mon fils. Son visage s'éclaira d'une tendresse qui m'alla droit au cœur. Sans relever l'erreur, il dit :

– Il est fatigué, il a beaucoup marché, beaucoup joué.

Je me sentais troublée. Je regardai mon petit garçon abandonné avec confiance, je vis le visage de Richard, empreint d'une affection et d'une satisfaction sereines. Je ne pouvais nier qu'ils s'aimaient bien, tous les deux. Le petit enfant qui n'avait plus de père et l'homme qui avait perdu son fils ressentaient-ils un instinctif besoin l'un de l'autre ? Je terminai de boire ma bière, songeuse.

Lorsque l'orchestre se mit à jouer une nouvelle danse, je me levai :

– Il faut que je parte si je ne veux pas rater mon train.

Richard se leva à son tour, tenant toujours Benoît qui se réveilla à peine :

– Je vais vous accompagner jusqu'à la gare. Ne serait-ce que pour porter ce petit endormi.

Nous prîmes le tramway. A la gare, Richard me conduisit sur le quai, monta avec moi dans un compartiment libre, installa Benoît toujours endormi sur mes genoux. Puis, de façon inattendue, comme s'il se décidait subitement, il dit :

– Louise... Vous permettez que je vous appelle Louise ?... Ce qu'a cru cet homme, là, tout à l'heure, en prenant Benoît pour mon fils... J'aimerais que ça devienne une réalité. Pas vous ?

La question, ainsi posée, me surprit, et mon esprit, durant un instant, demeura complètement vide. Devant mon mutisme, Richard baissa la tête avec une expression contrite.

– Je suis désolé. Je n'aurais pas dû dire ça, pas déjà. C'est que...

J'eus pitié de son embarras. En même temps, je tentai une faible défense :

– Ça me surprend, je n'ai jamais pensé... Nous nous connaissons si peu...

– Justement, j'aimerais que nous nous connaissions mieux, que nous nous revoyions souvent, afin que...

Il se tut, se mordit les lèvres comme s'il avait peur d'en avoir trop dit. Je levai vers lui des yeux indécis :

– Je ne sais pas. Il faut que je réfléchisse.

Plusieurs personnes, amenées par le conducteur de train, montèrent dans le compartiment. Richard se leva :

– C'est cela, réfléchissez. Nous en reparlerons la prochaine fois. Quand nous reverrons-nous ?

– Dans la semaine, j'irai voir ma belle-sœur. Nous nous rencontrerons dans le train.

– Mais je serai en service, nous n'aurons pas beaucoup de temps pour bavarder.

Je secouai la tête. Je ne tenais pas à m'engager davantage. Il n'insista pas.

– Alors, à bientôt, Louise.

Il descendit, laissant la place à une grosse femme qu'il dut aider à grimper. Je le regardai s'éloigner avec un mélange de soulagement et de regret. Lorsque le train s'ébranla, je serrai mon enfant contre moi et me mis à réfléchir. Avais-je envie de voir Richard prendre une place plus importante dans ma vie ? Je devais m'avouer que non. Le souvenir de Mathieu était encore trop vivace, trop douloureux. Le fait que Richard aimât Benoît, et que mon enfant sans aucun doute eût besoin d'un père, n'était pas suffisant en soi. J'étais également concernée. Et moi, je n'étais pas amoureuse de Richard. Quant à lui, il ne m'avait pas dit qu'il m'aimait. Était-ce un oubli ? Peut-être l'aurait-il dit si nous n'avions pas été interrompus ?...

Pourtant, l'après-midi que je venais de passer avait été agréable et m'avait fait découvrir une chose dont je n'avais jusqu'ici pas pris conscience : j'avais certainement encore de longues années devant moi. Supporterais-je de les vivre seule, toujours ? Jusqu'à présent, j'en avais été certaine. Mais, depuis cet après-midi, un doute s'insinuait dans mon esprit. J'avais rencontré des gens insouciants, entendu de la musique, avec une présence masculine auprès de moi. J'avais eu un aperçu de ce que pourrait être ma vie, heureuse encore malgré tout, et non plus solitaire à l'infini.

Je me mordis les lèvres, tandis que des larmes montaient à

mes yeux. Pourquoi Mathieu était-il mort ? Si seulement il avait pu revenir, comme son ami Bernard Duparc... Je ne serais pas confrontée à un tel problème. A la fin, incapable de prendre une décision, je résolus de demander conseil à ma mère.

CHAPITRE XI

Je lui en parlai dès le lendemain. J'avais passé une nuit blanche, à tourner et retourner le problème dans ma tête. Je profitai d'un moment où nous étions seules, au cours de la matinée. Mon père, qui n'oubliait jamais son métier de cantonnier, était allé jusqu'à la voie ferrée, et avait emmené Benoît. J'avais aidé ma mère à laver la maison et puis, tandis que nous préparions le repas, je me décidai :

– Mère... Il faut que je vous dise quelque chose...

Elle me regarda avec sollicitude :

– Qu'y a-t-il, Louise ? Je vois bien que tu sembles préoccupée.

Alors, en rougissant comme si j'étais coupable, je racontai la journée de la veille et la proposition de Richard. Ma mère m'écoutait sans m'interrompre, le visage grave. Je terminai en disant mon incapacité à prendre une décision.

– Que dois-je faire, mère ?

Ma mère eut un long soupir avant de répondre :

– C'est très difficile de donner un conseil dans un cas pareil, Louise. Il faut voir tous les aspects de la situation. Tu dis qu'il aime sincèrement ton enfant ?

– Ça oui, approuvai-je sans hésitation. J'ai même parfois l'impression qu'il ne s'intéresse à moi que pour Benoît.

– Laisse-moi te dire que, dans un sens, ce n'est pas plus mal. Un homme qui ne s'intéresserait à toi que pour toi seule risquerait de mal accepter ton fils. Tandis que là, tu n'auras rien à craindre. C'est important, ça, Louise. Il sera pour Benoît le père qui lui manque.

Le père qui lui manque... J'étais de nouveau placée face à la cruauté de la situation. Le seul père que je continuais à souhaiter désespérément pour mon enfant était Mathieu. Comment pourrais-je lui donner un père de remplacement ?

– C'est Mathieu qui est son père, dis-je d'une voix sourde, pas un autre.

– Mais Mathieu n'est plus là, Louise. Alors, il te faut choisir entre une offre comme celle-là, ou laisser ton fils sans père.

Je lui lançai un regard torturé. Elle continua :

– Il y a aussi un autre aspect que tu ne dois pas négliger. Est-ce que cet homme te plaît au point d'envisager de vivre avec lui ? Ça aussi, c'est important. Tu as été mariée, Louise, tu comprends de quoi je veux parler.

Le rouge au front, je baissai la tête, contemplai mes doigts sans rien dire. Je n'avais pas pensé si loin. Et pourtant, si j'épousais Richard, il se comporterait envers moi comme un mari. Ce qui était normal, je le comprenais bien. Mais le souhaitais-je ? Je devais reconnaître qu'il n'était ni repoussant ni désagréable, il était même assez séduisant. Ce qui me plaisait le plus, en lui, c'étaient ses yeux, doux et attentifs, empreints de bonté. Mais je n'arrivais pas à imaginer que je pourrais me donner à lui comme je l'avais fait pour Mathieu. Mathieu, je l'aimais, j'étais amoureuse de lui, et je répondais à ses caresses avec passion. Lorsque j'avais appris qu'il ne reviendrait pas, mon cœur était mort, j'avais l'impression que je n'aimerais plus jamais. A la pensée de me retrouver dans les bras de Richard, je sentais un frisson désagréable courir le long de mon dos.

– Je ne me sens pas attirée par lui, constatai-je.

Ma mère soupira de nouveau :

– Je ne sais pas quoi te dire, Louise. Si vraiment tu ne l'aimes pas, il ne faut pas t'engager vis-à-vis de lui. Un mariage sans amour n'est jamais réussi. D'un autre côté, il est peut-être trop tôt pour le savoir avec certitude. Tu pourrais accepter de rencontrer Richard plus souvent, ce qui te permettrait de mieux connaître ses goûts, son caractère, et de voir s'il te plaît davantage ou, au contraire, de moins en moins. Dans un cas comme dans l'autre, ça te donnerait la possibilité de choisir plus facilement.

– Je ne veux pas lui donner de faux espoirs. Si, après, je lui dis non...

– Précise-lui dès le début que tu n'as pris aucune décision. Il comprendra certainement. Bien sûr, il ne pourra s'empêcher d'espérer, surtout s'il t'aime.

– D'après Odile, il est amoureux de moi. Elle l'a dit dès qu'elle l'a vu, le jour du Paris-Roubaix.

– J'aimerais bien le rencontrer, moi aussi. Je te dirais mon avis. Pourquoi ne l'inviterais-tu pas à venir dimanche prochain, à l'occasion de la ducasse ? Tu lui diras que tes parents veulent faire sa connaissance. Rien de plus normal, non ? Surtout s'il se pose en prétendant de leur fille...

– Mais... dans le village, on croira que... et puis, c'est un peu comme un engagement...

– Pas du tout. Tu l'invites en ami. Et même s'il y a quelques commentaires dans le village, ça ne fait rien. Nous avons le droit de recevoir qui nous voulons. Il peut être un ami de Mathieu, après tout, comme Bernard Duparc lorsqu'il est venu nous voir. Il avait même passé la nuit ici, et personne n'y a trouvé à redire.

– C'est vrai.

La suggestion de ma mère me convenait. J'avais envie que mes parents connaissent Richard. Et, tout au fond de moi, quelque chose se refusait à l'éliminer de ma vie alors qu'il venait à peine d'y entrer. Par-dessus tout, abstraction faite de mes hésitations et de mes états d'âme, il m'était doux de penser que j'étais aimée de nouveau.

J'allai à Tourcoing dans la semaine. Ma belle-sœur était occupée à tricoter pour le bébé qu'elle attendait. Mon beau-père, dans son fauteuil, se réveilla de sa sieste et tendit les bras à Benoît. Par égard pour lui, je n'osai pas parler de Richard. Je me disais que, peut-être, je lui ferais de la peine inutilement. Il penserait que je voulais remplacer Mathieu, et comme rien n'était décidé, il était plus sage que je me taise.

Dans l'omnibus du retour, je savais que j'allais rencontrer Richard. Je me sentais crispée. Je le considérais dorénavant non plus comme un ami, mais comme un homme qui m'aimait et qui projetait de faire de moi sa femme.

Il avait attendu que nous soyons seuls dans notre compartiment pour y venir. Lorsqu'il le vit, mon fils poussa des cris de joie. Richard ôta sa casquette et la lui tendit. Pendant que Benoît s'en coiffait avec ravissement, il se tourna vers moi :

– Louise, dit-il sans préambule, qu'avez-vous décidé ?

Je pris conscience de l'inquiétude de son regard où, pour la première fois, je lus une sorte de passion contenue qui me troubla. Je dis avec prudence :

– Je ne peux rien promettre pour le moment. C'est encore trop tôt. J'ai parlé de vous à mes parents. Ils veulent vous connaître. Ils vous invitent à venir dimanche. C'est la ducasse de notre village.

Sa joie me surprit. Son visage radieux me fit penser à celui d'un enfant qui obtient une récompense qu'il n'osait pas espérer. Je compris qu'il avait craint un refus de ma part. Je tempérai son enthousiasme :

– Vous êtes invité en ami, simplement. Rien de plus.

Benoît, qui avait entendu notre conversation, s'exclama :

– Tu vas venir à la ducasse ? Je suis bien content. Il va y avoir des balançoires et des manèges. Et puis, mémère Charlotte va faire de la tarte.

Son air gourmand nous fit sourire. Richard récupéra sa casquette, et comme le train ralentissait, il prit ma main et la serra très fort :

– Merci, Louise. A dimanche. Je prendrai le train qui arrive en début d'après-midi.

Il semblait anormalement ému, et je le regardai avec étonnement. Ma réponse avait donc tant d'importance pour lui ? Pourtant, je ne lui avais donné aucune certitude quant à l'avenir. Il nous aida à descendre du compartiment et, avant de s'éloigner, de nouveau pressa ma main et dit d'une voix basse :

– Merci encore pour votre invitation.

Il se pencha, ébouriffa les cheveux de Benoît :

– A dimanche, petit bonhomme, dit-il avec affection.

Puis il s'éloigna. Alors que nous sortions de la gare, Benoît leva vers moi son petit visage :

– Moi, je l'aime bien, Richard, déclara-t-il avec conviction. Toi aussi, maman ?

Je fis un geste vague. Puis, voyant l'expression pleine d'attente et d'espoir de mon fils, je ne voulus pas le décevoir.

– Oui, moi aussi, dis-je d'une voix neutre.

Il parut satisfait, hocha la tête et se mit à sautiller à mes côtés.

Le dimanche arriva. Le village avait pris un air de fête. Sur la place, des manèges, des balançoires, des stands de tir et de loterie s'étaient installés. De nombreux concours étaient prévus, de pigeons, de pinsons, de tir à l'arc et à la carabine. Je me sentais contractée à l'idée que Richard allait arriver dans l'après-midi. Cette situation me rappelait l'époque où Mathieu, pour la première fois, était venu chez mes parents. Comme j'étais amoureuse alors, et jeune, et enthousiaste, et pleine d'espoir ! Tout était différent maintenant. Comme je l'avais dit la veille à mon père, je n'aimais pas Richard.

– Tu ne l'aimes pas, ou tu ne *veux pas* l'aimer ? avait demandé mon père avec un regard qui semblait fouiller jusqu'au plus profond de moi-même.

J'étais demeurée muette, incapable de répondre à une telle question. Que signifiait-elle ?

Après le repas, j'aidai ma mère à faire la vaisselle. Lorsque tout fut en ordre dans la maison, je me mis à attendre. Mon père décida d'aller jusqu'à la gare afin de ramener Richard lorsque le train arriverait, et partit avec Benoît.

Lorsqu'ils revinrent tous les trois, j'éprouvai une sensation étrange en voyant Richard entrer dans la maison. J'eus l'impression d'un refus instinctif de tout mon être, et j'eus envie de m'enfuir, ou encore de repousser l'homme courtois et souriant qui saluait ma mère et dont les yeux, tout de suite, avaient cherché mon regard.

Nous nous assîmes, et Benoît grimpa sur les genoux de son ami. Ma mère offrit de la tarte, mon père versa du vin. Ils faisaient tous les frais de la conversation, car je demeurais étrangement muette. Richard parla de lui, expliqua qu'il vivait seul depuis la mort de sa femme et de son enfant. Il raconta comment ce dernier avait succombé à la fièvre typhoïde, pendant la guerre, alors que les Allemands occupaient le village où il vivait. Sans aucun remède pour le soigner, il n'avait pu que le regarder mourir en serrant les poings de désespoir. Mes parents l'écoutaient, hochaient la tête avec compréhension ; moi, j'avais les larmes aux yeux. J'avais connu les mêmes restrictions, j'avais vu mon petit Benoît tomber malade et s'étioler lentement, et je pouvais comprendre l'impuissance et la douleur que Richard avait ressenties.

Mon père l'interrogea sur son métier, heureux de pouvoir discuter avec quelqu'un qui, comme lui, appartenait à la grande famille des chemins de fer. Richard parla de son travail, expliqua que son frère aîné était mécanicien. Mon père, approbateur, souriait. Il me regardait avec satisfaction. Je devinais ce qu'il pensait. La perspective d'avoir un gendre cheminot lui plaisait tout à fait.

Richard, pris par le sujet, exposa en quoi consistait sa fonction de délégué. Il s'étendit sur le rôle du syndicat, qui était de défendre ses adhérents, de réclamer pour eux des conditions de travail meilleures, un salaire plus élevé, et la réintégration de ceux qui avaient été révoqués lors de la grève de 1910.

– Lorsque nos revendications ne sont pas entendues, le seul moyen qui nous reste, c'est de faire grève. Malheureusement, celles qui viennent d'avoir lieu n'ont pas eu une portée suffisante. Il y a toujours des « renards » qui refusent de suivre le mot d'ordre et continuent à travailler.

– En ce moment, objecta mon père, la situation est différente. Nous sommes en pleine reconstruction. Une grève n'est pas souhaitable. Comme l'a dit très justement Javary, elle ne ferait que retarder les efforts fournis jusqu'ici.

Ils discutèrent avec passion. Je voyais Richard s'animer, son regard se faisait ardent, volontaire. Benoît, sur ses genoux, finit par donner des signes d'impatience. Il se laissa glisser sur le sol, vint me tirer par le bras :

– Maman, nous allons à la ducasse ? Tu as dit que je pourrais monter sur les manèges.

Sa question mit fin à la conversation des hommes.

– Allons-y, dit mon père en se levant. Je veux voir la course en sac. Mon ami Mathurin est l'un des concurrents, et j'ai parié sur lui.

Nous sortîmes. Dehors, un clair soleil brillait. Dans le ciel bleu, de gros nuages blancs, aux formes gonflantes et moelleuses, semblaient galoper, poussés par un vent vif et allègre. Sur la place, la musique des manèges nous accueillit, mêlée aux invitations des forains, aux claquements des carabines, aux cris joyeux des enfants. Il flottait une odeur alléchante de pâte chaude, de gaufres, de beignets, de pain d'épices et de nougats. Sur le côté gauche de la place, la course en sac avait commencé. Les candidats, enfermés dans un sac jusqu'à la ceinture, venaient de recevoir l'ordre de départ et s'efforçaient de parcourir le plus rapidement possible les cent mètres prescrits. Certains procédaient par petits pas, mais ne tardaient pas à s'empêtrer dans le sac et à tomber. D'autres tentaient de progresser par sauts, mais là aussi, le sac les déséquilibrait et ils se retrouvaient par terre. Hilarité, exclamations de dérision ou d'encouragement saluaient leur chute puis leur remise en route. Comme les autres, je ne pus m'empêcher de rire, d'autant plus que Mathurin, le favori de mon père, retombait dès qu'il se relevait. C'était irrésistible et cocasse. Richard se pencha vers moi, et son visage avait une expression tendre :

– J'aime quand vous riez, Louise. Cela vous rend deux fois plus jolie. Je voudrais vous donner souvent l'occasion de rire, à partir de maintenant.

Je me détournai sans répondre. Je n'étais pas prête à m'engager. Je pensais à Mathieu. Peu de temps avant notre mariage, nous avions assisté, nous aussi, à la ducasse du village. C'était la première fois que j'y retournais depuis. Et il n'était plus à mes côtés pour aider son fils à grimper sur les manèges.

C'était Richard qui l'installait sur une balançoire, qui le

poussait de plus en plus fort, jusqu'à ce que Benoît eût le vertige et demandât grâce. C'était Richard qui le conduisait au manège d'avions, dont la nouveauté attirait aussi bien les parents que les enfants. C'était Richard encore qui montait à ses côtés sur le manège de chevaux de bois, et tous deux riaient et nous faisaient signe de la main à chaque tour qui les ramenait devant nous.

Le visage de mon fils éclatait de plaisir et de joie. J'étais satisfaite de le voir s'amuser, et je m'interrogeais. Avec moi, jamais il n'avait ce sourire épanoui, radieux. La présence de Richard lui était donc nécessaire ? Éprouvait-il un besoin instinctif, inconscient, d'avoir un père qui s'occuperait de lui ? Et devais-je, pour le bonheur de mon fils, envisager un avenir possible avec Richard ? Je ne savais que penser.

Ayant fait le tour de tous les manèges, Benoît vint vers moi en courant. Richard nous entraîna vers le stand de tir aux fléchettes :

– Venez, dit-il, je vais essayer de gagner quelques nougats.

Je le regardai lancer les fléchettes avec adresse. Il obtint plusieurs bâtons de nougat qu'il mit dans les mains de Benoît :

– Tiens, c'est pour toi.

Benoît remercia, ravi. Avisant deux enfants qui passaient près de nous, il me demanda :

– Maman, je peux partager avec Guy et Roger ?

Après un instant d'hésitation, j'acceptai. Il se dirigea, les nougats dans ses mains tendues, vers les deux garçons. Agés de huit et six ans, c'étaient les fils d'Anatole, un des fermiers du village. Je les connaissais bien et les trouvais gentils, mais je les jugeais beaucoup trop turbulents à mon goût. Il leur arrivait d'entraîner Benoît dans leurs jeux, et souvent cela se terminait mal. Une fois, ils l'avaient fait grimper aux arbres, et Benoît était revenu à la maison les bras et les jambes griffés et la culotte déchirée. Une autre fois, dans la ferme, ils avaient voulu le faire monter sur le cheval ; Benoît avait basculé et était tombé sur la tête. Il avait récolté une bosse sur le front, qui m'avait inquiétée pendant plusieurs jours par sa grosseur. Je les observai avec méfiance, les vis se pencher sur les nougats et discuter avec ardeur de ceux qu'ils choisiraient.

– Puis-je vous offrir quelque chose, Louise ? Une gaufre ? Avez-vous soif ? Ou peut-être préférez-vous une glace ?

Richard m'interrogeait avec une sollicitude qui me fut douce. A cause du vent, il avait les cheveux dans les yeux. Cela lui donnait un air juvénile, qu'accentuait l'expression tendre et heureuse de son visage. Il ressemblait au jeune homme qu'il avait dû être avant que la vie ne le meurtrît, lui aussi. Je le trouvai, ainsi, beaucoup plus attachant. Je souris :

– Je veux bien une glace, merci.

Il en proposa une à ma mère, qui refusa. Elle venait de rencontrer Julie et bavardait avec elle. Je voyais la fermière jeter à Richard de fréquents et rapides regards curieux. Lui n'y prêtait aucune attention. Il me tendit ma glace, que je me mis à déguster avec une gourmandise de petite fille. Malgré moi, j'étais sensible aux attentions dont il m'entourait, et je trouvais, après en avoir été privée si longtemps, que c'était bien agréable.

Il s'approcha d'un stand de tir, prit une carabine, fit plusieurs essais. Il eut moins de chance qu'avec les fléchettes, mais gagna néanmoins une fleur en papier qu'il accrocha au revers de son veston avec une fierté qui m'amusa.

Je terminais ma glace et me léchais les doigts lorsque des cris affolés arrivèrent jusqu'à nous, à travers les musiques de la fête :

– Au feu !

– Il y a le feu chez Anatole !

– C'est la grange qui brûle !

Toutes les têtes se tournèrent dans la même direction. Là-bas, en effet, derrière les premières maisons qui entouraient la place, une fumée serrée s'élevait, que le vent éparpillait aussitôt. Déjà, des gens se précipitaient, quittaient la place, couraient. Instinctivement, je regardai autour de moi, cherchant Benoît. A travers les cris d'affolement et la bousculade, j'allai jusqu'à ma mère :

– Mère, savez-vous où est Benoît ?

Elle tourna vers moi un visage que l'inquiétude creusait :

– Il est allé chez Anatole, justement. Guy et Roger l'ont entraîné, ils voulaient partager les nougats.

Comme une folle, je courus jusqu'à la ferme, entrai dans la cour. Sans perdre de temps, des hommes avaient formé une chaîne allant du puits à la grange et, avec toutes sortes de récipients, seaux, cuvettes, brocs, bassins, tentaient d'empêcher le feu de se propager. Je vis mon père parmi eux. Le premier de la chaîne, Anatole, le visage rouge, vitupérait :

– Pour sûr que ça flambe ! Y a que de la paille, là-dedans. Ah, ils ne perdent rien pour attendre ! Avec la fessée que je vais leur donner, ils ne pourront plus s'asseoir pendant huit jours ! Ils savent bien qu'ils n'ont pas le droit de jouer avec des pétards. Je vais leur apprendre à me désobéir ! Sales gosses !

Je finis par comprendre que ses deux garnements, Guy et Roger, s'étaient enfermés dans la grange pour faire éclater des pétards. Par inadvertance, ils avaient mis le feu. Je m'affolai. Avaient-ils emmené Benoît avec eux? J'interrogeai Anatole. Il essuya de son bras son front en sueur, haussa les épaules en signe d'ignorance :

– Benoît? Non, je ne l'ai pas vu. Allez demander à mes garnements.

En toussant à cause de la fumée, je m'éloignai, gagnai la cuisine. A l'intérieur, Rolande, la fermière, était là, les yeux rougis, l'air effondré. Plusieurs femmes lui tenaient compagnie. Leurs bavardages cessèrent lorsque j'entrai. Sur une chaise, visiblement punis, Guy et Roger baissaient la tête, penauds. Je m'adressai à eux :

– Où est Benoît? N'était-il pas avec vous?

Roger, le plus âgé, me fixa avec des yeux effrayés, les lèvres tremblantes :

– Je ne sais pas où il est, balbutia-t-il. Lorsqu'on a vu la fumée et les flammes, on a pris peur, on s'est sauvés. Dehors, on a couru pour prévenir papa, et... Benoît n'était plus là.

J'eus un cri :

– Que veux-tu dire? Il n'est pas sorti avec vous?

– Je ne sais pas, répéta l'enfant, visiblement traumatisé. Je n'ai pas fait attention.

Je me tournai vers Rolande en me tordant les mains. Le visage dur, elle s'approcha de son fils, lui assena une gifle :

– Te rends-tu compte de ce que tu as fait? Non seulement tu as mis le feu, mais en plus tu as laissé Benoît dans la grange, et tu ne le disais pas?

Le petit garçon éclata en sanglots. Je sentais une boule d'angoisse grossir dans ma poitrine, menacer d'exploser. Je me ruai hors de la maison, traversai la cour, bousculai les curieux qui s'agglutinaient, m'approchai de la grange. Le toit avait pris feu et les flammes crépitaient, hautes et claires, attisées par le vent. Par la porte, une fumée épaisse et âcre s'échappait. Le tocsin sonnait.

– Les pompiers arrivent! cria quelqu'un.

Je vis ma mère, et son visage hagard sous ses cheveux blancs.

– Je ne l'ai trouvé nulle part, souffla-t-elle. Sais-tu...?

D'un geste dément, je montrai la grange, hurlai :

– Là... Il est là!

Ma mère devint pâle et chancela. Je courus vers l'entrée de la grange, passai devant Anatole qui venait de lancer un seau d'eau, continuai. La chaleur et la fumée me suffoquèrent. Je m'arrêtai, hésitante. Si Benoît était dans cette fournaise, il fallait que j'aille le chercher. Lorsque les pompiers arriveraient, il serait peut-être trop tard. Toute une moitié de la grange était la proie des flammes et celles-ci, malgré les efforts des hommes présents, gagnaient du terrain. Poussée par une panique incontrôlable, je m'élançai. Des bras puissants me retinrent :

– Hé là ! Où allez-vous ? Vous êtes folle ?

Je me retournai. Anatole me maintenait fermement. Je me débattis, criai :

– Il faut que j'y aille ! Benoît est resté là-dedans. Il était avec vos enfants...

Il refusa de me lâcher. Je me secouai, lui donnai des coups de pied. Mon chignon se défit, mes cheveux croulèrent sur mes épaules. Échevelée, comme une furie je me mis à lui marteler la poitrine de mes poings fermés.

– Voyons, il n'est pas là, dit-il en essayant de me rassurer. S'il y était, il a dû s'enfuir bien vite. Calmez-vous. Attendez au moins les pompiers. Ils iront, eux, c'est leur métier.

Au bord de l'hystérie, je cherchai à m'échapper. Cet imbécile me faisait perdre un temps précieux alors que mon enfant se trouvait peut-être exposé aux flammes. Une voix apaisante et profonde, près de moi, domina le fracas de l'incendie :

– Ne bougez pas, Louise. J'y vais. S'il y est, je vous le ramènerai.

Richard, le visage grave, observait la grange avec inquiétude. Il se détourna, prit à l'un des hommes de la chaîne un seau rempli d'eau et en déversa le contenu sur sa tête. Trempé et ruisselant, il fonça en se protégeant le nez d'un mouchoir mouillé. A la porte de la grange, il marqua un temps d'arrêt, puis courageusement s'enfonça dans la fumée. Raidie par l'angoisse, je ne bougeai plus.

– Bon, je peux vous laisser ? grogna Anatole. Il faut que je reprenne ma place, moi.

Il me lâcha sans que je réagisse. Je fixai la porte de la grange, et mes yeux, agressés par la fumée, se noyèrent de larmes. Je les essuyai d'un geste machinal. Je me rendis compte que ma mère s'agrippait à mon bras avec un regard d'hallucinée.

Cela dura une minute, peut-être deux, qui me semblèrent longues comme l'éternité. Plus rien n'existait que cette attente dont dépendait le reste de ma vie.

Enfin Richard apparut, titubant, environné de flammes.

Il tenait mon enfant dans ses bras. D'un bond, je fus près de lui. Il me tendit le petit corps inanimé, dont je m'emparai avec une avidité passionnée.

– Je l'ai trouvé tout de suite, pas loin de la porte... souffla-t-il. Je crois qu'il était temps.

Il avait le visage noir, les cheveux et les sourcils roussis, et une manche de sa veste brûlait. Anatole s'approcha, versa sur Richard un autre seau d'eau, s'exclamant :

– Ah ben ça alors! Ça alors! Si j'avais pensé... On peut dire que vous êtes courageux, vous!

Je n'écoutai plus. Je m'éloignai de l'incendie, allai déposer mon enfant dans l'herbe, à l'écart. Ma mère m'avait suivie. Elle s'agenouilla près de moi, se pencha sur lui :

– Il n'a rien, n'est-ce pas, Louise? Il ne semble pas brûlé. Est-ce qu'il respire, au moins?

Bouleversée, je posai une main sur la poitrine de mon enfant, incapable de discerner si le cœur battait.

– On vient de me prévenir. Laissez-moi passer. Je vais l'ausculter.

Je levai les yeux, aperçus les gens qui m'entouraient, le médecin du village qui les écartait afin d'arriver jusqu'à nous. Il s'accroupit, ouvrit la chemise de Benoît, sortit son stéthoscope et écouta. Immobilisée par l'inquiétude, je guettais son expression. Je le vis hocher la tête d'un air rassuré, et le sang se remit à circuler dans mon corps, tandis qu'un immense soulagement me faisait trembler tout entière.

– Rassurez-vous, il n'est qu'évanoui. Je crois qu'il a perdu connaissance alors qu'il cherchait à sortir. C'est la fumée qui, sans aucun doute, l'a asphyxié.

Il appuya sur les poumons de Benoît, lui ouvrit la bouche, souffla dedans à plusieurs reprises. Nous l'observions sans oser parler. Au bout de quelques instants, mon petit garçon eut un long soupir, puis ses cils tremblèrent et il ouvrit les yeux.

Il regarda autour de lui avec étonnement. Puis il me vit et me tendit les bras. En même temps que les souvenirs, la peur revint et apparut dans son regard :

– Maman... dit-il d'une voix plaintive. Le feu...

Je le serrai contre moi :

– C'est tout, c'est fini maintenant. Nous allons rentrer à la maison.

Il eut un gémissement et ferma les yeux. Je le soulevai, fis quelques pas. Le soulagement et l'émotion me faisaient trébucher.

– Donne-le-moi, dit mon père. Je vais le porter.

Je n'avais pas vu qu'il était près de moi. Je remarquai son expression bouleversée. Il me prit mon enfant avec douceur. Je rejetai en arrière les cheveux qui me tombaient dans le visage, repris conscience du monde extérieur. Les pompiers, avec leurs lances, finissaient d'éteindre l'incendie, et les débris calcinés chuintaient sous les gerbes d'eau. Malgré la chaleur et le soleil, je me sentais glacée, et je frissonnai.

– Il est sauvé, murmura ma mère. Et c'est à Richard que nous le devons.

Richard... Je le cherchai des yeux. Il marchait près de mon père. Benoît, dans un geste spontané et confiant, tendit une main vers lui. Richard se pencha avec un sourire et prit dans les siennes la petite main de mon fils. Je fus frappée, de nouveau, par l'expression attendrie de son visage. Je le regardai avec reconnaissance. Il aimait mon fils et l'avait prouvé en se jetant dans l'incendie pour l'arracher aux flammes.

Je m'approchai de lui.

– Merci, Richard, dis-je avec sincérité.

D'un mouvement vif, il se tourna vers moi, l'air à la fois surpris et ravi. Je me rendis compte que je venais pour la première fois de l'appeler par son prénom. Des points d'or dansèrent dans ses yeux, qui s'illuminèrent d'une chaleureuse tendresse.

– Je suis heureux d'avoir agi comme je l'ai fait, Louise. Je crois que j'aurais préféré périr dans les flammes plutôt que de le laisser mourir.

Il baissa la voix. Une profonde émotion rendit son visage vulnérable. Mon père dit :

– Comment vous remercier ? Nous n'oublierons jamais ce que vous avez fait.

Alors que nous traversions la place, où les gens continuaient de s'amuser, nous fûmes arrêtés par de nombreux curieux. Il fallut répondre à tous, expliquer ce qui s'était passé. Richard fut admiré, fêté, congratulé. Bientôt, il fut considéré comme un véritable héros. Il protestait, souriait modestement. Je le regardais avec d'autres yeux. Sans que je le définisse clairement, quelque chose en moi était en train de changer.

A la maison, je déshabillai Benoît, le lavai, tandis que ma mère tentait de réparer les dégâts sur la veste de Richard. Elle lui apporta de l'eau fraîche afin qu'il pût se nettoyer le visage et les mains. Mon père insista pour lui offrir à boire avant de le reconduire à la gare prendre le train. Je donnai à manger à Benoît puis, comme il était encore ébranlé, j'allai le coucher. Il embrassa ses grands-parents et Richard avec la même affection. Dès qu'il fut dans son lit, il ferma les yeux et s'endormit profondément.

Je lissai mes cheveux, refis mon chignon avant de rejoindre les autres. Richard s'apprêtait à partir. Alors que je lui disais bonsoir, il me regarda avec une expression passionnée qui éveilla au creux de ma poitrine un trouble étrange. Il serra la main de ma mère, qui l'attira à elle et l'embrassa sur les deux joues :

– Merci, dit-elle avec force, merci de nous avoir rendu Benoît. Je n'aurai pas assez de toute ma vie pour vous le dire.

– C'était tout à fait normal, protesta Richard. Je n'aurais pas pu agir autrement, croyez-moi.

Debout sur le seuil de notre maison, je l'observai tandis qu'il s'éloignait avec mon père. Au bout d'un moment il se retourna, m'aperçut, me fit un grand signe du bras. J'inclinai la tête en réponse à son salut. Nous ne nous étions pas donné d'autre rendez-vous, mais je savais que nous nous reverrions. Et qu'il me poserait, de nouveau, la même question.

Ce soir-là, je ne parvins pas à m'endormir. Je revoyais toujours Richard qui me ramenait mon enfant sain et sauf. Je sentais une immense gratitude, comme une lame de fond, me porter vers lui. Il avait sauvé mon fils, et rien au monde ne pouvait me l'attacher davantage. Pourtant, j'hésitais encore. Je m'étais habituée à l'existence que je menais chez mes parents. Elle était calme et terne, mais cette monotonie elle-même n'était pas sans avantages. Je me laissais vivre, sans avoir peur d'être meurtrie à nouveau. Je m'accrochais au souvenir de Mathieu. Je voulais lui rester fidèle, envers et contre tout, même par-delà la mort. Jamais, jusqu'à la demande de Richard, je n'avais envisagé de refaire ma vie. Il me semblait que je renierais, en me remariant, celui qui avait été mon seul amour.

Pourtant, bien souvent, la solitude me pesait. Il y avait des nuits où, seule dans mon lit, je me tournais et me retournais sans cesse, insatisfaite. Je réalisais que je n'avais que vingt-six ans, que mon corps aspirait à être aimé, à retrouver les caresses dont il se souvenait. L'absence irrémédiable de Mathieu me faisait verser des larmes amères et pleines de révolte. Je me rappelais les mois où nous avions été heureux, et ils me paraissaient si lointains que par moments j'avais l'impression de les avoir rêvés. Je finissais par haïr le temps qui faisait s'estomper, dans mon souvenir, le visage de

Mathieu, qui rendait plus flous ses traits. Je ne voulais pas l'oublier. Je me disais que, tant qu'il vivrait en moi, il ne mourrait pas tout à fait.

Il y avait aussi notre fils. Notre fils qui, privé de son vrai père, se tournait vers un autre qui l'aimait et qui venait de lui sauver la vie. Avais-je le devoir de les réunir ? Ma mère m'avait assuré qu'un père était nécessaire pour élever un enfant, surtout un garçon. De plus, Benoît et Richard s'entendaient bien, et je me rendais compte qu'effectivement c'était important. Les enfants rendus malheureux par le remariage d'un de leurs parents ne manquaient pas, et je ne tenais pas à infliger une telle situation à mon fils. Avec Richard, il n'y avait aucun risque. C'était au moins un point satisfaisant.

Je restai éveillée longtemps, incapable de me décider. D'un côté, le bonheur de mon enfant; d'un autre côté, mon désir de ne pas remplacer Mathieu, de rester sa femme pour toujours. Je n'étais sûre que d'une chose : jamais je ne pourrais aimer quelqu'un comme je l'avais aimé, lui. Et si j'acceptais d'épouser Richard, ce serait, de ma part, un mariage de raison et rien d'autre.

Le lendemain, Benoît était fiévreux. Il demeura grognon toute la journée, réclama Richard à plusieurs reprises. Il me montra sa main gauche en se plaignant d'avoir mal. Je découvris, en travers de la paume, une longue brûlure qui nous avait échappé la veille. Ma mère la badigeonna de beurre sans sel, entoura le tout d'un pansement.

– Ce n'est pas grave, commenta-t-elle. Quand on pense à ce qui se serait passé si Richard n'avait pas été là...

L'incendie avait remué tout le village. Anatole se désolait à cause des dégâts. Julie, lorsque j'allai chercher mon lait, m'interrogea sur Richard, voulut savoir qui il était. Sa curiosité m'indisposa. Je répondis le plus brièvement possible. Alors que je repartais, son fils Pierrot traversait la cour, claudiquant sur sa jambe de bois. Il me salua. Je le regardai en pensant qu'il n'avait que vingt-deux ans et qu'il était infirme pour la vie. Et pourtant, me disais-je, si Mathieu était revenu dans les mêmes conditions, combien j'aurais été heureuse, et combien je l'aurais aimé !

Le soir, Benoît était encore plus fébrile, et la brûlure de sa main ne s'arrangeait pas. Il passa une nuit agitée. Le lendemain, toute la paume était rouge, boursouflée, couverte de cloques. Ma mère voulut refaire le même pansement, et mon fils pleura de douleur. Elle montra la brûlure à Adèle, notre voisine, qui poussa un cri horrifié :

– Il ne faut pas laisser cet enfant ainsi, Charlotte. Emmenez-le chez Pétronille, vous savez, l'*éliseuse.*

Je trouvai l'idée excellente. Pétronille était une vieille femme connue de toute la région. Elle habitait dans un village voisin, et elle possédait un don pour guérir les brûlures, les entorses et les fractures. Nombreux étaient ceux qui allaient la voir. Ils disaient tous la même chose : Pétronille appliquait, sur l'endroit brûlé, un peu de salive tout en récitant des prières. Et tous étaient unanimes à assurer que la douleur s'envolait immédiatement, suivie de près par la guérison. On appelait ce qu'elle faisait « élire le mal dehors » et, de là, on l'avait surnommée « l'éliseuse ».

– Nous allons y aller aujourd'hui même, approuva mon père. Ce n'est pas loin. En partant tout de suite, nous y serons avant midi. Je vais demander à Anatole s'il peut nous prêter sa charrette et son cheval.

Benoît oublia sa douleur lorsqu'il monta dans la charrette. Il s'installa entre mon père et moi, ravi d'aller faire une promenade. Tout au long du trajet, il observa la croupe du cheval, ses fines oreilles mobiles, sa crinière coupée court. Il sautait sur le siège de bois et criait :

– Hue dada! Hue dada!

Il avait le visage rouge et les yeux brillants, et je me demandai si c'était d'excitation ou de fièvre.

Pétronille vivait dans une petite maison entourée d'un jardin, où se promenaient les nombreux chats qui constituaient sa seule compagnie. Certains d'entre eux vinrent se frotter contre nos jambes en arquant le dos et en ronronnant. Benoît se baissa pour les caresser et s'amusa à les poursuivre tout le temps que nous dûmes attendre notre tour.

Les visiteurs précédents sortirent. C'était une femme accompagnée d'un jeune garçon d'environ quinze ans. En passant près de nous, ce dernier nous prit à partie avec enthousiasme :

– Elle est formidable, savez-vous, vraiment formidable! Regardez-moi. Tout à l'heure, en arrivant, j'avais une telle entorse que je pouvais à peine poser le pied par terre, et de plus j'avais mal à crier. Et maintenant, non seulement la douleur s'est envolée, mais je peux marcher! Ah oui, elle est formidable!

Pétronille, sur le seuil de sa maison, souriait. Elle nous invita à entrer. C'était une petite vieille toute ridée, aux cheveux blancs coiffés en chignon, avec des yeux clairs et un regard perçant qui donnait l'impression de fouiller jusqu'au fond de l'âme. Elle nous fixa tour à tour, vit le bandage de Benoît.

– Viens ici, lui dit-elle, et n'aie pas peur. Je ne vais pas te faire mal.

Deux chaises étaient disposées côte à côte. Elle installa Benoît sur l'une, s'assit sur l'autre. Elle enleva le pansement, tint la main de Benoît bien à plat dans la sienne. Mon petit garçon, intrigué, se laissait faire.

– Qu'as-tu fait pour te brûler ainsi ? lui demanda-t-elle.

Mal à l'aise, Benoît s'agita sur sa chaise :

– J'étais avec Guy et Roger, expliqua-t-il. Ils m'ont emmené dans la grange pour faire éclater des pétards. La paille a pris feu. Il y a eu des flammes, et plein de fumée. On a voulu se sauver. Mais la fumée me piquait les yeux et m'empêchait de respirer. Et... – Il me regarda, hésitant. – Je suis tombé avant d'arriver à la porte, et maman dit que Richard est venu me chercher, termina-t-il avec fierté.

Pétronille fronça les sourcils :

– Tu te rends compte que tu as mal agi ? Tu aurais pu être brûlé vif !

Mon fils baissa la tête, penaud.

– Je sais. Maman m'a interdit de retourner jouer avec Guy et Roger.

Pétronille souffla doucement sur la paume de Benoît.

– Ne dis plus rien maintenant. Détends-toi et ne bouge pas.

Elle cracha à plusieurs reprises sur la brûlure, du bout de l'index étala délicatement la salive, puis se mit à faire des signes de croix sur la peau, partout où elle était rouge, en récitant à mi-voix des paroles mystérieuses que nous ne comprenions pas. Cela dura plusieurs minutes. A la fin, elle souffla de nouveau sur la main de Benoît puis releva la tête :

– Voilà, c'est tout. Dans quelques jours, ça sera guéri.

Benoît lui adressa un sourire à la fois étonné et content, puis se tourna vers moi.

– Ça ne brûle plus, constata-t-il. Maman, ça ne brûle plus !

Je remerciai avec sincérité la brave femme. Mon père demanda :

– Combien vous doit-on ?

– Vous me donnez ce que vous voulez, répondit-elle avec simplicité. Ça m'aidera à vivre. Certains de mes malades sont pauvres et ne peuvent pas me payer. Ça ne fait rien, je soigne pour soulager, pas pour de l'argent. C'est un secret que je tiens de ma mère, qui le tenait de la sienne. Comme je n'ai pas d'enfant, il s'éteindra avec moi.

Mon père lui glissa quelques pièces. Elle remercia, les mit

dans la poche de son tablier, nous reconduisit jusqu'à la porte. Sur le seuil, elle me retint, me montra d'un geste du menton Benoît qui traversait le jardin aux côtés de mon père :

– C'est votre seul enfant, n'est-ce pas ?

– Oui, dis-je. Je n'ai plus que lui. Mon mari est mort à la guerre. S'il avait fallu que je le perde lui aussi dans cet incendie...

Je ne pus continuer. Elle me fixa de son regard clair, semblant vouloir lire à travers moi :

– Ce Richard qui l'a sauvé, qui est-ce ?

– Un ami.

Elle continuait à m'observer, et sous ce regard qui mettait mon cœur à nu, je me retrouvai, sans l'avoir prévu, en train de me confier. Je racontai la demande en mariage de Richard, expliquai que si je l'acceptais j'aurais l'impression de trahir Mathieu, car c'était toujours lui que j'aimais.

Ses yeux se firent graves et compréhensifs.

– N'enferme pas ton cœur, me répondit-elle sans hésiter. Tu n'oublieras jamais ton mari, mais cela ne doit pas t'empêcher de vivre. Les souvenirs, c'est très beau, mais on ne vit pas de souvenirs. Si cet homme t'aime sincèrement, ne le repousse pas.

Je ne répondis pas à ce conseil direct et pris congé en la remerciant encore. Lorsque je rejoignis Benoît et mon père, celui-ci m'interrogea :

– Que te demandait-elle ?

– Elle voulait avoir des détails sur l'incendie, dis-je sans me compromettre.

– En tout cas, constata mon père en prenant les rênes et en faisant avancer le cheval, elle est efficace. Regarde Benoît. Il n'a plus mal.

J'acquiesçai tout en me posant une autre question : le conseil qu'elle m'avait donné était-il, lui aussi, efficace, et devais-je le suivre ?

Quelques jours plus tard, comme la brûlure de Benoît était complètement guérie, je me rendis à Tourcoing, chez mon beau-père et ma belle-sœur. Je leur racontai l'incendie, et ils s'affolèrent rétrospectivement. Benoît parla de Richard qui l'avait sauvé et Odile, qui avait rencontré celui-ci le jour du Paris-Roubaix et se souvenait parfaitement de lui, me lança un regard entendu :

– Vous lui devez une fière chandelle, Louise.

Radieuse, elle arrivait à la fin de sa grossesse avec une satisfaction épanouie.

– Marcel espère que ce sera une fille, me confia-t-elle comme un secret. Il a déjà choisi le prénom : Catherine.

Mon beau-père, dans son fauteuil, observait sa fille en souriant :

– Je verrai naître ton enfant, et ce sera pour moi un grand bonheur. Après, je pourrai mourir.

– Taisez-vous, père, ne parlez pas de mourir. Je ne veux pas entendre de choses tristes. C'est mauvais pour le bébé.

Elle me fit un clin d'œil mutin. En la voyant aussi rayonnante, j'eus la vision de ce que pourrait être ma vie si je me remariais. Je pourrais, de nouveau, attendre un enfant, connaître la joie sereine qui éclatait sur le visage d'Odile. Une chaleur nouvelle courut dans mes veines.

Au retour, dans l'omnibus, Richard arriva dans notre compartiment. Ses yeux se posèrent tout de suite sur moi, pleins d'un amour et d'une attente qui m'émurent. Je compris avec certitude à ce moment-là qu'il m'aimait, et je sentis une faiblesse m'amollir.

Nous étions seuls dans le compartiment. Il s'assit près de moi, me prit la main avec un mélange de timidité et de hardiesse, et tout de suite posa la question qui lui brûlait les lèvres :

– Louise, avez-vous réfléchi ?

Je rougis, me troublai. Il continua :

– Moi, depuis l'incendie, j'ai réfléchi. Ce qui s'est passé m'a prouvé qu'il est temps que je veille sur vous. Je vous aime, Louise, et j'aime aussi Benoît. Il sera pour moi le fils que j'ai perdu. Je vous demande d'être ma femme, je vous propose d'offrir à votre enfant une vraie famille. Acceptez-vous, Louise ?

Les paroles de Pétronille me revinrent en mémoire : « Si cet homme t'aime sincèrement, ne le repousse pas. » Et, à ce moment précis, je n'eus pas envie de le repousser. J'avais entrevu, à travers ma belle-sœur, la possibilité de connaître de nouveau, moi aussi, une vie familiale heureuse. Malgré tout, je ne répondis pas tout de suite. Je jetai un coup d'œil à Benoît. Richard vit mon hésitation, s'adressa à mon fils :

– Dis-moi ton avis. Est-ce que tu voudrais que je devienne ton papa ?

Mon petit garçon me regarda, désorienté.

– Mon papa est mort à la guerre.

– Je le sais, dit Richard avec patience, mais tu pourrais en avoir un autre, qui s'occuperait de toi. Et ce papa, ce serait moi. Qu'en penses-tu ?

Mon fils leva vers Richard un regard ravi :

– Tu pourrais vraiment devenir mon papa ?

– Si ta maman est d'accord, oui, ce serait possible.

Benoît se tourna immédiatement vers moi.

– Oh oui, j'aimerais bien ! Tu es d'accord, maman ?

L'enthousiasme faisait briller les yeux de mon fils. Je me rappelai que Richard avait, en le sauvant, éloigné de moi un désespoir plus grand encore que celui que j'avais éprouvé à la mort de Mathieu. Veiller sur nous ? Oui, sans doute était-ce nécessaire. Je les vis, tous les deux, qui m'observaient avec la même expression attentive et inquiète, et je me sentis vaincue.

– Eh bien oui, dis-je à Benoît d'une voix sourde, je suis d'accord.

Il poussa un cri de joie, sauta sur ses pieds avec excitation, s'accrocha au cou de Richard. Celui-ci eut à mon adresse un sourire heureux, très doux et très tendre :

– Merci, Louise, murmura-t-il.

Il me saisit la main, la baisa longuement. Je frissonnai, avec l'impression que je repoussais, très très loin au fond de moi, le souvenir de Mathieu.

***

J'appris la nouvelle à mes parents le soir même. Plus exactement, Benoît le fit pour moi. Dès notre retour, il s'écria :

– Richard va être mon nouveau papa ! Il l'a dit tout à l'heure, dans le train, et maman est d'accord.

Mes parents me regardèrent. Mon père ne dit rien, mais inclina la tête en signe d'assentiment. Ma mère vit mon sourire tremblant.

– Ainsi, tu t'es décidée, Louise ? Tu as bien fait. La vie que tu mènes avec nous ne peut pas continuer toujours. Et pour Benoît, ce sera bien mieux. Richard est brave, et il vous aime beaucoup tous les deux. Tu seras heureuse avec lui, Louise.

Je l'espérais, sans en être entièrement convaincue. Le seul problème concernait les sentiments que j'éprouvais. Richard, je l'aimais bien, sans plus. Serait-ce suffisant pour une vie conjugale ? Je l'ignorais. Pourtant, maintenant que ma décision était prise, je savais que je ne reviendrais plus en arrière.

Je dus l'annoncer autour de moi, et bientôt, tout le village sut que j'allais me remarier avec « ce brave garçon qui avait sauvé Benoît de l'incendie ». Ce me fut plus difficile de l'apprendre à mon beau-père. J'avais peur qu'il ne m'accuse de renier Mathieu, aggravant par là le sentiment de culpabilité que je m'efforçais désespérément d'étouffer. Mais il ne me fit aucun reproche. Lorsque j'eus fini de parler, embarrassée et rougissante comme une coupable, il hocha la tête avec tristesse.

– Je savais bien que ça arriverait un jour, mais je ne voulais pas y penser. C'est normal, ma fille, tu es jeune, tu dois refaire ta vie. Je ne peux pas t'en empêcher, et même, d'une certaine façon, je te comprends. Tout ce que je te demande, c'est de m'amener encore Benoît, même quand tu seras remariée. Ça ne durera pas longtemps, je n'ai plus beaucoup de temps à vivre. Mais ça me ferait trop de peine de ne plus le revoir, comprends-tu ? Promets-le-moi, ma fille.

Une boule d'émotion dans la gorge, je promis sans hésiter. J'eus envie, pour le rassurer, de lui dire que je n'aimais pas Richard et que, par-delà la mort, c'était toujours Mathieu mon seul amour. Mais je rencontrai le regard chaleureux et complice de ma belle-sœur, et je me tus.

– Je m'en doutais, moi, Louise. Rappelez-vous, le jour de la course, lorsque je l'ai vu, tout de suite je vous ai dit qu'il était amoureux de vous. Je vous souhaite d'être heureuse. Et comme Père vient de le dire, j'espère que nous continuerons à nous voir.

Je les rassurai. Je sentais que Richard ne m'empêcherait pas de continuer mes visites. N'était-ce pas grâce à elles, après tout, que je l'avais rencontré ?

Ma vie, cet été-là, prit un nouveau tournant. Richard venait passer le dimanche chez nous, et après le repas, tous les deux nous allions nous promener dans la campagne avec Benoît. Pendant que mon enfant courait devant nous, nous parlions. Quelquefois, Richard me serrait contre lui, cherchait à m'embrasser. Devant le désir qui rendait ses yeux plus sombres, je m'effrayais. Je me détournais en prétextant que Benoît nous observait.

Lorsque le temps était inclément, il nous emmenait au cinéma. Mes parents, parfois, nous accompagnaient. Je découvrais avec plaisir la salle obscure, le piano qui accompagnait les films. Chaque séance nous offrait le Pathé-Journal, puis l'épisode d'un film à suivre, ensuite plusieurs courts métrages comiques, et enfin un drame qui, le plus souvent, faisait couler nos larmes, à moins que ce ne fût une comédie. Je me souviens que *Le gendarme sans culotte* et *Le pendu* nous firent bien rire.

Ces sorties modifiaient mon existence, en secouaient la monotonie. Il me semblait que je me réveillais après un long engourdissement. Je m'apercevais que ma jeunesse n'aspirait qu'à vivre de nouveau, et je l'acceptais sans déplaisir. L'amour que je lisais dans les yeux de Richard m'était agréable, et l'air heureux de Benoît lorsque nous étions ensemble, tous les trois, suffisait à lui seul à me conforter dans la décision que j'avais prise.

Un dimanche, Richard nous emmena dans le village où il habitait, entre Lille et Béthune. Il nous montra la petite maison, entourée d'un jardin, où il avait toujours vécu car elle avait appartenu à ses parents. Elle était claire et propre, mais il y manquait visiblement une présence féminine.

– Ça va être ta nouvelle maison, dit-il à Benoît. Elle te plaît ? Regarde, cette pièce-ci sera ta chambre. Tu y dormiras tout seul, comme un grand !

Mon fils se rembrunit.

– Je dors toujours avec ma maman, dans la même chambre. Mon lit est près du sien.

– Mais maintenant tu n'es plus un bébé. Tu as six ans. Il est temps que te conduises comme un petit homme.

Benoît hésita, flatté mais encore réticent.

– C'est dans cette chambre que je dormais quand j'étais petit, continua Richard, avec mon frère. Qui sait, toi aussi tu auras peut-être bientôt un petit frère pour te tenir compagnie ?

Le visage de mon fils s'éclaira :

– Un petit frère ? Ah oui, j'aimerais bien !

Richard me regarda, et son sourire disait, aussi clairement que des paroles : « Nous le ferons, n'est-ce pas, Louise ? » Je rougis et me détournai. Cela concernait un aspect de ma vie future auquel je n'aimais pas penser.

– Allons chez Cyrille maintenant, proposa Richard. Je l'ai prévenu que nous viendrions. Il nous attend.

Cyrille était le frère aîné dont il m'avait déjà parlé. Je savais qu'il était mécanicien, et fier de l'être. Il habitait dans le même village, deux rues plus loin. Lorsqu'il nous ouvrit la porte de sa maison, je pensai qu'il était facile de deviner sa parenté avec Richard. Leur ressemblance était frappante. Près de lui, souriante, se tenait une petite femme au visage rond et avenant. Tout de suite, je sus que je m'entendrais bien avec elle.

– Entrez, nous dit-elle avec affabilité. Ainsi, voilà Louise et Benoît. Nous sommes heureux de vous connaître. Depuis le temps que Richard nous parle de vous ! J'espère que nous serons amies. Je m'appelle Jacqueline, et voici mes deux filles. Liliane a onze ans, Muguette six. Dites bonjour, les filles.

Elles nous saluèrent avec politesse. La plus jeune s'approcha de Benoît, glissa sa main dans la sienne :

– Veux-tu venir jouer avec nous dans le jardin ? Papa nous a installé une balançoire.

Mon petit garçon m'interrogea du regard. Jacqueline répondit pour moi :

– Mais oui, allez jouer, les enfants. Mais soyez sages. Liliane, je compte sur toi pour surveiller les petits.

Tandis qu'ils s'éloignaient en courant, elle hocha la tête d'un air satisfait :

– Je crois que ma Muguette trouve votre Benoît à son goût. Elle va être enchantée d'avoir un compagnon de jeux à sa disposition. D'autant plus qu'ils ont le même âge.

Elle m'avança une chaise :

– Asseyez-vous. Vous prendrez bien un quartier de tarte ? Je l'ai faite exprès pour vous.

J'obéis en souriant. Nous fîmes connaissance, parlant de nous-mêmes, du passé qui nous avait meurtris, Richard et moi, de notre décision de repartir ensemble.

– Alors, à quand le mariage ? interrogea Cyrille.

– Maintenant que Louise a accepté, répondit Richard, je trouve inutile d'attendre longtemps. J'aimerais que ce soit le plus tôt possible. Qu'en pensez-vous, Louise ? Si nous nous mariions à l'automne ?

Saisie, je ne répondis pas tout de suite. A l'automne, déjà ? Mais, d'un autre côté, à quoi bon repousser à plus tard ? Je regardai Cyrille et Jacqueline qui m'observaient avec sympathie, comme si j'étais déjà une des leurs. J'entendais, par la porte ouverte, les cris et les rires des enfants dans le jardin. J'eus subitement le désir d'une vie nouvelle, qui serait bénéfique pour Benoît et pour moi. Je croisai le regard tendre de Richard.

– Oui, dis-je, c'est une bonne idée.

– Eh bien, ça s'arrose ! s'exclama Cyrille en remplissant les verres. A notre santé ! A votre mariage, et à votre bonheur !

Je trinquai et bus tandis que Richard, visiblement heureux, me souriait. Une légère crainte pourtant vint m'effleurer : avais-je bien fait d'accepter, si vite ?

Au cours de l'été, Richard se montra tendre, prévenant, amoureux, et il m'était doux de me sentir entourée d'attentions. En plus du cinéma, il nous emmenait le dimanche dans des fêtes, des manifestations sportives, des ducasses. Avec ravissement, Benoît grimpait à l'assaut des manèges. Il y eut, à la fin du mois d'août, une fête qui me toucha particulièrement, donnée par la ville de Lille en l'honneur de la Suisse, afin de la remercier de l'hospitalité qu'elle avait montrée, tout au long des années de guerre, envers les réfugiés venus des pays envahis. J'y assistai avec Richard, et lorsque je vis l'accueil fait à la délégation suisse, lorsque j'entendis les musiciens jouer l'hymne suisse puis *La Marseillaise*, je me retrouvai subitement plus de deux ans en arrière, en compagnie de Léontine, sur le quai des gares où nous avions été accueillies. Je revis les gens qui agitaient des petits drapeaux français, les femmes qui nous distribuaient des vivres, du chocolat, des oranges, des bonbons, les infirmières qui nous répétaient en souriant « Liberté, liberté! », et je sentis mes yeux se remplir de larmes.

Un dimanche, ce fut moi qui emmenai Richard à Tourcoing. Nous fûmes reçus avec cordialité par Odile et Marcel, mais avec une réticence teintée de méfiance de la part de mon beau-père. Il ne cessa pas d'observer Richard d'un regard qui, sans être hostile, n'était pas pour autant bienveillant. A la fin de notre visite, alors que nous partions, il lui fit la demande qu'il m'avait déjà faite et qui, je le compris, était pour lui une cause d'inquiétude :

– Vous n'empêcherez pas Louise de m'amener le petit de temps en temps ?

Richard eut un sourire franc et rassurant :

– Elle continuera à venir comme elle l'a toujours fait jusqu'ici, ne craignez rien.

Je vis le visage de mon beau-père se rasséréner. Lorsque je m'approchai de lui pour l'embrasser, il me dit à mi-voix :

– Il m'a l'air d'un brave garçon, ma fille. Tu n'as pas mal choisi. Mais ce n'est pas mon Mathieu.

Cette remarque réveilla le regret que je refoulais au plus profond de moi-même. Je soupirai :

– Je le sais bien, père Victor.

Ses yeux plongèrent dans les miens. D'une voix sourde, il demanda :

– Tu ne l'oublies pas, n'est-ce pas ?

Je répondis sans hésiter :

– Je ne l'oublierai jamais.

Il émanait de cette simple phrase une telle conviction que mon beau-père murmura avec gratitude :

– Merci, ma fille.

Et, pendant un instant très court mais très intense, l'ombre de Mathieu fut là, présente, entre nous. Je réalisai que nous n'étions plus que deux, mon beau-père et moi, à garder son souvenir vivant et à continuer de l'aimer envers et contre tout.

Ma belle-sœur, plus jeune, plus optimiste, se tournait résolument vers l'avenir. « Les mauvais souvenirs ne servent qu'à faire du mal, affirmait-elle souvent. Il vaut mieux ne plus y penser. » Je me disais, pour l'excuser, que Mathieu n'avait été que son frère, pas son mari. Sa mort lui avait fait de la peine, mais elle n'avait pas détruit sa vie comme elle avait détruit la mienne.

Au début du mois de septembre, un jour où j'arrivai, je fus accueillie par mon beau-père qui tremblait d'émotion. Annie, près du feu, faisait chauffer de l'eau et préparait des linges.

Mon beau-père tourna vers moi des yeux embués :

– Tu arrives bien, ma fille. Odile a eu les premières douleurs ce matin à l'aube. La sage-femme est là-haut, avec elle.

– Vous pouvez monter, me dit Annie. Ce sera un réconfort pour elle de vous avoir à ses côtés.

Je laissai Benoît à mon beau-père et grimpai rapidement l'escalier. Dans son lit, Odile gémissait. Elle me vit entrer, me tendit une main avec gratitude :

– Louise... haleta-t-elle. Comme vous faites bien de venir aujourd'hui... Vous allez voir naître mon enfant... Justine dit qu'il ne va plus tarder.

La grosse femme qui était assise au bout du lit opina de la tête :

– Encore un peu de courage, Odile. Ça sera bientôt terminé.

Je pris la main de ma belle-sœur dans les miennes et m'installai près d'elle. Elle enfonça aussitôt ses ongles dans mes paumes en se mordant les lèvres pour ne pas crier. Tandis qu'elle se tordait et souffrait pour mettre au monde son enfant, je me trouvais reportée six ans en arrière, lors de la naissance de Benoît. J'avais connu les mêmes douleurs, mais je les avais oubliées dès que j'avais vu mon fils. Je me souvenais du bonheur que j'avais éprouvé, ensuite, lorsque Mathieu s'était penché sur moi pour me remercier. Un bonheur intense, parfait, qui avait encore duré un mois avant de se trouver brutalement anéanti...

– Le voilà, ça y est ! Regardez, c'est une fille ! Une belle petite fille !

Odile, les cheveux épars, le visage rouge, se releva à moitié dans le lit :

– Catherine... murmura-t-elle en regardant le minuscule bébé chiffonné. La fille que Marcel voulait. Il va être content...

Épuisée mais rayonnante, elle se laissa retomber sur le lit tandis qu'Annie, efficace, s'occupait de laver et de langer le nouveau-né. Je me levai, me raclai la gorge avec émotion :

– Je vais aller prévenir père Victor.

Dans la cuisine, Benoît jouait avec sa souris mécanique aux pieds de mon beau-père. Le vieil homme leva aussitôt les yeux vers moi :

– Alors ? interrogea-t-il immédiatement.

En souriant doucement, j'allai vers lui, le cœur empli d'une joie sereine :

– Ça y est, père Victor, elle est née. C'est une belle petite fille.

Mon beau-père ferma les yeux, s'appuya au dossier de son fauteuil et demeura ainsi, sans bouger. Lentement, je vis sourdre sous ses paupières deux larmes, qui coulèrent sur ses joues pâles et s'accrochèrent aux poils de sa moustache. Puis il rouvrit les yeux. Ils scintillaient d'un bonheur pur, radieux. Il me regarda, et la même émotion nous enveloppa.

– Une petite fille, dit-il tout bas. Elle rendra mes dernières années plus douces... Je suis heureux, Louise. C'est la première fois depuis... depuis la naissance de Benoît, je crois bien.

Il se redressa, prit appui sur les accoudoirs du fauteuil :

– Aide-moi à me lever, ma fille. Je veux aller la voir.

A Annie qui rapportait une bassine d'eau sale, il demanda :

– Puis-je monter ?

La brave femme s'approcha de lui, l'embrassa sur les deux joues :

– Félicitations, Victor. Vous avez une adorable petite-fille. Allez-y. Odile vous réclame.

– Reste ici avec Annie, dis-je à Benoît. Je reviens tout de suite.

Je voulus soutenir mon beau-père dans l'escalier mais il repoussa mon aide :

– Allons, ma fille, laisse-moi. J'y arriverai bien tout seul. Je me sens rajeuni !

Il entra dans la chambre et je le suivis. La sage-femme finissait de mettre de l'ordre. Odile, son petit enfant dans les bras, sourit à son père :

– Approchez, père. Venez la voir. Je vous présente Catherine.

Avec précaution, presque timidement, mon beau-père alla près du lit, se pencha sur le nouveau-né qu'il contempla longuement :

– Merci, ma petite, dit-il d'une voix que l'émotion enrouait. Merci de me donner ce grand bonheur.

D'une main tremblante et maladroite, il effleura la joue du bébé :

– Elle te ressemble, Odile. Tu étais exactement pareille lorsque tu es née.

Je les laissai ensemble, redescendis au rez-de-chaussée. Annie expliquait à Benoît que dorénavant, il y aurait un bébé dans la maison, un bébé qui deviendrait une petite fille et qui serait bientôt une compagne de jeux. Mon fils l'écoutait, l'air indécis.

– Je ne sais pas s'il comprend bien ce que ça signifie, dis-je à Annie. Il ne s'en rendra compte que par la suite, lorsqu'il verra le bébé.

Annie eut un sourire attendri :

– Quelle belle petite fille! Et sage, avec ça. Elle n'a presque pas pleuré et s'est endormie tout de suite. Je vous en souhaite une pareille, Louise, quand vous serez remariée. Benoît serait ravi d'avoir une petite sœur. N'est-ce pas, mon garçon ?

– Une petite sœur ? Comme Muguette ? Pour jouer à la balançoire ? Ah oui alors!

– Vous voyez bien! renchérit Annie. J'ai regretté, moi, de ne pas avoir de fille. Au moins, elles restent auprès de vous lorsque la guerre vous enlève vos garçons.

Je demeurai rêveuse. Une toute petite fille comme Catherine... Je m'imaginais, la tenant dans mes bras. Cette possibilité qui m'avait été définitivement refusée à la mort de Mathieu, je pourrais la connaître de nouveau, grâce à Richard. Je me rendis compte que je le souhaitais, et pour la première fois je considérai mon prochain mariage non comme une infidélité envers Mathieu, mais au contraire comme l'espoir d'un nouveau bonheur.

CHAPITRE XII

J'épousai Richard à l'automne 1920, par une journée pluvieuse où de brusques rafales de vent faisaient rageusement tourbillonner les premières feuilles mortes. Ce fut un mariage simple et intime, suivi d'un repas auquel seuls mes parents et la famille de Richard assistèrent. Mon beau-frère Cyrille fut très gai, mangea et but comme trois, entonna de nombreuses chansons. Benoît, très excité, ne cessait de poser la même question à Richard :

– Alors, à partir d'aujourd'hui, tu es mon nouveau papa ?

Heureux, Richard acquiesçait en souriant. Tout le monde semblait satisfait, et moi-même je m'efforçais de le paraître. Pourtant, tout au fond de moi, un amer regret s'agitait. Je me revoyais lors de mon premier mariage alors que, pleine d'espoir et d'amour, je partais avec Mathieu pour une vie que j'imaginais longue et heureuse. Heureuse, elle l'avait été, mais elle n'avait duré qu'un an. Une seule année que je ne voulais pas oublier, à laquelle je pensais encore plus en ce jour où je m'en allais, avec plus d'appréhension que d'enthousiasme, vers une nouvelle existence avec un homme que je connaissais à peine.

Tout se passa bien jusqu'au soir. J'aurais voulu que la journée s'éternisât, que le moment de quitter mes parents n'arrivât jamais. Lorsqu'il fut l'heure de partir, je retins difficilement mes larmes. Ma mère m'embrassa avec chaleur :

– Tu vas nous manquer, Louise ! La maison va être bien vide, sans toi et sans Benoît.

Mon père me serra contre lui :

– Sois heureuse, ma fille, me dit-il simplement.

Je sortis de la petite maison avec l'impression désagréable de quitter une sécurité monotone mais rassurante pour une aventure dont j'ignorais tout. Si seulement j'avais été amoureuse de Richard, tout aurait été plus facile! Je me rendais compte que je n'éprouvais pas d'amour pour lui, et je m'inquiétais : n'allais-je pas regretter de l'avoir épousé ?

Dans le train, Richard s'assit près de moi, avec Benoît sur ses genoux. Il m'entoura la taille de son bras, et ce geste possessif ne me plut pas. Je dus faire un effort pour ne pas m'écarter. Cyrille, en face de nous, lançait à son frère des clins d'œil complices et des sous-entendus qui finirent par me gêner. Jacqueline s'aperçut de mon embarras et s'arrangea pour faire taire son mari en détournant habilement la conversation.

A l'arrivée, nous reprîmes nos bagages et Cyrille nous accompagna afin de nous aider à les porter. Dans la maison où j'allais vivre dorénavant, je regardai autour de moi, désorientée. Les lieux me paraissaient froids et indifférents, et je pensai qu'il faudrait du temps avant que je puisse considérer ce foyer comme le mien. Pourtant, tout étincelait de propreté. Jacqueline avait nettoyé les pièces de fond en comble, lavé les rideaux, mis un vase de fleurs au milieu de la table. Pourquoi donc me sentais-je glacée ?

Il était tard. Pendant que Richard buvait un dernier verre de vin avec son frère, j'allai coucher Benoît. Il était fatigué et protesta à peine lorsqu'il vit qu'il serait désormais seul dans une chambre. Je le rassurai en disant que je resterais près de lui jusqu'à ce qu'il soit complètement endormi. Je restai même un peu plus longtemps, peu pressée d'aller rejoindre Richard.

Ce fut lui qui vint me chercher dès que Cyrille fut parti. Il demeura à mes côtés un instant, penché avec tendresse sur Benoît. Puis, avec douceur mais fermeté, il me conduisit dans l'autre chambre, celle que nous devions occuper. La vue du grand lit me fit frissonner, et je détournai les yeux.

Je savais ce qui allait se passer. Je me souvenais de la passion qui me jetait dans les bras de Mathieu, du tourbillon qui nous emportait, de la confiance avec laquelle je me blottissais, ensuite, contre lui. Je m'affolai en réalisant que je n'éprouvais rien de semblable. Pourtant, je voulus faire un effort. Je me tournai vers Richard en un geste d'invite.

Il s'approcha, et je ne reconnus pas son visage, que le désir durcissait. Il me prit contre lui. Immédiatement, je me raidis. Je luttai contre la tentation qui me prenait de m'enfuir à l'autre bout de la pièce, et je m'obligeai à subir ses baisers, mais mon corps rigide demeurait froid et sans réaction.

Ce qui suivit fut un véritable supplice. Je laissai Richard

faire ce qu'il voulait, mais je restai inerte entre ses bras. Je fermai les yeux pour ne rien voir, je serrai les dents pour ne rien sentir, je crispai mes mains sur le drap. Lorsque enfin Richard me lâcha, je ne pus retenir un soupir de soulagement. Il resta silencieux pendant un long moment et, mal à l'aise, je n'osai pas le regarder. Puis il se tourna vers moi et me dit avec douceur :

– Nous avons besoin de temps pour nous habituer l'un à l'autre, Louise. Je serai patient.

Je hochai la tête sans répondre et restai contractée tandis qu'il s'endormait paisiblement. En entendant sa respiration régulière, je commençai à me détendre. Longtemps, j'écoutai les bourrasques de vent souffler avec violence autour de la maison, agiter les volets. J'avais l'impression d'être un oiseau hors de son nid, qui cherche à se refaire une place ailleurs et n'y parvient pas.

Je m'habituai, pourtant. Il le fallut bien. Le fait d'avoir mon petit garçon près de moi, de le voir s'adapter très vite, avec un bonheur indéniable, à sa nouvelle vie, m'aida beaucoup. A chacun des retours de Richard, il courait vers lui en criant :

– Papa! Papa!

Richard se penchait, soulevait mon fils et le plaçait sur ses épaules. Benoît, rayonnant de joie, enlevait de la tête de Richard sa casquette et s'en coiffait. C'était ainsi qu'ils entraient dans la maison et venaient vers moi, avec le même sourire heureux. Et à ces moments-là, je ne regrettais pas d'avoir épousé Richard.

Ma belle-sœur Jacqueline et mon beau-frère Cyrille m'aidèrent également. Jacqueline surtout, à qui je ne fis pourtant aucune confidence, comprit combien je me sentis perdue, au début. La présence de mes parents me manquait. Elle venait chez moi, m'invitait à aller chez elle. Ses deux filles, Liliane et Muguette, se comportèrent avec Benoît comme de véritables sœurs. Elles le conduisirent pour la première fois à l'école, et ensuite, tous les jours elles firent le trajet avec lui. Je le regardais partir, revêtu de sa longue blouse grise boutonnée, et je me sentais le cœur serré. Je ne pouvais m'empêcher de penser à Mathieu, qui aurait été fier et heureux d'avoir son fils comme élève dans sa classe.

Cyrille était un bon vivant, toujours de bonne humeur. Il adorait son métier de mécanicien. Il me parlait de sa locomotive, qu'il avait baptisée Suzannah, une Atlantic 221 qui remorquait jusqu'à 300 tonnes à 100 kilomètres/heure. Je fis la connaissance d'Oscar, son chauffeur, le compagnon avec qui, aimait-il à répéter, il s'entendait bien mieux qu'avec Jacqueline.

Lors de ses périodes de repos, parfois il passait me voir et me parlait de son frère. Il me racontait leur enfance, il me décrivait le Richard adolescent que je n'avais pas connu. Je l'écoutais toujours avec intérêt car Richard, de caractère renfermé, me parlait très peu de lui.

Cyrille avait une habitude qui m'amusait. Chaque fois qu'il terminait une bouteille de vin, il en vidait les dernières gouttes dans son verre et il la brandissait ensuite d'un air victorieux en s'écriant :

– Encore *eune* qu'*ches* Boches y n'auront pas!

Je me liai également avec Gertrude, ma voisine. Son mari, Adolphe, travaillait aux chemins de fer et exerçait le métier de visiteur. Lui aussi était très fier de son travail, qu'il affirmait important.

– C'est moi qui, à chaque convoi, vérifie le bon état des roues. Je leur donne des petits coups, avec mon marteau, pour détecter les fêlures qui peuvent se produire. Je tâte les boîtes placées à l'extrémité des essieux, afin de sentir si les coussinets ne sont pas échauffés. Et j'inspecte, avec ma lampe, les attelages, les ressorts, les tampons. Rien ne doit m'échapper.

Il avait une autre passion : il était *coulonneux*. Comme mon beau-père, il avait été obligé, pendant la guerre, de tuer ses pigeons. Il en avait énormément souffert et, dès qu'il l'avait pu, il avait reconstitué son pigeonnier. Il me parlait de ses *coulons* avec fierté. Il les faisait participer à de nombreux concours, était heureux lorsque l'un d'eux arrivait premier. Sa maison était ornée de trophées gagnés ainsi, des coupes que Gertrude polissait avec orgueil. Ils avaient un fils, Eugène, âgé de dix ans, qui devint bientôt l'ami et le protecteur de Benoît.

J'écrivis à Léontine pour lui apprendre mon remariage. Elle me répondit en m'envoyant ses vœux de bonheur et en réitérant son invitation à aller la voir. Je rangeai la lettre en pensant qu'un jour peut-être j'aurais l'occasion de me rendre chez elle.

Le dimanche, nous allions chez mes parents, ou bien c'étaient eux qui venaient. Fidèle à ma promesse, je continuais à emmener Benoît chez mon beau-père. Ce dernier me regardait parfois gravement et me demandait :

– Tu es heureuse, ma fille?

Je répondais, en mettant dans ma voix toute la conviction possible :

– Oui, père Victor.

Et je m'efforçais de le croire, puisque je n'étais pas malheureuse. Je ne pouvais pas parler, à lui ni à personne d'autre, du problème intime qui était le mien. Car ce qui s'était produit le premier soir, avec Richard, se répétait chaque nuit. Malgré mes efforts, mon corps se contractait dès que mon mari me prenait dans ses bras. J'avais conscience de devenir alors aussi dure qu'une pierre, mais je n'y pouvais rien. C'était plus fort que moi. Richard ne me faisait aucun reproche. Il prenait patience, comme il l'avait dit. Mais je finissais par appréhender, à la fin de chaque journée, le moment où nous allions nous coucher. J'étais soulagée les fois où Richard, à cause de son métier de contrôleur de route, rentrait tard ou, au contraire, devait se lever tôt. Ces fois-là, il me laissait tranquille.

Ce problème mis à part, nous nous entendions bien. Grâce à Benoît, qui s'épanouissait entre nous deux, nous avions l'impression de former une famille. Mon enfant, six ans après sa naissance, pouvait enfin appeler quelqu'un « papa ». Et ce quelqu'un veillait sur lui, tout en l'aimant comme un père. Je pensais alors que j'avais donné à mon fils un équilibre familial, et que c'était cela le plus important.

Il y eut le jour de la Saint-Nicolas, et Richard expliqua à Benoît qu'il fallait placer, sur la cheminée, une carotte et un sucre pour l'âne qui accompagnait le saint dans sa longue tournée. Le lendemain matin, la carotte et le sucre avaient disparu ; à leur place trônait victorieusement une figurine en pain d'épices, que Benoît découvrit avec des exclamations de surprise et de plaisir.

Il y eut le jour de Noël, et le cadeau que, pendant la nuit, le Père Noël avait déposé dans les chaussures de mon enfant : deux oranges enveloppées de papier doré, une pomme tellement astiquée qu'elle brillait comme un miroir, et un train composé de boîtes d'allumettes reliées entre elles par des crochets en fil de fer. Peint et décoré, percé de petites fenêtres, il ressemblait tout à fait à un vrai train. Je savais le temps que Richard y avait consacré. Et lorsque je vis, le matin de Noël, le ravissement de mon enfant en apercevant ce jouet fabriqué avec patience et amour, je ne fus pas loin d'éprouver pour Richard une véritable tendresse.

Mais les souvenirs, bien vite, revenaient en foule et m'empêchaient d'être heureuse. Je me rappelai le seul Noël que nous avions eu, Mathieu et moi. Je me disais que nous aurions pu en connaître beaucoup d'autres, avec notre fils, si seulement il était revenu de la guerre... Sans me rendre compte que ces regrets étaient stériles, je ne parvenais pas à admettre la cruelle réalité. Et, de façon tout à fait illogique et inconsciente, j'en voulais confusément à Richard d'être vivant, d'être là, et d'avoir pris la place de Mathieu.

***

Nous vivions ainsi, et j'en avais pris mon parti. J'ignorais si Richard souffrait de mon indifférence, voire de ma répulsion, à accepter ses caresses. Ce que l'on appelait devoir conjugal était pour moi, de plus en plus, une véritable corvée, et si je ne m'y dérobais jamais, je le subissais avec tant de mauvaise volonté que Richard finit par perdre patience.

Nous étions alors en avril 1921. Il y avait six mois que nous étions mariés. Le dernier dimanche d'avril était prévue, dans le village où habitaient mes parents, l'inauguration du monument aux morts. Nous partîmes dès le matin afin d'être présents. Tout le village était pavoisé. Il y eut une messe, au cours de laquelle le curé rappela le sacrifice de ceux qui avaient donné leur vie pour la patrie. Puis les sociétés défilèrent, musique en tête, suivies par les familles. Tout le monde se réunit autour du monument. Je tenais le bras de ma mère, que mon père soutenait de l'autre côté. Sous ses cheveux blancs, son visage disait la douleur toujours présente, causée par une mort à laquelle elle ne se résignerait jamais.

Sur une pyramide en granit, une statue de bronze représentait un poilu appuyé sur son fusil. Sur les faces latérales étaient gravés les noms de ceux qui, comme mon frère, n'étaient pas revenus de la guerre. Ils étaient inscrits par ordre chronologique, année après année.

Au premier rang, devant les autres sociétés, les anciens combattants groupés autour de leur drapeau se tenaient immobiles, le visage tendu et douloureux. Les tambours battirent, les clairons sonnèrent *Aux Champs*. Puis les musiciens jouèrent *La Marseillaise*, le curé s'avança, bénit le monument, les poilus, et la foule. Les enfants des écoles vinrent déposer une gerbe, et une petite fille récita des vers de Victor Hugo qui disaient :

Ceux qui pieusement sont morts pour la patrie
Ont droit qu'à leur cercueil la foule vienne et prie.

Le maire, ensuite, fit un discours à la mémoire des jeunes gens disparus. Il ne fallait pas oublier leurs souffrances, affirmait-il, ni le fait qu'ils étaient morts pour que nous puissions vivre libres. Je pensai, en le regardant, à toutes les fois où je l'avais vu passer dans les rues du village, se dirigeant vers telle ou telle maison pour aller y porter un message de mort et de désespoir. Les noms gravés sur la pierre ne pouvaient que lui rappeler ces douloureuses démarches. Sa voix se mit à trembler lorsque, à la fin de son discours, il commença à lire, avec émotion, la liste des cinquante-trois soldats tués. A chacun d'eux, Arsène, le garde de la commune, s'écriait d'une voix forte :

– Mort au champ d'honneur !

Le silence se fit poignant. L'un après l'autre retentissaient les noms, les prénoms, les âges des garçons ou des hommes que tous nous avions connus. Jeunes et moins jeunes, laissant des mères effondrées ou des enfants orphelins... Les femmes pleuraient, les hommes se raclaient la gorge, certains avaient sorti leur mouchoir et s'essuyaient les yeux. Lorsque le maire prononça le nom de mon frère, les sanglots de ma mère éclatèrent en un désespoir bruyant. A travers mes larmes, j'apercevais le poilu de bronze tenant son fusil, et je revoyais Paul, lorsqu'il était parti pour ne plus revenir.

La journée fut triste, basée sur le souvenir de mon frère. Au cours du repas, ma mère essaya de dissimuler sa peine, mais je vis bien qu'elle ne mangeait rien. Seul mon petit garçon parvint à la faire sourire.

Pendant le trajet du retour, dans le train, Richard me parla pour la première fois de son meilleur ami qui avait été tué, lui aussi, au cours de la guerre.

– C'était le fils aîné de Gaston le bourrelier, qui habite dans notre rue. Nous avions le même âge, nous avons été à l'école ensemble. J'étais plus proche de lui que de Cyrille, qui a six ans de plus que moi. Il est parti au début de la guerre, et je ne l'ai jamais revu. Gaston n'a appris sa mort qu'après le départ des Allemands, après l'armistice. Lui aussi, il figurera sur le monument aux morts. Mais ça lui donnera quoi, dis-moi ?

– C'est pour que les gens n'oublient pas, Richard. Jamais nous ne pourrons oublier.

– Nous, non. Mais après nous, qui s'en souviendra ? Et quand les anciens combattants ne seront plus là pour témoigner, qui pourra dire ce qu'ils ont souffert ?

Je baissai la tête, me rappelant les confidences de mon frère, la boue, les rats, les poux, les obus et les cadavres... Tout était encore présent dans mon esprit. Cette journée avait fait revivre tous ces macabres souvenirs, et mon cœur était lourd de tristesse et d'amertume.

Lorsque j'allai me coucher, je me sentais particulièrement brisée. Je souhaitais que, ce soir-là au moins, Richard me laissât tranquille. Mais lui, au contraire, se rapprocha de moi pour essayer de trouver, en m'aimant, un réconfort à sa peine. Et moi, je ne le compris pas. Tout entière tournée vers les morts de la guerre qui ne reviendraient pas, vers Paul et, à travers lui, vers Mathieu, je me raidis encore plus lorsqu'il voulut me prendre dans ses bras. Crispée, presque rétive, je détournai la tête pour échapper à ses baisers. Il insista néanmoins, me caressa, tandis que je me mordais les lèvres. Il se coucha sur moi, et je sentis tout mon corps se contracter.

– Ah non alors! J'en ai assez, Louise, tu entends? Plus qu'assez!

Je rouvris les yeux. Richard m'avait lâchée et, dans la semi-obscurité de la chambre, je vis sa silhouette, assise au bord du lit, penchée en avant dans une attitude de colère et d'accablement.

– Tu es ma femme, continua-t-il, mais tu ne fais aucun effort. J'ai l'impression de tenir une poupée sans vie dans mes bras. Pire même, un morceau de bois. C'est insupportable. On dirait que je te dégoûte!

A ce moment-là, j'aurais dû nier, essayer de le rassurer, de lui expliquer mon état d'esprit. Mais son éclat, brutal et inattendu, me prit au dépourvu. Je ne sus pas répondre. Désemparée, je le vis saisir son oreiller, se diriger à pas rapides vers la porte.

– Puisque c'est comme ça, je m'en vais dormir dans le fauteuil! Et si mes attentions te déplaisent tant, je ne te toucherai plus!

Il sortit, furieux, et claqua la porte. Je n'ai même pas pensé à le retenir. Je suis restée dans le lit, malheureuse, recroquevillée sur moi-même, triste et solitaire. Pourtant, au désarroi que je ressentais se mêlait un indéniable soulagement.

Le lendemain matin, Benoît était réveillé lorsque je me levai. J'allai le chercher avant de gagner la cuisine. Richard, déjà habillé, avait allumé le feu et fait chauffer de l'eau. Benoît se précipita vers lui pour lui dire bonjour. Mal à l'aise, j'évitai le regard de mon mari et me composai un visage indifférent. Il me parla comme si rien ne s'était passé, et je lui répondis de même.

Il s'en alla travailler. Ce jour-là était, dans son service, l'un de ceux où il rentrait très tard. Dès son retour il se coucha et s'endormit aussitôt. Les soirs suivants, il adopta la même attitude. Surprise au début, je ne tardai pas à m'en satisfaire. Je me dis qu'il mettait en application la phrase qu'il m'avait lancée dans sa colère : « Je ne te toucherai plus. »

Cette situation me convenait tellement bien que je ne cherchai pas à savoir s'il était vexé ou malheureux. Le reste du temps, il se comportait envers moi comme il l'avait toujours fait, égal à lui-même, doux et attentionné. Je remarquai simplement qu'il se rapprocha davantage de Benoît, cherchant peut-être, dans la tendresse qui le liait à mon enfant, un reflet de l'amour que je lui refusais. Extérieurement, nous formions toujours la même famille unie. Seule ma belle-sœur Odile, qui était perspicace, se rendit compte de la fêlure qui existait dans notre couple. Un dimanche où nous étions allés à Tourcoing, elle me prit à part pour me demander :

– Tout va bien pour vous, Louise, avec Richard ?

Je répondis d'un air dégagé :

– Bien sûr, Odile. Pourquoi me posez-vous cette question ?

Ma belle-sœur hésita, puis elle dit lentement, avec gravité :

– Ce sont ses yeux, Louise. La façon dont il vous regarde lorsque vous ne le voyez pas. Il me fait penser à un enfant qui convoite des jouets de l'autre côté de la vitrine, en sachant qu'il les désire très fort et qu'il ne les aura jamais.

Je haussai les épaules, mais je me sentis troublée. Ce soir-là, en rentrant chez nous, j'étais résolue à faire un effort. Je décidai que si Richard s'approchait de nouveau de moi, j'essaierais de l'accueillir mieux que je ne l'avais fait jusqu'alors. Je me souviens que, toute la soirée, je demeurai crispée dans l'attente d'un geste ou d'un regard. Mais Richard ne tenta rien. A la fois soulagée et déçue, je finis par me dire qu'Odile s'était trompée, et je m'efforçai de ne plus y penser.

Le mois de mai ramena les hirondelles, les lilas en fleurs, les chants des alouettes et des merles. Le mois de juin fit mûrir les fraises et les cerises que Benoît cueillait par grappes dans le jardin de Cyrille. Dans le pigeonnier d'Adolphe, les pigeons roucoulaient doucement. Mon fils savait lire et écrire, et à chacun des retours de Richard, il courait vers lui avec, à la main, une page d'écriture à lui faire admirer. Jacqueline, ma belle-sœur, me parlait de l'inquiétude que lui causait Liliane, sa fille aînée. Agée de douze ans, elle allait bientôt passer le certificat d'études. Jusque-là bonne élève, elle se laissait entraîner et dissiper par une compagne d'école plus âgée qu'elle, qui à treize ans ne pensait qu'à faire de la toilette et à aguicher les garçons.

– Vous vous rendez compte, à son âge! me disait Jacqueline, outrée. Cette Violette, elle promet! Il faut dire aussi qu'elle a de qui tenir. Sa mère, Césarine, a toujours couru les hommes et changé d'amant comme de chemise. D'ailleurs, elle n'a jamais été mariée. Elle a eu Violette d'un amant de passage, une sorte de gitan qui était venu faire les moissons et qui est reparti aussitôt après. La petite en a hérité quelque chose, il est facile de le voir.

J'approuvais. J'avais déjà eu l'occasion de rencontrer Violette et je n'avais pas apprécié son air impertinent. A treize ans, elle en paraissait seize. Dotée d'une abondante chevelure brune, elle avait des yeux de braise au regard hardi, une taille fine et une poitrine provocante. Jacqueline se désolait :

– C'est une compagne désastreuse pour Liliane. J'ai interdit à ma fille de la voir, mais elle la rencontre tous les jours à l'école. Il va falloir que j'en parle à Cyrille. Avec son métier de mécanicien, il est si souvent parti que c'est difficile pour lui de s'occuper des enfants d'une façon continue.

Je compatis, j'essayai de la rassurer. Mais j'oubliai bientôt ce problème parce qu'un autre, qui me toucha directement, vint bouleverser la quiétude de mon existence.

Ce jour-là était un jeudi. Richard devait partir très tôt, et je m'étais levée pour faire le café et lui préparer son petit déjeuner. Benoît dormait encore. Seule avec Richard, je me sentais mal à l'aise. Insidieuse, une gêne s'installait entre nous. Hors de la présence de mon enfant, qui constituait entre nous deux le seul trait d'union, nous ne trouvions rien à nous dire.

Pendant que Richard mangeait ses tartines, je cirai ses chaussures, brossai son pantalon, puis sa veste. Au moment où je la replaçai sur son cintre, un papier plié en quatre tomba d'une des poches. Je me baissai pour le ramasser. Il était couvert d'une petite écriture serrée, et une signature me sauta aux yeux : « Ton Irène qui t'aime ».

Je demeurai abasourdie. La feuille dans les mains, je jetai un coup d'œil à Richard. Penché sur son bol, il me tournait le dos et n'avait rien remarqué. Un soupçon me vint. Cette lettre lui était-elle destinée? Poussée par la curiosité et par un instinct irrépressible, j'enfouis d'un geste vif le papier dans une des poches de mon tablier.

Malgré mon trouble, je réussis à présenter à Richard un

visage uni. Lorsqu'il s'en alla, je lui tendis ma joue afin qu'il y déposât le baiser rituel. Sur le seuil de notre maison, je le regardai se diriger vers la gare. Sa haute silhouette marchait dans la lumière blonde de l'aurore et je clignai des yeux tandis que, à travers le tissu, je sentais le papier me brûler la peau.

Lorsque Richard eut disparu, je rentrai dans la maison. Fébrilement, je sortis la feuille, la dépliai. C'était une lettre, datée de la semaine précédente. Je sentis mon cœur faire un bond affolé lorsque je lus les premiers mots. Elle commençait par « Mon Richard chéri ». Incrédule, horrifiée, je m'assis. Mes mains tremblaient tellement que je dus poser la feuille à plat sur la table.

Mes yeux parcoururent rapidement les phrases. Certaines m'atteignaient de plein fouet. « J'étais si triste depuis notre rupture... J'ai cru mourir le jour où tu m'as annoncé ton mariage... Quelle joie lorsque, le mois dernier, je t'ai vu revenir... Je n'y croyais plus, je n'osais plus y croire... » Et puis une autre phrase, la pire de toutes, celle qui terminait la lettre : « Pourquoi l'as-tu épousée si tu dis qu'elle ne t'aime pas ? Moi, je t'aime. »

Bouleversée, je fermai les yeux et me pris la tête à deux mains. Les larmes se bousculaient sous mes paupières. Larmes de honte, de colère, de révolte. Cette lettre était une lettre d'amour, adressée à Richard par une autre femme. L'indignation fit flamber mes joues. Comment osait-il se conduire de cette façon envers moi ? Il m'avait épousée, il m'avait promis amour et fidélité, et voilà comment il tenait sa promesse !

J'étais trop scandalisée pour essayer de réfléchir. Je décidai que je n'accepterais pas d'être bafouée ainsi. Cet homme auquel j'avais eu l'imprudence et la stupidité de confier ma vie et celle de mon fils, je ne voulais plus le voir. Une seule réaction se faisait jour dans mon esprit : m'en aller le plus loin possible afin de lui échapper. La perspective de me trouver de nouveau face à lui m'était insupportable.

Fébrilement, je pris un sac de toile, y enfournai quelques vêtements, du linge de rechange pour moi et pour Benoît. J'avais des gestes saccadés, nerveux, bouillants de fureur rentrée.

En même temps, j'étudiai rapidement la situation. Je ne pouvais pas allez chez mes parents, Richard m'y retrouverait aussitôt. Ni chez ma belle-sœur Odile. Il fallait un endroit où il n'eût pas l'idée de me chercher. En un éclair de lucidité, la réponse me parvint, fulgurante : chez Léontine. Il ne la connaissait pas et je lui avais si peu parlé d'elle qu'avec un peu de chance il ne s'en souviendrait plus.

Je terminai mes préparatifs avec un ricanement amer : je n'avais jamais pensé que je répondrais à l'invitation de Léontine dans de pareilles conditions.

J'allai réveiller Benoît. Il était encore tôt et je voulais partir très vite, afin de passer le plus possible inaperçue. Mon petit garçon ouvrit de grands yeux dès qu'il vit le sac de voyage, ma veste et mon chapeau :

– Où va-t-on, maman ?

Je me forçai à prendre un ton enjoué :

– Nous allons chez Léontine. Tu te souviens d'elle ? Elle était avec nous en Suisse, et tu as encore le petit drapeau qu'elle t'avait donné. Tu l'appelais Tine. Tu te souviens ?

Mon fils haussa les sourcils, plissa le front, l'air perplexe :

– Tine ?...

– Elle nous a invités, repris-je avec un désir de le convaincre que l'impatience exacerbait. Nous allons prendre le train, et nous serons chez elle bientôt. Tu verras, ça te plaira.

– Et papa ? Il vient avec nous ?

Je me détournai pour qu'il ne vît pas la colère qui, je le sentais, durcissait mon regard :

– Papa est au travail, dis-je brièvement. Dépêche-toi de manger. Nous partons bientôt.

Habitué à obéir, mon fils n'insista pas. Il mangea ses tartines, but son bol de lait. Je mis rapidement la maison en ordre et plaçai la lettre bien en évidence au milieu de la table. En la voyant, Richard comprendrait.

Je savais qu'il y avait un train pour Lille et je ne voulais pas le rater. Ensuite, il faudrait aller jusqu'à Douai et là, changer pour Valenciennes. A la gare, le chef de gare, qui me connaissait, m'interrogea :

– Où allez-vous de si bon matin ?

Je vis qu'il avait remarqué mon sac de voyage. Je tentai de paraître naturelle :

– Ma mère est malade. Il faut que j'aille la soigner.

Il ne répliqua pas. Je réalisai qu'il donnerait peut-être cette information à Richard, et que cela ne ferait que brouiller ma piste. Tant mieux, me dis-je avec une rancune mauvaise.

Le voyage se passa sans incident. J'eus un mouvement de crainte lorsque je vis le contrôleur entrer dans notre compartiment, car je pensai subitement, et un peu tard, qu'il pouvait s'agir de Richard. Mais c'était un autre, qui me considéra avec indifférence.

Lorsque je descendis du train en gare de Denain, je regardai autour de moi, un peu perdue, tenant d'une main mon sac de voyage et de l'autre la main de Benoît. Comment faire pour me rendre chez Léontine ? Y avait-il un tramway qui desservait le village où elle habitait ?

– Vous avez besoin d'aide, ma p'tite dame ?

Je me retournai. Près d'une automobile rutilante, un gros homme m'observait, un sourire épanoui sur sa large figure. Vêtu d'un élégant costume clair, il semblait manifestement très satisfait de lui-même. A cause de sa manière de m'aborder, je faillis lui tourner le dos, mais son air bon enfant n'était pas déplaisant. Benoît, lâchant ma main, se mit à tourner avec intérêt autour de la voiture.

– Ah, tu admires ma Citroën ! N'est-ce pas qu'elle est belle ? Je parie que tu aimerais y monter !

Impressionné et tenté, Benoît fit un signe de tête affirmatif. Le gros homme se tourna vers moi :

– Si je peux vous déposer quelque part, n'hésitez pas, profitez de mon carrosse.

J'hésitai. Je ne le connaissais pas, et une méfiance me retenait. Benoît, ébloui par l'automobile, leva vers moi des yeux incrédules :

– Ça veut dire qu'on va monter dedans, dis, maman ? Quand je vais raconter ça à papa, il n'en reviendra pas !

Je tirai Benoît près de moi, dis d'un ton digne et pincé :

– Je vous remercie, monsieur, mais je prendrai le tramway.

Mon interlocuteur éclata de rire, se tapa sur la cuisse et s'exclama sans façon :

– Allons, ne prenez pas vos grands airs. Je ne vous dévorerai pas, vous savez. Vous ne comprenez pas que je veux vous faire admirer mon nouveau bijou ? C'est une dix-chevaux, qu'est-ce que vous dites de ça ? Montez, et vous verrez comme elle roule bien ! Regardez votre enfant, il en meurt d'envie. Et d'abord, où allez-vous ?

Je lui donnai l'adresse de Léontine avec réticence. De nouveau il se tapa sur la cuisse :

– Alors là, vous ne pouviez pas mieux tomber ! Je suis le brasseur du village, figurez-vous. Alfred Rousselle, pour vous servir. Permettez-moi de vous dire que ce serait stupide de votre part de refuser mon offre. Ma Citroën vous mènera à bon port, plus vite que le tramway, et dans des conditions plus confortables. Allons, donnez-moi votre sac et montez !

Il m'ouvrit la portière. Benoît ne résista pas et sauta à l'intérieur. Je le suivis, ma méfiance soudain balayée par la curiosité. Je m'assis avec un plaisir mêlé de respect sur le siège en cuir. Combien il était doux et confortable en comparaison de la dure banquette de bois du train! Et puisque cet homme était le brasseur du village où habitait Léontine, elle le connaissait sans aucun doute; je n'avais donc rien à craindre.

Il se penchait, faisait tourner la manivelle. Lorsque le moteur se mit en marche, les vibrations de la voiture me firent sursauter. Mon conducteur bénévole entra à son tour, s'assit devant le volant en criant pour couvrir le bruit :

– Et maintenant, cramponnez-vous. Je vais vous montrer de quoi elle est capable!

Ce fut là mon premier contact avec l'automobile, et j'en ai gardé longtemps un mauvais souvenir. La curiosité et l'excitation que j'éprouvais furent très vite balayées par une appréhension qui ne tarda pas à devenir de la peur. Je me cramponnais à mon siège tandis que je voyais le paysage défiler, que la poussière volait autour de nous et que mon voisin, hilare et réjoui, prenait les virages à une telle allure que je me retrouvai plus d'une fois déportée contre lui. Je n'osai pas lui demander d'aller moins vite, et la fin du trajet ressembla à un cauchemar. Lorsque l'automobile ralentit puis s'arrêta, j'avais l'estomac complètement retourné et je luttais difficilement contre une terrible envie de vomir.

Je vis à travers un brouillard le visage jovial de mon conducteur qui, galamment, m'ouvrait la portière et m'aidait à descendre. Il me tendit mon sac en s'exclamant avec fierté :

– Hein! Qu'est-ce que vous dites de ça? Nous n'avons pas mis plus de dix minutes. En tramway, vous en auriez eu pour une demi-heure, au moins!

J'avalai ma salive pour refouler mes nausées et m'efforçai de sourire. Je lui tendis la main et réussis à souffler un remerciement presque inaudible. Benoît, à mes côtés, fut enthousiaste pour deux :

– C'était vraiment bien, monsieur, et je suis très content. Je vais raconter ça à mon papa, je vais lui dire que c'était formidable!

Le gros homme tapota la tête de mon fils et me montra, de l'autre côté de la place, le cabaret aux rideaux pimpants dont la porte grande ouverte accueillait le soleil :

– Voilà, vous êtes arrivée. Priez le bonjour à Léontine de ma part. Et à Honoré, son mari. Grâce à eux, ma brasserie prospère! Ils sont parmi mes meilleurs clients.

J'acquiesçai en réprimant un dernier haut-le-cœur.

L'automobile s'éloigna. Je vis alors plus nettement la place du village, plantée d'arbres à l'ombre desquels quelques vieillards paressaient, assis sur un banc. Plus loin, des enfants jouaient. Plusieurs garçons accroupis, un peu plus âgés que Benoît, disputaient une partie de billes, tandis que trois petites filles sautaient à la corde. Je pris Benoît par la main et me dirigeai vers le cabaret.

A cette heure de l'après-midi, il était désert. J'en fus soulagée. Au moment où j'en franchis le seuil, j'aperçus tout de suite Léontine. Derrière le comptoir, la tête penchée, elle lavait des verres. Je revis ses cheveux bruns, son chignon serré, son bon visage. Elle n'avait pas changé. Une émotion fondit sur moi et m'étreignit brutalement.

J'avançai. Elle releva la tête, et ses yeux s'arrondirent. Puis, tout aussitôt, son visage s'éclaira d'une joie qui explosa en exclamations pressées et ravies :

– Louise! Est-ce possible? Louise, ça alors! Si je m'attendais! Comme je suis heureuse de vous revoir! Et Benoît! Comme tu as grandi, mon petit! Ça fait plus de trois ans, déjà... Tu es un vrai petit garçon maintenant, tu n'es plus un bébé.

– Je vais avoir sept ans, dit mon fils d'un air important.

Elle vint vers nous, toujours en bavardant, me serra contre elle, s'accroupit devant Benoît, l'embrassa avec affection.

– Et ta souris, tu l'as encore? Tu avais joué avec elle pendant tout le voyage...

Mon enfant sortit le jouet de sa poche :

– Je l'emmène partout avec moi.

Léontine se releva, m'embrassa de nouveau :

– Comme je suis heureuse de vous revoir, Louise! répéta-t-elle. Pourquoi ne m'avez-vous pas prévenue? J'aurais préparé quelque chose pour vous accueillir. Honoré, cria-t-elle, Honoré, viens voir! C'est Louise! Tu sais bien, Louise... Je t'ai souvent parlé d'elle.

Un homme remonta de la cave, plusieurs bouteilles dans les bras. Il les déposa sous le comptoir, se dirigea vers nous. Je remarquai tout de suite sa boiterie fort accentuée. Il vit mon regard posé sur son genou :

– Un souvenir de l'enfer, bougonna-t-il avec une grimace. Verdun... Ainsi, c'est vous, Louise... Que oui, Léontine m'a bien parlé de vous. « C'est avec elle que j'ai revu la France, et ça, ça ne s'oublie pas », voilà ce qu'elle me dit toujours. Je vous souhaite la bienvenue, Louise.

Il me tendit une main amicale, que je serrai avec chaleur, touchée par son accueil. Son allusion à Verdun m'avait rappelé mon frère Paul, et je me sentis proche de lui, qui avait connu les mêmes souffrances et les mêmes peurs.

– Reste au comptoir, Honoré, dit Léontine. J'emmène Louise dans la cuisine. Nous avons à bavarder, toutes les deux. Tu t'occuperas des clients.

Elle passa un bras sous le sien et nous entraîna, Benoît et moi. Dans la cuisine, propre et claire, dont la porte ouverte laissait apercevoir le jardin, elle me fit asseoir, me proposa un rafraîchissement, sembla seulement voir mon gros sac :

– Vous n'avez aucun problème, n'est-ce pas, Louise ? Tout va bien ?

Je ne pouvais rien dire devant Benoît. Léontine comprit, s'adressa à lui avec gentillesse :

– Benoît, va voir Honoré dans le cabaret. Tu lui demanderas un verre de limonade.

Mon petit garçon obéit avec empressement. Seule avec moi, Léontine plongea ses yeux dans les miens :

– Qu'y a-t-il, Louise ?

Je baissai la tête et, en triturant mon chapeau que je venais d'ôter, je racontai ma découverte du matin et ma réaction irréfléchie, impulsive, impérieuse : partir là où Richard ne me trouverait pas. Mais je tus soigneusement le problème intime qui déchirait notre couple ; c'était trop difficile à avouer.

– Dans mon désarroi, j'ai pensé à vous, terminai-je. Acceptez-vous de m'offrir l'hospitalité ? Pour quelques jours, le temps de me remettre. Il faut que je réfléchisse à ce que je vais faire. Pour le moment, une chose est certaine : je ne veux pas me retrouver en face de Richard.

– Qui est cette femme, cette Irène ? Vous la connaissez ?

– Je n'ai jamais entendu parler d'elle.

Léontine resta pensive un instant, puis reprit doucement :

– Si Honoré se conduisait ainsi, je crois que je préférerais avoir une explication avec lui. Votre fuite ne me semble pas être une solution, Louise.

Butée, je secouai la tête :

– Je ne veux plus le voir.

Devant mon obstination, elle n'insista pas. Elle se leva en affirmant :

– En tout cas, je serai ravie de vous avoir sous mon toit. Vous pouvez rester ici autant qu'il vous plaira, vous le savez.

– Je vous aiderai, dis-je. Je ferai la cuisine, le ménage, les commissions. Je servirai au cabaret s'il le faut. Je me rendrai utile.

– Ce n'est pas de refus. Il y a des fois où les clients sont nombreux et nous ne sommes pas trop de deux, Honoré et moi. Et puis, dimanche prochain, c'est la ducasse du village. Un jour comme celui-là, nous sommes carrément débordés.

Elle ouvrit une porte :

– Savez-vous que nous avons une épicerie ? Elle est toute récente. Le magasin est dans cette pièce. Venez voir.

La pièce était propre et ordonnée. Je vis, sur les étagères, les paquets de sucre, de farine, de riz, de lentilles. Sur le comptoir s'alignaient plusieurs bocaux remplis de bonbons. Je remarquai avec malice :

– Ceci risque d'intéresser Benoît !

Léontine se mit à rire :

– Les enfants sont tous pareils, Louise. Ceux du village défilent dans mon épicerie pour acheter deux sous de bonbons !

Elle me fit visiter le reste de sa maison, m'emmena au premier étage :

– Je vais vous loger dans la chambre qu'occupait ma belle-mère. Elle donne sur l'arrière, vous serez tranquille.

Petite mais agréable, la pièce me plut. Le parquet ciré brillait. Par la fenêtre ouverte sur la cour arrivaient des roucoulements de pigeons. Je pensai à ceux d'Adolphe et me trouvai, en un instant, reportée chez nous. Découragée, je m'assis sur le lit.

– Je vais vous laisser, dit Léontine avec discrétion. Si vous voulez vous rafraîchir, je vous monterai de l'eau. A tout à l'heure, Louise.

Elle pressa affectueusement mon bras et sortit de la chambre. Je m'approchai de la fenêtre, regardai la vue qui s'offrait à moi. Des maisons, des champs, et à l'horizon un terril. Le paysage devint flou, se brouilla sous mes larmes. Je me trouvai esseulée, sans personne à qui me confier, sans personne surtout pour me comprendre. Ce fut un moment où je ressentis, très fort, l'injustice de la mort de Mathieu. Lui n'aurait jamais agi comme Richard, pensai-je amèrement. Avec lui, j'aurais été heureuse tout au long de ma vie. Il m'aimait et je l'aimais. Je repensai aux paroles de Léontine. Avoir une explication ? Je me sentais trop blessée pour en accepter seulement l'idée. Richard s'était conduit envers moi d'une manière méprisable, sournoise et hypocrite. Mon indignation revint, encore plus brûlante. J'avais bien fait de partir, de le fuir. Pas un instant je ne regrettai ma décision.

Je me rendis compte, au cours des jours suivants, que j'avais eu raison de venir me réfugier chez Léontine. Grâce à son amitié, grâce au dépaysement causé par un nouvel environnement, je réussis peu à peu à redevenir moi-même. Je découvris, avec le cabaret, une façon de vivre totalement différente de la mienne. Je fis connaissance avec les clients qui, d'abord curieux ou intrigués, ne tardèrent pas à m'adopter.

– C'est une amie, expliquait Léontine sans travestir complètement la vérité. Nous avons été rapatriées en même temps, en décembre 1917. Depuis le temps que je l'invite, elle est enfin venue passer quelques jours avec moi!

Chaque matin, elle se levait tôt, car il fallait ouvrir le cabaret dès 6 heures. Les premiers clients étaient Raymond et Jérémie, deux « compagnons » du chemin de fer, l'un mécanicien et l'autre chauffeur. Inséparables, ils faisaient une halte chez Léontine avant de se rendre, à bicyclette, au dépôt de Valenciennes. Après eux arrivaient Florimond, qui travaillait à la ferme voisine, Léon, le garçon brasseur qui, ensuite, allait livrer la bière dans le haquet chargé de tonneaux; et puis d'autres, des ouvriers métallurgistes, des mineurs, qui passaient en allant à leur travail et qui repasseraient le soir. Ils s'arrêtaient un quart d'heure, une demi-heure, le temps de boire un café, un genièvre, et le plus souvent l'inévitable *bistouille* * qui, affirmaient-ils, leur donnait du cœur au ventre pour bien commencer leur journée.

Léontine les connaissait tous, plaisantait avec eux, leur demandait des nouvelles de leur famille. Elle savait ce que chacun buvait, et elle versait les consommations sans qu'ils aient besoin de les commander. Pendant ce temps, je ramassais les tasses, lavais les verres, essuyais les tables, et j'écoutais tous ces braves hommes s'interpeller et bavarder.

Ensuite, dans la matinée, venaient des fermiers, et Aristide le facteur, qui buvait invariablement un verre de vin blanc doux. Léontine le préparait à l'avance, dès qu'elle voyait Aristide traverser la place en tenant à la main sa bicyclette lourdement chargée, à l'avant et à l'arrière, de deux sacoches remplies du courrier de la journée.

En début d'après-midi, il y avait une période d'accalmie, jusqu'à cinq heures environ, puis c'était de nouveau le défilé des ouvriers. Le soir, Honoré s'occupait plus particulièrement du cabaret, notamment pour les joueurs de cartes qui venaient y passer la soirée. C'était lui qui fermait portes et volets après le départ des derniers clients, souvent vers minuit. Et le lendemain, avec Léontine, je remettais de l'ordre avant d'ouvrir à nouveau.

* Bistouille : tasse de café dans laquelle on verse du rhum, du cognac, ou du genièvre.

C'était un va-et-vient incessant, qui me changeait agréablement les idées. Benoît avait fait la conquête de tous ces hommes rudes, dont le visage s'adoucissait lorsqu'ils souriaient à mon enfant. Il allait de l'un à l'autre, leur montrait sa souris mécanique, grimpait sur leurs genoux. Il ne me parlait pas de Richard, et j'en étais soulagée.

Léontine le gâtait outrageusement. Il le savait et en profitait. Chaque fois qu'elle se rendait dans l'épicerie pour servir une cliente, il la suivait et demeurait immobile, bien sage, près des bocaux de bonbons. Dès que la cliente était sortie, immanquablement Léontine ouvrait le bocal, en sortait un bonbon qu'elle tendait à Benoît enchanté :

– Tiens, *min p'tit bradé* *!

Parfois, je protestais. Léontine ne m'écoutait pas. Un matin, elle me fit taire en me disant :

– Louise, je n'ai pas d'enfant. Laissez-moi au moins gâter un peu le vôtre pendant qu'il est ici.

Elle avait envers lui des attentions maternelles, préparait les plats qu'il préférait, lui donnait deux sous dès que retentissait le coup de trompette annonçant l'arrivée du marchand de glaces ambulant. Chaque soir, elle m'accompagnait lorsque j'allais le coucher, et elle lui parlait d'un air mystérieux de « grand-mère à poussière », qui passait de maison en maison pour endormir les enfants.

Honoré, par contre, affirmait bien haut sa satisfaction de ne pas avoir de fils.

– Quand je pense que mon garçon pourrait connaître ce que moi j'ai connu pendant la guerre, déclarait-il avec conviction, je suis bien content de ne pas en avoir, croyez-moi.

Une fois, je lui racontai les dernières confidences de mon frère Paul. Il détourna son regard et dit d'une voix sourde :

– Taisez-vous, Louise. J'ai connu ça, et j'essaie d'oublier. Je ne veux pas en parler.

Je remarquai que, chaque jour, au fur et à mesure que les heures passaient, il buvait de plus en plus. Le soir surtout, lorsque les joueurs de cartes arrivaient, il trinquait avec eux de nombreuses fois. A la fin de la soirée, ses yeux se faisaient vagues, son élocution embrouillée. Léontine semblait ne rien remarquer. Je m'étonnais de son indifférence mais, par discrétion, je ne disais rien.

Elle non plus ne me posait pas de question. Elle acceptait mon séjour chez elle sans savoir combien de temps il durerait et sans s'en inquiéter. A vrai dire, je ne m'interrogeais

* « Bradé » signifie de façon affectueuse enfant gâté, choyé.

pas non plus. J'étais décidée à vivre chaque jour au présent sans même envisager l'avenir. Chaque fois que la pensée de Richard affleurait mon esprit, je m'empressais de la repousser. Pour le moment, je voulais le rayer de mon existence.

Un incident vint me démontrer combien ce désir était utopique. Il se produisit le surlendemain de mon arrivée. Ce matin-là, dès que je me levai, je fus prise de vertiges et de nausées. Je dus me rasseoir sur le lit et rester immobile, pliée en deux, les mains serrées sur mon estomac qui se révulsait. En même temps, une sueur me glaçait le dos, et je me sentais si mal que j'eus peur de m'évanouir. C'était un malaise différent de celui que j'avais éprouvé dans la Citroën du brasseur, plus subtil, plus profond. Et, dans un sursaut d'affolement, je compris à quoi il était dû. J'avais éprouvé exactement les mêmes lorsque j'attendais Benoît, au début de ma grossesse.

Je réussis à me lever, me tamponnai le visage et le cou à l'eau froide. Je savais, pour l'avoir déjà vécu, que j'allais me sentir mieux et que je n'aurais pas d'autre malaise avant le lendemain matin.

Je fis un rapide calcul. Depuis la dernière fois où Richard avait exercé sur moi ses droits de mari, il s'était passé un mois et demi, presque deux. Ma conclusion fut rapide. Il n'y avait aucun doute, j'étais enceinte.

Je baissai la tête, accablée, en pensant que cet enfant arrivait bien mal. A cause de lui, j'étais prise au piège. Il faudrait que je retourne auprès de Richard, et je ne le voulais pas.

Je décidai de ne rien dire. Mais, le lendemain matin, le même malaise me secoua, plus long et plus violent que le précédent. Lorsque je descendis, Léontine vit mon visage livide et devina la vérité.

– Louise, s'exclama-t-elle, vous êtes malade ? Ou bien... c'est un bébé ? Ça m'en a tout l'air.

Je ne niai pas. Je me laissai tomber sur une chaise, me pris le front entre les mains. Nous n'étions que toutes les deux dans la cuisine ; Honoré et Benoît dormaient encore. Je soupirai :

– Je ne sais pas quoi faire, Léontine. Je ne m'attendais pas à ça.

Elle répliqua avec énergie :

– Je vais vous dire, moi, ce qu'il faut faire. Avoir une bonne explication avec votre mari. Exiger qu'il rompe avec cette femme. Lui annoncer que vous attendez son enfant.

Je levai vers elle des yeux qui disaient mon incertitude, mon désarroi.

– Je ne sais pas, Léontine...

– C'est la seule chose à faire, voyons. Même si votre mari a mal agi envers vous, il a le droit d'être mis au courant. C'est son enfant. Il faut le lui dire.

Je fis un geste évasif, refusant de me laisser convaincre :

– Oui, peut-être. Je vais réfléchir.

Elle retint visiblement d'autres paroles, se détourna pour tisonner le feu. Elle ne m'en parla plus, mais au cours de la journée je remarquai souvent son regard qui me suivait, attentif et inquiet.

Quelques jours passèrent ainsi, et je ne parvenais pas à prendre une décision. Dans le village, une atmosphère de fête commençait de régner. Sur la place, juste en face du cabaret, des manèges, des boutiques de forains, des balançoires, des loteries s'installaient. Benoît observait le manège de chevaux de bois, décoré et superbe et, à côté, le manège pour les petits où, parmi plusieurs modèles de voitures, un avion et quelques vélos, trônait fièrement une locomotive sur laquelle était peint en grandes lettres blanches le mot « NORD ».

– Regarde, maman, me disait-il avec excitation. Elle ressemble à Suzannah, la locomotive de tonton Cyrille. Je pourrai monter dedans, n'est-ce pas, maman ?

– Mais oui, répondait Léontine. Je te paierai autant de tours que tu voudras.

Il remerciait « Tine » en sautant de joie. Il était heureux. Ces jours représentaient pour lui des vacances imprévues. Et pourtant, des réflexions comme celle qu'il venait de faire me montraient qu'il n'oubliait aucun des membres de la famille.

L'avant-veille de la ducasse, qui devait commencer dès le dimanche matin, j'aidai Léontine à nettoyer entièrement la maison et le cabaret, à laver le comptoir, les étagères et les verres, à frotter énergiquement les lampes, les poignées de portes, les objets de cuivre et les deux gros étuis d'obus qu'Honoré avait rapportés du front, à lessiver le plancher de sapin et à le saupoudrer de sable blanc. Le soir, une saine fatigue ralentissait mes mouvements et endolorissait mes membres. Après le repas, Léontine s'en alla aider Honoré au cabaret, où les clients étaient nombreux, tandis que je débarrassais la table et faisais la vaisselle.

Lorsque j'eus terminé, je descendis à la cave afin de ranger le beurre et le pain dans le garde-manger. Alors que je refermais la porte grillagée du petit meuble, Honoré arriva et marmonna quelque chose au sujet d'une bouteille de vin qu'il venait chercher. Il bafouillait et avançait d'une démarche peu sûre, que sa boiterie seule n'expliquait pas. Je remarquai son visage enluminé, et je m'écartai tandis qu'il passait près de moi.

Mais, au lieu de se diriger vers le fond de la cave, où se trouvaient les bouteilles de vin, il s'arrêta subitement, m'attrapa les bras et se pencha vers moi en bredouillant des paroles qui m'affolèrent :

– Tu es belle... Plusieurs jours que je te regarde... Envie de t'embrasser... Allons, laisse-toi faire...

Son regard, trouble et brillant, vacillait. Son grand corps me coinçait contre le mur, et je pris peur. Avec énergie, je le repoussai brutalement. Il tituba, faillit tomber, se retint au garde-manger. Ce faisant, il me lâcha. J'en profitai pour m'enfuir. Je grimpai à toute vitesse l'escalier de la cave, arrivai dans la cuisine, haletante. Honoré, en bas, poussait des exclamations de dépit et de colère. Je ne voulais pas me retrouver seule avec lui. J'allai dans le cabaret, passai derrière le comptoir. Léontine, tout en bavardant avec des clients, lavait des verres. Je pris un torchon et me mis à les essuyer. Lorsque Honoré revint, je lui tournai le dos et l'ignorai. Toute la soirée, je m'arrangeai pour rester auprès de Léontine. Lorsque, enfin, je me retrouvai dans ma chambre, pour la première fois depuis mon arrivée je fermai la porte à clef.

J'étais tellement fatiguée que je m'endormis immédiatement. Le lendemain matin, en me levant, je dus lutter contre le même malaise qui, je le savais, serait dorénavant quotidien. Comme il était tôt, je laissai Benoît dormir encore et je descendis au rez-de-chaussée.

J'eus un mouvement de recul en arrivant dans la cuisine. Honoré était assis à la table, seul. Je jetai autour de moi un regard inquiet :

– Où est Léontine ?

Il s'arrêta de beurrer son pain pour me répondre :

– Elle est allée jusqu'à la ferme, chercher du lait. Elle va faire des tartes cet après-midi.

Les yeux baissés, il ne me regardait pas. Je constatai qu'il était dégrisé, et même qu'il semblait embarrassé. Tandis que j'avançais prudemment, il releva la tête et me dit avec sincérité :

– Louise, je vous prie de m'excuser pour ma conduite d'hier. Je m'étais laissé entraîner à boire. Je sais bien que je suis impardonnable, mais si vous pouviez me dire que vous ne m'en voulez pas, je me sentirais mieux.

Ses yeux me fixaient avec franchise, avec tristesse, avec

une expression de repentir qui n'était pas feinte. Combien il était différent de l'espèce d'ivrogne qui, la veille, avait voulu me saisir! Je m'assis en face de lui :

– Je veux bien oublier ce moment de folie, Honoré, à condition qu'il ne se reproduise pas.

– Je vous le promets. Voyez-vous, lorsque je bois un peu trop, je ne suis plus moi-même. Si vous me voyez un peu parti, Louise, ne vous approchez pas de moi. Tenez-vous à l'écart.

Je compris, puisqu'il me donnait ce conseil, qu'il n'était pas sûr de lui. Je demandai avec douceur :

– Mais... ne serait-il pas plus simple de boire moins, Honoré ?

Son regard refléta une impuissance qui me serra le cœur. Il baissa la tête et dit tout bas :

– Si, bien sûr. Vous avez raison. Mais ce n'est pas si simple, justement...

Il sembla hésiter. Il y eut un long silence. Puis, avec un visible effort, il reprit :

– Il faut que je vous explique si je le peux, afin que vous ne me jugiez pas trop mal. C'est difficile, parce que ce que je vous dis là, je ne l'ai dit à personne. Il n'y a que Léontine qui soit au courant. Mais vous, vous comprendrez. Vous m'avez dit que votre frère vous avait parlé des tranchées. Tout ce qu'il a pu vous raconter, c'était vrai, et pire encore. J'y suis resté quatre ans.

Il déglutit péniblement. La cafetière, sur le feu, chuintait doucement. Dehors, dans la lumière du matin, le chant des coqs, à intervalles réguliers, éclatait joyeusement. Honoré se passa une main dans les cheveux.

– J'avais un ami, avec qui j'étais parti à la guerre. Nous étions inséparables. Une fois, au cours d'une attaque, il a été blessé. Nous avons dû nous replier sous les obus, et lui, il est resté là, dans la boue, à crier, à demander de l'aide, à m'appeler, moi. Les Boches nous ont pilonnés de leurs marmites jusqu'au soir, et il a été impossible d'aller le rechercher. Pendant des heures, il a hurlé, et vers la fin ce n'était plus moi qu'il appelait, c'était sa mère. Je n'en pouvais plus, à plusieurs reprises j'ai voulu quitter la tranchée pour aller le rejoindre. Ce sont les copains qui m'ont retenu. J'en ai pleuré, Louise. Peu à peu, les cris ont diminué, puis ils ont cessé. Alors, j'ai compris qu'il était mort.

Il baissa la tête pour me cacher les larmes qui emplissaient ses yeux. Oppressée, je ne disais rien. Quelles paroles pouvais-je prononcer, devant ce drame qu'il avait vécu et qui, je le comprenais, demeurait toujours aussi vivant malgré les années écoulées ?

– Ce sont ses cris qui me hantent. Je ne peux pas les oublier. Chaque nuit, dans mon sommeil, ils reviennent. C'est toujours le même rêve, le même cauchemar. Je me retrouve dans cette tranchée infecte, et lui, il m'appelle. Il crie mon nom, il me supplie d'aller près de lui, de ne pas le laisser mourir seul. Et moi, je suis comme paralysé, je ne peux pas faire un mouvement. Quand je me réveille, j'ai encore sa voix dans les oreilles, je suis glacé, en sueur, je tremble. A ces moments-là, je me dis que j'aurais voulu mourir moi aussi, à ses côtés, en même temps que lui.

Il eut un long soupir, releva la tête, me regarda avec un mélange de lassitude et de désespoir :

– L'explication est là, Louise, toute simple. Chaque jour, au fur et à mesure que l'après-midi s'avance, je vois arriver le soir avec appréhension. Je sais que, à partir du moment où je vais me coucher et m'endormir, le cauchemar va être là. Alors je bois pour ne pas y penser, pour essayer d'oublier. Ce n'est pas une solution, je le sais bien, mais c'est la seule que j'aie trouvée pour ne pas devenir fou.

Douloureusement impressionnée, je dus m'éclaircir la gorge avant de parler :

– C'est le remords que vous ressentez qui crée ces cauchemars. Il faut que vous compreniez que vous n'êtes pas coupable. Vous n'avez rien à vous reprocher, Honoré. C'eût été de la folie d'aller auprès de votre ami. Vos compagnons l'ont bien compris, puisqu'ils vous en ont empêché.

– Mais sa voix, Louise, sa voix qui m'appelait... Vous ne l'avez pas entendue, vous ne pouvez pas comprendre... Je l'ai laissé mourir seul, et tant que je vivrai je ne pourrai pas me le pardonner.

Il se tut, pressa ses mains sur son front.

– Ce que je vous dis là, je l'ai dit à Léontine, dès que je suis revenu. Elle a compris. Vous avez pu le remarquer, elle ne me fait pas de reproches lorsque je bois un verre de trop. Elle dit qu'avec le temps, ça ira mieux, que mes cauchemars s'espaceront et qu'un jour ils disparaîtront complètement. Moi, je n'en suis pas si sûr.

La grille du jardin grinça, et nous entendîmes le pas léger de Léontine se rapprocher.

– Que ceci reste entre nous, reprit Honoré. Notre conversation et... la scène d'hier que je vous demande d'oublier. Je...

La porte de la cuisine qui s'ouvrait l'interrompit. Léontine entra, souriante :

– Bonjour, Louise. Déjà levée ? Avez-vous vu le soleil ? Je pense que nous aurons du beau temps pour la ducasse.

Elle posa son pot à lait, tâta du plat de la main la cafetière.

– Le café est chaud. Nous pourrions en boire une tasse. En désirez-vous, Louise ?

Au passage, elle lança à Honoré, qui s'était remis à beurrer son pain, un regard plein de sollicitude et de tendresse. Je sentis une vague d'affection me porter vers elle. Brave Léontine, pensai-je, qui ne montrait rien de ses soucis. Pourtant, elle aussi avait un problème qui perturbait son couple. Je commençais à comprendre pourquoi elle me conseillait d'avoir une explication avec Richard. Grâce à celle d'Honoré, je parvenais à lui pardonner son attitude.

La journée se passa dans une effervescence que la perspective de la ducasse rendait trépidente. Au cours de l'après-midi, Honoré commença à boire et ne s'arrêta plus avant le soir. Mais cette fois, au lieu de le regarder avec désapprobation, je repensai à ce qu'il m'avait confié le matin ; je ne pouvais m'empêcher de le plaindre et, d'une certaine façon, de l'excuser.

Le lendemain, dès le matin les clients furent nombreux, et j'allai dans le cabaret afin d'aider Léontine et Honoré. A la sortie de la grand-messe, la salle fut envahie. Les cloches carillonnaient à toute volée. Des enfants couraient, dehors, dans le soleil, et j'aperçus Benoît parmi eux. A cause de la ducasse régnait une atmosphère de liesse qui excitait tout le monde, grands et petits.

Pressée de toutes parts, j'allais d'une table à l'autre servir les consommations qu'Honoré me préparait sur un plateau. Il y avait du bruit, les hommes s'interpellaient, parlaient haut et fort. J'étais en train de me diriger vers une des tables de la fenêtre, mon plateau dans les mains, lorsque je me pétrifiai brusquement, les yeux fixés sur la porte. Dans l'encadrement que la lumière du soleil rendait lumineux, la silhouette d'un homme se détachait. Et cet homme était Richard.

Il observait l'intérieur du cabaret avec une attention passionnée et inquiète, et je vis son visage lorsqu'il m'aperçut. Il exprima d'abord un immense soulagement, et tout de suite après un amour et une tendresse auxquels se mêlait une inconsciente supplication. Malgré moi, quelque chose dans ma poitrine se dénoua.

– Eh bien, que se passe-t-il ?

Léontine, près de moi, s'inquiétait de mon immobilité. Je soufflai :

– Là, à la porte... C'est Richard.

Elle jeta un coup d'œil à l'homme qui, maintenant, s'avançait vers moi sans me quitter des yeux. Elle me prit le plateau des mains, me poussa légèrement :

– Ne restez pas plantée là. Emmenez-le derrière. Il faut que vous ayez enfin une explication tous les deux.

Elle s'esquiva avec mon plateau au moment où Richard s'arrêtait devant moi. Incapable de parler, je le regardais tandis que mon cœur bondissait dans ma poitrine comme un oiseau affolé.

– Louise, murmura-t-il. Enfin, je te retrouve... Benoît est ici, avec toi ?

J'inclinai la tête, me détournai :

– Viens, dis-je simplement.

Il me suivit. Je passai près du comptoir et Honoré, qui essuyait des verres, m'adressa un signe de compréhension. Dans la cuisine, Julienne, une voisine venue aider Léontine à faire d'autres tartes, pétrissait une montagne de pâte. A genoux sur une chaise, penché sur la table, Benoît suivait les opérations d'un œil intéressé. Lorsqu'il aperçut Richard, il dégringola de sa chaise :

– Papa ! s'écria-t-il. Tu viens nous rechercher ?

Richard caressa le visage de mon enfant levé vers lui :

– Oui, dit-il doucement. Tu veux bien revenir à la maison ?

Sans hésiter, Benoît opina de la tête avec énergie :

– Ah oui alors ! Ici, c'est bien, mais c'est mieux quand tu es avec nous !

Julienne nous observait avec curiosité. Je posai une main sur le bras de Richard :

– Allons en haut.

Je l'emmenai dans ma chambre, où je savais que nous ne serions pas dérangés. Dès qu'il fut entré, je refermai la porte et m'y adossai, les bras croisés, dans une attitude sévère qui disait, en cet instant encore, mon ressentiment. Richard tritura son chapeau, le lança sur le lit :

– Louise, ne me regarde pas ainsi...

Malgré moi, je fus touchée par son air embarrassé et malheureux. Je demandai d'une voix adoucie :

– Comment m'as-tu retrouvée ?

– Je t'ai cherchée partout. J'ai interrogé tout le monde dans le village, je suis allé chez Odile, je suis allé chez tes parents. Personne ne pouvait me renseigner. C'est ta mère qui, finalement, a pensé à Léontine. Elle a retrouvé son adresse sur sa dernière lettre, et dès que j'ai pu, j'ai couru jusqu'ici. Si tu savais comme j'ai été soulagé de te voir quand je suis entré dans le cabaret! C'était mon dernier espoir. Si je ne te retrouvais pas ici, je ne savais vraiment plus où aller te chercher.

En bas, des cris d'enfants retentirent dans le jardin. La voix de Benoît leur répondit. Il y eut des coups de sifflet, des rires, une galopade. J'allai à la fenêtre, juste à temps pour voir mon enfant s'éloigner avec trois de ses nouveaux amis.

– C'est Benoît, dis-je. Il est ravi d'être ici. Léontine le gâte beaucoup trop. Elle lui a promis plusieurs tours de manège, et il en est tout excité.

– Il m'a manqué, Louise. J'ai pu mesurer combien je me suis attaché à lui. Lorsque je me suis retrouvé tout seul dans la maison, sans vous deux...

Je repensai à cette lettre que j'avais lue, et mon indignation, de nouveau, flamba brutalement :

– A qui la faute, Richard ?

Il secoua la tête avec confusion :

– Oui, je sais bien, je suis coupable. Je te demande pardon, Louise. Peux-tu me pardonner ?

Ses yeux m'interrogeaient, implorants. Je me raidis dans une attitude de justicière :

– Cette femme, qui est-elle ?

Son expression coupable s'accentua. Il eut un soupir accablé :

– Il faut que je te parle d'elle, Louise. Je la connaissais depuis longtemps. Lorsque je me suis retrouvé veuf, avant la guerre, elle m'avait aidé à remonter la pente. Et après, quand mon petit garçon est mort, c'est elle encore qui m'a consolé.

– Elle était ta maîtresse, n'est-ce pas ? dis-je durement.

– Oui, avoua-t-il tout bas, en se dérobant à mon regard.

– Alors, repris-je sur le même ton, pourquoi ne l'as-tu pas épousée, elle, plutôt que moi ?

– Elle est mariée.

Je ne pus retenir une exclamation de mépris :

– Dans ce cas, sa conduite est déplorable! Tromper son mari ainsi, et de plus prendre celui d'une autre!

Richard sembla ignorer mon interruption véhémente :

– Je ne l'aurais pas épousée, de toute façon. Je ne l'aimais pas suffisamment. Elle m'avait aidé, réconforté, mais je n'étais pas amoureux d'elle. C'est toi que j'ai aimée tout de suite, Louise, dès que je t'ai rencontrée.

Ma réplique fusa, pleine de ressentiment :

– En tout cas, tu as bien su aller la retrouver! Continuais-tu donc à la voir pendant tout ce temps ?

Il sursauta, comme si ma supposition l'avait heurté :

– Oh non, bien sûr que non. Bien avant notre mariage, je lui ai annoncé que je ne la verrais plus. Elle a pleuré, supplié, répété qu'elle m'aimait. Mais je suis resté ferme. J'étais bien décidé à rompre totalement avec elle. Je ne l'ai revue que récemment, tout à fait par hasard... Je me suis laissé entraîner, Louise, je l'avoue. Je le regrette.

– Elle habite notre village ? Je la connais ?

– Non, elle habite Lille. Son mari travaille à la gare, il fait partie de l'Exploitation.

Il s'aperçut de mon expression blessée, baissa la tête comme un petit garçon fautif :

– Je ne la verrai plus, Louise. Je te le promets. C'est fini, vraiment fini.

Je le considérai avec suspicion :

– Comment puis-je te croire ? Je n'ai plus confiance en toi.

Il me regarda, suppliant et sincère, avec le seul désir de me convaincre :

– Je te le jure, Louise. Je le lui ai dit. De plus, son mari vient d'être nommé ailleurs. Je n'aurai même plus l'occasion de la rencontrer.

Je me taisais, toujours méfiante et irrésolue. Il eut une sorte de cri vibrant, passionné :

– Il faut me croire, Louise. C'est toi que j'aime. Je te supplie de me pardonner. Reviens, je t'en prie. Je ne peux plus vivre ainsi, sans toi, sans Benoît. Reviens, Louise...

Dans ses yeux se mêlaient prière et amour. Il était si humble, si repentant que je me laissai fléchir. Après tout, j'avais moi aussi ma part de responsabilité. Si je ne l'avais pas repoussé, peut-être ne se serait-il pas jeté dans d'autres bras... Et puis, cette existence provisoire que je menais chez Léontine ne pouvait durer toujours. Il fallait aussi que je pense à mon fils. L'exclamation spontanée qu'il avait eue en voyant arriver Richard me prouvait qu'il l'aimait et qu'il avait besoin de sa présence paternelle dans sa vie. Alors, pour lui, et pour l'enfant que j'attendais, j'acceptai de revenir.

CHAPITRE XIII

Léontine insista pour que nous restions au moins jusqu'au soir. Moi-même, je me refusai à l'abandonner : je lui avais promis de l'aider à servir les clients que la ducasse amenait nombreux et incessants. Richard, soulagé de savoir que je repartirais avec lui le soir, patienta de bon gré. Tandis que je servais les chopes de bière, il conduisit Benoît à la ducasse, car mon petit garçon trépignait d'impatience à l'idée de grimper sur les manèges, et surtout dans la locomotive qui ressemblait à la Suzannah de son tonton Cyrille.

Lorsqu'il fut l'heure de partir, Léontine me serra dans ses bras avec une affection émue.

– Ça m'a fait plaisir de vous revoir, Louise. Revenez quand vous le voulez. Vous serez toujours la bienvenue.

– Après ma visite, ce serait plutôt à vous de venir nous voir, remarquai-je.

– Avec le cabaret, je ne peux jamais m'absenter longtemps. Vous, vous êtes plus libre. Et puis, dès que vous serez rentrée, écrivez-moi pour me donner de vos nouvelles et me dire si tout va bien.

Elle eut, en disant ces paroles, un regard significatif. D'un sourire, je la rassurai. Elle me fit la même remarque que ma belle-sœur Odile :

– Votre mari vous aime, Louise, n'en doutez pas. Il suffit de voir comment il vous regarde.

Honoré, déjà passablement éméché, me souhaita un bon voyage et, comme Léontine, m'invita à revenir. Un élan vers lui, vers le combattant qu'il avait été et qui ne parvenait pas à oublier, me donna envie de l'embrasser fraternellement, mais devant les clients je ne l'osai pas. Après un dernier au revoir à Léontine, je quittai le cabaret avec l'impression d'y laisser une partie de mon cœur.

Dans le train, tout au long du retour, Benoît fut intarissable. Il raconta à Richard ce qu'il avait fait au cours des derniers jours, sans oublier de s'étendre longuement sur le voyage en Citroën qui l'avait enthousiasmé. Richard l'écoutait en souriant, posait des questions, s'intéressait à son récit. Je constatais qu'ils étaient heureux de se retrouver. La joie éclatait visiblement sur le visage de mon fils, et Richard, en le regardant, avait un air heureux et tendre qui m'amollissait.

Je revis avec émotion notre village, notre rue, notre maison. La nuit était tombée mais, dans le ciel clair, les étoiles scintillaient. J'éprouvais l'impression étrange d'être de retour après un très long voyage. Lorsque j'entrai dans notre petite maison, derrière Richard qui portait Benoît endormi, je sentis mon corps se décontracter, et il me sembla que je retrouvais enfin la place qui était la mienne.

Ce ne fut qu'après avoir couché Benoît, lorsque je fus seule avec Richard dans la chambre, que je me crispai à nouveau. Qu'allait-il faire ? Je ne me sentais pas encore prête à me soumettre à ses désirs. Il vit mon regard plein d'appréhension :

– N'aie aucune crainte, Louise, je ne te toucherai pas. J'ai conscience d'avoir mal agi envers toi. C'est déjà bien beau que tu sois revenue. J'ai eu tellement peur, tu ne peux pas savoir...

Il se coucha près de moi et, fidèle à sa parole, ne me toucha pas. D'abord raidie, je finis par me détendre. Avant de m'endormir, je pensai au bébé que j'attendais et dont il faudrait que je parle à Richard. Mais cela ne pressait pas. Je voulais garder ce secret pour moi seule encore quelque temps.

***

Je revis Jacqueline et Cyrille, et ce dernier ne put s'empêcher de faire des réflexions sur la façon dont je m'étais enfuie, laissant Richard dans l'inquiétude.

– Il est venu tout de suite ici. Il était complètement affolé. Sincèrement, je ne l'avais jamais vu dans un tel état.

Je serrai les lèvres :

– Je ne voulais plus le voir. J'étais furieuse. Me tromper ainsi... Vous étiez au courant ? Vous connaissiez cette... Irène ?

Jacqueline me regarda avec bonté, mais ne dit rien. Cyrille se décida à avouer :

– Je savais qu'il avait eu une liaison avec elle, bien avant votre mariage. Mais je croyais que c'était terminé. Lorsque, après votre départ, il m'a confié qu'il l'avait revue, je l'ai traité d'imbécile. Je lui ai dit qu'il n'avait que ce qu'il méritait. Mais ça n'empêchait pas qu'il me faisait pitié.

– Il était malheureux, constata Jacqueline. Il venait prendre ses repas ici et ne mangeait pratiquement rien.

– Quelquefois, j'allais le voir, continua Cyrille. Un soir, je l'ai trouvé en train de pleurer. Il m'a dit : « Cette maison vide me fait peur. Elle me rappelle la mort de mon petit Pierre. » Il se rongeait de ne pas savoir où vous étiez. Aussi, croyez-moi, j'ai été bien content quand j'ai vu que vous étiez revenue !

Oui, j'étais revenue, et il m'avait promis de ne plus revoir cette femme. Mais notre situation ne s'était pas améliorée pour autant.

Le jeudi suivant, jour où Benoît n'allait pas à l'école, je me rendis chez Odile. Elle m'accueillit avec joie.

– Je suis heureuse de voir que vous allez bien, Louise. J'étais inquiète. Richard m'avait fait peur. Vous étiez partie et il ignorait où vous vous trouviez. Que s'est-il passé ?

Je lui confiai tout. Je terminai mon récit par l'interrogation que je gardais au fond de moi et que je n'osais pas me poser : avais-je bien fait de revenir ?

Odile n'hésita pas :

– Oui, bien sûr, Louise. Votre place est auprès de Richard. Vous l'avez épousé. Et puis, je vais répéter ce que je vous ai déjà dit : je suis sûre qu'il vous aime sincèrement.

Mon ressentiment, toujours vivace, se réveilla :

– S'il m'aimait, il ne m'aurait pas trompée de cette façon.

– Il devait être malheureux, Louise. Il recherchait un peu de chaleur, rien de plus. Ne pouvez-vous le comprendre, lui pardonner et oublier ?

Je haussai les épaules. Je n'étais pas encore capable de répondre à cette question.

La vue de la petite Catherine m'apaisa. Rose, potelée, souriante et pleine de fossettes, elle était adorable.

– Elle va avoir dix mois, me dit Odile. Père et Marcel sont tous les deux gâteux devant elle.

Mon beau-père, Benoît sur ses genoux, sourit à sa petite-fille.

– Voir mes petits-enfants avant de mourir, c'est le vœu que j'ai toujours fait.

Odile me chuchota, en aparté :

– Il vieillit, mon pauvre papa. Par moments, il nous confond, Catherine et moi. Il l'appelle Odile. Et à moi, il donne le prénom de ma mère.

Avec une sincère affection, je regardai mon beau-père. Les yeux brillants d'une tendresse heureuse, Catherine serrée contre lui, il parlait bas avec Benoît, et tous deux riaient. Mon enfant tourna vers moi son visage animé :

– Pépère Victor me raconte qu'il montait aux arbres quand il était petit. Une fois, il a déchiré son pantalon et il a dû revenir jusque chez lui les fesses à l'air !

Je leur souris à tous les deux, le grand-père et le petit-fils. Ils s'entendaient comme larrons en foire, et je savais que mon beau-père m'était reconnaissant de continuer à lui amener Benoît comme je l'avais promis. Il retrouvait en lui son fils perdu. Dans son esprit que la vieillesse embrumait, ils ne faisaient plus qu'un. Je m'en rendis compte au moment de notre départ. Alors que nous lui disions au revoir, il se pencha sur mon enfant et lui caressa affectueusement les cheveux :

– A bientôt, Mathieu, mon petit, dit-il.

Lorsque je revis mes parents, ma mère m'interrogea, voulant savoir ce qui s'était passé. Comme à Odile, je lui racontai tout. Cela me faisait du bien de me confier, et inconsciemment je cherchais à me faire plaindre tandis que je rapportais la façon éhontée dont Richard s'était comporté envers moi. Contrairement à ce que j'attendais, ma mère n'eut aucune parole de compassion. Au contraire, elle me fit des reproches :

– Tu n'aurais pas dû agir ainsi, Louise. Tu es trop impulsive, *mémère* Constance le disait toujours. Tu as agi sans réfléchir, sans te soucier de ce qu'éprouverait Richard en ne te retrouvant pas à son retour. Si tu l'avais vu ! Il était effondré, il était comme fou.

– Oui, Cyrille me l'a dit. Mais je ne voulais pas me retrouver face à lui. J'étais trop blessée.

– J'espère que tout est rentré dans l'ordre, maintenant ? Il faut passer l'éponge sur cette affaire, Louise, et repartir d'un bon pied. Richard est content et soulagé que tu sois revenue. Il suffit de le regarder pour s'en rendre compte.

Ce conseil était identique à celui d'Odile. Je m'efforcerais de le suivre, même si mon retour n'était dû qu'à l'enfant que j'attendais. Je ne me décidais pas à parler de ma grossesse. Je cachais à Richard, chaque matin, les malaises habituels. Pourtant, je devrais bientôt le lui dire. J'appréhendais sa réaction. Sans doute serait-il fou de joie. Tandis que moi, j'aurais l'impression désagréable d'être liée à lui encore plus étroitement. Je ne pouvais m'empêcher de penser au moment où j'attendais Benoît et où je l'avais annoncé à Mathieu. Quelle plénitude dans mon corps alors, quelle paix et quel bonheur dans mon cœur! Maintenant, je n'éprouvais plus rien de tel. Et je me résignais à vivre ainsi, pas malheureuse, mais pas heureuse non plus.

***

La reconstruction des voies ferrées terminée, la Compagnie des chemins de fer du Nord envisageait d'améliorer les conditions de transport et de roulement grâce à de nombreux progrès techniques.

Cyrille nous parlait de la palette SEM, employée pour la signalisation, de la suppression de la couleur blanche pour indiquer la voie libre, qui était trop peu visible et facile à confondre, de loin, avec d'autres lumières. Dorénavant, la voie libre serait indiquée par le vert, le ralentissement par la couleur orange, et l'arrêt par la couleur rouge. Mon beau-frère nous expliquait encore que le « crocodile », sorte de poutre métallique placée entre les rails, serait utilisé partout, afin d'augmenter la sécurité : en cas de dépassement d'un disque fermé, cet appareil, grâce à un courant électrique, actionnait une sirène. Il était prévu également de fabriquer des voitures entièrement métalliques au lieu de voitures en bois, afin de supprimer les risques d'incendie et d'augmenter la résistance aux chocs. Et, pour finir, une nouvelle gare de triage, baptisée « Lille Délivrance », recevrait les trains de marchandises dans des conditions meilleures que celles du dépôt de Fives. Cyrille nous décrivait le bâtiment nommé « toboggan », qui au milieu des voies serait destiné à la manutention électrique des briquettes et du charbon. Sans compter le dépôt prévu pour quarante-deux machines, les ateliers de réparation et d'entretien, ainsi que le dortoir tout neuf et l'établissement de bains pour les chauffeurs et les mécaniciens.

Parallèlement, des cités pour cheminots se construisaient. Après celle de Béthune l'année précédente, venait d'être inaugurée celle de Tergnier, avec plus de mille logements. Nous entendions dire qu'elle était superbe. Les maisons possédaient l'électricité et l'eau courante. Tout y était agréable, moderne, avec des jardins, une école, un cinéma, une coopérative où les produits étaient moins chers.

Ces progrès étaient encourageants. Cyrille, que son métier de mécanicien passionnait, cherchait à nous faire partager l'enthousiasme qu'il ressentait. Je le voyais parfois rentrer chez lui, après deux jours d'absence, le visage noir de sueur et de charbon. Moi, je pensais à ce que me disait Jacqueline, à la vie irrégulière qu'elle était forcée de subir, aux dimanches et aux jours de fête où son mari travaillait. Il partait la nuit, rentrait dans la journée du surlendemain et se couchait, afin de dormir et de récupérer. Elle devait veiller à éviter le moindre bruit pour préserver son sommeil. Si Liliane et Muguette, ses filles, n'étaient pas à l'école, elle me les envoyait. Les filles le savaient. Elles arrivaient et annonçaient :

– Nous venons jouer ici. A la maison, papa vient de rentrer et il dort.

Avec Benoît et Eugène, le fils de ma voisine Gertrude, ils formaient un joyeux quatuor. Au fond du jardin, à l'une des branches du vieux pommier, Richard avait installé une balançoire. Ils pouvaient passer des heures à y jouer. Et j'entendais, mêlés aux roucoulements des pigeons d'Adolphe et aux chants des oiseaux, leurs cris et leurs rires.

Le mois de juillet avançait lentement, alangui par la chaleur du soleil. Richard s'intéressait au Tour de France, suivait jour après jour chaque étape. Cyrille, qui exceptionnellement ne travaillait pas le 14 Juillet, décida de nous emmener assister au meeting d'aviation qui devait avoir lieu à Lille ce jour-là. Tout ce qui concernait l'aviation le passionnait. Il répétait souvent que, à défaut de conduire une locomotive, il aurait bien aimé piloter un avion. Je comprenais ce qu'il éprouvait. Moi-même, sans jamais l'avouer à qui que ce fût, je me disais qu'il devait être grisant de se déplacer dans les airs, de voler comme le ferait un oiseau, avec la sensation d'être loin du monde et merveilleusement libre. Après la traversée de la Manche par Blériot en 1909, puis celle de la Méditerranée en aéroplane par Roland Garros en 1913, l'aviation ne cessait de progresser. Je n'avais jamais assisté à un meeting aérien, mais j'en avais souvent éprouvé l'envie. Lorsque Cyrille nous fit sa proposition, je fus la première à accepter.

Nous partîmes pour Lille en début d'après-midi, joyeux comme des enfants. Dans le train, Richard expliquait à Benoît excité qu'il allait voir de très près des avions, comme ceux du manège de la ducasse, mais beaucoup plus grands. Mon petit garçon posait des questions et Richard, avec une infinie patience, lui répondait. A un moment, il vit que je l'observais, croisa mon regard, me sourit. Je me troublai. Il y avait un peu plus de deux semaines qu'il était venu me rechercher chez Léontine, et depuis ce jour rien n'était changé entre nous. Nous vivions en respectant la trêve que Richard avait établie dès mon retour, mais elle ne pourrait durer indéfiniment. Il faudrait bien qu'elle se termine un jour. De quelle façon? Je n'osais y penser.

Le soleil brillait impitoyablement dans un ciel céruléen que ne troublait aucun nuage. La canicule qui durait depuis plusieurs semaines amenait une sécheresse qui commençait à inquiéter les fermiers. De temps à autre, le train ralentissait, et Cyrille nous expliquait que la chaleur en était la cause, car elle dilatait les rails. Je l'écoutais en pensant que ce problème avait posé bien des inquiétudes à mon père lorsqu'il était chef-cantonnier.

La fête aérostatique se déroulait au champ de manœuvres de Ronchin et avait attiré beaucoup de monde. Une foule curieuse se pressait dans les emplacements réservés, et tout autour les fortifications avaient été prises d'assaut par les plus hardis. A l'entrée, on nous distribua des billets numérotés.

– Ne le perdez pas, me dit l'homme qui me tendit le mien. Une tombola va avoir lieu, et ceux qui ont un billet gagnant auront droit à une promenade en avion.

Au milieu du champ de manœuvres, posés sur l'herbe comme d'immenses papillons impatients de prendre leur envol, deux avions attendaient.

– Comme ils sont grands! s'écria Benoît. A-t-on le droit d'y monter?

La même envie me reprenait. Monter, s'envoler, de plus en plus haut dans le ciel... Mais je ne disais rien, me contentant de rester les pieds sur terre.

Pour égayer le public, la fête commença par un lâcher de ballons aux formes amusantes, représentant grossièrement des animaux, éléphant, chameau ou âne. Le dernier contenait une nacelle remplie de jouets, et les enfants, le nez en l'air, suivaient son ascension. Lorsque la nacelle renversa son contenu, tous, filles et garçons, se précipitèrent vers l'endroit où les jouets tombaient. Benoît, courant avec Muguette, se lança dans la bousculade. Il ramena triomphalement une petite trompette, tandis que Muguette agitait en riant un polichinelle bariolé.

Puis eut lieu l'envolée des avions. Un pilote grimpa dans l'un d'eux. Impressionnée, je regardai l'hélice tourner, l'appareil rouler puis monter, en tanguant d'abord, puis en prenant de plus en plus d'assurance à mesure que l'altitude augmentait. Il tourna au-dessus de nous, fit des acrobaties, redescendit en spirale. Lorsqu'il toucha de nouveau le sol, j'avais le cœur qui battait d'émotion, d'admiration et d'excitation.

On nous annonça ensuite la descente en parachute d'une jeune femme de vingt-trois ans, Andrée Blanche. Je suivis avec intérêt l'opération qui consistait à lui attacher les bretelles du parachute à la taille et sous les aisselles. Après un geste de la main dédié à l'assistance, la jeune femme grimpa dans l'avion qui, de nouveau, s'éleva. Nous le suivions des yeux, attentifs et crispés. Lorsque je vis une silhouette enjamber la paroi de la carlingue, je retins ma respiration. La petite silhouette sembla hésiter un instant puis, d'un seul coup, se laissa tomber dans le vide. Un frisson parcourut la foule, des femmes crièrent. Mais très vite le parachute s'ouvrit, s'épanouit en une superbe corolle blanche, et tout doucement la jeune femme, portée et balancée par le vent, descendit vers la terre. Arrivée au sol, elle tomba dans l'herbe mais se releva très vite, souriante, parmi les applaudissements, tandis que la fanfare faisait joyeusement éclater *La Marseillaise.*

Pour terminer la fête étaient prévus des voyages en avion pour les passagers qui le désireraient. Cyrille n'hésita pas. Il annonça :

– Moi, ça m'intéresse. J'y vais.

– Attends au moins le résultat de la loterie, protesta Jacqueline. Peut-être as-tu un billet gagnant ?

– Allons donc, je ne gagne jamais, tu le sais bien. Je ne veux pas attendre, il y aura trop de candidats. Premier arrivé, premier servi.

Il s'en alla d'un pas décidé. Je le regardai s'éloigner. Je mourais d'envie d'agir comme lui, mais je ne l'osai pas.

Inquiète, Jacqueline bouscula les gens pour s'approcher des barrières. Benoît, près de moi, soufflait dans sa trompette et n'en tirait que des sons discordants. Richard, toujours attentionné, était parti chercher, à la buvette installée près de l'entrée, de la limonade. Je m'approchai du lieu où se déroulait la tombola. Je connaissais le numéro de mon billet, que j'avais gardé soigneusement dans son sac.

Lorsque je vis qu'il était parmi les gagnants, mon cœur fit un immense bond, de joie et d'affolement mêlés. Je ne parvenais pas à y croire. J'ouvris mon sac, sortis mon billet, vérifiai. Il n'y avait aucun doute, c'était bien ce numéro-là.

Je m'approchai en tremblant de l'homme qui, installé à une table, notait les noms des gagnants. Je lui tendis mon billet. D'autres, autour de moi, faisaient la même chose. Il inscrivit nos noms sans se presser. Il ne remarqua pas le frémissement qui m'agitait.

Je demeurai là, attendant mon tour. Les avions, l'un après l'autre, emmenaient un ou deux passagers, partaient, revenaient. Je ne pensais plus à Richard qui devait me chercher partout, à Benoît que j'avais laissé avec Muguette et Liliane. Je voulais monter dans un de ces avions; c'était un désir qui se faisait de plus en plus impératif.

Enfin, après une éternité, ce fut mon tour. Je m'avançai. Mon cœur battait violemment. Des hommes m'aidèrent à monter. Je me retrouvai dans l'avion, impressionnée et en même temps si excitée que je n'arrivais plus à respirer. Le pilote tourna vers moi son visage affublé de grosses lunettes.

– N'ayez pas peur, il n'y a aucun danger. Je fais ça si souvent que c'est devenu aussi simple, pour moi, que marcher ou courir.

Ses paroles me détendirent. Je lui souris avec reconnaissance.

– Cramponnez-vous, cria-t-il. On y va.

Je fus surprise par le bruit. L'herbe se coucha sous la violence du vent propulsé par l'hélice. L'avion s'avança, et je trouvai les secousses désagréables. Mais, bientôt, il commença à s'élever, et j'eus l'impression que ma poitrine se dilatait. Nous allions à la rencontre du ciel, de plus en plus haut, vers le soleil. J'apercevais, en bas, tout en bas, le champ que nous venions de quitter, puis des bâtiments, puis la ville de Lille et ses environs. J'aurais voulu aller encore plus haut, encore plus loin. Je savourais l'exaltante sensation de liberté que je m'attendais à ressentir. Je levai les yeux vers le ciel et j'eus l'impression de me fondre dans ce bleu infini.

Mais l'avion fit demi-tour en une large courbe, et je compris que l'intermède, déjà, s'achevait. Je vis la terre se rapprocher, je vis le champ de manœuvres venir à notre rencontre. L'appareil tangua, se posa, tangua encore en roulant de plus en plus lentement. Lorsqu'il s'arrêta, des hommes s'approchèrent, m'aidèrent à sortir. Je vacillai, les oreilles bourdonnantes.

Au moment où je posai les pieds sur le sol, un malaise me saisit. J'apercevais les gens à travers un brouillard. Je fis quelques pas sur l'herbe. Il me sembla que je m'enfonçais dans quelque chose de très mou, en même temps que tout basculait autour de moi. Le bourdonnement dans mes oreilles s'amplifia, la lumière du soleil devint aveuglante. Je me rendis compte que je tombais, sans pouvoir me retenir. Un cri parvint jusqu'à moi, affolé :

– Louise!

J'eus conscience de tendre une main dans le vide, et d'un seul coup l'obscurité m'engloutit.

Quelqu'un tamponnait mon front, tapotait mes joues. J'ouvris les yeux. J'étais couchée dans l'herbe, et Jacqueline, penchée sur moi, humectait mon visage avec de l'eau fraîche. Richard, accroupi de l'autre côté, me tenait une main et m'observait. La passion et l'inquiétude que contenait son regard rendirent soudain mon cœur très doux.

– Louise, dit-il avec angoisse, tu vas mieux?

Je parvins à m'asseoir, balbutiai :

– C'est tout, c'est passé. Je ne sais pas ce qui m'a pris. C'est ridicule...

– Quelle idée de monter dans un avion! s'exclama Jacqueline d'une voix mécontente. On vous cherchait partout. D'un seul coup, on ne vous a plus vue. Impossible de vous retrouver. C'est en voyant votre nom sur la liste des passagers gagnants que nous avons compris. Ne faites plus ça, Louise. Nous avons cru mourir de peur.

Je me sentais encore trop faible pour protester. Richard m'aida à me lever et je m'appuyai sur lui. Peu à peu, mon malaise s'atténua. Je souris au visage inquiet de Richard.

– Ça va aller, assurai-je. Je me sens mieux.

Il approuva :

– C'est vrai, tu es moins pâle. Tu m'as fait si peur! Tu étais toute blanche...

Nous retrouvâmes Cyrille plus loin, avec les enfants. Benoît courut vers moi :

– Maman, tu es montée dans un avion ? C'est vrai? Tonton Cyrille aussi! Il dit que je suis trop petit. Eh bien, je le ferai plus tard, quand je serai grand. N'est-ce pas, maman?

Je souris en guise d'assentiment. Je gardais enfoui en moi, comme un rêve, comme une parenthèse dans le temps, à la fois unique, impalpable et merveilleuse, le moment où j'étais allée à la rencontre du ciel. Et je savais que je ne l'oublierais jamais.

Ce soir-là, alors que nous étions seuls dans la chambre, Richard me reprocha doucement :

– Pourquoi as-tu fait cela, Louise?

Je le regardai, essayant de lui faire partager l'enthousiasme et l'émerveillement que j'avais ressentis :

– Je le voulais tant, Richard. Quand j'ai vu que mon billet avait gagné, je n'ai pas pu résister. J'y suis allée tout de suite.

– Mais... pourquoi ne me l'as-tu pas dit? J'étais fou d'inquiétude.

– J'avais peur que tu ne m'en empêches. Et puis, je n'ai pas réfléchi. Ma grand-mère Constance me reprochait toujours d'être trop impulsive. Ça doit être vrai.

– Tu aurais dû penser que c'était dangereux. Quand je t'ai vue sortir de l'avion et tomber dans l'herbe...

– Ça n'a rien à voir, dis-je avec vivacité. Ça, c'est autre chose.

Il haussa les sourcils, surpris :

– Autre chose ? Que veux-tu dire ?

J'eus un sourire mystérieux. La félicité que j'avais ressentie, là-haut dans le ciel, me rendait plus perméable, plus tendre. Je me décidai à avouer :

– J'attends un enfant, Richard.

Il sursauta :

– Un enfant ? Tu es sûre ? Depuis quand ?

– Depuis avril. Je suis enceinte de trois mois.

Des étincelles firent scintiller ses yeux, une tendresse ineffable adoucit son visage :

– Un enfant... Une petite fille qui te ressemblera... Je suis heureux, Louise.

Il s'approcha de moi, prit mon visage entre ses mains, dans un élan de joie m'embrassa. Ce fut plus fort que moi. Je me raidis, tentai de me dégager. Richard sentit mon recul et me lâcha. J'essayai de balbutier une excuse :

– Je ne me sens pas bien. Mon malaise, tout à l'heure...

Je portai à mon front une main lasse. J'évitai le regard de Richard. Il dit d'une voix pleine de sollicitude :

– Je vais te laisser te reposer. Mais à partir de maintenant, promets-moi de ne plus faire d'imprudence comme celle de cet après-midi. Il faut penser à notre enfant, Louise.

Je promis, soulagée qu'il me laissât tranquille. Je rêvai, cette nuit-là, que je volais dans le ciel mais, si loin et si haut que je voulusse aller, je ne parvenais pas à me sentir libre, car un fil invisible me reliait à Richard, demeuré sur la terre et inéluctablement me ramenait vers lui.

***

Liliane, la fille aînée de Cyrille, passa et obtint son certificat d'études. Elle en fut très fière. Elle parcourut, avec les autres lauréats, les rues du village en agitant des petits drapeaux tricolores, la poitrine ornée d'une cocarde. Son amie Violette fut la seule à n'être pas reçue. Beaucoup en profitèrent pour la critiquer, d'autres pour la plaindre. Elle, superbement indifférente et toujours aussi provocante, semblait se moquer de tout et de tous. Elle s'arrangeait pour rencontrer les groupes de garçons qui paradaient dans le village, heureux de leur succès, et les embrassait pour les féliciter. Elle secouait sa lourde chevelure brune et, à cause de la chaleur, portait une blouse échancrée qui laissait apercevoir la naissance de ses seins.

– Une sans pudeur, voilà ce qu'elle est, fulminait Jacqueline en l'observant. Je n'arrive pas à comprendre ce que Liliane peut trouver d'intéressant à fréquenter une fille comme elle ! J'en ai parlé à Cyrille, et il lui a interdit de la revoir. Mais je suis sûre qu'elle profite de ses absences pour lui désobéir.

Le dimanche qui suivit, je pris ma mère à part et je lui annonçai que j'attendais un enfant. Elle accueillit la nouvelle avec joie, et aussi avec soulagement.

– Alors, tout va bien avec Richard ? me demanda-t-elle. Tu lui as pardonné son infidélité ?

Je fis un vague signe de tête qui ne signifiait ni oui ni non. En réalité, la situation était toujours la même entre Richard et moi, et je me gardais bien d'y apporter le moindre changement. Depuis qu'il savait que j'attendais son enfant, il m'entourait de davantage de tendresse et d'attentions. J'en étais touchée, mais je ne parvenais toujours pas à répondre à son amour. Nous aurions pu continuer longtemps encore ainsi, si un événement n'était venu m'ouvrir les yeux et m'aider à voir clair en moi.

Le mardi 26 juillet avait lieu, à Lille, le 16e congrès fédéral de la C.G.T. Richard, en tant que délégué, devait y participer. L'ouverture était prévue pour 9 heures ce jour-là, mais il partit bien avant, afin d'être sûr de ne pas arriver en retard. Il prenait son rôle au sérieux, et je l'écoutais m'expliquer que ce congrès était pour tous très important. Les délégués y venaient de tous les coins de France, des journalistes seraient présents. Il me parlait de Jouhaux, qu'il appelait familièrement « le général » et qui viendrait présider la séance, de Dumoulin, son fidèle lieutenant, secrétaire adjoint, d'autres encore qu'il connaissait et qu'il retrouverait : Bondues, Delobelle, Lorthiois, Monmousseau... Ces noms ne me disaient rien. J'écoutais distraitement tout en préparant sa chemise blanche et son costume des dimanches.

Il s'en alla, et la journée passa lentement, identique aux autres. A midi, Benoît revint de l'école, et je lui donnai à manger. Dans l'après-midi, j'allai voir ma belle-sœur Jacqueline. Je bavardai avec elle quelques instants, revins chez moi avant le retour de Benoît. Il faisait chaud. Pas un souffle d'air n'agitait les feuilles des arbres. Je décidai de préparer un repas froid et rafraîchissant pour le soir.

Après avoir goûté, Benoît s'en alla jouer avec Eugène, notre petit voisin. Je commençais à peler des tomates lorsque des bruits de pas et des exclamations m'attirèrent dehors. J'allai à la porte et poussai un cri. Richard, soutenu par deux autres hommes, arrivait en boitant. Il avait la tête bandée, et je vis sur le pansement plusieurs taches de sang. Un vide brutal se fit dans ma poitrine. Je questionnai, affolée :

– Que se passe-t-il ? Richard, tu es blessé ?

Ils entrèrent dans la maison, et Richard s'affala sur une chaise. Il avait le teint grisâtre et semblait mal en point. Il vit mon inquiétude, tenta de me sourire pour me rassurer, ne parvint à esquisser qu'un rictus douloureux. L'un des hommes expliqua :

– Il faut le coucher et appeler le médecin. A la pharmacie où il a reçu les premiers soins, ils ont dit qu'il faudrait plusieurs points de suture.

Je tournai vers eux un visage bouleversé :

– Mais enfin, expliquez-moi. Que s'est-il passé ?

L'homme qui avait parlé eut un geste du menton vers Richard :

– D'abord le coucher, répéta-t-il, puis envoyer chercher le médecin. On vous racontera après.

Ils m'aidèrent à allonger Richard sur le lit. Je remarquai avec une angoisse croissante sa pâleur, ses yeux qui se creusaient, son absence de réaction. Je me mordis les lèvres pour tenter de dissimuler leur tremblement.

– Il est drôlement sonné, constata celui qui était demeuré silencieux. Il faut dire que le coup qu'il a reçu sur la tête était plutôt rude...

Alors que nous sortions de la chambre, Gertrude, ma voisine, arriva. Elle avait vu les hommes ramener Richard et venait proposer son aide. Je lui demandai de garder Benoît chez elle et d'envoyer Eugène prévenir le médecin. Elle repartit aussitôt, et je proposai aux deux hommes un verre de bière. Ils acceptèrent et le premier se mit à raconter :

– Nous étions au congrès depuis ce matin. Il y a eu des discussions assez violentes, parce que des minoritaires ont demandé la réadmission des syndicats exclus. Et puis, je ne sais pas comment c'est arrivé, mais subitement tout le monde s'est trouvé debout, et certains, non contents de s'insulter, ont commencé à se battre. Ils ont renversé des tables, ont brandi des chaises à bout de bras. Richard en a reçu une qui ne lui était pas destinée, et il a eu tout le front ouvert, à la racine des cheveux. J'en ai même vu qui avaient des matraques et des nerfs de bœuf. Et il y a eu des coups de revolver, ce qui a ajouté à la panique.

L'autre eut un soupir désolé :

– C'est bien malheureux de voir des choses pareilles. Des femmes se sont évanouies. Les blessés sont assez nombreux. Pour Richard, d'après le pharmacien qui l'a pansé, sa blessure nécessite simplement quelques points de suture. S'il n'y a pas de complications...

Son compagnon lui donna un coup de coude et il se tut, conscient d'avoir été maladroit. Un silence gêné plana quelques instants. Je n'osai pas poser de questions. Je fus soulagée lorsque la porte s'ouvrit et que le médecin entra.

– Je suis venu aussi vite que j'ai pu, me dit-il. Votre mari est blessé ?

Je le conduisis jusqu'à la chambre. Les deux hommes en profitèrent pour prendre congé, et dans mon trouble je les saluai à peine. Penché sur Richard, le médecin enleva le pansement qui lui entourait le front. Une vilaine plaie apparut. Richard ouvrit des yeux vagues, tenta de se soulever. Le médecin le repoussa doucement :

– Je vais recoudre ça, mon ami. Restez tranquille.

Il se mit à désinfecter la plaie et me demanda d'aller chercher des linges propres pour refaire un nouveau pansement. Lorsque je revins, il terminait tranquillement les derniers points. Il me prit les bandes des mains, fit un pansement serré. Il agissait en silence, avec des gestes à la fois doux et précis, et j'essayai de lire sur son visage ce qu'il ne disait pas. Le teint gris de Richard et ses yeux clos m'inquiétaient.

Lorsqu'il eut terminé, il passa dans la cuisine et se lava les mains. Je me décidai à lui poser la question :

– Docteur, est-ce grave ?

Il eut une moue dubitative, prit le torchon que je lui tendais et s'essuya les mains sans me regarder :

– Grave, non. Je ne le pense pas. Mais il a été fortement frappé, et avec un coup à la tête, on ne peut jamais savoir. Je lui ai donné un calmant. Il va dormir. Surveillez-le bien. Si vous remarquez une aggravation dans son état, fièvre, agitation, ou au contraire abattement et manque de réaction, envoyez-moi chercher. Mais ce n'est qu'une éventualité. Tout devrait bien se passer, et demain, à part un mal de crâne, tout rentrera dans l'ordre.

Il me sourit pour me rassurer, me rendit le torchon, prit sa trousse et s'en alla. Je restai seule, désemparée.

Je retournai dans la chambre, observai longuement Richard. Il semblait endormi. Je posai une main sur sa poitrine. Il respirait calmement. Je le laissai et repartis dans la cuisine.

Gertrude revint, et je lui répétai ce qu'avait dit le médecin. Puis ma belle-sœur Jacqueline arriva, affolée. Je l'emmenai voir Richard et lui dis tout ce que je savais. Elle me proposa de prendre Benoît chez elle pour la nuit et j'acceptai avec reconnaissance.

– Ne bougez pas, Louise, me dit-elle. Je vais aller le chercher chez Gertrude et l'emmener tout de suite. Il soupera avec nous.

Elle m'embrassa, bourrue et rassurante :

– Ne vous en faites pas. Demain, ça ira mieux.

Elles me quittèrent, et Gertrude me serra l'épaule en un geste affectueux de réconfort :

– Si vous avez besoin de quelque chose, n'hésitez pas, Louise. Même en pleine nuit. Adolphe et moi, nous sommes là.

Je les remerciai et retournai auprès de Richard. Le soir doucement tombait. Au loin, dans la campagne, un merle chantait, et son chant doux et mélodieux calmait mes nerfs angoissés. Je n'avais pas faim. Je ne mangeai pas. Je tirai le fauteuil auprès du lit et m'y installai pour veiller Richard, en souhaitant de toutes mes forces qu'il passe une nuit calme et sans problèmes.

Les heures s'écoulèrent, lentes et lourdes. Richard ne bougeait pas. De temps en temps, je me levais, allais me pencher sur lui, écoutais sa respiration. Elle était régulière. Je tâtais son visage, me rassurais en constatant qu'il n'y avait aucune trace de fièvre. Ensuite, je regagnais le fauteuil, dans lequel je sommeillais par à-coups.

Vers le milieu de la nuit, Richard remua et s'éveilla :

– Louise, appela-t-il. Tu es là ?

Je m'approchai immédiatement :

– Oui, je suis là. Désires-tu quelque chose ?

A tâtons, il me prit une main :

– Non, je ne veux rien. Seulement que tu sois là.

Il se rendormit en tenant toujours ma main. Pour la lui laisser, je m'assis sur le lit puis, fatiguée, je m'étendis doucement. Dans son sommeil, Richard s'agita :

– Louise... souffla-t-il.

Mon prénom ainsi murmuré était à la fois un appel, une caresse, une supplication. Je sentis remuer, tout au fond de moi, quelque chose que je tenais farouchement enfermé, quelque chose qui se libéra d'un seul coup et qui m'aveugla par son évidence.

Sans que je les aie consciemment attirées, des images, des bribes de souvenirs fondirent sur moi. Je me retrouvai le jour de la ducasse, ce jour où Benoît avait failli périr dans l'incendie de la grange. Je revis, en une fraction de seconde, Richard environné de flammes et d'étincelles tandis qu'il me tendait, comme une offrande, mon enfant qu'il venait de sauver. Un autre souvenir, plus récent, se superposa au précédent. C'était au cours du meeting d'aviation, lorsque je m'étais évanouie dans l'herbe. J'avais encore dans les oreilles le son de la voix de Richard lorsqu'il avait crié « Louise! », un indéniable cri d'amour et d'angoisse.

A cet instant précis, je me rendis compte qu'il ne m'avait donné que des preuves d'amour, et je n'avais pas voulu les voir. Il m'avait épousée, tout de suite avait considéré Benoît comme son fils. Il avait même risqué sa vie pour aller l'arracher aux flammes. Et moi, j'avais répondu à sa tendresse, à son dévouement, par une indifférence qui ne pouvait que le blesser et l'obliger à se sentir rejeté.

La peur que j'avais éprouvée en le voyant revenir blessé, dans l'après-midi, avait commencé à m'ouvrir les yeux. Et maintenant, je comprenais tout. Je comprenais que je l'aimais sans vouloir me l'avouer. Si je ne l'avais pas aimé, aurais-je réagi si violemment lorsque j'avais appris son infidélité ? Je ressentais encore le mélange de soulagement et de bonheur qui m'avait saisie lorsque j'avais vu l'expression de son visage, le dimanche où il était venu me rechercher chez Léontine... Oui, je l'aimais, et seul le souvenir de Mathieu m'avait empêchée de laisser cet amour s'épanouir.

Pour la première fois, je pus penser à Mathieu, mon époux à jamais perdu, sans amertume et sans me sentir coupable envers lui. Je ne l'oubliais pas, je savais que je ne l'oublierais jamais. Il aurait toujours sa place au fond de mon cœur. Mais je comprenais enfin que le fait de garder vivant son souvenir ne devait pas m'empêcher d'aimer, et de vivre.

Je demeurai éveillée, heureuse de ma découverte. L'aube arriva, et le chant du merle salua le lever du jour. Je remuai avec précaution, essayant de ne pas réveiller Richard. Il avait passé une nuit calme, et je me sentais soulagée. Je réussis à m'asseoir, mais le lit grinça et Richard ouvrit les yeux.

– Louise, dit-il aussitôt. Où vas-tu?

– Je me lève. Il va faire jour.

Je le regardai avec attention :

– Tu vas bien? Tu n'as plus mal?

Avec une grimace, il porta une main à son front, toucha le pansement :

– Si, ça fait mal. Mais ça passera. Ce n'est pas grave, Louise, ne t'inquiète pas.

Ma curiosité me poussa à lui demander des détails sur ce qui s'était passé. Mais je réussis à la refréner. Cela pouvait attendre. Il y avait plus important à faire.

Je me rapprochai de lui, lui pris les mains.

– Je suis heureuse de voir que tu vas mieux. J'ai eu peur, tu sais. Le médecin avait laissé entendre qu'il pourrait y avoir des complications.

Il me sourit :

– Tu n'avais rien à craindre, Louise. J'ai la tête dure.

Je serrai ses mains dans les miennes :

– Cette nuit, j'ai imaginé que je pourrais te perdre. Et cette pensée était insupportable.

Il s'immobilisa, me fixa avec une émotion visible :

– Cela veut-il dire que tu tiens un peu à moi ?

J'inclinai la tête et déclarai en rougissant :

– C'est bien plus que ça. Je l'ai compris cette nuit : je t'aime, Richard.

Il ne répondit pas immédiatement. Il ferma les yeux, et son visage prit une expression poignante. Tout bas, il supplia :

– S'il te plaît, Louise, répète... Tu ne me l'as jamais dit...

Je me penchai et répétai avec conviction, avec ferveur :

– Je t'aime, Richard.

Avec une exclamation de joie et de victoire, il me prit aux épaules, me fit basculer, me serra contre lui. J'eus un petit rire :

– Fais attention, Richard. Tu es blessé.

Il dit d'une voix sourde :

– Je ne bénirai jamais assez cette blessure, puisqu'elle a permis que tu sois enfin à moi.

Avec une sorte de sanglot étouffé, il enfouit son visage dans mes cheveux. Pour la première fois depuis que nous étions mariés, je ne me raidis pas. Pour la première fois, je me blottis dans ses bras avec amour et confiance. Je me sentais enfin en paix avec moi-même.

***

Le 30 janvier 1922, je mis au monde une petite fille. Tout de suite, Richard en fut fou. Je vis, sur son visage, la même expression de fierté et de bonheur qu'avait eue Mathieu lorsque Benoît était né. Je pensai à lui avec un tendre regret. J'avais eu si peu de temps, alors, pour être heureuse! Une autre possibilité, maintenant, m'était offerte, et j'étais décidée à ne pas la refuser.

J'appelai ma fille Lucette. C'était un prénom que j'avais toujours aimé. Le baptême eut lieu dans la petite église de notre village. Mes parents étaient présents, et sous ses cheveux blancs, le visage de ma mère rayonnait de joie. Pourtant, je la vis s'assombrir lorsqu'elle aperçut, à l'extrémité de l'église, la plaque portant les noms des soldats qui étaient morts à la guerre. Elle regarda longuement la statue qui avait été installée à leur mémoire. Elle représentait un ange qui, la main étendue, plaçait sur la tête d'un poilu une couronne de lauriers. Sur le socle était gravée cette phrase de Lacordaire : « *Seigneur, vous aurez des faveurs particulières pour ces braves qui vous arrivent dans les plis du drapeau.* » J'eus une pensée émue, moi aussi, pour mon frère Paul.

Puis un repas nous réunit, au cours duquel Cyrille joua son rôle de boute-en-train. Il chanta plusieurs chansons, vida de nombreuses bouteilles de vin en s'écriant à chaque fois, selon son habitude :

– Encore *eune* qu'*ches* Boches y n'auront pas!

Ensuite, je me tournai résolument vers l'avenir. Je laissai la vie couler, douce et sereine. Après tant d'années sombres, je savourais mon merveilleux bonheur tout simple. Je regardais ma fille s'éveiller et gazouiller, j'élevais mon petit garçon, je les entourais tous les deux de la même tendresse. Et surtout, j'aimais et je me laissais aimer. Notre entente, à Richard et à moi, pour avoir été si longue à établir, ne nous était que plus précieuse.

Quelques mois après la naissance de Lucette, je reçus une lettre de Léontine. Je la lus avec un mélange de surprise et de joie. Mon amie m'annonçait la venue dans son foyer d'une petite fille : « Lorsque je me suis rendu compte que j'attendais un enfant, après toutes ces années de vie commune, je n'arrivais pas à y croire. Honoré, qui depuis la guerre refuse d'avoir un fils, n'était pas très content. Mais lorsque notre mignonne petite est née, il était encore plus heureux que moi. Depuis qu'elle est là, il boit moins, et j'espère qu'elle l'aidera à chasser les mauvais souvenirs. » Je lui répondis aussitôt en la félicitant et en formulant le vœu que nos petites filles se rencontrent un jour et deviennent amies.

Tout doucement, le temps passait. Notre région, longtemps meurtrie par la guerre, s'était enfin relevée. De la même façon, j'avais réussi à me construire une vie nouvelle et heureuse. Ma petite fille devenait un bébé rose et potelé, qui tendait en souriant ses petites mains à Benoît, fier de son rôle de grand frère. Lorsque le printemps fut là et que les jours se firent plus doux, je l'emmenai de temps à autre chez mon beau-père, à Tourcoing. Benoît disait avec orgueil :

– Regarde, pépère Victor. C'est ma petite sœur.

Mais l'âge brouillait les idées de mon beau-père. Il s'obstinait à appeler mon enfant Mathieu, et pour lui ma fille était Odile redevenue bébé. Ma belle-sœur souriait avec indulgence :

– Cela fait beaucoup d'Odile, constatait-elle. Moi d'abord, Catherine ensuite, et maintenant Lucette. Mon pauvre papa nous confond toutes dans son esprit.

Annie, que j'allais voir parfois, s'extasiait devant ma petite fille :

– Quelle chance vous avez, Louise ! me répétait-elle. Moi, après mes deux diables de garçons, j'aurais bien aimé avoir une fille. Et de plus, elle est adorable !

J'étais tout à fait d'accord avec cette appréciation. Lucette avait le caractère calme et doux de Richard, et auprès de mon mari et de mes deux enfants, je me sentais comblée.

Le jour anniversaire de la naissance de Benoît était, cette année-là, un dimanche. La veille, mon beau-frère Cyrille arriva, les yeux pétillants de joie. Il dit à mon fils :

– Demain, tu vas avoir huit ans. Tu es un grand garçon maintenant. J'ai pensé à t'offrir un cadeau d'anniversaire qui te fera plaisir. Un cadeau exceptionnel, que tu n'as jamais eu. Te souviens-tu du manège et de la locomotive dans laquelle tu es monté, à la ducasse, quand tu étais chez Léontine ? Tu me l'as raconté, ensuite, et je ne l'ai pas oublié.

– Oui, s'écria Benoît avec enthousiasme. Une belle locomotive !

Cyrille se pencha vers lui dans une attitude complice :

– Que dirais-tu si, pour ton anniversaire, je te proposais de faire un tour sur ma Suzannah ?

Mon petit garçon sauta de joie :

– Sur Suzannah ? Oh oui alors !

Je m'écriai, affolée :

– Cyrille, à quoi pensez-vous là ? Benoît est bien trop petit, voyons !

Mon fils bomba le torse d'un air important :

– Je ne suis pas petit, je suis grand, dit-il avec dignité. J'aurai huit ans demain.

– Sans compter que c'est interdit, continuai-je. Et dangereux. Un enfant si jeune sur une locomotive!

– Louise, déclara Cyrille sans se fâcher, si je le propose, c'est qu'il n'y a aucun danger. Quant à ce qui est interdit, ça me regarde. Sur ma loco, c'est moi le maître, et j'y fais ce que je veux.

Je secouai la tête, mécontente :

– Je ne le permettrai pas.

– Oh, maman, supplia Benoît, s'il te plaît, ne dis pas non. C'est mon cadeau d'anniversaire.

– Et un cadeau d'anniversaire ne se refuse pas, continua Cyrille gravement. Je vous promets que je vous rendrai votre enfant sain et sauf. Je ne l'emmènerai pas loin, juste un petit tour. Nous partirons de Lille avec l'omnibus qui arrive ici dans l'après-midi. Vous viendrez le chercher à la gare si vous le désirez.

Je serrai les lèvres, prête à refuser de nouveau. Les larmes que je vis dans les yeux de Benoît m'en empêchèrent. Richard, qui jusque-là n'avait rien dit, me fit un signe rassurant :

– Ne t'inquiète pas, Louise. Je conduirai le petit à la gare de Lille et je le remettrai à Cyrille. Nous reviendrons ensemble par l'omnibus. Tu sais bien que je n'accepterais pas une chose pareille s'il y avait le moindre danger.

J'hésitais encore. Benoît, au bord des larmes, me supplia de nouveau. Cyrille et Richard, ensemble, me persuadèrent que tout se passerait bien. A la fin, devant leur insistance, je cédai.

La joie de Benoît explosa. Cyrille me conseilla, avec du rire dans les yeux :

– Surtout, vous l'habillerez avec des vieux vêtements. Je vous le rendrai en bon état, mais sans aucun doute bien sale!

Il s'en alla enchanté de sa plaisanterie. Toute la soirée, Benoît, surexcité, ne fit que parler de la promenade en locomotive qui l'attendait le lendemain.

– Je monterai vraiment près de tonton Cyrille? disait-il, encore incrédule. Avec Oscar, le chauffeur?

Richard lui répondait en souriant, amusé par son émerveillement. Quant à moi, je ne disais rien, mais je n'étais pas tranquille. Cyrille et Oscar, pris par leur travail, ne pourraient pas surveiller Benoît sans cesse. Et j'imaginais mon petit enfant, perdant l'équilibre à cause des trépidations de la machine, tombant, et ensuite... Je repoussais avec horreur cette vision, mais elle s'obstinait à revenir.

Je dormis mal. Le lendemain, lorsque Richard emmena

un Benoît vêtu de ses plus vieux habits mais ravi et fier comme un prince, il m'embrassa avec tendresse :

– A tout à l'heure, Louise. N'aie aucune crainte, tout se passera bien. Tu viendras nous attendre à la gare ?

J'acquiesçai, la gorge serrée par une inquiétude que je dissimulais. Ils s'en allèrent et j'essayai de me rassurer. Je fis la vaisselle, l'essuyai, remis de l'ordre. Ensuite je levai Lucette de sa sieste et l'habillai. Je la mis dans son landau et j'allai chercher ma belle-sœur Jacqueline.

Elle m'accueillit comme toujours avec affection. Elle avait tenu à faire elle-même le gâteau d'anniversaire que nous nous partagerions, le soir même, en l'honneur des huit ans de mon enfant. Elle me le montra avec satisfaction tandis que Muguette, sa plus jeune fille, annonçait fièrement :

– C'est moi qui ai garni le dessus avec de la crème.

Je la félicitai. Jacqueline rangea le gâteau et nous partîmes vers la gare, marchant lentement sous le soleil. La porte ouverte d'un cabaret laissait échapper les paroles d'une chanson à la mode. A côté, dans la cour, des hommes disputaient une partie de *billon* *. Les oiseaux chantaient, les feuilles des arbres frémissaient, l'air avait une transparence lumineuse qui m'éblouissait. Je poussais le landau dans lequel Lucette, le visage rosi par la chaleur, s'était endormie. Jacqueline me parlait, mais je l'écoutais à peine. Je ne pensais qu'à Benoît.

A la gare, nous étions en avance. Nous fîmes les cent pas de long en large, sur le quai, en attendant le train. Je gardais les yeux fixés sur la voie. Lorsque je vis le convoi apparaître à l'horizon, mon cœur se mit à battre. La Suzannah de Cyrille grandit, s'approcha, lança plusieurs sifflements joyeux et même victorieux, puis ralentit et, en crachant des jets de fumée, s'arrêta le long du quai. Des gens descendirent des voitures; je vis Richard sortir de l'une d'elles et venir vers moi. Je confiai le landau à Jacqueline et m'avançai vers Suzannah. Le visage hilare et réjoui de Cyrille se pencha et me sourit, tandis qu'une petite silhouette, aux vêtements noirs de graisse et de charbon, courait vers moi qui lui tendais les bras, en criant :

– Maman, maman ! Je sais ce que je vais faire plus tard : mécanicien ! Je serai mécanicien !

* Jeu qui consiste à lancer des espèces de massues en bois vers un piquet distant de plusieurs mètres.

Achevé d'imprimer en mars 2005
sur les presses numériques de Bookpole
BP 12 - ZI Route d'Etampes 45330 Malesherbes
http://www.imprimerie-bookpole.com

pour le compte de la Société
Les Presses-Solar-Belfond S.A.
12, avenue d'Italie
75627 Paris Cedex 13